Le Couperet

ISBN : 978-2-0807-2248-5
ISSN : 1269-8822

SOMMAIRE

Présentation 7
Donald Westlake 7
Le Couperet, un roman noir 8
Burke Devore : Dr. Jekyll et Mr. Hyde 12
La satire sociale : la fin justifie-t-elle les moyens? 15

Chronologie 19

Le Couperet

Dossier 299
Pour prolonger sa lecture : le roman noir 301
La littérature : une arme de combat efficace ? 306
L'adaptation cinématographique du *Couperet* 313

PRÉSENTATION

Donald Westlake

Donald Edwin Westlake est né à Brooklyn, quartier populaire de New York, le 12 juillet 1933, dans une famille d'origine irlandaise. Dès 1960, il publie son premier roman, *Le Zèbre / The Mercenaries.* Son récit est fortement influencé par les grands noms du roman noir américain, tels Raymond Chandler ou Dashiell Hammett. Il faut attendre quelques années pour que l'écrivain impose son propre style, caractérisé par l'humour. Il crée alors le personnage de John Dortmunder, cambrioleur qui, au fil de ses aventures, se met systématiquement dans des situations extravagantes (*Pierre qui brûle / The Hot Rock*, 1970 ; *Les Sentiers du désastre / Road to Ruin*, 2004). Écrivain prolixe, Donald Westlake publie sous des pseudonymes. Sous le nom de Richard Stark, il crée le personnage de Parker, un truand froid et cynique. Le premier roman de cette série, *Comme une fleur / The Hunter* (1962), a été adapté au cinéma à deux reprises : sous le titre *Point Blank* (1967), de John Boorman, puis sous le titre *Pay Back* (1997), de Brian Helgeland. Donald Westlake écrit lui-même pour le cinéma et pour la télévision, en proposant de nombreux scénarios de films ou l'adaptation de romans, tel *Les Arnaqueurs / The Grifters* de Jim Thompson.

Auteur de plusieurs dizaines de romans et d'une centaine de nouvelles, il jouit d'une grande popularité à travers le monde. Ainsi, en France, outre Costa-Gavras qui adapte *Le Couperet / The Ax* en 2005, les réalisateurs Thomas Vincent, Laurence Ferreira-Barbosa et Michel Deville ont porté ses romans à l'écran (respectivement, tiré du *Contrat / The Hook* : *Je suis un assassin*, 2004 ; du même titre que l'œuvre de Westlake : *Ordo*, 2004 ; et, tirée d'*Aztèques dansants / Dancing Aztecs* : *La Divine Poursuite*, 1997).

Le Couperet, un roman noir

Le roman noir naît aux États-Unis dans les années 1930 sous la plume d'auteurs comme Raymond Chandler ou Dashiell Hammett. Il est lié au contexte social de l'époque, celui de la violence urbaine [1]. Les romanciers se font l'écho de cette réalité sombre et, dans une langue crue et souvent argotique, peignent des milieux marginaux dans lesquels évolue un détective privé désabusé. Jean Pons, critique littéraire français, définit ainsi le genre noir :

> Les romans noirs sont une littérature immédiate et engagée. Immédiate parce qu'ils nous parlent directement des banalités et des convulsions de notre monde : ils nous montrent, dans leurs fictions violentes, un univers « connu » qui est celui de notre vie quotidienne mais aussi celui dont les médias s'épuisent à nous présenter des aspects disparates ou à nous proposer des analyses de circonstance. Engagée parce que l'actualité, qu'ils reprennent et transforment sous forme romanesque, donne lieu, de manière implicite ou clairement formulée à des prises de position *politiques* : le roman noir

1. Cette violence est liée à différents facteurs : l'assimilation difficile d'une population venue d'Europe dans les années 1890, puis d'Asie dans les années 1920, pour travailler dans l'Est des États-Unis où se trouvent les grandes industries métallurgiques et sidérurgiques ; les tensions entre patronat et ouvriers – qui accompagnent le développement industriel – et entre Blancs et Noirs – ces derniers organisant des soulèvements dans le pays entre 1917 et 1919, à la suite de la Première Guerre mondiale, pour obtenir respect et reconnaissance de la nation pour laquelle ils ont combattu ; et enfin la prohibition, qui entraîne la contrebande et le développement du gangstérisme – des trafics clandestins s'organisent avec la complicité d'un pouvoir politique corrompu et d'une police véreuse.

prend position de façon « actuelle » par rapport à la réalité humaine et sociale[1].

Si le personnage principal du *Couperet* n'est pas une figure de « privé », comme dans les romans noirs traditionnels, l'œuvre de Westlake, qui oscille entre réalité et fiction, s'inscrit cependant dans cette veine.

Entre fiction et réalité

Le Couperet est fortement ancré dans le réel. Tout d'abord il est très précisément daté ; on sait que le roman se déroule pendant le printemps 1997 : le narrateur commence à s'entraîner avec le Luger en avril (p. 35) et il commet son dernier crime le 26 juin, un jeudi soir (p. 278). Les indications spatiales sont elles aussi nombreuses. Chacun des trajets du personnage est minutieusement noté : les villes traversées, les routes empruntées (« Mon atlas routier du Massachusetts me montre Longholme à une trentaine de kilomètres à l'ouest de Springfield et au nord du Massachusetts Turnpike. Berkshire Way est encore une ligne noire ondulée – ce qui suggère à nouveau des collines – partant de la ville elle-même, cette fois-ci vers le nord », p. 64-65). En outre, l'insertion de documents de type administratif dans le récit contribue à inscrire celui-ci dans la réalité : l'annonce que Burke Devore fait paraître pour obtenir les *curriculum vitæ* de ses concurrents potentiels, ceux qu'il reçoit, ou encore la lettre qu'il envoie à Exman pour l'attirer dans son piège (p. 239). Enfin, la langue employée renvoie les lecteurs à « un univers "connu" qui est celui de [la] vie quotidienne » (voir notre citation *supra*). En effet, le vocabulaire est courant, voire familier (« pote comme cochon ») ou vulgaire (« enfoiré ») ; la syntaxe est simple et les phrases sont

1. Jean Pons, « Le roman noir, littérature réelle », *Les Temps modernes*, n° 595, août-septembre-octobre 1997.

souvent très brèves, juxtaposées selon le principe de la parataxe (« La large porte du garage à deux places est remontée quand je passe devant, et il n'y a aucune voiture à l'intérieur. Personne à la maison. Merdum », p. 65). De plus, l'écriture mime au plus près la langue parlée : aux tournures orales (« Eh bien ») s'ajoutent les italiques qui traduisent une intonation particulière, une insistance (« Qu'allais-je *faire* de ces paperasses ? », p. 69 ; « il faut que j'agisse *maintenant* », p. 88). En ces points, le roman rejoint le document.

Pourtant, il s'agit bien d'une fiction. Outre le caractère finalement invraisemblable de l'intrigue dont le protagoniste prend parfois conscience (« Comment ai-je pu croire que je passerais entre les mailles ? », p. 219), le narrateur multiplie les allusions à des héros de fiction. De cette manière, l'auteur rappelle que, au même titre que ces noms de la littérature, Burke Devore est un personnage de fiction. Et si ces références semblent dispersées au hasard dans le roman, en réalité elles font signe au lecteur. Ainsi Burke Devore se compare-t-il à la créature de Frankenstein (p. 202), monstre imaginé par un médecin trop ambitieux et qui fait le mal sans en avoir conscience ; il évoque également Dr. Jekyll et Mr. Hyde (p. 102), médecin qui se métamorphose en tueur pervers au cours d'une expérimentation ; il mentionne enfin *Arsenic et vieilles dentelles* (p. 265), pièce qui met en scène deux tueuses en série à l'air de vieilles dames parfaitement respectables. Tueurs victimes plus que coupables, tueurs à l'apparence estimable qui échappent à la justice, tels sont les modèles qu'aime à évoquer Burke Devore.

Le suspens

Comme le roman policier classique – entendons ici le roman à énigme dont Arthur Conan Doyle ou Agatha Christie se sont rendus maîtres –, le roman noir peut recourir au suspens. Donald

Westlake sait tenir en haleine le lecteur. Le découpage du roman en nombreux chapitres, relativement brefs, y contribue. Les dix premiers répondent à une alternance : les chapitres impairs racontent les premiers meurtres, tandis que les chapitres pairs expliquent quelles circonstances ont mis Burke Devore sur la voie du crime. Le suspens est double. D'une part, le lecteur ne comprend que progressivement le plan de Burke – ainsi, quand à la fin du chapitre 2 le narrateur évoque pour la première fois l'annonce qu'il a rédigée (« Ce fut le déclic pour moi, ce fut la première question. Qu'ont-ils dans leurs C.V. ? Quel atout de plus ? C'est ça qui m'a amené à passer ma petite annonce », p. 53), le lecteur s'interroge : de quelle annonce s'agit-il, quel rôle va-t-elle jouer ?... La réponse n'intervient qu'au chapitre 4. D'autre part, il faut chaque fois laisser passer un chapitre pour connaître les conséquences des actes meurtriers du personnage : à la fin du chapitre 7, le suspens est à son comble (« Qu'ai-je amorcé là ? Sur quelle route me suis-je engagé ? », p. 83) et le lecteur imagine que Burke ne pourra échapper à la justice après l'horreur du deuxième meurtre. C'est au chapitre 9 que ses suppositions seront contredites. Par la suite, pour maintenir le suspens, l'auteur emploie des effets d'annonce : il disperse dans son récit des indices qui prennent tout leur sens au cours de la lecture, mettant chaque fois le lecteur sur la voie des rebondissements futurs. Ainsi, dans le chapitre 21, Burke affirme que ses enfants sont épargnés par ses difficultés [« Les enfants tournent mal, de diverses façons. (Dieu merci, nous n'avons pas ce problème) », p. 169], et, dès le chapitre suivant, on découvre que son fils Billy est un voleur. À la fin du roman, quand le personnage touche à son but, les chapitres sont plus brefs et l'on assiste à deux coups de théâtre qui pourraient tout remettre en cause : tout d'abord, au chapitre 43, Burke s'endort chez Fallon et se réveille menacé par celui qu'il voulait tuer ; ensuite, au dernier chapitre, l'inspecteur de police lui rend visite alors qu'il se prépare pour son entretien chez Arcadia. Il s'agit en réalité de faux coups de théâtre puisqu'ils ne parviennent pas à arrêter l'entreprise de Burke Devore.

Ainsi, le roman évoque la réalité à travers une fiction pleine de rebondissements. L'originalité de ce roman noir réside dans le fait que le personnage principal n'est pas l'inspecteur ou le détective privé chargé de mener l'enquête, mais le criminel.

Burke Devore : Dr. Jekyll et Mr. Hyde

Un regard lucide et pessimiste sur le monde du travail

Burke Devore observe le monde du travail avec un œil à la fois lucide et pessimiste. Il souligne que, dans la société contemporaine (le roman est situé en 1997), le chômage est devenu un fléau qui touche toutes les classes sociales. En effet, le narrateur écrit une sorte d'histoire du chômage, dont il expose l'évolution : d'abord réservé aux ouvriers, dans les années 1950-1960, puis lot du cadre moyen, et enfin menace pour le cadre supérieur. Il analyse les causes du chômage des ouvriers (« L'automation est donc arrivée, et elle a effectivement porté un coup dur aux ouvriers. Dans les années 1950 et 1960, les cols bleus furent licenciés par milliers, tous à cause de l'automation », p. 96), et celles du chômage des cadres (« Une fois que vous introduisez l'ordinateur, vous n'avez plus besoin de cadres moyens. Certes, il vous faut toujours *quelques* personnes à ce niveau, pour servir l'ordinateur, exécuter certaines tâches, mais vous n'avez plus besoin des centaines et des milliers de responsables dont on avait besoin encore hier », p. 97). Parce qu'il réfléchit aux objectifs de l'entreprise (« Ce sont toutes des sociétés anonymes, et c'est le besoin de rendement des actionnaires qui les pousse, toutes autant qu'elles sont. Pas le produit, pas la compétence, certainement pas la réputation de l'entreprise », p. 84), il pressent que les cadres supérieurs, tôt ou tard, seront renvoyés à leur tour, et il ne peut s'empêcher de se demander, alors qu'il traverse en voiture un quartier huppé où les piscines côtoient les terrains de tennis, si toutes ces familles opulentes « mesurent maintenant à quel point le sol est mouvant, sous ces pelouses tondues à ras » (p. 41-42). L'amant qu'il prête à sa femme est d'ailleurs la preuve que les puissants ne sont pas épargnés : en effet, il « a toujours été considérablement plus riche [qu'eux], c'était un directeur de banque, il avait seulement besoin d'aller à son agence à New York trois jours par semaine, tellement il était important, et puis il y a eu une fusion, et ils l'ont mis dehors » (p. 205). Burke est sans cesse confronté à l'ampleur du phénomène : il va chez le garagiste et apprend que la femme de ce dernier a été licenciée de l'hôpital où elle travaillait, il reçoit la visite d'un inspecteur de police et celui-ci lui confie que son frère et sa belle-sœur sont sans emploi...

C'est avec la même lucidité que Burke Devore considère les conséquences du chômage. Les difficultés financières (« Les cours de gymnastique ont été arrêtés, l'atelier de jardinage aussi. [...] L'agneau et le poisson ont quitté notre table, remplacés par le poulet et les pâtes. Les abonnements aux magazines n'ont pas été renouvelés », p. 40) ne sont en effet que la partie émergée de l'iceberg. Le chômage affecte profondément les relations familiales : tandis que Burke se referme sur lui-même pour se concentrer tout entier sur la gestion de la concurrence, Marjorie cesse de lui faire confiance (« Depuis que j'ai perdu mon boulot, c'est Marjorie qui se réveille quand le téléphone sonne. Elle ne peut plus compter sur moi ; il faut qu'elle soit vigilante pour elle-même », p. 171) ; quant aux enfants, ils sont tentés par la délinquance, Billy en est la preuve.

Pourtant cette lucidité et cette capacité d'analyse ne sont pas des armes dans le jeu social. Ce sont elles qui transforment Burke Devore en monstre sanguinaire. Dr. Jekyll devient Mr. Hyde (p. 102).

La folie meurtrière

Burke Devore subit une véritable métamorphose. De cadre modèle, confiant dans les institutions, il devient fou et se transforme en tueur sans pitié. Tous les personnages, sans prendre la mesure de leurs paroles, s'accordent à penser que le chômage rend fou. Marjorie constate qu'il « rend [son mari] dingue » (p. 131) ; Burke déclare à EBD : « Vous devenez fou vous aussi » (p. 115) ; et l'inspecteur reconnaît que son frère et sa belle-sœur « deviennent dingues » (p. 221). Le personnage principal prend conscience, dans quelques rares moments de lucidité, de sa propre folie, qui se manifeste par un dédoublement de personnalité : « Je recèle un homme dangereux et armé, un tueur impitoyable, un monstre, et il est à l'intérieur de moi » (p. 162). À côté de l'employé modèle, du chef de famille attentif et protecteur, un tueur a vu le jour. Il tue six rivaux potentiels et la femme de l'un d'eux, et ses crimes témoignent d'une violence toujours croissante. Surtout, on constate qu'il éprouve de moins en moins de remords. Par exemple, alors que le quatrième meurtre, celui de EBD, le plonge dans l'angoisse et l'amène à écrire ses confessions, le sixième, celui d'Exman (le second HCE), ne l'inquiète guère. Après avoir enfermé son corps dans un sac-poubelle, il « étein[t] la lumière et [... se] couch[e] » (p. 263). Les meurtres lui procurent une satisfaction grandissante et il apprécie ses progrès : « Bon, je ne suis pas encore parfait. Dieu sait que non, je n'ai pas encore atteint l'idéal, mais j'ai drôlement escaladé cette courbe d'assimilation depuis Herbert Everly » (p. 264). Les deux personnages qui habitent le corps de Burke Devore s'ignorent le plus souvent, de même que, dans le roman de Stevenson, Dr. Jekyll parvient à ignorer les crimes de Mr. Hyde dans un premier temps. Lorsque la police fait de Lew Ringer le meurtrier des Ricks, il en déduit que, « au bout du compte, [il] ne les [a] pas tués » (p. 94). De même, alors qu'il tente d'approcher Garrett Blackstone, il fait mine d'oublier son projet meurtrier (« je ne pense même pas à la raison pour laquelle je suis là, à l'objectif de tout ceci, à la fonction de ce poids qui tire mon imper vers le bas, du côté droit. Je fais juste une promenade en forêt, guidé par ce sentier bien net et par la gravité. C'est agréable », p. 198).

Le coupable accuse sans cesse la société, qui, selon lui, le pousserait au crime (« Mais jusqu'à quel point ai-je le choix ? », p. 55 ; « Il n'y avait pas d'autre plan et il n'y a toujours pas d'autre plan », p. 91). Si, bien sûr, la société ne peut être tenue pour responsable des meurtres commis, le chômage semble bien être la cause de la folie schizophrène du tueur. Le roman est donc une satire féroce du monde du travail. Pour reprendre l'expression de Jean Pons au sujet du roman noir, *Le Couperet* met en scène des « prises de position *politiques* ».

La satire sociale : la fin justifie-t-elle les moyens ?

Une démonstration par l'absurde

À travers son personnage, Donald Westlake veut dénoncer la société actuelle qui repose sur un nouveau « code moral », selon lequel « la fin justifie les moyens ». Burke, l'observateur et l'analyste, démontre l'importance de ce principe dans le monde du travail : « Nos chefs de gouvernement justifient toujours leurs actions en invoquant leurs buts. Et il n'est pas un seul P.-D.G. qui ait commenté publiquement la vague de compressions de personnel qui balaie l'Amérique sans l'expliquer par une variation sur la même idée : la fin justifie les moyens » (p. 292). Mais Burke, le fou sanguinaire, démontre que l'application d'une telle loi engendre l'anéantissement de l'humanité. En effet, son projet repose exactement sur ce principe. La fin qu'il vise est juste, du point de vue personnel et du point de vue collectif (« Je veux m'occuper de ma famille ; je veux être un élément productif de la société ; je veux faire usage de mes compétences ; je veux travailler et gagner ma propre vie et ne pas être à la charge des contribuables », p. 292), ce qui devrait justifier les moyens. Or, il est évident que le meurtre ne peut en aucun cas être justifié, quels que soient les objectifs. Dès lors, en poussant la logique des patrons à leur terme, l'auteur a établi qu'on ne pouvait admettre que la fin justifie les moyens et que les nécessaires progrès d'une entreprise ne pouvaient « légitimer » les licenciements et les compressions de personnel.

La concurrence ou la Troisième Guerre mondiale

Donald Westlake recourt à une métaphore pour montrer la violence du monde du travail actuel, sans cesse assimilé à une guerre. Les ennemis sont nombreux : « L'ennemi, ce sont les patrons d'entreprise. L'ennemi, ce sont les actionnaires » (p. 83) ; « Nous étions tous ennemis, ennemis les uns des autres, et nous le savions tous » (p. 235). Les armes, pour le narrateur, sont les mêmes : d'emblée, il fait de la capacité à tuer son adversaire une « compétence » (« vu qu'il en avait l'expérience, qu'il avait ce que nous appelons, dans le monde de l'entreprise, un bagage en ce domaine de compétence », p. 31). La critique de la violence du monde du travail est d'autant plus vive que le personnage, loin de se contenter, comme il le fait chez Longus Quinlan, de parler de son entreprise pour retrouver du travail comme d'un combat, part réellement en guerre, agissant comme un soldat.

Un roman amoral

Le Couperet peut apparaître comme un roman immoral. Le lecteur attend en effet en vain que le couperet tombe sur Burke Devore, qu'une punition lui rende la raison, mette en évidence que les moyens qu'il emploie ne sont pas valables. Mais le récit semble s'achever sur la victoire du tueur : il a l'assurance de ne pas être poursuivi par la police, qui prend Exman pour le coupable, en fuite ; et John Carver, chez Arcadia, lui confie qu'il correspond parfaitement au directeur qu'ils recherchent (p. 294). L'immoralité apparente du roman est renforcée par la narration à la première personne de Burke Devore. C'est à travers son regard aveuglé par la folie que nous assistons à l'histoire. Nous pourrions être tentés d'éprouver de l'empathie pour son personnage et d'adhérer à la logique selon laquelle les règles du marché sont telles qu'il n'y a pas d'autres solutions que le meurtre (« Mais jusqu'à quel point ai-je le choix ? [...] L'équation est dure, réelle, impitoyable. Nous arrivons à court d'argent, Marjorie, moi et les enfants, et nous arrivons à court de temps. Il faut que je trouve un emploi, c'est tout », p. 55), et ce, d'autant plus que les raisonnements de Burke Devore s'appuient sur des observations souvent lucides et pertinentes. Pourtant, une telle approche doit être nuancée. En effet, par moments, un regard extérieur nous rappelle l'horreur des actes commis : ce regard extérieur peut être celui du héros lui-même lorsqu'il redevient celui qu'il était avant de tuer, lorsqu'il rédige sa confession dans sa chambre de motel, par exemple (« Je regrette sincèrement ces crimes. Je ne sais pas comment j'ai pu les commettre. Je suis tellement navré pour les familles. Je suis tellement navré pour les gens que j'ai tués. Je me déteste », p. 123), il peut être celui des journalistes lorsqu'ils qualifient le meurtre des Ricks de « brutal », « sauvage », « insensible » (p. 85). De plus, le dénouement n'est pas une apologie du crime mais un ultime chef d'accusation. Si finalement Burke avait été arrêté, la société aurait montré qu'elle n'était pas si mauvaise, qu'elle pouvait se protéger, qu'elle ne justifiait pas toujours les moyens par la fin, mais l'auteur lui refuse cette circonstance atténuante. La critique sociale est d'autant plus virulente que le roman suggère la victoire de ceux qui, comme les patrons, sont prêts à tout pour défendre leurs intérêts, à licencier comme à tuer. Le roman est donc amoral, c'est-à-dire immoral par défaut de sens moral : il ne défend pas explicitement une morale. Il invite plutôt le lecteur à s'interroger sur la société. C'est à lui de formuler la morale, de réagir. La critique, on le sait, est particulièrement efficace quand le lecteur est amené à l'exprimer lui-même.

CHRONOLOGIE

1933 2008

■ Repères historiques et culturels

■ Vie et œuvre de l'auteur

Repères historiques et culturels

1970 Taux de chômage en France : 1,6 % ; aux États-Unis : 4 %. Il s'agit essentiellement de chômage frictionnel, qui frappe des travailleurs entre deux emplois.

1973 Choc pétrolier : les 16 et 17 octobre, les pays arabes, membres de l'Opep (Organisation des pays exportateurs de pétrole), annoncent un embargo sur les livraisons de pétrole contre les États qui soutiennent Israël. L'embargo dure cinq mois, le prix du baril de pétrole est multiplié par quatre et de nombreuses entreprises européennes et américaines sont mises en péril.

1978 Déréglementation du transport aérien aux États-Unis : ouverture du service public à la concurrence.

1982 Taux de chômage en France : 7,5 % ; aux États-Unis : 9,2 %. Apparition d'un chômage structurel dû à une inadéquation entre les compétences acquises et les compétences requises : un certain nombre de métiers disparaissent, laissant sur le marché du travail des ouvriers qualifiés dans un domaine précis mais ignorants des technologies nouvelles.

1985 Taux de chômage en France : 10,3 % ; aux États-Unis : 7 %.

1990 Taux de chômage en France : 9,3 % ; aux États-Unis : 5,5 %.

Vie et œuvre de l'auteur

1933 Naissance de Donald Edwin Westlake.

1960 Publication du premier roman de Westlake, *Le Zèbre / The Mercenaries*.

1962 Sous le nom de Richard Stark, Westlake publie *Comme une fleur / The Hunter*.

1967 Adaptation cinématographique de *The Hunter : Point Blank*, film de John Boorman.

1970 Westlake crée Dortmunder, cambrioleur qui se met systématiquement dans des situations extravagantes, héros notamment de *Pierre qui brûle / The Hot Rock*.

1988 Publication de *Faites-moi confiance / Trust me on this*, satire de la presse.

Repères historiques et culturels

1993 Taux de chômage en France : 12,4 % ; aux États-Unis : 7,2 %. En France, un fait-divers alimente la presse : Jean-Claude Romand, qui a menti à son entourage pendant dix-huit ans, se faisant passer pour un médecin et un chercheur à l'OMS (Organisation mondiale de la santé) alors qu'il était sans travail, tue sa femme, ses enfants et ses parents avant de tenter de se suicider, de peur que la supercherie soit découverte.

1995 Taux de chômage en France : 11,6 % ; aux États-Unis : 5,5 %.

1996 Jean-Claude Romand est condamné à la réclusion criminelle à perpétuité.

1999 *Ressources humaines*, film français de Laurent Cantet qui dénonce la violence des licenciements.

2000 Taux de chômage en France : 9,1 % ; aux États-Unis : 4 %. Emmanuel Carrère écrit *L'Adversaire*, roman français inspiré de l'affaire Romand.

2001 *L'Emploi du temps*, film français de Laurent Cantet, qui s'inspire aussi de l'affaire Romand.

2002 Nicole Garcia adapte le roman *L'Adversaire*.

2004 Le film français *Violence des échanges en milieu tempéré*, de Jean-Marc Moutout, dénonce le monde de l'entreprise et de la concurrence.

2005 Taux de chômage en France : 9,5 % ; aux États-Unis : 5,1 %.

Vie et œuvre de l'auteur

1997 Publication du *Couperet / The Ax*.
Nouvelle adaptation cinématographique de *Comme une fleur* : *Pay Back*, réalisée par Brian Helgeland.
En France, adaptation du roman de Westlake, *Aztèques dansants / Dancing Aztecs*, par Michel Deville, sous le titre *La Divine Poursuite*.

2005 Adaptation cinématographique du *Couperet* par Costa-Gavras.

2008 Mort de Donald Westlake.

Si vous faites ce que vous estimez juste pour toutes les personnes concernées, alors vous êtes tranquille. Donc je suis tranquille.

P.-D.G. de la Chase Manhattan Bank.

Pour mon père, Albert Joseph Westlake
(1896-1953).

«Certes, la vieille superstition selon laquelle les romans sont "pernicieux [1]" a disparu d'Angleterre, mais il en demeure quelques traces dans un certain regard oblique dirigé vers toute histoire refusant d'admettre qu'elle n'est plus ou moins qu'une plaisanterie. Le roman même le plus facétieux [2] sent plus ou moins peser la réprobation dirigée jadis contre la frivolité littéraire : la facétie ne réussit pas toujours à passer pour de l'orthodoxie [3]. Tout en ayant peut-être honte de le dire, les lecteurs attendent toujours d'une œuvre – qui, après tout, n'est que du "feindre" (une "histoire" est-elle autre chose ?) – qu'elle soit à quelque degré apologétique [4], renonçant ainsi à l'ambitieux désir de reproduire vraiment la vie. Ce renoncement, il va de soi que toute histoire empreinte d'intelligence et de lucidité le refusera, car elle discernera vite que la tolérance qu'on lui accorde à cette condition n'est – travestie en acte de générosité – qu'une tentative d'étouffement. La vieille hostilité évangélique [5] envers le roman, aussi catégorique qu'étroite, et qui le considérait à peine moins favorable à nos chances d'obtenir notre part de paradis qu'une pièce de théâtre – cette hostilité était en fait beaucoup moins offensante. La seule raison d'être d'un roman est de s'attacher vraiment à reproduire la vie.»

Henry JAMES, *L'Art de la fiction*, Klincksieck, 1978 ;
trad. M. SIBON et M. ZÉRAFFA.

1. ***Pernicieux*** : dangereux, nuisibles moralement.
2. ***Facétieux*** : drôle, proche de la farce, de la bouffonnerie.
3. ***Orthodoxie*** : ici, usage admis.
4. ***Apologétique*** : ici, édifiant, qui vise à défendre ou à justifier une personne, un discours.
5. ***Hostilité évangélique*** : hostilité de l'Église.

1

En fait je n'ai encore jamais tué personne, assassiné quelqu'un, supprimé un autre être humain. Bizarrement, d'une certaine façon, j'aurais aimé pouvoir en parler avec mon père, vu qu'il en avait l'expérience, qu'il avait ce que nous appelons, dans le monde de l'entreprise, un bagage en ce domaine de compétence ; lui qui avait été fantassin pendant la Seconde Guerre mondiale, qui avait « servi sous les drapeaux » en 44-45 et traversé la France lors de la dernière marche sur l'Allemagne, avait visé, certainement blessé et plus que probablement tué un grand nombre d'hommes revêtus de lainage gris foncé [1], et fait preuve, rétrospectivement, d'un grand calme par rapport à tout ça. Comment savoir à l'avance que vous en êtes capable ? Là est la question.

Enfin, bien sûr, je ne pourrais pas poser la question à mon père, en discuter avec lui, même s'il était encore en vie, ce qui n'est pas le cas, les cigarettes et le cancer du poumon l'ayant rattrapé dans sa soixante-troisième année et l'ayant descendu aussi sûrement, si ce n'est aussi efficacement, que s'il avait été un ennemi en lainage gris foncé dans le lointain.

La question, de toute façon, trouvera sa réponse d'elle-même, non ? Je veux dire, c'est là que ça passe ou ça casse. Soit je peux le faire, soit je ne peux pas. Si je ne peux pas, alors tous les préparatifs, toute l'organisation, tous les dossiers que j'ai tenus, tous les frais dans lesquels je me suis engagé (et Dieu sait que je n'en ai pas les moyens) auront été vains, et je ferais aussi bien de tout

1. Allusion à l'uniforme allemand pendant la Seconde Guerre mondiale.

balancer, de ne plus passer d'annonces, de ne plus monter de plans, de me laisser tout simplement rattraper par le troupeau de bœufs qui se traînent aveuglément vers la grande étable sombre où les meuglements s'arrêtent.

Aujourd'hui en décidera. Il y a trois jours, lundi, j'ai dit à Marjorie que j'avais un autre rendez-vous, cette fois-ci dans une petite usine de Harrisburg, Pennsylvanie, et que je projetais d'aller en voiture jusqu'à Albany jeudi, de prendre l'avion en fin d'après-midi pour Harrisburg, de passer la nuit dans un motel, de prendre un taxi pour me rendre à l'usine vendredi matin, puis de rentrer par avion à Albany vendredi après-midi. L'air un peu inquiète, elle m'a demandé : « Est-ce que ça veut dire que nous devrions déménager ? Partir pour la Pennsylvanie ?

– S'il n'y a pas pire que ça, ai-je dit, je m'estimerai heureux. »

Après tout ce temps, Marjorie ne comprend toujours pas la gravité réelle de nos problèmes. Bien sûr, j'ai fait de mon mieux pour lui cacher l'étendue de la calamité, alors je ne devrais pas en vouloir à Marjorie si je suis plus ou moins parvenu à préserver sa tranquillité d'esprit. Il n'empêche, parfois je me sens seul.

Il faut que ça marche. Il faut que je me sorte de ce bourbier, et *vite*. Ce qui signifie que j'ai intérêt à être capable de tuer.

Le Luger [1] est allé dans mon sac de voyage, dans la même poche de plastique que mes chaussures noires. Ce Luger avait appartenu à mon père, c'était son souvenir de la guerre, une arme de poing qu'il avait prise à un officier allemand mort, tué plus tôt dans la journée, soit par lui, soit par quelqu'un d'autre, depuis l'autre côté de la haie. Mon père avait retiré le chargeur plein et l'avait transporté dans une chaussette, tandis que le pistolet lui-même voyageait dans une petite taie d'oreiller sale qu'il avait

1. Le Luger P-08, arme de poing qui s'était révélée efficace et peu coûteuse pendant la Première Guerre mondiale, fut à nouveau utilisé pendant la Seconde Guerre mondiale.

prise dans une maison à demi démolie, dans un coin quelconque de la France boueuse.

Mon père ne s'est jamais servi de ce pistolet, à ma connaissance. C'était juste son trophée, sa version du scalp que vous prenez à votre ennemi vaincu. Tout le monde tirait sur tout le monde et, à la fin, il s'était retrouvé debout, alors il avait pris un pistolet à l'un de ceux qui étaient tombés.

Moi non plus, je ne m'étais jamais servi de ce pistolet, ni d'aucun autre. Pour autant que je sache, s'il fallait que je presse la détente avec le chargeur en place dans la crosse, le truc m'exploserait dans les mains. Il n'empêche, c'était une arme, et la seule à laquelle j'avais facilement accès. Et il n'y avait certainement aucun document attestant de son existence, en tout cas en Amérique.

À la mort de mon père, on avait transporté sa vieille malle de sa chambre d'amis à mon sous-sol, la malle contenant son uniforme de l'armée, son havresac [1] plié et la liasse des ordres qui l'avaient jadis déplacé d'un endroit à l'autre, à cette époque inimaginable où je n'étais pas né. Une époque que j'aime à considérer comme plus simple et plus propre que la nôtre. Une époque où vous saviez avec clarté qui étaient vos ennemis, et où c'était *eux* que vous tuiez.

Le Luger, dans sa taie d'oreiller, se trouvait au fond de la malle, sous l'uniforme gris verdâtre aux relents de moisi, avec à côté de lui son chargeur, qui n'était plus caché dans cette chaussette d'autrefois.

Je l'ai trouvé là-dessous le jour où j'ai pris ma décision, je l'ai sorti et j'ai monté pistolet et chargeur dans mon « bureau », la petite pièce supplémentaire que nous appelions chambre d'amis avant que je ne sois tout le temps à la maison et que j'aie besoin d'un bureau. J'ai fermé la porte, je me suis assis à la petite table en bois qui me sert donc de bureau – achetée l'année dernière à

1. ***Havresac*** : sorte de sac à dos dans lequel le soldat porte son équipement.

un propriétaire particulièrement désespéré qui bradait des affaires devant sa maison, à une quinzaine de kilomètres d'ici – et j'ai examiné le pistolet, qui m'a paru propre et en bon état, sans rouille ni détérioration visible. Le chargeur, cet astucieux petit engin métallique, était étonnamment lourd. Il présentait une fente sur tout l'arrière, par laquelle on pouvait voir la base des huit cartouches qu'il contenait, chacune avec son petit œil rond et aveugle. Touchez cet œil avec le mécanisme de mise à feu, et la balle se propulse pour son unique voyage.

Pouvais-je juste insérer le chargeur dans le pistolet, c'est tout, et presser la détente ? Y avait-il un risque ? Ayant peur de l'inconnu, je suis allé à la librairie la plus proche, dans un centre commercial, une qui faisait partie d'une chaîne, et j'ai trouvé un petit manuel sur les armes de poing (encore une dépense !). Ce livre suggérait que je graisse différentes pièces. Je l'ai donc fait, avec de l'huile multi-usages. Le livre suggérait que j'essaie de tirer à sec – presser la détente sans le chargeur ni aucune cartouche en place – et je l'ai fait : il y a eu un petit claquement autoritaire et efficace. Apparemment, j'avais bel et bien une arme.

Le livre suggérait aussi que des balles vieilles de cinquante ans pouvaient ne pas être entièrement fiables, et me disait de vider le chargeur et d'y mettre de nouvelles munitions ; je suis donc allé dans un magasin de fournitures sportives, de l'autre côté de l'État, dans le Massachusetts, et j'ai acheté sans aucune difficulté une petite boîte lourde contenant des balles de neuf millimètres que j'ai rapportées à la maison, et là, je les ai logées toutes les huit dans le chargeur, j'ai inséré chaque torpille polie en forçant la résistance du ressort. Puis j'ai fait coulisser le chargeur dans la crosse ouverte du pistolet : *clic*.

Pendant cinquante ans, cet outil avait reposé dans l'obscurité, sous un lainage brun, enveloppé dans une taie d'oreiller française, attendant son heure. Son heure, c'est maintenant.

Pour m'entraîner à tirer avec le Luger, j'ai quitté la maison par une journée ensoleillée, en milieu de semaine, le mois dernier, c'est-à-dire avril, et je suis allé à une cinquantaine de kilomètres vers l'ouest passée la limite de l'État de New York, jusqu'au moment où j'ai trouvé un champ désert, à côté d'une route secondaire à deux voies, goudronnée et sinueuse. Des bois vallonnés s'étendaient, sombres et touffus, au-delà du champ. Je me suis garé là, sur le bas-côté plein d'herbes folles, et j'ai avancé dans le champ, avec le pistolet qui pesait lourdement dans la poche intérieure de mon coupe-vent.

Quand je suis arrivé tout près des arbres, je me suis retourné et je n'ai vu personne sur la route. Alors j'ai sorti le Luger, je l'ai braqué sur un arbre proche et – en agissant vite pour ne pas me laisser le temps d'avoir peur – j'ai pressé la détente de la façon indiquée par le petit livre, et ça *a fait feu.*

Quelle expérience ! Ne m'attendant pas au recul, ou ne me souvenant pas d'avoir lu quoi que ce soit sur le recul, je n'étais pas préparé à la violence avec laquelle le Luger a sauté en arrière et vers le haut, emportant ma main avec lui, de sorte que j'ai failli me donner un coup dans la figure avec.

D'un autre côté, le bruit n'était pas aussi fort que je l'aurais cru, pas du tout une grosse détonation, plutôt un bruit sourd, comme un pneu qui éclate.

Naturellement, je n'ai pas touché l'arbre que je visais, par contre [1] j'ai eu celui d'à côté, ce qui a soulevé un petit nuage de poussière, comme si l'arbre avait exhalé un soupir. Alors la deuxième fois, maintenant que je savais au moins que le Luger fonctionnait et qu'il n'allait pas m'exploser à la tête, j'ai visé plus soigneusement, dans la position du tireur debout recommandée par le livre, genoux pliés, le corps vers l'avant, les deux mains agrippant le pistolet à bout de bras pendant que je pointais en

1. « Par contre » est incorrect, de même que l'utilisation de l'adjectif « pire », plus loin, à la place de l'adverbe « pis » (l. 158). La traduction reproduit le caractère oral de la narration.

regardant à ras du canon, et cette fois-ci j'ai touché *exactement* l'endroit de l'arbre que je visais.

Ce qui était bien, mais un peu gâché par le fait qu'à force de me concentrer sur ma cible, j'avais de nouveau négligé le recul. Cette fois, le Luger m'a complètement sauté des mains et il est tombé par terre. Je l'ai ramassé, l'ai soigneusement essuyé, et j'ai décidé qu'il me fallait maîtriser cette affaire de recul, si je voulais me servir de ce foutu engin. Et si, par exemple, j'avais besoin de tirer deux coups de suite ? Pas terrible, si le pistolet est par terre ou si, pire encore, je me le suis pris dans la figure.

Alors, de nouveau, j'ai pris la position du tireur debout, en visant cette fois-ci un arbre plus éloigné. J'ai agrippé *fort* la poignée du Luger, et lorsque j'ai tiré, j'ai laissé le recul imprimer une secousse à mon bras puis à mon corps tout entier, de sorte que je n'ai jamais réellement perdu le contrôle du pistolet. Sa puissance a parcouru mon corps avec un frémissement, un tremblement de vague, qui m'a fait me sentir plus fort. Ça m'a plu.

Bien sûr, j'étais parfaitement conscient qu'en accordant autant d'attention aux détails physiques, je ne faisais pas qu'apporter l'importance voulue aux préparatifs, mais que j'évitais aussi, le plus longtemps possible, de penser au véritable objet de l'exercice, au résultat final de tout ce travail préliminaire. La mort d'un homme. Même si cela serait abordé bien assez tôt. Je le savais alors, et je le sais maintenant.

Trois coups de feu ; c'est tout. Je suis rentré à la maison, j'ai nettoyé le Luger et je l'ai huilé de nouveau, j'ai remplacé les trois cartouches qui manquaient dans le chargeur, j'ai rangé pistolet et chargeur séparément dans le tiroir du bas de mon classeur à dossiers, et je n'y ai plus touché jusqu'au moment où j'ai été prêt à vérifier si j'étais véritablement capable de tuer un certain Herbert Coleman Everly. Alors, je l'ai sorti et je l'ai mis dans mon sac de voyage. Et l'autre chose que j'emportais, en plus des vêtements et des affaires de toilette habituels, c'était le C.V. de Mr. Everly.

Herbert C. Everly
835 Churchwarden Lane
Fall City, CT 06198
(203) 240-3677

EXPÉRIENCE PROFESSIONNELLE

Direction

Responsable de l'approvisionnement en pâte à papier en provenance d'une filiale canadienne. Fonction de coordinateur entre Oak Crest Paper Mills (branche de production des produits avec polymère) et Laurentian Ressources, Canada.

Suivi des livraisons du produit fini à divers secteurs de l'industrie, notamment l'aérospatiale, l'automobile, l'éclairage.

Direction d'un service de production de 82 personnes, en liaison avec le service de livraison, de 23 personnes.

Administration et Ressources humaines

Responsable des entretiens et de l'embauche pour le service. Chargé de la rédaction des évaluations d'employés, et des propositions d'attribution des augmentations et des primes, conseil auprès des employés.

Secteur industriel

23 ans d'expérience, papeteries, vente de produits papier, auprès de deux entreprises.

FORMATION

Bachelor of Business Administration,
Housatonic Business College, 1969.

RÉFÉRENCES

Service des Ressources humaines Kriegel-Ontario Paper Products PO Box 9000
Don Mills, Ontario, Canada.

Il existe une profession entièrement nouvelle ces temps-ci dans notre pays, une florissante industrie de «spécialistes» dont la fonction est de former les chômeurs de fraîche date aux techniques de recherche d'emploi, et plus spécialement à l'élaboration de ce *curriculum vitæ* si vital, à la façon d'apparaître sous son meilleur jour dans la compétition de plus en plus acharnée pour décrocher un nouveau boulot, un autre boulot, le boulot suivant, bref un *boulot*.

HCE a consulté un de ces experts, son C.V. empeste le conseil à trois kilomètres à la ronde. Pas de photo, par exemple. Pour les candidats qui dépassent les quarante ans, une théorie très répandue affirme qu'il vaut mieux ne pas joindre de photo, et en fait ne fournir aucun élément qui indique clairement son âge. HCE ne donne même pas les dates auxquelles il a travaillé, il se limite à deux indices inévitables : «23 ans d'expérience» et son obtention de diplôme en 1969.

De surcroît, HCE est impersonnel, efficace et direct, ou du moins veut-il s'en donner l'air. Il ne dit rien de sa situation de famille, ou de ses enfants, ou de ses centres d'intérêts (la pêche, le bowling, tout ce que vous voudrez). Il s'en tient à la question concernée.

Ce n'est pas le meilleur C.V. que j'aie lu, mais c'est loin d'être le pire : moyen, je dirais. Sans doute assez bon pour lui obtenir un entretien, au cas où un fabricant de papier chercherait à engager un employé de niveau direction ayant une solide expérience de la production et de la vente des papiers spéciaux avec polymère. Assez bon pour le faire entrer dans la place, je dirais. Et c'est pourquoi il doit mourir.

Le truc, c'est d'être absolument anonyme. De ne jamais être soupçonné, pas une seconde. C'est pourquoi je suis si prudent, pourquoi en fait je roule une bonne quarantaine de kilomètres en direction d'Albany, que je passe carrément dans l'État de New York, avant d'obliquer vers le sud pour revenir dans le Connecticut par une boucle.

Pourquoi ? Pourquoi des précautions aussi extrêmes ? Ma Plymouth [1] Voyager grise n'est pas spécialement voyante, après tout. Je dirais qu'elle ressemble plutôt à un sur cinq des véhicules qu'on croise aujourd'hui sur la route. Seulement, si par quelque improbable hasard un de nos voisins, un de nos amis, un parent d'un ou d'une camarade de classe de Betsy ou de Bill m'apercevait ce matin dans le Connecticut, roulant vers l'est, alors que j'ai dit à Marjorie qu'à cette heure-ci je serais dans l'État de New York, roulant vers l'ouest, voire déjà dans l'avion pour la Pennsylvanie, comment l'expliquerais-je ?

Marjorie commencerait par penser que j'ai une liaison. Même si, à part cette unique fois il y a onze ans – elle est au courant –, j'ai toujours été un mari fidèle, et elle sait cela aussi. Seulement, si elle pensait que je fréquentais une autre femme, si elle avait la moindre raison de mettre en doute mes déplacements et mes explications, ne me retrouverais-je pas obligé de lui dire la vérité ? Ne serait-ce que pour lui soulager l'esprit ?

« J'étais parti en mission privée, devrais-je finir par lui dire, tuer un homme du nom de Herbert Coleman Everly. Pour nous, chérie. »

Mais un secret partagé n'est plus un secret. Et de toute façon, pourquoi ennuyer Marjorie avec ces problèmes ? Elle ne peut rien faire de plus que ce qu'elle fait déjà, les petites mesures d'économie domestique qu'elle a mises en place dès l'instant où mon licenciement a été connu.

Oui, elle a fait ça. Elle n'a même pas attendu mon dernier jour de boulot, et elle n'aurait jamais attendu que mon indemnité de licenciement soit entièrement dépensée. De *l'instant* où je suis rentré à la maison avec l'avis (le papier était jaune, pas rose) que j'allais faire partie de la prochaine réduction d'effectifs, Marjorie a engagé le serrage de ceinture. Elle avait vu cela arriver à des

1. ***Plymouth*** : marque de voiture américaine très répandue.

amis, des voisins à nous, et elle savait à quoi s'attendre et comment – dans la limite de ses moyens – y faire face.

Les cours de gymnastique ont été arrêtés, l'atelier de jardinage aussi. Elle a supprimé HBO et Showtime[1], ne gardant que le câble de base : la réception par antenne est quasiment impossible dans notre coin vallonné du Connecticut. L'agneau et le poisson ont quitté notre table, remplacés par le poulet et les pâtes. Les abonnements aux magazines n'ont pas été renouvelés. Les expéditions aux centres commerciaux ont cessé, de même que ces longues et lentes déambulations dans Stew Leonard's[2], derrière un Caddie plein de courses.

Non, Marjorie fait son boulot, je ne pourrais pas en demander davantage. Alors pourquoi lui demander de participer à *ça* ? D'autant plus que je ne suis toujours pas certain, après avoir tout organisé, tout préparé, de pouvoir le faire. Abattre cette personne. Cette autre personne.

Je dois le faire, c'est tout.

Après avoir regagné le Connecticut, bien au sud de notre quartier, je me suis arrêté à une station-service-supérette, pour faire le plein et sortir le Luger de ma valise, en le plaçant sous l'imper habilement plié à côté de moi, sur le siège passager. Il n'y a personne à la station-service à part le Pakistanais niché derrière son comptoir, à l'intérieur, entouré de revues de charme et de bonbons, et l'espace d'une seconde vertigineuse, je vois *là* une solution à mon problème : le banditisme. Tout simplement, entrer dans ce bâtiment le Luger à la main, obliger le Pakistanais à me donner l'argent de sa caisse, et puis partir.

Pourquoi pas ? Je pourrais faire ça une ou deux fois par semaine pour le restant de mes jours – ou du moins jusqu'à ce que la Sécurité sociale commence à raquer – et continuer à payer

1. ***HBO, Showtime*** : chaînes câblées américaines qui produisent des films et surtout de très nombreuses séries télévisées.

2. ***Stew Leonard's*** : supermarché haut de gamme, spécialisé dans les produits frais.

les échéances pour la maison, la scolarité de Betsy et Bill, et même faire revenir des côtelettes d'agneau sur la table. Juste quitter la maison de temps en temps, aller dans un autre quartier en voiture et braquer une supérette. Voilà qui serait *super*pratique.

Je glousse en mon for intérieur quand j'entre dans le magasin, mon billet de vingt dollars à la main, et que je le donne au type maussade et mal rasé, en échange d'un billet d'un dollar. L'absurdité de l'idée. Moi, un braqueur armé. Tuer est plus facile à imaginer.

Je continue de rouler vers l'est et légèrement sud, Fall City se trouvant au bord de la Connecticut River, un peu au nord de l'endroit où ce petit cours d'eau se jette dans Long Island Sound. Mon atlas routier de l'État m'a montré que Churchwarden Lane est une ligne sinueuse qui part de la ville vers l'ouest, en s'éloignant de la rivière. D'après la carte, je peux y arriver par le nord, par une route écartée, du nom de William Way, ce qui permet d'éviter la ville.

Pour la plupart, les maisons des collines au nord-ouest de Fall City sont grandes et sobres, claires avec des volets foncés, très Nouvelle-Angleterre[1], bâties sur de grands terrains boisés. Divisés par lots d'un hectare et demi, je dirais. Je serpente lentement le long de la route étroite, je vois les maisons aisées, aucune des personnes aisées ou de leurs enfants aisés n'étant visibles pour l'instant, mais leurs signes sont partout. Paniers de basket-ball. Deux ou trois voitures garées dans de larges allées. Piscines, pas encore découvertes pour l'été. Kiosques, chemins forestiers, murs de pierres reconstruits avec amour. Jardins immenses. Çà et là, un court de tennis.

Je me demande, tout en roulant, combien de ces gens vivent ce que je vis ces jours-ci. Je me demande combien d'entre eux mesurent maintenant à quel point le sol est mouvant, sous ces

1. ***Nouvelle-Angleterre*** : région située au nord-est des États-Unis, où ont débarqué les premiers colons venus d'Europe.

pelouses tondues à ras. Manquez un jour de paie, et vous sentirez cette bouffée de panique. Manquez tous les jours de paie, et *là*, vous verrez l'effet que ça fait.

Je me rends compte que je suis en train de me concentrer sur tout ceci, ces maisons, ces signes extérieurs de sécurité et de satisfaction, non seulement pour me distraire de ce que je prépare, mais aussi pour me conforter dans mon intention. Je suis *censé* mener cette vie-là, au même titre que n'importe lequel des fichus habitants de cette fichue route en lacets, avec leurs noms sur leurs boîtes aux lettres élégantes et leurs panneaux rustiques en bois.

The Windhull's.

Cabett.

Marsdon.

The Elyot Family.

William Way fait un T avec Churchwarden Lane, comme le montre la carte. Je tourne à gauche. Les boîtes aux lettres sont toutes du côté gauche de la route, et la première que je vois porte le numéro 1117. Les trois suivantes ont des noms au lieu de numéros, puis vient le 1112, et je sais donc que je vais dans la bonne direction.

Je me rapproche également de la ville. La route descend la plupart du temps, maintenant, les maisons commencent à être moins prestigieuses, les indicateurs sont plus classes moyennes que grosse bourgeoisie. Ce qui nous correspond davantage, à Herbert et à moi, finalement. C'est aussi ce qu'aucun de nous deux ne veut perdre, car c'est tout ce que nous possédons.

Les 900, puis enfin les 800, et voici le 835, identifié seulement par le numéro, HCE étant apparemment du genre modeste, qui n'affiche pas fièrement son nom au bord de sa propriété. Les boîtes aux lettres sont toujours à gauche, mais la maison d'Everly est sûrement celle-là, sur la droite, avec une haie de thuyas [1] en bordure de la route, une allée goudronnée et une pelouse bien

1. ***Thuyas*** : grands conifères.

entretenue, plantée de deux jolis arbres, une maison modeste et blanche, probablement fin dix-neuvième à bardeaux [1], entourée de petits massifs de persistants [2]; et bien en retrait le garage à deux places attenant et la galerie ont dû être ajoutés plus tard.

Il y a une Jeep rouge derrière moi. Je continue, pas trop vite, pas trop lentement, et au bout de quatre cents mètres environ, je vois le facteur qui arrive en face. La factrice, en fait, dans un petit break blanc couvert d'autocollants US MAIL. Elle est assise au milieu de la banquette avant, de façon à pouvoir conduire de la main et du pied gauches, et en même temps se pencher pour atteindre la vitre du côté droit, qui donne sur les boîtes aux lettres le long de son chemin.

Ces temps-ci, je suis presque toujours à la maison quand le courrier est distribué, parce que ces temps-ci j'ai un intérêt plus que superficiel pour l'éventualité d'une bonne nouvelle. S'il y avait eu des bonnes nouvelles dans ma boîte aux lettres le mois dernier, la semaine dernière ou même hier, je ne serais pas ici, maintenant, dans Churchwarden Lane, à la poursuite de Herbert Coleman Everly.

N'est-il pas susceptible d'être à la maison lui aussi, à regarder par la fenêtre, à guetter le courrier? Pas de bonnes nouvelles aujourd'hui, j'en ai peur. Mauvaises nouvelles, aujourd'hui.

La raison pour laquelle j'ai consacré deux jours au projet Everly est que je ne savais pas combien de temps il me faudrait pour le trouver et l'identifier, quelles chances j'aurais d'entrer en contact avec lui, combien de temps se passerait à le pister, l'attendre, le poursuivre, avant que l'occasion d'agir ne se présente. Mais maintenant, me semble-t-il, il y a de très fortes chances que je puisse m'occuper d'Everly presque immédiatement.

---

1. *Bardeaux* : petites planches de bois employées dans la construction des maisons, qui peuvent par exemple remplacer les tuiles ou les ardoises.

2. *Persistants* : arbustes qui ne perdent pas leurs feuilles en hiver.

C'est bien. L'attente, la tension, les doutes; j'avais appréhendé tout cela.

Je tourne dans une allée pour laisser passer la Jeep, puis ressors sur la route et recommence de nouveau à monter, en revenant sur mon chemin. Je passe devant la factrice, et je continue. Je passe devant le 835, et je continue. J'arrive à un croisement et je tourne à droite, puis je fais demi-tour et je reviens au stop de Churchwarden. Là, j'ouvre mon atlas routier, et je le consulte en attendant que le break blanc de la poste fasse son apparition. Il n'y a presque pas de circulation dans Churchwarden, et pas du tout sur cette route secondaire.

La voiture blanche est sale. Elle arrive par ici. S'arrête. Redémarre. Je ferme l'atlas routier et je le mets sur le siège à côté de moi, puis je tourne à gauche dans Churchwarden.

Mon cœur bat à se rompre. Je me sens ébranlé, comme si tous mes nerfs étaient à vif. De simples gestes tels qu'accélérer, freiner, redresser légèrement le volant sont soudain très durs à effectuer. Je n'arrête pas de compenser, je n'arrive pas à doser mes mouvements avec précision.

Devant, un homme traverse la route de droite à gauche.

Je halète, comme un chien. Les autres symptômes ne me gênent pas, je m'y attendais à moitié, mais haleter ? Je me dégoûte moi-même. Comportement animal…

L'homme arrive à la hauteur de la boîte aux lettres marquée 835. J'appuie sur la pédale de frein. Il n'y a pas de circulation visible, ni devant ni derrière. J'enfonce le bouton, et la vitre du côté conducteur s'abaisse silencieusement. Je traverse en biais la rue déserte, j'entends le crissement des pneus sur la chaussée maintenant que la fenêtre est ouverte, je sens l'air frais et printanier sur ma joue et ma tempe, qui résonne à vide dans mon oreille.

L'homme a retiré des lettres, des factures, des catalogues, des magazines : la liasse habituelle. Tandis qu'il ferme le rabat avant de la boîte aux lettres, il se rend compte que j'approche et se tourne, les sourcils levés en un signe interrogateur.

Je sais qu'il a quarante-neuf ans, mais je trouve qu'il fait plus. Ce sont peut-être ces deux dernières années de chômage qui ont laissé leur marque. Sa moustache, trop fournie à mon goût, est poivre et sel, avec trop de sel. Sa peau est pâle et terne, sans éclat, pourtant il a un grand front qui devrait refléter le ciel. Il a les cheveux noirs, fins, raides, mous, gris aux tempes, le front dégarni. Il porte des lunettes à monture foncée – de l'écaille ? – qui ont l'air trop grandes pour son visage. À moins que son visage ne soit trop petit pour les lunettes. Il porte une de ses chemises de bureau, à rayures blanches et bleues, sous un gilet gris dont les boutons sont ouverts. Son pantalon kaki est trop large, maculé de taches d'herbe, donc il est peut-être passionné de jardinage, à moins qu'il n'aide sa femme, maintenant qu'il a tout ce temps libre. Les mains qui tiennent le courrier sont étonnamment épaisses, avec de grosses articulations, comme si c'était un fermier, en fin de compte, et pas du tout un col blanc [1]. Est-ce le bon type ?

Je m'arrête à côté de lui, souriant par la vitre ouverte. Je dis : « Mr Everly ?

– Oui ? »

Je veux être sûr ; il pourrait s'agir d'un cousin, d'un frère : « Herbert Everly ?

– Oui ? Je suis désolé, je… »

… ne vous connais pas. Je finis la phrase à sa place dans ma tête. Non, tu ne me connais pas, et tu ne me connaîtras jamais. Et je ne te connaîtrai jamais non plus, car si je te connaissais, peut-être que je ne serais pas capable de te tuer et, je suis désolé, mais j'ai vraiment besoin de te tuer. Je veux dire, l'un de nous deux doit mourir, et c'est moi qui y ai pensé le premier, donc ça ne laisse que toi.

---

1. ***Col blanc*** : employé de bureau.

Je fais glisser le Luger de sous l'imper et je le sors à moitié par la fenêtre ouverte en disant : «Vous voyez ça ?»

Il le regarde, s'attendant certainement à ce que je veuille le lui vendre, ou que je lui dise que je viens de le trouver et que je lui demande si c'est à lui, ou je ne sais quelle dernière pensée qui peut bien lui traverser l'esprit. Il le regarde et j'appuie sur la détente ; le Luger saute en l'air dans l'espace ménagé par la vitre ouverte et le verre gauche de ses lunettes se fracasse, et son œil gauche devient un puits de mine qui s'enfonce jusqu'au centre de la terre.

Il tombe en arrière. Juste une chute en arrière, pas de chichis, pas de bond vers l'avant, juste une chute en arrière. Son courrier lui échappe, emporté par le vent.

Je fais un bruit au fond de ma gorge, comme quelqu'un qui essaie de prononcer ce nom vietnamien. Vous savez : *Ng*. Je pose le Luger par-dessus l'imper et je recommence à descendre Churchwarden, mon doigt tremblant sur le bouton de la vitre jusqu'à ce qu'elle soit complètement remontée. Je tourne à gauche, puis encore à gauche, et trois kilomètres plus tard je pense enfin à mettre le Luger sous l'imper.

Mon trajet est planifié, maintenant. D'ici quelques kilomètres, je trouverai l'Interstate 91 que je prendrai vers le nord, *via* Hartford, jusqu'à Springfield, dans le Massachusetts. Légèrement au nord de là, je tournerai vers l'ouest dans la Massachusetts Turnpike, pour me diriger une fois de plus vers l'État de New York. Je passerai la nuit dans un motel bon marché à côté d'Albany, paierai en liquide, et demain après-midi je rentrerai bredouille de mon entretien à Harrisburg, Pennsylvanie.

Bon. Apparemment, je suis capable de le faire.

2

J'ai joué leur jeu pendant onze mois. Ou seize, si vous comptez les cinq derniers mois à l'usine, après que j'ai reçu le papier jaune mais avant que mon poste ait cessé de « progresser », comme ils disaient, la période des sessions de conseil, et aussi la formation à l'écriture de C.V. et l'« examen » des « options ». Toute cette mascarade comme si nous tous, l'entreprise et ses représentants et les spécialistes et les conseillers et votre serviteur, comme si nous étions tous attelés à une tâche difficile mais louable, dont le résultat final était censé être ma satisfaction personnelle. Mon épanouissement. Mon bonheur.

Ne partez pas fâché ; partez, c'est tout.

Avant, pendant un an ou deux, il y avait eu des rumeurs sur la compression à venir, d'ailleurs la direction avait fait deux petites coupes dans le personnel, mais ce n'étaient que les préliminaires et tout le monde le savait. Aussi, quand le papier jaune m'a été remis avec ma paie d'octobre 1995, je n'ai pas été aussi choqué que j'aurais pu l'être, et je ne me suis même pas senti si malheureux que ça, au début. Tout paraissait tellement rationnel, bien pensé, professionnel, que ça faisait plutôt l'effet d'être nourri que sevré. Mais c'était un sevrage.

Et Dieu sait que je ne manquais pas de compagnie. Les deux mille cent personnes de l'usine Halcyon Mills de Belial étaient réduites à mille cinq cent soixante-quinze ; une réduction d'environ un quart. Ma ligne de produits fut complètement abandonnée, la bonne vieille machine 11 vendue à la ferraille, le travail absorbé par la filiale canadienne de la société. Et le long délai – du moins à ce qu'il semblait alors – de préparation de cinq mois me laissait non seulement beaucoup de temps pour chercher un autre travail, mais signifiait aussi que je serais toujours salarié pendant la période de Noël ; sympa de leur part.

L'indemnité de licenciement était certes assez généreuse, j'imagine, au vu de ce qu'on estime généreux et raisonnable en ce moment. Nous autres employés en fin de parcours recevions une somme forfaitaire égale à un mois de salaire pour deux ans d'emploi, au salaire de l'époque. En ce qui me concerne, comme j'avais passé vingt ans dans la société, quatre en tant que directeur des ventes et seize en tant que responsable de produit, j'ai reçu dix mois de paie, dont deux à un tarif légèrement inférieur. En plus, l'entreprise offrait de maintenir notre assurance maladie – nous payons vingt pour cent de nos frais médicaux, mais pas de primes – à raison d'un an d'assurance pour cinq ans d'emploi, ce qui dans mon cas signifie quatre ans. Couverture entière pour Marjorie et moi, plus deux ans et demi de couverture pour Billy, jusqu'à ses dix-neuf ans ; Betsy a déjà dix-neuf ans, et elle n'est donc pas assurée, c'est un autre souci. Ensuite, d'ici cinq mois, quand viendra le dix-neuvième anniversaire de Billy, lui aussi se retrouvera sans assurance.

Mais ce n'est pas tout ce que nous avons reçu quand nous avons été congédiés. Il y a eu également un versement unique pour couvrir les vacances, les congés de maladie et Dieu sait quoi d'autre ; il avait été calculé selon une formule furieusement complexe qui était, j'en suis sûr, d'une scrupuleuse équité, et mon chèque s'éleva à quatre mille sept cent seize dollars vingt-deux cents. Pour dire la vérité, si ça avait été dix-neuf cents, je doute que j'eusse vu la différence.

Je crois que pour la plupart, quand nous nous faisons virer, nous voyons notre chômage à venir comme de simples vacances imprévues, et nous présumons que nous allons retravailler dans une autre société presque immédiatement. Mais ce n'est pas comme ça que ça se passe, maintenant. Les licenciements sont trop importants, ils touchent absolument tous les secteurs de l'industrie, et le nombre d'entreprises qui dégraissent est beaucoup plus grand que celui des entreprises qui embauchent. Nous sommes de plus en plus nombreux dans l'arène maintenant, environ un millier de plus par jour, à courir après des boulots de moins en moins nombreux.

Vous réunissez votre C.V., votre formation et votre passé professionnel sur une page. Vous achetez des chemises cartonnées et un rouleau de timbres à tarif normal. Vous emportez votre C.V. au drugstore [1] qui a une photocopieuse, et vous en tirez trente exemplaires à cinq cents l'un. Vous commencez à entourer en rouge les offres d'emploi les plus prometteuses du *New York Times*.

Vous vous abonnez aussi de vous-même aux revues spécialisées de votre branche, les magazines auxquels votre employeur vous abonnait avant. Mais les abonnements aux revues ne font pas partie de l'indemnité de licenciement. *Pulp* et *The Paperman*, voilà les revues spécialisées de ma branche, toutes les deux mensuelles, toutes les deux plutôt chères. Lorsqu'elles étaient gratuites, je les lisais rarement, mais maintenant je les étudie de la première page à la dernière. Après tout, je dois me tenir au courant. Je ne peux pas laisser l'industrie du papier évoluer sans moi.

Dans ces deux revues il y a des offres d'emploi, et dans les deux il y a des demandes d'emploi. Dans chacune des deux, il y a plus de demandes que d'offres.

Au moins n'ai-je jamais été assez idiot pour dépenser de l'argent dans une annonce de recherche d'emploi.

Au fil de mes années de travail, je suis devenu spécialiste d'un type de papier et d'une méthode de fabrication. C'était un sujet sur lequel je connaissais – et connais toujours – vraiment tout. Mais au début, il y a vingt-cinq ans, lorsque j'ai commencé comme représentant chez Green Valley, avant de passer chez Halcyon, je commercialisais toutes sortes de papier industriel, et je les ai toutes apprises. J'ai appris le *papier*, le sujet entier dans sa folle complexité.

---

1. ***Drugstore*** : en Amérique du Nord, magasin où l'on vend divers produits (alimentation, hygiène, pharmacie, etc.).

Je sais que beaucoup de gens trouvent le papier ennuyeux, donc je ne vais pas m'étendre là-dessus, mais en fait le papier est loin d'être ennuyeux. La façon dont il est fabriqué, ses milliers d'usages…

Nous mangeons même du papier, le saviez-vous ? Il y a un type spécial de carton qui est employé comme agent de texture dans de nombreuses glaces du commerce.

Le fait est que je connais vraiment bien le papier, et que je pourrais reprendre n'importe quel poste d'encadrement dans l'industrie papetière, avec juste un minimum de formation pour une spécialité particulière. Mais nous sommes tellement nombreux dans l'arène que les entreprises n'éprouvent pas le besoin de donner la moindre formation. Elles n'ont pas besoin d'embaucher quelqu'un qui est simplement bon, puis de l'adapter à leurs exigences. Elles peuvent trouver quelqu'un qui connaît déjà sa fonction spécifique, qui y a été formé par un autre employeur, et qui est impatient de venir travailler pour *elles*, à un salaire inférieur et avec moins d'avantages, du moment que c'est un *boulot*.

J'ai étudié les petites annonces, j'ai envoyé mes C.V., et la plupart du temps, il ne se passait rien du tout. Pas de réponse. Pas de réponse non plus à toutes les questions que vous vous posez naturellement : mes prétentions de salaire sont-elles trop élevées ? Ai-je mal formulé quelque chose dans mon C.V. ? Ai-je omis quelque chose que j'aurais dû mentionner ?

Voici mon propre C.V. J'ai décidé d'opter pour la simplicité, la vérité et la clarté absolues. Pas de tricherie sur mon âge, pas de vantardises inutiles sur mes compétences et ma formation. Mais j'ai fait figurer mes centres d'intérêt d'étudiant parce que je pense qu'il est bon de suggérer qu'on a une personnalité complète. Je le pense. Qui sait ?

BURKE DEVORE

62 Pennery Woods Road
Fairbourne, CT 06668
(203) 567-9491

EXPÉRIENCE PROFESSIONNELLE

Depuis 1980	Responsable de produits, Halcyon Mills Responsable de la fabrication et des ventes, papiers spéciaux avec polymère.
1975-1979	Directeur des ventes, Halcyon Mills Coordination des forces de vente dans les domaines d'application des papiers spéciaux.
1971-1975	Représentant, Green Valley Paper & Pulp. Formation à toute la ligne de produits. Meilleur vendeur pendant 19 mois sur 45.
1969-1971	Conducteur d'autobus, ville de Hartford, CT.
1967-1969	Armée, spécialiste de l'Information, apprentissage de la dactylographie, techniques radio.

FORMATION

BA, Northwest Connecticut State University, 1967.

Dominante : Histoire américaine. Groupe de discussion. Athlétisme.

À l'occasion, ce C.V. attire une réponse, et pendant un court instant, j'ai le moral qui remonte. Je reçois une lettre ou un coup de téléphone, en général un coup de téléphone, et un rendez-vous est fixé. Le plus souvent c'est quelque part dans le nord-est, mais une fois c'était dans le Wisconsin et une autre dans le Kentucky. Où que ce soit, vous prenez vous-même en charge vos frais de transport. Vous voulez aller à ce rendez-vous.

Vous vous douchez minutieusement, vous vous habillez avec soin, vous essayez de trouver le bon équilibre entre assurance et cordialité naturelle. Vous ne voulez pas paraître imbu de vous-même, mais vous ne voulez pas être un flagorneur non plus. La rencontre a lieu et vous bavardez et discutez. Il se peut même que vous visitiez l'usine avec la personne qui vous a fait passer l'entretien, que vous lui montriez comme vous connaissez bien les machines, la ligne, le travail. Puis vous rentrez chez vous, et vous n'avez plus jamais aucune nouvelle.

De temps à autre, il pouvait y avoir un petit sujet dans *Pulp* ou *The Paperman*, quand une papeterie annonçait l'embauche d'untel pour tel ou tel poste de cadre supérieur, avec l'habituelle photo du veinard qui sourit d'un air suffisant. Et je lisais l'article, et je me rendais compte que c'était un poste pour lequel j'avais passé un entretien, et je ne pouvais pas m'en empêcher, il fallait que je scrute, que j'étudie le visage de ce type, ses yeux, son sourire, la cravate qu'il portait. Pourquoi lui ? Pourquoi pas moi ?

Parfois, c'était la photo d'une femme ou d'un Noir, et j'en concluais que c'était un coup pour les quotas ; ils avaient fait une embauche politique et non commerciale, et d'une drôle de façon, cela me rassérénait [1]. Car alors, ce n'était pas *mon* échec. Si c'était une femme ou un Noir qu'ils voulaient, et s'ils ne faisaient que donner le change pour la forme avec les gens comme moi, je n'y pouvais rien, n'est-ce pas ? Donc, pas de culpabilité.

---

1. *Me rassérénait* : me calmait, m'apaisait.

Mais d'autres fois, j'éprouvais de la culpabilité. Pourquoi lui, pourquoi ce type au sourire mou, ce type aux oreilles énormes, ce type à la coupe de cheveux ringarde ? Qu'avait-il dit ou fait ? Qu'y avait-il dans son C.V. qui n'était pas dans le mien ?

Ce fut le déclic pour moi, ce fut la première question. Qu'ont-ils dans leurs C.V. ? Quel atout de plus ? C'est ça qui m'a amené à passer ma petite annonce.

3

Hier j'ai tué Herbert Coleman Everly et aujourd'hui je reviens de mon entretien à Harrisburg, Pennsylvanie, et lorsque je rentre à la maison, à quatre heures de l'après-midi, Marjorie m'attend au salon. Elle fait semblant de lire un roman – elle emprunte des romans à la bibliothèque, maintenant que nous avons moins de magazines et de chaînes de télévision – mais en réalité elle m'attend. Il est vrai qu'elle ne connaît pas toute l'ampleur de nos problèmes, mais elle sait que problème il y a, et elle se rend compte que je suis inquiet.

Avant qu'elle ne puisse me poser la question, je secoue la tête. « Aucune chance, dis-je.

– Burke ? » Elle se lève, laissant tomber son roman derrière elle dans le fauteuil. « Tu ne peux pas en être sûr », dit-elle pour m'encourager.

« Oh, si, je peux », fais-je en haussant les épaules. Je n'aime pas mentir à Marjorie, mais je n'ai pas le choix. « Je commence à connaître les gens qui font passer les entretiens. Celui-là, je ne lui ai pas plu, c'est tout.

– Oh, Burke. » Elle me prend dans ses bras, et nous nous embrassons. Je ressens un certain émoi, mais qui ne dure pas, c'est comme l'écho d'une onde dans l'eau. Pas un sous-marin, mais son retour sonar [1].

J'ai demandé : « Il y a du courrier ? » En pensant à Everly.

« Rien... rien d'important, dit-elle.

– Bon. »

Il y a beaucoup d'hommes aujourd'hui, dans ma situation, qui se défoulent sur leurs familles, en particulier sur leurs femmes. On bat beaucoup sa femme, ces temps-ci, chez les chômeurs des classes moyennes. Je reconnais que j'ai moi-même ressenti cette vilaine envie, l'envie de détruire, de donner libre cours à la frustration en s'en prenant tout simplement à la cible la plus proche.

Mais j'aime Marjorie, et elle m'aime, et nous avons toujours été heureux en mariage, alors pourquoi devrais-je laisser cette chose extérieure nous séparer ? Si je dois m'en prendre à quelqu'un, si je dois détruire, je veillerai à ce que ma violence soit plus productive que cela. J'y veillerai.

En faisant ce que j'ai fait hier, en dehors de tous les autres bénéfices qui en découleront (j'espère, par la suite), j'ai garanti encore davantage que je ne m'en prendrai jamais à ma moitié. Jamais.

« Bon », dis-je de nouveau, et nous échangeons un sourire amical et chagriné, puis j'emporte la valise dans la chambre à coucher tandis que Marjorie retourne à son roman.

Sachant qu'elle ne va pas bouger du salon, avec son livre, j'emporte le Luger et le C.V. d'Everly dans mon bureau et je les range dans mon classeur à dossiers. Ensuite je retourne dans la chambre, je défais ma valise, je me déshabille et je prends une longue douche, ma deuxième de la journée. Sous la douche, je m'autorise enfin à penser à Herbert Everly.

---

1. ***Sonar*** : un dispositif de détection, d'écoute et de communication sous-marines.

Un homme, un homme bien, un homme sympa, plutôt comme moi. Sauf qu'il y a peu de chances qu'il ait tué qui que ce soit. Je me sens horriblement mal, de penser à lui, et de penser à sa famille. J'ai eu de la peine à dormir la nuit dernière, j'ai été rongé par la culpabilité une grande partie de la journée, et j'ai sérieusement envisagé de tout laisser tomber, d'abandonner le projet tout entier alors que je n'en suis qu'au début.

Mais jusqu'à quel point ai-je le choix ? Je suis debout sous l'eau chaude, propre et de plus en plus propre, et je réexamine tout dans ma tête. L'équation est dure, réelle, impitoyable. Nous arrivons à court d'argent, Marjorie, moi et les enfants, et nous arrivons à court de temps. Il faut que je trouve un emploi, c'est tout. Je n'ai pas la fibre de l'entrepreneur, je ne vais pas inventer un nouveau gadget, je ne vais pas fonder ma propre papeterie avec trois sous. J'ai besoin d'un boulot.

Nous sommes trop nombreux dans l'arène, et il faut que je me fasse à l'idée que je ne serai jamais le premier choix de personne. Si ce n'était qu'une question de boulot, de connaissances et d'expérience, de capacité et de compétence, d'enthousiasme et d'efficacité, pas de problème. Mais nous sommes trop nombreux à courir après trop peu d'emplois, et il y a d'autre gars dans l'arène qui ont tout autant d'expérience, d'enthousiasme et de compétence que moi, alors ça se joue aux nuances, à l'indicible [1].

L'amabilité. Le son de la voix. Le sourire. Si votre interlocuteur et vous-même êtes adeptes du même sport ou non. Ce qu'il pense de votre choix de cravate.

Il y aura toujours toujours *toujours* quelqu'un qui sera juste un poil plus proche de l'idéal que moi. Dans ce marché de l'emploi, ils n'ont pas besoin de se contenter d'un second choix, et soit j'accepte cet état de fait, soit je vais être très malheureux

---

1. *Indicible* : employé comme substantif, le mot désigne des nuances si fines qu'elles sont inexprimables.

pendant très longtemps, et entraîner ma famille avec moi dans ma chute. Donc il faut que je l'accepte, et que j'apprenne à faire avec.

Je sors de la douche, je m'habille, et je vais dans mon bureau. Je regarde ma liste, et je songe qu'il vaudrait sans doute mieux ne pas tuer deux personnes dans le même État à quelques jours d'intervalle à peine. Je ne veux pas que la police se mette à chercher des schémas.

D'un autre côté, je n'ai pas beaucoup de temps. J'ai lancé l'opération, maintenant, et il faut que j'avance à bonne cadence vers son terme, avant que quelque chose ne survienne pour tout gâcher.

En voilà un, dans le Massachusetts. Lundi prochain, je prendrai la route en direction du nord.

4

En principe, l'ordinateur appartient à toute la famille, mais dans la réalité il est à Billy, et il y a un an, il a été transféré dans sa chambre en confirmation de cet état de fait. Je l'avais offert en cadeau de Noël à la famille, en 1994, l'année d'avant mon licenciement, quand nous allions encore bien financièrement. L'argent sortait, en échéances de prêt, impôts, scolarité, nourriture, essence et vêtements, plus toutes ces choses auxquelles nous pensions à peine mais pour lesquelles nous ne dépensons plus un sou, comme les locations de cassettes vidéo, mais l'argent rentrait aussi, suffisamment pour couvrir nos dépenses, dans un mouvement de flux et reflux bien réglé, comme l'inspiration et l'expiration d'un corps sain. Aussi acheter un ordinateur pour la famille était-il une petite folie, mais pas plus que ça.

Charles Dickens l'a dit, dans *David Copperfield* : «Revenu annuel vingt livres, dépenses annuelles dix-neuf quatre-vingt-seize, résultat bonheur. Revenu annuel vingt livres, dépenses annuelles vingt livres zéro six, résultat détresse.»

Le fait est que l'ordinateur est entré dans notre vie à une époque où nous pensions avoir les moyens de cette vie, et qu'il est toujours parmi nous, dans la chambre de Billy, sur la table métallique à roulettes achetée par la même occasion. La chambre de Billy est petite et pleine à ras bord, comme le sont souvent les chambres des garçons à l'adolescence, mais bizarrement elle paraît plus rangée maintenant que l'ordinateur et sa table y ont été insérés. Ou peut-être est-ce juste qu'il n'a pas pu acheter tellement de trucs récemment, qu'il n'a pas pu ajouter à la pile de ses biens.

Bon. Lorsque que tout ceci a commencé, en février, il y a presque trois mois, la deuxième chose que j'ai faite, avant d'avoir la moindre idée de ce qu'était le plan, et même s'il y aurait un plan, a été d'aller dans la chambre de Billy, de m'asseoir devant l'ordinateur familial, et, en puisant dans l'abondance de caractères et de tailles disponibles, de me créer un papier à lettres à en-tête. (La première chose avait été de prendre une boîte postale dans une petite ville à une trentaine de kilomètres de la maison.)

B.D. INDUSTRIAL PAPERS
P.O. BOX 2900
WILDBURY, CT 06899

La boîte postale était en réalité le 29, mais j'avais ajouté les zéros pour donner plus de poids au bureau de poste local et, par extension, à B.D. Industrial Papers. J'avais plaisanté là-dessus avec l'employée de la poste, qui avait trouvé l'idée amusante et m'avait dit qu'elle n'aurait pas de mal à mettre le courrier du 2900 dans la boîte 29, vu qu'en fait, il n'y avait que soixante-huit boîtes dans toute l'agence.

Puis j'avais rédigé ma petite annonce, en m'inspirant de celles que j'entourais dans les rubriques d'offres d'emploi depuis plus d'un an :

FABRICATION

CHEF D'ATELIER

Papeterie du nord-est spéc. polymère, tissu et films pour condensateur rech. personne avec grande expér. papiers spéciaux pour diriger la fab. d'une nvelle ligne de produits sur une machine à papier à condensateur électrolytique reconstruite. 5 ans exp. minimum. Salaire attractif, avantages. Envoyer C.V. incluant évolution des salaires à B.P. 2900, Wildbury, CT 06899.

Ensuite j'ai appelé le service des petites annonces de *The Paperman*, qui, me semblait-il, publiait en général davantage d'annonces de ce type que *Pulp*, et j'ai pris les dispositions nécessaires pour faire passer ma petite annonce, à raison de quarante-cinq dollars pour une parution dans trois numéros mensuels consécutifs. La femme à qui j'ai parlé m'a dit que cela ne posait aucun problème que je paie par mandat [1] plutôt qu'avec un chèque émis par la société, quand je lui ai expliqué que nous étions une petite papeterie peu habituée à embaucher hors de sa zone géographique, et que nous allions payer l'annonce avec l'argent des dépenses courantes.

Ensuite je suis retourné au bureau de poste de Wildbury, j'ai acheté le mandat et je l'ai signé Benj Dockery III, d'une écriture très brouillonne, contrairement à la mienne. La photocopieuse du drugstore m'a fourni un beau papier à lettres à partir de l'original que j'avais composé sur l'ordinateur, et je m'en suis servi pour envoyer le texte de l'annonce et le mandat à *The Paperman*. Benj Dockery III signa également la lettre.

L'annonce est passée pour la première fois dans le numéro de mars, sorti la dernière semaine de février et, le premier lundi de mars, quand je suis parti la vérifier, la boîte 2900 avait déjà reçu quatre-vingt-dix-sept réponses. « Dites donc, ça en attire du courrier, ces zéros ! » m'a dit l'employée de la poste, et nous en avons ri ensemble, et je lui ai expliqué que j'essayais de lancer

1. ***Mandat*** : ici, mandat postal, c'est-à-dire titre constatant la remise d'une somme à l'administration des Postes par un expéditeur avec ordre de la verser à une personne désignée, sans transfert matériel des fonds.

une revue spécialisée sur les revues spécialisées. C'étaient les réponses à une petite annonce que j'avais fait passer dans une sélection de magazines.

(Je ne voulais pas que qui que ce soit me soupçonne d'être impliqué dans une quelconque arnaque au courrier et me mette un inspecteur de police sur le dos. Ce que je faisais n'était sans doute pas illégal, mais pouvait devenir extrêmement embarrassant et nuire à mes chances d'embauche, si ça venait à se savoir.)

« Eh bien, je vous souhaite bonne chance », m'a-t-elle dit. Je l'ai remerciée et elle a ajouté : « Il y a de plus en plus de gens qui se mettent à leur compte, maintenant, vous avez remarqué ? » et j'ai acquiescé.

Ce premier torrent de courrier s'est vite réduit à un filet régulier, qui gonfle de nouveau dans les quelques jours suivant chaque parution de *The Paperman*. Le numéro de mai, le dernier où passe mon annonce, est encore d'actualité, et j'ai eu jusqu'à présent deux cent trente et une réponses. Je suppose qu'il y en aura encore dix à quinze, et ça s'arrêtera là.

Ce fut fascinant d'étudier ces C.V., de voir la dose de peur qu'il y avait dedans, la dose de courage, la dose de détermination farouche. Et aussi la dose de vanité, d'ignorance, d'arrogance prétentieuse ; ces gens-*là* ne sont une concurrence pour personne, pas tant que la vie ne les aura pas endurcis un peu plus.

Pendant ma période de transition à Halcyon, lorsqu'une partie de ma journée de travail était occupée à assister à une formation continue sur l'art et la manière d'être au chômage, un de nos conseillers, une femme stricte mais chaleureuse qui avait pour mission de nous mobiliser à l'aide de speechs [1] toniques et pétris de la rude réalité, nous raconta une histoire en jurant qu'elle était vraie. « Il y a quelques années, raconta-t-elle, il y a eu une baisse d'activité dans l'industrie aérospatiale, et beaucoup d'ingénieurs brillants se sont retrouvés au chômage. Un groupe de cinq d'entre eux, à Seattle, décida de mettre au point une invention

1. *Speechs* : discours, laïus (anglicisme).

de leur cru, qui serait commercialisable, et au bout de nombreuses notes et sessions de brainstorming [1], ils créèrent effectivement une nouvelle variante d'un type de jeu, une idée qui avait un réel potentiel. Mais il leur fallait un capital de départ, et ils ne l'avaient pas. Déjà à Seattle, ils avaient compris que lorsque tout le monde essaie de vendre sa seconde voiture, personne ne veut plus en acheter. Ils essayèrent toutes les relations auxquelles ils purent penser, la famille, les amis, les anciens collègues, et pour finir ils furent mis en contact avec une société de capital-risque [2] basée en Allemagne. L'idée des ingénieurs plut à ces bailleurs de fonds [3], et ils étaient sur le point d'accepter de les financer. Il ne restait plus qu'à tenir une réunion *de visu*. Les bailleurs de fonds, trois d'entre eux, prirent l'avion de Munich à New York, et les ingénieurs prirent l'avion de Seattle à New York, où ils se rencontrèrent dans une suite d'hôtel, et tout le monde s'entendit très bien. Selon toutes les apparences, les ingénieurs allaient obtenir l'argent, lancer leur compagnie et être sauvés. Alors, un des bailleurs de fonds dit : "Je voudrais juste avoir une idée précise de votre programme. Lorsque nous vous donnerons cet argent, par quoi allez-vous commencer ?" Et l'un des ingénieurs répondit : "Eh bien, la toute première chose que nous ferons, ce sera de nous payer nos arriérés de salaire." Et ce fut la fin de l'affaire. Les ingénieurs repartirent à Seattle sans rien dans les poches, et sans rien dans le crâne non plus. Parce que, nous dit cette conseillère, ils ignoraient *la* chose que vous devez savoir si vous voulez survivre et prospérer. Et cette chose, c'est que personne ne vous a invité. Personne ne vous doit rien. Un boulot, un salaire, une bonne vie bourgeoise, ce n'est pas un *droit*, c'est quelque

---

1. *Brainstorming* : terme anglais passé dans la langue française. Réunion où chacun avance ses idées afin de résoudre un problème.

2. Une ***société de capital-risque*** a pour but d'aider au développement d'une entreprise fondée sur l'innovation scientifique ou technologique, dont les chances de succès sont limitées.

3. *Bailleurs de fonds* : ceux qui fournissent l'argent qui doit être investi.

chose qui se gagne, et vous devez vous battre pour l'avoir. Vous devez vous répéter sans arrêt : "Ils n'ont pas besoin de moi, c'est moi qui ai besoin d'eux." Vous n'avez pas d'exigences à avoir. Vous avez vos qualifications, vous avez votre désir de travailler, vous avez le cerveau, les talents et la personnalité que Dieu vous a donnés, et il dépend de *vous* de déclencher la suite.»

J'ai pris ce message à cœur, peut-être plus qu'elle ne l'aurait voulu. Et j'ai lu les C.V. des gens qui n'avaient pas bénéficié de ce type de conseils, des gens qui voient toujours la vie comme cet ingénieur à l'ignorance abyssale [1] : le monde me doit un salaire.

Environ un quart des C.V. empestent cette vanité, cette indignation qui veut que les choses *devraient* s'arranger. Mais la plupart du temps, le problème des C.V. est plus simple : ils sont mal ciblés.

J'ai rédigé une annonce à laquelle moi je pourrais répondre, qui correspondait tout à fait à mon expérience, sans être trop spécifique ni trop étroite. Il y a un tel désespoir, cependant, que les gens ne se limitent pas aux offres de poste pour lesquelles ils pourraient avoir une chance. Manifestement, ils envoient leurs C.V. en gros, dans l'espoir d'un coup de chance extraordinaire. Et peut-être cela se produit-il parfois.

Mais pas dans l'industrie du papier. Pas dans le type spécialisé d'usage industriel du papier dont je suis, *moi*, l'expert. Ces gens sont des amateurs, quand il s'agit de mon domaine, et ils ne m'inquiètent pas.

D'autres, en revanche, m'inquiètent. Des gens dont les qualifications sont très semblables aux miennes, voire un tantinet meilleures. Des gens qui ont le même bagage que moi, mais avec une formation qui fait juste un peu plus chic sur un C.V. Des gens dont je serais le pis-aller [2], si mon annonce avait été authentique et si j'y avais répondu.

Des gens comme Edward George Ricks.

---

1. ***Abyssale*** : immense.
2. ***Pis-aller*** : ici, personne à laquelle on recourt faute de mieux.

RESPONSABLE DE PRODUCTION – PAPIERS SPÉCIAUX

Je m'appelle Edward G. Ricks. Je suis né à Bridgeport, Connecticut, le 17 avril 1946. J'ai fait ma scolarité à Bridgeport et j'ai obtenu un diplôme de génie chimique du Henley Technical College, Broome, Connecticut, en 1967.

Lors de mon service dans la Marine – de 1968 à 1971 – j'ai rempli les fonctions de technicien d'imprimerie sur le porte-avions d'escadre *Wilkes-Barre*, où j'étais responsable de la publication du journal quotidien du bateau ainsi que de tous les ordres et autres documents imprimés à bord, et où j'ai associé pour la première fois mes connaissances en chimie à un intérêt pour les formes de papier spécialisées.

Après la Marine, j'ai été embauché par Northern Pine Pulp, où j'ai travaillé au développement de produits de 1971 à 1978. Lorsque Northern Pine a fusionné avec Graylock Paper, j'ai été promu à la direction, où j'étais responsable de plusieurs lignes de produits.

De 1991 au printemps 1996, j'étais chargé de la ligne des complexes papier polymère chez Graylock, dont les clients étaient presque exclusivement des entrepreneurs du secteur de la défense. Avec les récentes réductions militaires, Graylock a abandonné cette ligne de produits.

J'ai maintenant toute liberté d'offrir mon expérience et ma compétence à une autre compagnie dynamique de l'industrie spécialisée du papier. Je suis établi dans le Massachusetts depuis 1978, mais mobile géographiquement. Je suis marié, et mes trois filles poursuivent toutes des études universitaires à ce jour (1997).

Edward G. Ricks
7911 Berkshire Way, Longholme,
MA 05889, 413 555-2699.

5

Moi, je l'embaucherais, avant de m'embaucher. Ce diplôme de génie chimique me reste vraiment en travers de la gorge.

Et l'assurance du type. *Et* il est resté vingt-cinq ans chez le même employeur, donc ce doit être un bon et loyal employé (tout comme eux, bien sûr, sont des employeurs mauvais et déloyaux, ce qui n'a pas d'importance).

La forme de son C.V. est la seule chose qui le dessert. Cette façon de mettre un titre fait vraiment trop artificiel, même chose pour son bavardage maîtrisé. Sa préciosité [1] agace, avec sa « liberté d'offrir » ses services et ses trois filles qui « poursuivent des études universitaires », comme si elles faisaient toutes Oxford et non pas un premier cycle lambda. Il ne fait aucun doute que le type est un raseur pontifiant [2], mais il est parfait pour n'importe quel boulot dans lequel je serais très bon, et à cause de cela je le hais.

Lundi 12 mai. Au petit déjeuner, je dis à Marjorie qu'aujourd'hui je vais faire des recherches en bibliothèque, chose à laquelle je consacre effectivement du temps parfois, je parcours les derniers magazines et journaux en quête de pistes d'emplois qui pourraient se présenter mais qui ne figurent pas encore dans les petites annonces.

Le lundi et le mercredi sont les jours où Marjorie a un de ses deux boulots à temps partiel. Nous avons vendu la Honda Civic l'année dernière, je devrai donc la conduire au cabinet du Dr. Carney puis revenir la chercher en fin de journée. Elle est la réceptionniste de notre dentiste, maintenant, deux jours par semaine, et elle touche un salaire hebdomadaire de cent dollars, payé au noir. Le samedi après-midi, elle est caissière au New Variety, notre cinéma local, c'est son second temps partiel, pour

---

1. ***Préciosité*** : style maniéré.

2. ***Raseur pontifiant*** : personne que sa grandiloquence et son emphase rendent ennuyeuse.

lequel elle touche le salaire minimum, déclaré, et une fois impôts déduits, il ne lui reste rien à ramener. Mais elle préfère sortir de la maison, faire quelque chose, et l'avantage en nature est que nous pouvons aller au cinéma gratuitement.

Mais aujourd'hui, c'est le jour du Dr. Carney. J'emmène Marjorie au centre commercial où se trouve le cabinet, et je l'y dépose à dix heures. J'ai maintenant huit heures pour aller dans le Massachusetts, voir comment la situation se présente par rapport à EGR, et revenir chercher Marjorie au centre commercial à six heures.

Mais d'abord il faut que je retourne à la maison, vu qu'avec Marjorie dans la voiture je n'ai pas osé emporter le Luger. À la maison, je mets le pistolet dans un sac plastique du drugstore, je le porte à la voiture et le pose à côté de moi sur le siège passager. Puis je prends la route en direction du nord.

Il y a quarante-cinq minutes de trajet vers le nord, dans le Massachusetts, puis on oblique à droite à Great Barrington, et encore trente minutes jusqu'à Longholme. En chemin, je n'arrête pas de repenser à ce qui s'est produit la semaine dernière avec Everly, et il me semble maintenant que je ne pouvais rien espérer de plus propre, d'aussi impeccable. Aurai-je autant de chance aujourd'hui ? Puis-je tout simplement suivre de nouveau le préposé au courrier, et me faire livrer EGR sur un plateau ?

(Je n'ai aucune idée, bien sûr, de ce qui s'est passé après que j'ai quitté Everly la semaine dernière, et je crois qu'il serait dangereux d'essayer de le découvrir. Ce n'était pas un meurtre assez important pour que le *New York Times* en rende compte, et le seul autre journal que je lise régulièrement, notre hebdomadaire local, ne couvre pas la région de Fall City. Notre abonnement au câble ne comporte pas les chaînes locales, mais je doute qu'Everly ait fait le journal télévisé.)

Mon atlas routier du Massachusetts me montre Longholme à une trentaine de kilomètres à l'ouest de Springfield et au nord du Massachusetts Turnpike. Berkshire Way est encore une ligne noire ondulée – ce qui suggère à nouveau des collines – partant de la ville elle-même, cette fois-ci vers le nord. Je dois décrire une grande courbe pour éviter la ville et rester sur les routes de campagne, mais je crois que ça mérite le temps passé et l'effort. Il n'empêche, il est presque midi lorsque je tourne enfin dans Berkshire Way.

C'est franchement plus rural, par ici, et on voit quelques vraies fermes sur le trajet. Les maisons individuelles sont grandes, pour la plupart, mais sans prétention, comme si les habitants n'avaient pas l'impression de devoir prouver quoi que ce soit à leurs voisins. La campagne est plus ouverte, avec des champs défrichés et de larges vallées au lieu du désordre boisé du Connecticut. Cela ne fait pas l'effet d'une banlieue, sans doute parce que c'est juste un petit peu trop loin de New York, de Boston, d'Albany et de tous les autres centres urbains du nord-est.

Le 7911 Berkshire Way est une maison moderne avec un plan traditionnel, à droite de la route quand j'arrive. Sans doute construite après la Seconde Guerre mondiale, quand les gars sont rentrés à la maison pour nous créer, nous autres enfants du baby-boom, afin que cinquante ans plus tard nous puissions tous être écartés de l'ordre social.

Je suis un peu surpris par la maison et déçu par EGR, avec ses filles et leurs « études universitaires », ce qui n'impliquait pas un revêtement d'aluminium jaune, et de faux volets verts, et une antenne satellite visible comme une érection juste à côté de la maison. Il y a des plantes rabougries à la base du bâtiment et quelques petits arbres fruitiers décoratifs disposés au hasard, mais rien n'a été planté sur la ligne qui sépare la pelouse miteuse du bas-côté.

La large porte du garage à deux places est remontée quand je passe devant, et il n'y a aucune voiture à l'intérieur. Personne à la maison. Merdum.

Je continue de rouler. Quatre cents mètres plus loin, une école religieuse offre une aire de stationnement commode pour faire demi-tour. Je repars dans l'autre sens, à la recherche d'un endroit discret où me garer. Contrairement à la dernière fois, la boîte aux lettres est du même côté de la route que la maison, je serai donc averti moins longtemps à l'avance quand EGR sortira prendre son courrier. Si tant est qu'il soit à la maison. Si tant est qu'il sorte prendre son courrier. Si tant est que le facteur ne soit pas déjà passé.

Après la maison des Ricks, vers laquelle je me dirige maintenant, il y a un champ vide, parsemé d'arbustes et de pins nains, avec un panneau « À VENDRE » – lettres blanches sur fond rouge, numéro de téléphone rajouté au marqueur noir – sur un poteau proche de la route. Après ça, il y a une autre maison pareille à celle d'EGR, construite vers la même époque, probablement par le même entrepreneur, à laquelle ont été ajoutées quelques chambres supplémentaires au fil des ans. À un moment ou à un autre, on a appliqué un revêtement de plâtre, au lieu de l'aluminium, et on l'a peint couleur courge. Un grand panneau métallique « À VENDRE », d'une agence immobilière locale, est planté dans la pelouse qui n'est pas tondue, et le lieu a un air abandonné, comme si la famille était partie vivre dans un endroit plus petit, moins cher, plus proche du bureau d'aide sociale.

Je tourne dans cette propriété désertée, entre dans l'allée, m'arrête et ressors en faisant demi-tour, de sorte que je me retrouve garé sur le bas-côté devant le pavillon, avec une vue dégagée, par-delà le champ offert à la vente, sur le devant de la maison d'EGR. J'ai bien veillé à ne pas cacher le panneau « À VENDRE » avec ma Voyager, car je veux que, s'il y a un passant, il croie que j'attends l'agent immobilier.

Je commence à avoir faim mais je ne veux pas renoncer à faire le guet, perdre mon occasion de finir le travail de la journée. Mentalement, je vois une auto qui s'arrête là-bas devant l'allée, un homme en sort, il va à la boîte aux lettres, j'avance, et tout est fini.

Reste-t-il dans sa voiture pour prendre son courrier ? Et ensuite entre-t-il dans le garage avant de descendre de voiture ? Et referme-t-il tout de suite la porte du garage ? Et moi, est-ce que je le suis le Luger à la main, ou sous ma veste ?

Je ne peux que conjecturer [1] sur toutes ces choses. Je ne peux qu'attendre de voir ce qui va se passer, et voir comment j'y réagis.

Trois heures s'écoulent, rien ne se passe, et je commence à avoir sérieusement faim. J'ai beau être sans travail et prêt à tout, je ne suis pas encore habitué à sauter des repas. Pourtant subsiste la pensée que si j'abandonne mon poste, EGR apparaîtra aussitôt et qu'il sera à l'abri dans sa maison avant mon retour.

Trois heures vingt. Une fourgonnette Windstar, grise, très semblable à ma Voyager, passe lentement devant moi, et ce qui accroche mon attention, c'est que la femme d'âge mûr et corpulente qui est au volant me foudroie du regard. Me foudroie. Ne comprenant pas son hostilité, je la regarde en clignant des yeux. Elle poursuit son chemin, et ensuite elle s'arrête à cette boîte aux lettres juste un peu plus haut, devant la maison d'EGR. Serait-ce Mrs. Ricks ?

Apparemment. Je la vois se glisser sur le côté droit de la Windstar, ouvrir la boîte aux lettres, sortir le courrier. Ensuite elle entre dans le garage et la porte s'abaisse.

Bref. Peut-être n'était-ce pas exactement de l'hostilité de sa part, en fin de compte, mais une observation attentive. Si elle a bien fait la supposition que j'espère, à savoir que je suis un acheteur potentiel qui attend l'agent immobilier, peut-être ne faisait-elle que me lorgner, m'observer en ma qualité d'éventuel futur voisin.

Mais la question demeure : où est son mari ? Elle a fermé la porte du garage, donc elle ne s'attend pas à ce qu'il rentre en voi-

---

1. ***Conjecturer*** : faire des suppositions, émettre des hypothèses.

ture de sitôt. Était-il à la maison tout ce temps-là ? Peut-être qu'il est malade aujourd'hui, un rhume de printemps.

Ou peut-être qu'il est parti à un entretien, et ne rentrera pas avant deux ou trois jours.

Il commence à se faire tard. J'ai très faim, et il faut aussi que je retourne au centre commercial chercher Marjorie à six heures. Je vois bien maintenant qu'il ne va rien se passer ici aujourd'hui. Une journée gâchée.

Je ne peux pas me permettre trop de journées gâchées. Toute cette opération doit être menée aussi vite et proprement que possible, sans négligences ni risques inutiles, pour en finir avant que la donne ne change. Il n'empêche qu'il ne va rien se passer ici aujourd'hui.

Bon, alors ? Demain, bizarrement, il se trouve que j'ai moi-même un entretien d'embauche, à Albany, avec un type de chez un fabricant d'emballages et d'étiquettes, des gens qui se spécialisent dans les étiquettes de boîtes de conserve. Je n'ai pas beaucoup d'espoir, dans la mesure où les étiquettes sont vraiment assez éloignées de mon créneau, et qu'il y a sûrement des experts en étiquettes qui se sont fait licencier ces dernières années, mais on ne sait jamais. Je pourrais avoir un coup de chance extraordinaire.

Eh bien, si tel est le cas, je ne reviendrai plus ici, à Berkshire Way, pas vrai ? Et EGR ne connaîtra jamais sa chance.

Mais s'il n'y a pas de coup de chance extraordinaire, hein ? Je ne peux pas revenir ici mercredi, c'est l'autre jour de Marjorie chez le Dr. Carney, et la prochaine fois que je viendrai, j'aurai intérêt à quitter la maison beaucoup plus tôt. Il est clair que le courrier avait déjà été distribué quand je suis arrivé aujourd'hui.

Jeudi, alors. Je reviendrai jeudi. À moins, bien sûr, que d'ici jeudi je ne sois en passe de devenir expert en étiquettes de boîtes de conserve.

6

Quand j'ai mis la main pour la première fois sur cette grande pile de C.V., tandis que d'autres, et d'autres encore ne cessaient d'affluer, ce que j'ai ressenti, je m'en rends compte maintenant avec le recul, fut une sensation de pouvoir jubilatoire. Je les avais bien eus, ces gens-là, les concurrents, j'avais appris leurs secrets et eux ne savaient même pas que j'étais là, dans l'obscurité, dans l'ombre, dans le coin, dans le numéro de boîte postale, à les observer. J'étais comme un avare avec son or, penché sur les chemises pleines de C.V. dans mon bureau, à l'insu même de Marjorie, sans que personne sache le pouvoir que j'avais, sans que personne sache rien du tour de force que j'avais accompli.

Mais il fallait bien que cette première euphorie retombe, et c'est ce qui arriva ; seules demeurèrent des questions. Qu'allais-je *faire* de ces paperasses ? En quoi, finalement, ces C.V. pourraient-ils m'aider ? Ou alors, ne serviraient-ils qu'à me décourager, comme lorsque je regardais telle ou telle feuille et que je voyais quelqu'un qui paraissait à peine légèrement mieux que moi pour le poste ? Que je *regardais* tous ces gens dans l'arène, tous compétents, tous expérimentés, tous enthousiastes ? Que je voyais à quel point ils étaient nombreux, et combien il y avait peu de ports où ils puissent jeter l'ancre ?

Je suis donc passé du plaisir secret d'avoir fait preuve d'une telle ingéniosité pour amasser cette mine de C.V., à une dépression tout aussi secrète. J'aurais pu abandonner, à ce moment-là, tout abandonner – c'était avant mon plan actuel, bien sûr –, j'aurais pu abandonner tout espoir de retrouver du travail et de garder mon emprise sur ma vie, sur cette vie, j'aurais pu céder complètement au désespoir, si seulement il y avait eu une alternative.

Mais il n'y avait pas d'alternative. Il n'y en a toujours pas. À l'époque j'avais continué, juste parce qu'il n'y avait rien d'autre à faire. Et qui sait combien de gens dans ces C.V. sont dans le même état ? Ils continuent sans espoir, seulement parce qu'il n'y a rien d'autre à faire. Nous sommes comme les requins, pour ça : si nous cessons de nager, nous coulons, tout simplement.

Le suicide n'est pas une solution. Je ne l'envisagerai pas une seconde, même si je sais que certaines de ces personnes l'ont envisagé et que certaines passeront à l'acte. (Ce monde dans lequel nous vivons est né il y a quinze ans, quand les aiguilleurs du ciel se faisaient tous virer [1], et le suicide faisait un tabac dans la profession, sans doute parce qu'ils se sentaient plus seuls que nous maintenant.) Mais je ne veux pas me tuer, je ne veux pas *arrêter*. Je veux continuer, même s'il n'y a aucun moyen de continuer. Tout est là.

En tout cas, j'étais déprimé comme jamais, et j'éprouvais une réelle difficulté à rassembler assez d'énergie pour envoyer mes propres C.V. Mais c'est alors qu'un article de *Pulp* a attiré mon attention et remis mon cerveau en route.

C'était un de ces articles du style « plongée au cœur de notre fascinante industrie », le genre qui me voilait aussitôt le regard à l'époque où je travaillais chez Halcyon, mais que je lis maintenant lentement et attentivement, en soulignant même certaines phrases incisives, car j'ai besoin de me tenir au courant de ce qui se passe dans mon secteur. Ne t'autorise jamais à devenir l'homme d'hier, voilà une des règles de base.

Eh bien, l'article en question, dans *Pulp*, concernait un nouveau procédé mis en place dans une usine de l'État de New York, dans une ville du nom d'Arcadia. La société, Arcadia Processing, était une filiale qui appartenait entièrement à l'une des plus grosses

1. En 1978, le transport aérien est ouvert à la concurrence aux États-Unis. Dès lors, pour maintenir des prix compétitifs, les compagnies d'aviation américaines doivent réduire les coûts. Cette mesure s'accompagne de licenciements massifs.

compagnies de papier d'Amérique, une de ces boîtes qui gagnent des millions avec du papier hygiénique et des mouchoirs jetables. Mais comme Arcadia était une véritable réussite à elle toute seule, les propriétaires la laissaient tranquille.

Pendant une bonne partie de ce siècle, Arcadia s'était spécialisée dans la production de papier à cigarettes à base de déchets de tabac, les brins et les tiges qui restent après la fabrication des cigarettes. Au début du XXe siècle, deux procédés différents furent élaborés pour faire du papier à partir de ce matériau – c'est difficile car les fibres de tabac sont extrêmement courtes – et ce papier-tabac fut employé au départ pour renforcer le bout des cigares, pour les rendre mordillables. Plus tard, une variante de ce papier, blanchi et perforé, fut mise au point pour servir d'enveloppe aux cigarettes ordinaires, et c'est le produit qu'Arcadia fabriquait.

Il y a quelques années, semble-t-il, la direction d'Arcadia est arrivée à la conclusion que ce n'était plus une bonne idée d'être aussi étroitement liée aux destinées de l'industrie du tabac, et s'est donc mise en quête d'un secteur de diversification. Le secteur trouvé, ai-je lu à mon grand étonnement, était justement le type de papier spécial avec polymère sur lequel j'avais travaillé ces seize dernières années !

L'auteur de l'article continuait en disant que plutôt que d'entrer en compétition avec des papeteries déjà présentes dans le secteur, et forts du sentiment d'avoir un produit supérieur et des techniques de fabrication nouvelles (faux : c'était précisément le système que nous avions installé chez Halcyon dès 91), ils avaient choisi l'option extraterritoriale pour leurs clients. Avec l'aide de l'ALENA[1], ils avaient trouvé des clients mexicains qui furent ravis de leurs produits et avaient les moyens de les acheter. Une fois cette clientèle mexicaine acquise, ils avaient déployé

1. *ALENA* : Accord de libre-échange nord américain, conclu en 1994 par le Canada, les États-Unis et le Mexique,

leur force de vente plus au sud, et ils disposaient maintenant de clients dans toute l'Amérique du Sud.

C'était une véritable histoire de réussite, comme il y en a si peu aujourd'hui, et il y avait quelque chose de doux-amer à la lire. Mais une partie de l'article happa littéralement mon attention : c'était la brève présentation, accompagnée d'une interview, d'un certain Upton Fallon, responsable de production. Fallon, qui était désigné par son deuxième prénom, Ralph, répondait aux questions du journaliste sur le procédé de fabrication et sur ses propres antécédents ; il avait toujours été là, avait commencé presque trente ans plus tôt sur la machine à papier-tabac, apparemment à sa sortie du lycée.

Upton « Ralph » Fallon avait mon boulot. J'ai lu l'article, je l'ai relu, et cela ne faisait aucun doute dans mon esprit. Il avait mon boulot, et dans une compétition équitable, ce serait moi qui l'aurais, et pas lui. Bien sûr, il n'y avait pas autant d'informations sur lui dans l'article qu'il y en aurait eu dans son C.V. – il n'avait pas besoin d'un C.V., ce salaud, il avait déjà mon boulot –, mais il y avait assez de choses dites ou implicites pour que je puisse me faire une bonne image du gars, et j'étais meilleur que lui. Je le savais. C'était évident. Et pourtant, il avait mon boulot.

Je ne pouvais pas m'en empêcher, je ne pouvais pas m'empêcher de fantasmer autour de ça. Et si jamais il se faisait virer, pour s'être saoulé, mettons, ou à cause d'une liaison adultère avec une fille de l'atelier ? Et si jamais il tombait malade, d'une de ces maladies qui vous rongent, comme la sclérose en plaques, et qu'il doive quitter son travail ? Et si jamais il mourait…

Oui, pourquoi pas ? Les gens meurent tout le temps. Accidents de voiture, crises cardiaques, incendies de poêles à pétrole, attaques…

Si jamais il mourait, donc, ou s'il devenait juste trop malade pour pouvoir continuer à travailler ? Ne seraient-ils pas contents de me voir, *moi*, qui suis tellement plus qualifié pour exactement le même poste ?

Je pouvais le tuer, s'il n'y avait que ça.

Cette idée était surtout une figure de style, dans mes rêveries. Mais ensuite, j'y ai repensé, et je me suis demandé si j'étais sérieux. Je veux dire, vraiment sérieux. Je connaissais la gravité de ma situation, je savais que les choses avaient peu de chances de s'arranger, je savais qu'elles ne pouvaient que s'aggraver encore davantage, je savais combien coûtaient les études de Betsy à la fac[1] et que ce serait pareil pour Billy, qui en était à sa dernière année de lycée. Je savais quelles étaient mes dépenses, mes sorties, et je savais que mes revenus avaient cessé, et maintenant je voyais le seul homme qui se dressait entre moi et la sécurité. Upton « Ralph » Fallon.

Ne pouvais-je pas le tuer ? Je veux dire, sérieusement. Par autodéfense, en réalité, pour défendre ma famille, ma vie, mon crédit, mon avenir, ma personne, ma *vie*. C'est de l'autodéfense. Je ne connais pas cet homme, il n'est rien pour moi. À dire la vérité, il a l'air d'un crétin, dans cette interview. Si l'autre solution est le désespoir, la défaite, la misère écrasante, une horreur toujours plus grande pour Marjorie, Betsy, Billy et moi, pourquoi ne devrais-je *pas* le tuer, ce fils de pute ? Comment pourrais-je *ne pas* le tuer, avec tout ce qui est en jeu ?

Arcadia. Arcadia, New York. J'ai cherché dans l'atlas routier, et c'était tellement *proche*. C'était comme un présage. Arcadia n'était probablement pas à plus de quatre-vingts kilomètres d'ici, juste après la frontière avec l'État de New York, à peut-être quinze kilomètres de l'autre côté. Une distance *faisable quotidiennement*, je n'aurais même pas besoin de déménager.

---

1. Aux États-Unis, les études universitaires sont payantes (les universités les plus réputées sont aussi les plus chères), ce qui oblige de très nombreux étudiants à contracter des emprunts et à multiplier les « petits boulots ».

Pulp et l'atlas routier ouverts sur mon bureau. Silence dans la maison, les enfants en cours, un des jours où Marjorie était au cabinet du Dr. Carney. Rêverie.

C'est là que j'ai pensé au Luger pour la première fois, que je m'en suis souvenu, au fond de la malle de mon père. Là que je me suis imaginé pour la première fois en train de braquer ce pistolet sur un être humain, d'appuyer sur la détente.

Pouvais-je le faire ? Pouvais-je tuer un homme ? Mais d'autres le font, tous les jours, et pour bien moins. Pourquoi n'en serais-je pas capable, avec des enjeux aussi élevés ? Ma *vie* ; on ne peut pas faire plus élevé comme enjeu.

Rêverie. J'irais à Arcadia, New York, le Luger à côté de moi dans la voiture. Trouver la papeterie, trouver Fallon – je n'ai pas sa photo, pas reproduite dans *Pulp*, mais ça se réglera d'une façon ou d'une autre, pour le moment ce n'est que du fantasme –, le trouver, le suivre, attendre l'occasion, *le tuer*. Et poser ma candidature pour son poste.

Et c'est là que le fantasme s'est délité [1], qu'il est tombé en mille morceaux à mes pieds. C'est là que je suis passé de nouveau du plaisir à la détresse. Car je savais ce qui se passerait ensuite, si la réalité suivait aussi loin mon fantasme, si Upton « Ralph » Fallon quittait effectivement ce poste, de son propre fait ou du mien.

Je suis meilleur que lui bien sûr ; si nous étions tous deux en compétition pour ce boulot, c'est moi qui l'aurais, aucun doute là-dessus. Mais la compétition n'est pas entre nous deux, et ne pourra jamais l'être. La compétition, une fois Fallon hors circuit, est entre moi et cette pile de C.V., là-bas.

Quelqu'un d'autre aurait mon boulot.

J'ai passé de nouveau la pile de C.V. en revue, en taillant dedans, repérant ceux qui me faisaient peur, et cette première fois, j'étais tellement pessimiste que j'en ai sorti plus de cin-

1. ***S'est délité*** : s'est désagrégé.

quante, des gens censés avoir davantage de chances que moi pour le poste. Ce qui était faux, bien sûr, exagération de leurs mérites en sous-estimant les miens, c'était juste le découragement qui réfléchissait à ma place. Il n'empêche que le problème était quand même énorme. Et réel.

À ce stade, j'avais tellement le cafard que je n'ai plus supporté de rester dans mon bureau. J'ai quitté la pièce et j'ai tué le temps en déblayant des vieilleries qui traînaient dans le garage – quand nous avons vendu la Civic, l'espace qu'elle occupait a aussitôt commencé à se remplir de foutoir – et mon esprit ne cessait de revenir à Upton «Ralph» Fallon, gras, heureux, content de lui, peinard. Occupant *mon* poste.

Cette nuit-là je n'ai pas pu dormir. Je suis resté allongé dans mon lit, à côté de Marjorie, à réfléchir, à me lamenter, frustré et malheureux, et ce n'est que lorsque les premières lueurs du jour ont dessiné les fenêtres de la chambre que j'ai enfin sombré dans un sommeil entrecoupé de rêves troubles, de cauchemars sortis de l'univers de Jérôme Bosch [1]. Je suis content de ne pas me souvenir de mes rêves, leur réverbération est déjà assez pénible.

Mais pour finir j'ai sombré dans ce sommeil agité, et lorsque je me suis réveillé trois heures plus tard, la tête froide, je savais ce que j'avais à faire.

7

Jeudi. Je suis sur la route à huit heures quinze, ayant raconté à Marjorie que j'ai un petit suivi à faire pour l'entretien à Albany, que je serai peut-être en retard ce soir.

---

1. ***Jérôme Bosch*** (1453-1516) : peintre flamand, qui s'est illustré par des tableaux religieux, comme *Le Jardin des délices*, mettant en scène des figures monstrueuses.

L'entretien. Bon, naturellement, je n'ai pas eu le boulot, je n'apprendrai pas les subtilités des étiquettes pour boîtes de conserve, finalement, me revoici donc là, roulant vers Longholme.

Je n'ai pas eu ce boulot, et je ne m'attendais pas à l'avoir. Mais cette fois-ci, il y avait quelque chose en plus. C'était le premier entretien que je passais depuis que j'ai ajouté cette deuxième corde à mon arc, le plan (si j'arrive à mes fins, à mettre en œuvre toute cette complexe construction, sans perdre ma détermination), et je crois qu'à cause de cela, d'une certaine façon, j'ai vu l'entretien de mardi différemment de ceux qui avaient précédé. Je l'ai vu avec plus de détachement, en fait c'est ça. Je l'ai vu de l'extérieur.

Et ce que j'ai vu n'a fait qu'accroître mon désespoir. J'ai vu que Burke Devore, ce Burke Devore-*ci*, l'homme que je suis devenu en un demi-siècle d'existence, n'est pas sympathique.

Je ne veux pas dire que je suis désagréable, je ne veux pas dire que je suis une espèce de misanthrope [1] qui montre les dents. Je veux simplement dire que je ne suis pas *suffisamment* sympathique. Au temps de ma jeunesse, à l'école et ensuite à l'armée, j'arrivais toujours à rassembler assez d'enthousiasme pour faire partie de la bande, faire partie du groupe, mais cela ne m'a jamais été vraiment naturel. Pendant les quatre années que j'ai passées comme représentant, à faire la route pour Green Valley en vendant leurs papiers industriels, j'avais effectivement appris à être vendeur, à faire de grands sourires, à être de bonne humeur, serrer la main, assener des tapes dans le dos, donner l'impression aux gens que j'étais content de les voir, mais ça m'était toujours difficile.

Difficile. Par nature, je ne suis pas le gars jovial et pote comme cochon avec tout le monde, je ne l'ai jamais été. Avec application, dans cette période où j'étais représentant, je rassemblais de nou-

1. ***Misanthrope*** : personne au caractère sombre, qui évite la société, éprouvant une aversion profonde pour les hommes.

velles histoires drôles et je les mémorisais pour les raconter à mes différents contacts. Avec sérieux, je prenais une vodka ou deux au déjeuner, pour être plus détendu lors de mes visites de l'après-midi. Je buvais beaucoup trop à cette époque, et si j'avais continué à être représentant, je serais sans doute mort d'une cirrhose [1] du foie à l'heure qu'il est.

C'est cela qui rendait mon ancienne fonction parfaite pour moi, une ligne de produits, et moi comme chef. Il était attendu de moi que je sois aimable mais un peu distant, cordial mais en gardant toujours le contrôle, et cela me convenait on ne peut mieux.

Ce que je suis censé faire maintenant, ai-je compris jeudi, c'est redevenir représentant. Le C.V. ne sert qu'à me faire franchir la porte, si tant est qu'il y parvienne. Toute mon expérience professionnelle, ma vie entière jusqu'à maintenant, ne sont que l'outil de vente qui me fait passer la porte. Et l'entretien est mon boniment [2], et ce que je suis venu vendre, c'est moi.

Je ne suis pas assez bon pour ça. Les talents de vendeur que j'avais pu acquérir jadis, au prix d'efforts laborieux, sont morts, atrophiés [3], maintenant. Un habit qui tombe mal, remisé depuis longtemps.

Vais-je recommencer à apprendre des histoires stupides, à les raconter lors de mes entretiens ? À plaisanter avec les secrétaires ? À complimenter chaleureusement les gens sur leur montre, leur bureau, leurs chaussures ? Je ne sais tout simplement pas comment *retrouver* cette personne-là.

Ces C.V. dans le classeur à dossiers de mon bureau : beaucoup de ces gens-*là* sont des vendeurs. Vous pouvez en être sûr.

---

1. *Cirrhose* : maladie dégénérative d'un organe, spécialement du foie, due notamment à l'intoxication alcoolique répétée.

2. *Boniment* : discours trompeur destiné à séduire le client afin de lui vendre une marchandise.

3. *Atrophiés* : affaiblis, réduits.

Je referai cela une fois, le moment venu. Pour mon entretien à Arcadia Processing, après le regrettable décès d'Upton « Ralph » Fallon. Je raconterai des histoires drôles au type, vous savez que je le ferai. J'admirerai sa cravate, j'adresserai des compliments à sa secrétaire et je fondrai devant les photos de sa famille sur son bureau. Je *vendrai*, nom de Dieu.

Mais pas tout de suite. Ça c'est pour plus tard, et là on est maintenant, et maintenant c'est la route de Longholme. Je connais cette route mieux que lundi et il y a peu de circulation, il est donc tôt, seulement dix heures moins le quart, lorsque j'arrête la Voyager au même endroit, devant la maison à vendre au stuc [1] couleur de courge.

Et la première chose que je vois est que le drapeau de la boîte aux lettres d'EGR est levé, ce qui signifie qu'il y a mis des lettres pour le facteur, ce qui signifie que le préposé n'est toujours pas venu. Je n'ai pas pris la peine de passer devant la maison avant de venir me poster ici, et de cet angle je ne peux pas voir si la porte du garage est ouverte ou fermée, en revanche je vois le drapeau de la boîte aux lettres levé, et je sais que ça signifie que le facteur n'est pas encore passé, il y a donc une chance, un espoir, qu'aujourd'hui EGR sorte lui-même chercher le courrier. Le Luger est sur le siège à côté de moi, sous l'imper plié, il attend. Nous attendons tous les deux.

Pendant vingt minutes, il ne se produit rien. Il y a très peu de circulation dans Berkshire Way, essentiellement des camions de livraison et des pick-up [2]. Je les vois devant moi ou dans mon rétroviseur, ils passent, et puis ils ne sont plus là.

Et alors tout à coup, un véhicule freine et s'arrête juste derrière moi, brusquement immense dans mon rétro, gris, familier. Je le regarde avec frayeur, avec cette certitude immédiate et horrible que je suis pris, que le désastre a frappé, je suis découvert,

---

1. ***Stuc*** : enduit à base de plâtre et de colle forte.

2. ***Pick-up*** : petites camionnettes à plateau découvert.

condamné, Marjorie et les enfants me regardent bouleversés – « Nous ne te connaissions pas ! » – et une femme portant un blouson gris à la fermeture Éclair ouverte saute de ce véhicule et court vers moi.

C'est la femme qui m'a regardé de travers lundi : Mrs. Ricks ! Mais qu'est-ce qu'elle fiche ? Elle lit dans les esprits ou quoi ?

C'est une journée fraîche, nuageuse, et les vitres de la Voyager sont remontées. La femme s'approche de moi en courant, elle hurle et gesticule, extrêmement en colère. Mais à quel propos ? Je l'entends pousser des cris, mais je ne distingue pas les mots. Je la regarde par la vitre, j'ai peur d'elle, j'ai peur de la situation tout entière, et j'ai peur d'ouvrir la fenêtre.

Elle me menace du poing. Elle hurle de rage. Soudain elle détale, contourne à toute vitesse la fourgonnette par l'avant et ouvre brutalement la portière passager, y plonge la tête, le visage couvert de plaques rouges, les joues striées de larmes, et elle hurle :

« Laissez-la tranquille ! »

Je la regarde bouche bée :

« Quoi ?

– Elle n'a que dix-huit ans ! Comment pouvez-vous abu… Mais vous n'avez donc pas *honte* ?

– Je ne suis pas… » Elle s'est trompée, elle me prend pour quelqu'un d'autre, c'est juste une erreur, mais je suis trop perturbé pour la corriger : « Je ne suis pas, vous vous, ce n'est pas… » Alors qu'est-ce que je fais là, si je ne traque pas sa fille ?

« *Écoutez-moi* ! hurle-t-elle en couvrant mes paroles. Vous ne croyez pas que je pourrais en parler à votre *femme*, quoi qu'en dise Junie ? Vous n'avez donc aucune dignité ? Vous ne pouvez pas, vous ne pouvez pas, mais vous ne pouvez pas *la laisser tranquille* ?

– Je ne suis pas l'homme que vous…

– Vous allez tuer son père ! »

Oh, mon Dieu. Tirez-moi de là, laissez-moi partir.

Mon silence est une erreur. Elle va discuter avec moi, maintenant, elle va essayer de convaincre ce porc quinquagénaire et marié de laisser sa fille de dix-huit ans tranquille.

«Il y a des médecins, dit-elle, s'efforçant d'être calme, compréhensive. Vous pourriez en parler à…» Et maintenant, elle va s'asseoir à côté de moi dans la fourgonnette, et elle écarte l'imper, pour se faire de la place sur le siège, et nous regardons tous deux le pistolet.

Maintenant nous sommes tous deux plongés dans l'horreur véritable. Elle me regarde fixement, et dans ses yeux je lis tout le scénario à quatre sous. L'amant plus âgé, rendu fou par la concupiscence [1], est venu massacrer sauvagement les parents de sa nymphette [2].

Je lève une main. «Je…» Mais que puis-je dire?

Elle *hurle.* Le son rebondit à l'intérieur de la voiture, avec une force qui semble la repousser en arrière et l'éjecter du véhicule. Elle s'éloigne, tourne et part en courant le long de la route, vers sa maison, en hurlant.

Non, non, non, non! Elle m'a vu, elle connaît mon visage, elle a vu le Luger, rien de tout ça n'est vrai, rien de tout ça ne peut arriver, tout est fichu si cela arrive. J'attrape le Luger et je saute de la Voyager (au moins, contrairement à elle, je pense à claquer la portière derrière moi), et je lui cours après.

Je suis un sédentaire, j'ai été seize ans cadre de direction, assis à mon bureau, ou à parcourir la chaîne, aller-retour au boulot en voiture. Encore plus sédentaire depuis que je me suis fait virer. Je suis en assez bonne santé, mais je ne suis pas un sportif, et courir m'épuise immédiatement. Bien avant d'arriver à cette maison d'aluminium jaune, je suis complètement essoufflé.

Mais elle aussi. Elle non plus n'est pas en forme, en plus elle essaie de courir et de hurler en même temps. *Et* d'agiter les bras.

---

1. ***Concupiscence*** : désir.

2. ***Nymphette*** : lolita; jeune fille au physique séduisant, aux manières aguicheuses et à l'air faussement candide.

Elle avait une bonne avance sur moi, mais je la rattrape, je la rattrape, je ne suis plus très loin derrière elle quand nous obliquons pour traverser en diagonale sa vilaine pelouse vers la porte d'entrée de sa maison, et elle hurle « Ed ! Ed ! », et avant qu'elle atteigne la maison, je la rattrape, et je tiens le Luger braqué sur sa nuque, le canon monte et descend tandis que nous courons tous les deux, et je tire, et elle tombe, *bling*, sur la pelouse, comme un paquet, comme un gros sac, et l'élan envoie son blouson recouvrir une partie de sa tête et le trou fait par la balle.

Épuisé, à bout de forces, je tombe sur un genou à côté d'elle, et relève les yeux pour voir la porte d'entrée qui s'ouvre, le visage étonné de ce qui doit être son mari, Ed, EGR, mon EGR ; son visage étonné s'encadre dans la porte, regarde, je lève le pistolet et tire, et la balle s'enfonce avec un sifflement étouffé dans l'aluminium à côté du chambranle[1].

Il claque la porte, faisant déjà demi-tour, s'enfuit en courant à l'intérieur de la maison.

Chancelant, au bord de l'évanouissement, je me force à me lever, je me rue sur la porte, j'actionne brutalement la poignée, mais c'est fermé à clé.

Il doit être dedans en cet instant même, en train d'appeler la police. Oh, mon Dieu, c'est terrible, quel merdier, quel désastre, comment ai-je bien pu me croire capable de faire ce genre de choses, cette pauvre femme, *elle*, elle n'était pas censée…

Je ne peux pas laisser cela se produire. Il ne peut pas téléphoner, non, je ne le permettrai pas. Il faut que je m'occupe de lui, il faut que je m'occupe de lui, point final.

La porte du garage est grande ouverte. Passer par là, traverser la maison, le trouver, le *trouver*. Je titube comme un homme ivre tandis qu'en courant je longe la façade de la maison et franchis le seuil de la large porte béante. Là, sur ma droite, se trouve la porte qui communique avec la maison, fermée. Elle ne sera pas fermée

1. ***Chambranle*** : encadrement d'une porte.

à clé, celle-là. Je m'y précipite, avec le Luger qui se balance au bout de mon bras droit, et juste au moment où j'arrive à la porte, elle s'ouvre et *il sort en courant* !

Que faisait-il ? Qu'avait-il en tête ? Allait-il essayer de s'enfuir en voiture, était-il tellement secoué qu'il n'a pas pensé une seconde à téléphoner ? Nous nous dévisageons, et je lui expédie une balle en pleine tête.

Beaucoup plus brouillon, ce coup-ci, du sang partout, le visage bousillé, le corps qui part en pelote sur le sol du garage, un bras projeté en arrière qui pend en travers du seuil par la porte ouverte. Personne d'autre à la maison ? Les filles toutes à l'université ? Ou avec leurs amants inacceptables ?

Comme je les *déteste* d'avoir causé cette confusion, d'avoir poussé cette femme à me prendre pour quelqu'un d'autre, à m'attaquer, à me sermonner, à découvrir le pistolet. Où est la sobriété, cette fois-ci, et l'efficacité, l'impersonnalité ?

Je tremble de tout mon corps. Je transpire, et j'ai froid. J'arrive tout juste à agripper le Luger, que je range maintenant dans la poche intérieure de mon coupe-vent, puis je file en le maintenant en place de mon avant-bras gauche.

Je ne sais pas s'il y a de la circulation, je ne sais pas s'il y a mille personnes qui me regardent ou aucune. Tout ce que je sais, c'est qu'il y a la pelouse, avec ce terrible sac mort dessus, puis le champ vide, puis la Plymouth Voyager.

Je démarre, en serrant fort le volant car j'ai les mains qui tremblent. Tout mon corps tremble. Je me force à rouler pendant dix minutes en m'éloignant de là, en m'éloignant de ce quartier, en respectant la limitation de vitesse et toutes les règles de la circulation. Alors enfin je m'autorise à bifurquer dans un petit chemin de terre et là, à l'abri des regards, je laisse les tremblements s'emparer de moi. Les tremblements et la peur.

La vue du visage de cette femme. Le souvenir d'elle en train de courir, de ma main qui lève le pistolet, et puis elle tombe. Son mari, les yeux exorbités, rendu stupide par la terreur et le chagrin.

C'est horrible. Horrible. Mais qu'aurais-je pu faire ? À partir du moment où elle a écarté cet imperméable, qu'aurais-je pu faire d'autre ?

Qu'ai-je amorcé là ? Sur quelle route me suis-je engagé ?

8

Une fois que j'ai su ce que j'avais à faire, après cette nuit sans sommeil et désespérée, j'ai repassé les C.V. au crible trois fois, et chaque fois, j'étais plus objectif, plus critique et plus réaliste. Celui-ci ? Une concurrence pour *moi* ? Formation excellente, parcours professionnel remarquable, mais pas dans mon domaine. Une vraie perle pour un employeur, mais pas pour Arcadia Processing. Pas pour *mon* poste.

Ainsi peu à peu j'ai réduit la liste à six personnes. Six C.V. de gens qui, en raison de leur parcours professionnel, de leur formation et de leur situation géographique, étaient mes véritables concurrents. Il fallait que je tienne compte du domicile car je savais que la plupart des employeurs le feraient. Ils n'aiment pas payer des frais de déménagement sauf s'ils n'arrivent absolument pas à trouver un individu qualifié qui habite déjà dans un rayon permettant les déplacements quotidiens. Donc les petits génies de l'Indiana et du Tennessee, j'ai décidé de ne pas m'en inquiéter. Leur concurrence était plus proche de chez eux.

Dès le début je me suis rendu compte de l'ironie de ce que je projetais de faire. Ces gens-là, ces six experts en gestion, Herbert Coleman Everly, Edward George Ricks et les autres, n'étaient pas mes ennemis. Même Upton «Ralph» Fallon n'était pas mon ennemi, je le savais. L'ennemi, ce sont les patrons d'entreprise. L'ennemi, ce sont les actionnaires [1].

---

1. ***Actionnaires*** : propriétaires de titres représentant une fraction du capital d'une société de capitaux.

Ce sont toutes des sociétés anonymes, et c'est le besoin de rendement des actionnaires qui les pousse, toutes autant qu'elles sont. Pas le produit, pas la compétence, certainement pas la réputation de l'entreprise. Les actionnaires ne s'intéressent à rien d'autre que le rendement, et cela les conduit à soutenir des cadres de direction formés à leur image, des hommes (et des femmes aussi, dernièrement) qui gèrent des entreprises dont ils se moquent éperdument, dirigent des effectifs dont la réalité humaine ne leur vient jamais à l'esprit, prennent des décisions non pas en fonction de ce qui est bon pour la compagnie, le personnel, le produit ou encore (ah !) le client, ni même pour le bien de la société de façon plus générale, mais seulement en fonction du bénéfice apporté aux actionnaires.

La démocratie dans son état le plus dévoyé [1] ; on ne soutient des chefs qu'à la condition qu'ils assouvissent son avidité [2]. Le mamelon omniprésent. C'est pourquoi des firmes saines, largement bénéficiaires, riches en dividendes [3] pour leurs actionnaires, licencient néanmoins des ouvriers par milliers : pour extirper juste quelques gouttes de plus, pour paraître juste un peu mieux aux yeux de cette bête à mille bouches qui maintient les cadres de direction au pouvoir, avec leurs indemnités à un million de dollars, dix millions de dollars, vingt millions de dollars.

Oh, je savais tout cela quand j'ai commencé, je savais qui était l'ennemi. Mais à quoi cela m'avance-t-il ? Si je tuais mille actionnaires et que je m'en tirais blanc comme neige, qu'est-ce que j'y gagnerais ? Qu'est-ce que ça peut m'apporter ? Si je tuais sept directeurs généraux, dont chacun aurait ordonné le renvoi d'au moins deux mille ouvriers travaillant dans des industries saines, qu'est-ce que moi, j'en tirerais ?

Rien.

---

1. ***Dévoyé*** : corrompu, perverti.

2. ***Avidité*** : recherche immodérée du profit.

3. ***Dividendes*** : quotes-parts des bénéfices réalisés par une entreprise, attribuées aux associés.

Ce que cela revient à dire, c'est que les P.-D.G., et les actionnaires qui les ont mis en place, sont l'ennemi, mais ils ne sont pas le problème. C'est le problème de la société, mais ce n'est pas mon problème personnel.

Ces six C.V. Le voilà mon problème personnel.

9

Le meurtre des Ricks fit le journal télé, bien sûr, étant tellement plus spectaculaire que la mort de Herbert Everly. Neuf heures après les avoir tués, je suis assis dans mon salon avec Marjorie et nous regardons mes crimes décrits par une jeune femme blonde à l'excitation solennelle, en tailleur vert de bonne qualité. Betsy et Billy ne sont pas avec nous. Ils ne regardent jamais les nouvelles, vu qu'ils ne s'intéressent pas à grand-chose en dehors de leur vie immédiate. En ce moment, avant le dîner, je crois que Betsy est au téléphone, comme c'est souvent le cas, et Billy est comme toujours à l'ordinateur, tandis que Marjorie et moi regardons mes meurtres aux nouvelles, et Marjorie me dit :

« Oh, Burke, c'est horrible.

– Horrible. » J'en conviens.

C'est étrange, mais d'une certaine façon, je ne reconnais pas entièrement mes actions dans le récit de la femme blonde. Les faits sont exacts pour l'essentiel : j'ai bien poursuivi la femme sur la pelouse, où je l'ai abattue, et j'ai bien intercepté le mari dans le garage, où je l'ai tué, et je suis bien parti sans une trace, sans témoins, sans laisser d'indices derrière moi.

Mais d'une certaine façon, le ton est entièrement faux, le ressenti, le perçu de la chose. Les mots qu'elle emploie – « brutal », « sauvage », « insensible » – donnent une impression complètement fausse. Ils omettent l'erreur qui a tout provoqué. Ils omettent la panique et la confusion. Ils omettent les tremblements, les sueurs, la peur glacée.

Mais il y a de nouveaux éléments, tout d'un coup. Ils ont un suspect ! La police est en train de l'interroger, en ce moment même, à cette minute.

On le voit se faire emmener hors d'un bâtiment administratif sur un campus universitaire. C'est un homme d'une cinquantaine d'années, genre intellectuel en tweed [1], épaules tombantes, avec une pointe de cheveux gris qui avance sur le front et de grandes lunettes à double foyer. Il n'a pas les menottes, mais de solides officiers de police l'encadrent étroitement, et l'un d'eux met la main sur la tête du suspect tandis qu'on l'engouffre à l'arrière d'une voiture de police blanche.

Il s'appelle Lew Ringer, et il enseigne la littérature à ce centre universitaire de premier cycle. C'est aussi l'amant inacceptable de June Ricks, dix-huit ans et la plus jeune enfant du couple assassiné. C'est l'homme pour lequel sa mère m'a pris, et j'examine plus attentivement cette brève image de lui, du bâtiment à la voiture de police, quand on nous la montre pour la deuxième et la troisième fois. Je porte moi aussi de grosses lunettes à double foyer et j'ai également une pointe de cheveux gris sur le front, mais en dehors de ça, je ne vois pas du tout la ressemblance. Mrs. Ricks était une femme très stupide. J'essaie de ne pas me dire qu'elle a eu ce qu'elle méritait, mais cette pensée flotte néanmoins à la lisière de mon cerveau.

Nous voyons aussi la fille, et celle-là c'est vraiment quelque chose. Pas du tout comme notre Betsy. June – ou Junie, comme l'avait appelée sa mère quand elle m'engueulait par erreur – est une fille chafouine [2], renfrognée, secrète, jolie dans le genre minois de renard, qui n'arrête pas de lancer des regards obliques et des petits sourires. Elle est manifestement ravie d'avoir bouleversé un homme au point de le pousser à assassiner ses parents, mais il est tout aussi manifeste qu'elle ne peut admettre ni sa joie

---

1. ***Tweed*** : tissu de laine.
2. ***Chafouine*** : rusée, sournoise.

ni sa conviction que c'est bien Ringer le coupable. La caméra la quitte aussi vite que le permet la décence.

Et ensuite nous apercevons brièvement la femme de Lew Ringer, barbouillée de larmes et hébétée, sur le seuil d'une modeste maison dans une modeste rue de petite ville. Elle regarde fixement les journalistes sur sa pelouse, claque la porte, et c'est la fin du sujet. On passe à l'Irlande du Nord, où les meurtres sont beaucoup plus fréquents, avec beaucoup moins de raisons.

Après les nouvelles et avant le dîner, tandis que Marjorie va à la cuisine, je me retire comme de coutume dans mon bureau. Il est temps de décider quel va être le prochain de mes C.V. J'en ai encore quatre, et puis Mr. Fallon.

Pourtant je n'arrive à penser à rien de tout ça. Je n'arrive même pas à ouvrir le tiroir du classeur et à sortir la chemise qui contient les C.V. Un grand découragement m'accable.

J'essaie de me tirer de cette inertie. Je me dis que jusqu'à présent, je suis parfaitement passé au travers des mailles, que personne ne me soupçonne, ni même ne songe à moi. Je me dis que c'est un bon début, même si la deuxième expédition a été infiniment plus brouillonne et épuisante sur le plan émotionnel que la première. Mais pourquoi ne pourrait-il pas se révéler à la fin que celle-ci aura été la pire, et qu'à partir de là, elles seront toutes aussi faciles qu'Everly ?

Mais ça ne marche pas. Je suis découragé, et rien ne va me remonter le moral. Je ne peux pas m'arrêter maintenant, je le sais, ou tout ce que j'aurai fait jusqu'à présent n'aura servi à rien. *Il faut* que je continue, maintenant que je suis allé aussi loin. Et il faut que je boucle le tout rapidement, et je garde à l'esprit *pourquoi* je dois boucler le tout rapidement.

Le fait est que ces grandes vagues de licenciement se déplacent entre les différentes branches de l'industrie, l'une après l'autre. L'industrie automobile subit une coupe claire, puis connaît une période d'accalmie. À une saignée dans les compagnies du téléphone succède la paix. L'informatique sacrifie des milliers d'emplois, puis se repose.

Or l'industrie papetière a connu sa dernière compression d'effectifs il y a deux ans, lorsque je me suis fait virer. Tous ces C.V. dans mes dossiers viennent de gens qui ont été licenciés à peu près à la même période, dans une fourchette de six ou sept mois avant à six ou sept mois après moi. Voilà le groupe, le vivier de main-d'œuvre, voilà les gens dont je dois m'inquiéter.

Mais les réductions sont cycliques, et finissent par revenir. Si je ne bouge pas rapidement, si je ne me débarrasse pas de la concurrence, si je ne me débarrasse pas de Fallon et ne m'établis pas dans ce poste, je risque de voir soudain toute une nouvelle vague de C.V. déferler dans les boîtes aux lettres. Et alors là, ça en fera un nouveau contingent tout entier de gens qui en voudront à mon boulot, et parmi eux, qui plus est, certains représenteront une véritable concurrence. Une concurrence neuve.

Six, cela fait beaucoup, mais je crois pouvoir en gérer six. Sept, en comptant Fallon. Mais une dizaine ? deux dizaines ? Impossible.

Non, il faut que j'agisse *maintenant*, que j'aille de l'avant, que je choisisse le suivant, que je sorte, que je le *coince*, que je continue sur ma lancée.

Une autre pensée me vient. Et si Fallon mourait avant l'heure, sans mon aide, avant que je ne sois prêt ? Et si cela se produisait, et qu'un des quatre types qui sont encore sur ma liste obtenait ce boulot, hein ?

Pourtant, je demeure immobile. Découragé. Je reste assis comme ça, à mon bureau, sans même regarder le classeur. Je n'arrête pas de revoir, mentalement, cette femme qui crapahute devant moi, sur la pelouse, et nous deux qui avançons lourdement comme deux vaches, le Luger qui fait le yoyo dans l'air derrière sa tête, au bout de mon bras.

Marjorie appelle : « À table ! »

J'éteins la lumière, je sors du bureau, je ferme la porte.

10

Pendant un certain temps, au début, alors même que je savais parfaitement et sans l'ombre d'un doute ce que je devais faire, je n'ai rien fait. Pendant un certain temps, même si je comprenais intellectuellement que mon plan était mon unique espoir, je n'ai rien fait. Je le concevais, je l'organisais, je faisais des préparatifs, mais je n'y croyais pas encore.

À la place, je me livrais à des activités bouche-trous. J'ai étudié le Luger. J'ai acheté un livre pour m'aider à le comprendre, et j'ai lu ce livre de la première à la dernière page. J'ai nettoyé et huilé le pistolet. J'ai acheté des balles. Je suis allé dans un champ et j'ai tiré sur des arbres.

J'ai même vu Ralph Fallon, une fois, bien que je ne croie pas qu'il m'ait remarqué. Ce que j'ai fait, dans cette période où je n'avais pas encore véritablement engagé cette affaire, dans le cadre de mes activités bouche-trous, de mes faux-semblants, de mes atermoiements [1], c'est que je suis allé un jour à Arcadia, juste pour jeter un coup d'œil. C'est comme ça que c'est arrivé.

Il n'y a pas de grandes autoroutes entre notre partie du Connecticut et cette partie de l'État de New York. J'ai pris mon temps pour étudier l'atlas routier, désireux de trouver le meilleur itinéraire possible, car j'avais l'intention que ceci devienne un jour mon trajet de boulot quotidien. Les routes traversaient des petites villes de banlieue et des villages agricoles encore plus petits, passant devant des troupeaux de vaches laitières en train de paître et des champs de maïs qu'on labourait pour la récolte de ce printemps, et je me suis dit qu'il serait agréable de faire ce trajet en voiture, régulièrement, aller-retour, cinq fois par semaine.

1. ***Atermoiements*** : ici, laps de temps d'inactivité entre deux périodes travaillées (au sens propre, un atermoiement est un délai accordé à un débiteur pour l'exécution de ses engagements).

Peu de circulation, et la campagne était belle. Et tout au bout, un travail que je pourrais aimer.

Arcadia elle-même se révéla un vieux bourg adorable, minuscule, une grappe d'une vingtaine de maisons de bardeaux accrochées à flanc de colline, de part et d'autre d'une rivière petite mais vive appelée la Jandrow, affluent de l'Hudson. Les papeteries sont construites en bordure de rivière car elles nécessitent beaucoup d'eau, et manifestement la pétulante Jandrow fournissait toute l'eau dont cette papeterie-là pouvait avoir besoin. Il y avait un barrage, juste en amont des bâtiments de l'usine. La route principale traversait le bourg d'est en ouest, descendait jusqu'à ce barrage puis grimpait vers l'autre versant et disparaissait à la vue.

En dehors de la papeterie, l'activité commerciale d'Arcadia était limitée. Sur le versant ouest, donnant sur la papeterie, il y avait un snack-bar où l'on pouvait aussi acheter des journaux, des cigarettes, et quelques menus articles d'épicerie. Plus haut sur la pente, à la lisière du bourg, il y avait un poste d'essence Getty. C'était tout.

Je suis arrivé à Arcadia aux alentours de midi, et j'ai décidé de manger quelque chose au Betty's, le snack-bar. Ce n'est qu'après m'être assis au comptoir, seul à ne pas être installé à une table avec d'autres gens, et avoir commandé un « Bacon-Laitue-Tomate [1] » et un café, que j'ai compris à la conversation derrière moi que les vingt personnes, environ, qui étaient aux tables, faisaient toutes partie de la papeterie.

Avais-je commis une erreur stupide en venant ici ? Ces gens-là se souviendraient-ils de moi, beaucoup plus tard, lorsque tout serait fini et que j'aurais le boulot d'Upton « Ralph » Fallon ? Soupçonneraient-ils ce que j'aurais fait ? Avais-je gâché ma chance de réaliser le plan, avant même d'avoir commencé ?

1. Le « B-L-T » est le sandwich élémentaire aux États-Unis, comme le « jambon-beurre » en France.

(Je crois que pendant cette période, je cherchais inconsciemment une excuse pour ne pas mettre le plan à exécution, malgré le fait qu'*il n'y en avait pas d'autre*. Il n'y avait pas d'autre plan, et il n'y a toujours pas d'autre plan.)

Seulement j'étais là, j'avais déjà passé ma commande, et la meilleure façon de me faire remarquer aurait été de filer maintenant, avant qu'on m'apporte mon déjeuner. Alors je suis resté assis la tête entre les épaules, sans rien regarder d'autre que les divers objets sur le comptoir qui longeait le mur en face de moi, et de temps à autre, j'entendais des bribes de conversation en provenance des tables de derrière. Des propos de crémerie, en partie, des propos de crémerie que je reconnaissais. Une conversation à laquelle j'aurais pu me joindre facilement, et avec plaisir. Je n'avais pas réalisé jusqu'à ce moment-là à quel point il m'avait manqué de baigner dans cet univers. Oh, comme j'aurais aimé m'asseoir à une de ces tables et me laisser emporter par ces propos de boulot.

Eh bien, ce n'était pas possible. Je suis resté assis où j'étais, au comptoir, la gironde [1] serveuse m'a apporté mon B-L-T et, avec opiniâtreté [2], j'ai mangé. Tandis que derrière moi, de temps en temps, des gens hélaient un certain Ralph d'un ton blagueur, et que Ralph répondait, de cette voix de petit plouc blanc des montagnes qui est plus campagnarde que régionale. Pas un accent à proprement parler, mais un nasillement dans la bouche qui donne l'impression qu'ils ont de fausses dents même si ce n'est pas le cas.

À un moment donné, j'ai jeté un coup d'œil furtif par-dessus mon épaule ; ce Ralph était à une table près de la fenêtre, et c'était un grand type décharné et tout en longueur, à peu près de mon âge mais plus mince. Il ressemblait à cet ancien chanteur et parolier, Hoagy Carmichael [3]. Sa voix, cependant, avec ce nasillement de péquenaud, n'était pas aussi musicale.

---

1. *Gironde* : aux formes généreuses.

2. *Opiniâtreté* : détermination, constance.

3. *Hoagy Carmichael* (1899-1981) : chanteur et parolier américain…/…

Leur pause-déjeuner était finie. Tout d'un coup, ils avaient tous besoin de leur addition, et la serveuse a été très occupée pendant quelques minutes, à faire les additions et à enregistrer les totaux à la caisse. Les groupes sont tous partis, ils se sont mis à descendre la pente par petites grappes, et je me suis retourné pour les regarder par la fenêtre, qui bavardaient, qui fumaient une dernière cigarette (certainement pas le droit de fumer à l'intérieur de l'usine).

La serveuse se déplaçait entre les fenêtres et moi pour débarrasser les tables, et je lui ai dit :

« Ce type qui était assis là-bas, ce n'était pas Ralph Fallon ?

– Si, bien sûr, a-t-elle dit.

– C'est bien ce que je pensais. Je l'ai rencontré il y a des années, mais je n'en étais pas sûr. C'est pas grave. Vous me donnerez mon addition, quand vous pourrez ? »

En rentrant à la maison ce jour-là, à travers la jolie campagne, avec le souvenir de ces conversations du déjeuner qui dansaient dans ma tête, j'ai su qu'il fallait que je le fasse. Il fallait que je passe à la phase d'exécution. Je ne pouvais pas vivre plus longtemps sans ma vie.

Ce fut le jour où, en arrivant à la maison, j'ai sorti le C.V. de Herbert Everly, regardé son adresse et attrapé mon atlas routier.

11

Lew Ringer s'est suicidé ! Qui l'eût cru ?

Nous sommes maintenant lundi, quatre jours après ma terrible expérience chez les Ricks, Marjorie et moi regardons le journal de dix-huit heures, et ceci vient d'être annoncé. Lew Ringer s'est pendu dans son garage, pendant la nuit. Lew Ringer est mort.

…/… qui s'est rendu célèbre dans les années 1930 en écrivant les paroles de standards du jazz comme *Rockin' chair* ou *Georgia*.

La police dit qu'avec ça, l'affaire est quasiment close. Ils étaient presque certains que Lew Ringer était leur homme, dès le départ, mais ils n'avaient pas assez de preuves matérielles solides pour lui mettre le crime sur le dos, et en l'absence de ces preuves matérielles solides, ils n'avaient pas eu d'autre choix que de laisser Ringer repartir samedi après-midi, quand son avocat l'avait exigé.

La principale pièce à conviction qu'ils n'avaient toujours pas était l'arme utilisée par Ringer. C'était un neuf millimètres, ils savaient déjà ça, mais ils n'avaient pas encore retrouvé ni le pistolet ni le marchand à qui Ringer avait dû l'acheter. La thèse des autorités, maintenant, était qu'il se l'était procuré depuis déjà un moment, sans doute dans un État du Sud, en se servant d'une fausse identité, et qu'il l'avait jeté après avoir commis le double meurtre, dans une rivière ou un lac des environs.

Toujours est-il qu'en l'absence de l'arme ou de toute autre pièce rattachant Ringer au crime, et avec le foin qu'avait fait son avocat, la police avait dû finalement le relâcher samedi, mais il avait fait l'objet d'une étroite surveillance, notamment la présence d'une voiture de police garée vingt-quatre heures sur vingt-quatre devant sa maison. (Cela en partie aussi pour tenir à distance les foules de curieux.)

Une maison vide, comme on allait le découvrir. Lorsque Ringer y arriva samedi après-midi, sa femme était déjà partie dans la matinée, après avoir annoncé aux médias dans une larmoyante conférence de presse vendredi soir qu'elle rentrait chez ses parents dans l'Ohio, où elle entamerait une procédure de divorce.

La théorie de la police était qu'avec le départ de sa femme, June Ricks qui se retournait nettement contre lui (elle avait dit à plusieurs journalistes qu'elle pensait que Ringer avait tué ses parents par amour pour elle, et qu'il l'aimait véritablement mais qu'il était allé trop loin), la police qui remontait sa piste avec une telle vigueur, et la connaissance effroyable des crimes qu'il avait commis, il n'avait tout simplement plus été en mesure d'affronter le monde, et c'est pourquoi il s'était pendu, auparavant dans son garage, à la place qu'occupait la nuit dernière la voiture de sa femme.

Quand je regarde ce sujet aux infos, que j'observe les visages, que j'écoute les mots, j'ai l'impression que personne ne regrette la mort de Ringer. Tout le monde est content que ça se soit fini de cette façon, je suppose, parce que ça fait moins de travail pour tout le monde et moins de doute dans l'esprit de tout un chacun. Il était accusé d'avoir tué Mr. et Mrs. Ricks, les parents de sa dulcinée, et il s'est suicidé. CQFD [1].

Ces quatre derniers jours, j'ai continué de ne rien faire, de ne pas même *penser* à quoi que ce soit. L'abattement et le découragement me tiennent et m'étouffent. Je suis allé si loin, et pourtant je n'arrive tout bonnement pas à faire un pas de plus. Je suis vidé de mon élan.

Mais il y a quelque chose dans le suicide de Ringer qui produit un changement en moi, je le sens. Quelque chose dans l'allégresse et le soulagement de toutes les personnes associées à cette affaire, du porte-parole de la police à la journaliste blonde, de la maligne et sournoise Junie au présentateur télé à son bureau. L'affaire Ricks est terminée, et tout le monde est content. Plus d'enquête, pas de recherche de l'arme, pas de quête de témoins, pas d'autre mobile à envisager. Au bout du compte, je ne les ai pas tués !

Après les nouvelles, pendant que Marjorie va dans la cuisine préparer le dîner, je retourne à mon bureau pour la première fois depuis jeudi. Je m'assieds à ma table, j'ouvre le classeur, je sors la chemise avec les C.V. restants. Je les étudie, et il m'apparaît que la meilleure chose que j'aie à faire, maintenant, est d'éloigner mon activité le plus possible, géographiquement parlant, des deux premiers incidents.

Le voici, dans le centre-nord de l'État de New York. C'est bien, encore un État différent, même si je ne peux pas faire cela à chaque fois.

---

1. ***CQFD*** : «ce qu'il fallait démontrer»; sigle que l'on utilise au terme d'une démonstration mathématique.

Lichgate se trouve, d'après mon atlas routier, au nord d'Utica, à probablement cinq cents kilomètres d'ici. Ce qui la met à quatre cents kilomètres d'Arcadia, un trajet trop long à faire tous les jours, en revanche un déménagement serait chose facile. L'homme demeure une menace.

Je pourrais y aller jeudi matin. Cinq ou six heures de route. Passer la nuit là-bas. Voir si l'occasion se présente.

12

Quand j'étais petit, il y a eu une période où j'étais passionné de science-fiction. Nous étions nombreux à l'être, jusqu'au Spoutnik[1]. J'avais douze ans lors du vol du Spoutnik. Toutes les revues de science-fiction que j'avais lues jusqu'alors, les films et les émissions télévisées, partaient du principe que le cosmos appartenait de droit aux Américains. Quelle que fût l'histoire, les explorateurs, les colonisateurs et les aventuriers de l'espace étaient tous américains. Et puis, comme ça d'un coup, les Russes lancèrent le Spoutnik, premier véhicule spatial. Les Russes !

Nous avons tous cessé de lire de la science-fiction, et nous avons délaissé les films et les émissions de science-fiction. Je ne sais pas ce qu'ont fait les autres, mais, dans mon souvenir, après cela, j'ai reporté mon intérêt sur le western. Dans les westerns, il n'y avait jamais aucun doute sur qui serait le gagnant.

Mais avant que le Spoutnik ait détourné ma génération tout entière de la science-fiction, nous avions lu beaucoup d'histoires qui parlaient d'un truc appelé l'« automation[2] ». L'automation allait remplacer le travail inintelligent, bien que je ne croie pas

1. ***Spoutnik 1*** fut le premier satellite artificiel lancé le 4 octobre 1957 par l'URSS, en plein cœur de la guerre froide opposant les États-Unis au bloc soviétique.

2. ***Automation*** : anglicisme souvent employé à la place du français « automatisation » dans les romans de science-fiction qui évoquent ce thème. Il s'agit d'automatiser une chaîne de production.

que ça ait jamais été formulé exactement comme ça. Mais il s'agissait en fait de la chaîne de montage simple, le genre de travail ennuyeux et abrutissant que tout le monde s'accordait à trouver mauvais pour le cerveau et paralysant pour l'esprit humain. Tout ce boulot serait repris par des machines.

Cet avenir automatisé était toujours présenté comme une bonne chose, un bienfait pour l'humanité, mais je me souviens de m'être demandé, déjà enfant, ce qu'il était censé advenir des gens qui ne feraient plus ces boulots ennuyeux et abrutissants. Il faudrait bien qu'ils travaillent ailleurs, non ? Sinon comment mangeraient-ils ? Si les machines prenaient tous leurs emplois, que feraient-ils pour gagner leur vie ?

Je me rappelle la première fois où j'ai vu des images d'une chaîne de montage robotisée dans une usine automobile japonaise, une machine qui ressemblait à l'appareil de radiographie chez le dentiste, qui tressautait toute seule, de ci de là, en soudant des pièces automobiles. C'était cela l'automation. La machine était rapide, et même si elle paraissait maladroite, le commentateur disait qu'elle était plus précise et plus efficace que n'importe quel être humain.

L'automation est donc arrivée, et elle a effectivement porté un coup dur aux ouvriers. Dans les années 1950 et 1960, les cols bleus furent licenciés par milliers, tous à cause de l'automation. Mais la plupart de ces ouvriers étaient syndiqués, et la plupart des syndicats étaient devenus puissants au cours des trente années précédentes, aussi y eut-il de grandes et longues grèves dans les aciéries, dans les mines et dans les usines automobiles, et à la fin de tout cela, la douleur de la transition se trouva quelque peu adoucie.

Oui, eh bien, c'était il y a longtemps, et le coup que l'automation allait porter à l'ouvrier américain a été amorti depuis belle lurette. Aujourd'hui, les ouvriers des usines ne sont plus frappés que de façon sporadique [1], lorsqu'une entreprise part s'instal-

1. ***De façon sporadique*** : de façon isolée.

ler en Asie ou ailleurs, en quête de main-d'œuvre moins chère et de lois sur l'environnement plus coulantes. Aujourd'hui, c'est l'enfant de l'automation qui s'est levé parmi nous, et l'enfant de l'automation frappe plus haut dans les rangs du personnel.

L'enfant de l'automation est l'ordinateur, et l'ordinateur prend la place du col blanc, du directeur, du chef d'atelier, aussi sûrement que ces robots des chaînes de montage ont pris la place des prolos [1] avec leurs gamelles. Dans les rangs des cadres moyens, voilà où se font les coupes, maintenant. Et aucun de nous n'est syndiqué.

Dans n'importe quelle grande entreprise, il y a trois niveaux de personnel. Au sommet se trouvent les patrons et les directeurs, représentants des actionnaires, qui font les comptes, donnent les ordres et prennent les décisions. En bas se trouvent les ouvriers de la chaîne, les gens qui, concrètement, fabriquent tout ce qui se fabrique dans l'entreprise. Et entre les deux, jusqu'à présent, il y avait les cadres moyens.

C'est le boulot du cadre moyen de faire l'interprète entre les patrons et les ouvriers, et entre les ouvriers et les patrons. Le cadre moyen transmet des informations : vers le bas, il transmet les ordres et les demandes, tandis que vers le haut, il transmet le compte rendu des réalisations, de ce qui s'est réellement passé. Aux fournisseurs il transmet des informations sur les besoins en matériaux bruts, et aux distributeurs il transmet des informations sur les disponibilités en produits finis. Il est le canal de transmission, et jusqu'à maintenant c'était un élément indispensable du processus.

Une fois que vous introduisez l'ordinateur, vous n'avez plus besoin de cadres moyens. Certes, il vous faut toujours *quelques* personnes à ce niveau, pour servir l'ordinateur, exécuter certaines tâches, mais vous n'avez plus besoin des centaines et des milliers de responsables dont on avait besoin encore hier.

Des gens comme moi.

---

1. *Prolos* : abréviation de prolétaires (ouvriers).

Tandis que l'ordinateur prend nos boulots, la plupart des gens n'ont même pas l'air de comprendre pourquoi cela se produit. Pourquoi me suis-je fait virer, veulent-ils savoir, alors que la boîte est bénéficiaire et plus florissante que jamais ? Et la réponse est que nous avons été virés parce que l'ordinateur nous a rendus superflus et qu'il a permis des fusions et que notre absence rend l'entreprise encore plus puissante, les dividendes encore plus élevés, le retour sur investissement encore plus intéressant.

Ils ont encore besoin de quelques-uns d'entre nous. Actuellement, nous sommes dans une période de transition durant laquelle la frange des cadres moyens va se ratatiner comme une limace quand on lui verse du sel dessus, mais les cadres moyens ne vont pas disparaître. Il y aura juste moins de postes, c'est tout, beaucoup moins de postes.

Mais mon poste à moi, celui qu'Upton « Ralph » Fallon me réserve, celui-là existe encore. Il y a encore besoin d'un être humain ou deux pour diriger la chaîne de production, quelqu'un qui soit au-dessus des prolos mais capable de communiquer avec eux, pour éviter aux patrons d'avoir affaire directement avec des gens qui écoutent de la country en voiture.

Fallon est mon concurrent, pas d'erreur là-dessus. Et les six C.V. que j'ai tirés de la pile aussi.

Mais c'est une véritable transformation qui est à l'œuvre dans notre civilisation en ce moment même, et *tous* les cadres moyens sont mes concurrents. Bientôt, un million de visages affamés se presseront à la fenêtre, pour regarder. Bonne formation, âge mûr, classe moyenne.

Il faut que je sois solidement installé dans la place, avant que le flot ne devienne irrépressible. Il faut donc que je sois fort, il faut que je sois déterminé, et il faut que je sois rapide. Jeudi, il faut que j'aille dans l'État de New York et que je trouve Everett Boyd Dynes.

EVERETT B. DYNES
264 Nether St.
Lichgate, NY 14597
315 890-7711

FORMATION : B.A. (Hist.)
Champlain College, Plattsburgh, N.Y.

PARCOURS PROFESSIONNEL

Je travaille dans l'industrie papetière depuis vingt-deux ans, aux ventes, au service technique, aux relations clientèle et à la direction. J'ai travaillé neuf ans dans le secteur des applications spécialisées du papier avec polymère, période durant laquelle je traitais avec les clients et le service technique, et j'ai également dirigé une ligne de produits : mes responsabilités incluaient alors un rôle d'interface entre les équipes de conception et de production ainsi que la direction d'une chaîne de production employant vingt-sept personnes.

EMPLOIS

Depuis 1986 : Responsable de production, Patriot Paper Corp.
1982-1986 : Relations clientèle, participation à la conception technique, Green Valley Paper
1977-1982 : Représentant, toutes lignes de produits, Whitaker Paper Specialties
1973-1977 : Représentant, lignes de produits industriels, Patriot Paper Corp.
1971-1973 : Représentant, Northeast Beverage Corp, Syracuse, N.Y.
1968-1971 : Soldat dans l'armée, un service au Viêt-nam.

PARCOURS PERSONNEL

Je suis marié, avec trois enfants bientôt adultes. Ma femme et moi sommes des membres actifs de notre Église et de notre communauté. J'ai été Chef scout lorsque mon fils était en âge de faire du scoutisme.

PROJET

J'ai l'espoir de rentrer dans une compagnie papetière dynamique, qui puisse utiliser pleinement ma formation et mes compétences dans tous les secteurs de la production et des ventes de papier.

13

La New York State Thruway est une route à péage chère. De New York, elle monte vers le nord jusqu'à Albany, puis tourne à l'ouest en direction de Buffalo. Dans ce tronçon ouest, elle longe la Mohawk River et le canal Érié par le sud. Juste au nord de la rivière et du canal, il y a une route d'État, la Route 5, qui est plus petite et a davantage de virages, mais qui ne coûte rien. Je suis sur la Route 5.

Je n'ai jamais fait le Viêt-nam [1]. Jusqu'au moment où j'ai tué Herbert Everly, je n'avais jamais vu d'être humain mort de mort violente. Cela m'énerve que Dynes, ce vieil EBD, se sente obligé de mettre dans son C.V. qu'il a fait le Viêt-nam. Et alors ? Le monde est-il censé lui devoir un gagne-pain, un quart de siècle plus tard ? Cela fait-il de sa cause un cas particulier ?

J'ai été envoyé en Allemagne après avoir fait mes classes. Nous faisions partie d'une section de communications dans une petite base située à l'est de Munich, au sommet d'une colline couverte de pins. Ça devait être un contrefort des Alpes, j'imagine. Nous n'avions pas grand-chose à faire, à part tenir notre matériel radio en état de marche, juste au cas où les Russes attaqueraient, ce qui de l'avis de la plupart d'entre nous n'allait pas se produire. De sorte que mes dix-huit mois d'armée en Allemagne se passèrent à travers un brouillard de bière, à Mootown, que certains d'entre nous appelaient Munich, je ne sais vraiment pas pourquoi.

Mootown. Et pendant que les gars, au Viêt-nam, appelaient un kilomètre un « click » – « On est à dix clicks de la frontière » – nous autres en Allemagne les appelions toujours des K – « On est à dix K de cette bonne Gasthaus [2] » –, même si l'influence vietnamienne nous touchait et si, en Europe aussi, les K devenaient des

1. Allusion à la guerre du Viêt-nam (1964-1975).
2. ***Gasthaus*** : « auberge », en allemand.

clicks. Personne ne voulait aller au Viêt-nam, mais tout le monde voulait passer pour quelqu'un qui a fait le Viêt-nam.

Comme cet enfoiré d'EBD. Vingt-cinq ans plus tard, et il nous la ressert encore.

Un jeudi de mai en milieu de matinée, il n'y a pas tellement de monde sur la Route 5, et ma moyenne est bonne. Pas tout à fait aussi bonne que celle des gros camions que je vois de temps en temps de l'autre côté de la rivière, sur l'autoroute, mais suffisamment bonne. Les petites villes que je passe en chemin – Fort Johnson, Fonda, Palatine Bridge – me ralentissent un peu, mais pas longtemps. Et le paysage est superbe, avec la rivière qui serpente entre les collines et scintille au soleil de printemps. C'est une belle journée.

C'est presque toujours la rivière qui est là sur ma gauche, mais certaines portions sont visiblement modelées par l'homme, ou modifiées par l'homme, et il doit s'agir des vestiges de l'ancien canal Érié. L'État de New York est plus grand que le pensent la plupart des gens, puisqu'il fait bien cinq cents kilomètres de large d'Albany à Buffalo, et aux premiers jours de notre pays, ce cours d'eau à ma gauche était le principal accès au cœur de la nation. Au temps où il n'y avait pas grand-chose en matière de routes.

À cette époque, les grands vapeurs d'Europe pouvaient entrer dans le port de New York, puis remonter l'Hudson jusqu'à Albany, et décharger là-bas. Alors les bateaux fluviaux et les péniches prenaient le relais, transportant les marchandises et les personnes sur la Mohawk River et le canal Érié jusqu'à Buffalo, où ils pouvaient entrer dans le lac Érié, pour ensuite traverser complètement les Grands Lacs, jusqu'à Chicago ou le Michigan, voire emprunter des rivières vers le Sud et aboutir au Mississippi.

Il y a quelques années, je regardais une émission à la télé, et le journaliste a qualifié quelque chose de « technologie transitoire ». C'était des chemins de fer qu'il parlait, je crois. D'un truc.

Apparemment, une technologie transitoire, c'était l'ancienne façon, malcommode, dont on faisait les choses avant d'arriver à la façon dont on les fait aujourd'hui, qui est facile et logique. Et l'idée qui en découlait, c'était : regardez tout le temps, l'énergie et l'argent investis dans ce qui n'était qu'un bouche-trou temporaire – ponts ferroviaires et canaux.

Mais tout est technologie transitoire, c'est ce que je commence à comprendre. C'est peut-être ça qui rend la vie impossible parfois. Il y a deux cents ans, les gens savaient avec certitude qu'ils mourraient dans le même monde que celui où ils étaient nés, et il en avait toujours été ainsi. Mais plus maintenant. Le monde ne se contente pas de *changer*, de nos jours, il est en bouleversement constant. Nous sommes comme des puces vivant sur le dos d'un Dr. Jekyll qui serait en permanence au milieu de sa transformation en Mr. Hyde [1].

Je ne peux pas modifier les données du monde où je vis. Ce sont les cartes que j'ai reçues, et je ne peux rien y faire. Tout ce que je peux espérer, c'est de jouer cette main mieux que tous les autres. Quel qu'en soit le prix.

À Utica, je prends la Route 8. Elle va jusqu'à Watertown et la frontière canadienne, mais moi non. Je m'arrête à Lichgate.

Une ville industrielle sur la Black River. La prospérité et l'usine ont quitté cette ville depuis longtemps ; encore une technologie transitoire. Qui sait ce qu'on fabriquait dans cette grande bâtisse de briques, qui moisit maintenant au bord de la rivière. La rivière quant à elle est étroite mais profonde, très noire, et traversée par une douzaine de petits ponts, tous datant d'au moins soixante ans.

Des bouts du rez-de-chaussée de la vieille usine ont été maintenus plus ou moins en vie, convertis en commerces – antiquités,

---

1. Le héros du roman de Robert Louis Stevenson, *Le Cas étrange du Dr. Jekyll et de Mr. Hyde* (1931), est un médecin consciencieux qui, au cours d'une expérience, parvient à se métamorphoser. Il devient alors un homme aux instincts pervers.

café, carterie, plus un musée du comté. Des gens qui font semblant de travailler, maintenant qu'il n'y a plus de travail.

Mon atlas routier ne comprend pas de plan de Lichgate. Il est une heure passée quand j'arrive en ville, je commence donc par déjeuner au Red Brick Cafe, niché dans un coin de la vieille usine, puis j'achète une carte du secteur à la carterie qui est un peu plus loin.

(Je sais qu'il serait plus facile de demander simplement où se trouve Nether Street, mais quel est le risque qu'on se souvienne de moi comme l'étranger qui a demandé le chemin de Nether Street juste avant le meurtre de Nether Street ? Un risque très fort, je dirais. L'idée de voir mon portrait-robot à la télé, réalisé à partir de descriptions de témoins oculaires, n'est pas très séduisante.)

À cause de son nom, «Rue Basse», j'aurais cru que Nether Street longeait la rivière, vu que c'est là l'endroit le plus bas de la ville, mais je vois sur la carte que c'est une rue qui borde la lisière sud de l'agglomération et rejoint la rivière par l'est. Lorsque j'y vais, je vois que la colline sur laquelle est bâtie Lichgate descend en pente vers le sud, dans ma direction, et Nether Street est ainsi nommée parce qu'elle longe le pied de cette colline.

Cette zone n'est ni une banlieue ni la campagne, mais une véritable ville, c'est une zone résidentielle, vieille et solidement bâtie, avec des maisons datant presque toutes d'une centaine d'années, de l'époque où l'usine produisait encore ce qu'elle pouvait bien produire. Il y a des maisons à un étage qui s'étalent sur de petits terrains, pour la plupart en pierre du pays, avec de vastes galeries et des toits très pentus à cause des hivers très neigeux.

Quand ces maisons furent construites, ce devait être les directeurs qui vivaient ici, les cadres moyens de l'usine, même si je ne pense pas qu'on les appelait cadres moyens à l'époque. Mais c'est d'eux qu'il devait s'agir, avec les commerçants et les dentistes. Une vie solide et confortable dans un quartier stable. Aucun de ces gens n'aurait pensé une seule seconde vivre dans un monde transitoire.

Au 264, la maison est comme ses voisines : large, massive et en pierre. Ici, il n'y a pas de boîtes aux lettres le long de la route, mais des fentes pour le courrier dans les portes d'entrée ou de petites boîtes aux lettres en fer accrochées à côté de la porte. Le facteur doit faire sa tournée à pied. Et la route est plutôt étroite.

Il y a cependant un trottoir, et la première fois que je descends le pâté de maisons, un père se sert de ce trottoir pour apprendre à sa fille, effrayée mais courageuse, à faire du vélo. Je les vois, et je me dis : « Faites que ce ne soit pas EBD. » Mais dans le C.V. il se décrivait comme ayant « trois enfants bientôt adultes ».

La plupart des maisons possèdent des garages ; ils ont été ajoutés quelques décennies plus tard et sont le plus souvent à côté ou derrière la maison et non rattachés à elle, même si çà et là, à cause de ces hivers rigoureux, les gens ont construit des passages couverts reliant l'habitation au garage.

Le 264 a un garage séparé, d'un vieux modèle, avec deux grandes portes qui s'ouvrent vers l'extérieur, bien qu'elles soient fermées pour le moment. Il est à droite de la maison et juste derrière, avec une allée goudronnée qui s'effrite par endroits, et qui a besoin d'être retapée depuis un bail. Dans l'allée, il y a une Toyota Camry orange, vieille de quelques années. Personne en vue dans les parages.

À quelques maisons de là, en se rapprochant de la rivière, Nether Street traverse une grande route nord-sud, et il y a là une station-service. Je m'y arrête, je fais le plein, et je me sers du téléphone à pièces pour appeler EBD.

Une voix masculine répond, à la troisième sonnerie :

« Allô ? »

M'efforçant de prendre une voix très joyeuse et cordiale, je dis :

« Salut, Everett ?

– Oui, bonjour, dit-il.

– C'est Chuck, dis-je. Bon sang, Everett, j'ai bien cru que je n'allais jamais te retrouver.

– Excusez-moi, dit-il. Qui ?

– Chuck. Everett ? C'est bien Everett Jackson ?

– Non, je suis désolé. Vous vous trompez de numéro.

– Oh, *zut*, dis-je. Je suis désolé, excusez-moi.

– Y a pas de mal. Bonne chance», dit-il.

Je raccroche, et je retourne à la Voyager.

Il n'y a pas de problème pour se garer dans ce quartier. Les voitures garées prennent la moitié de la place, sur le côté ouest, en tournant le dos à la rivière, comme c'est mon cas maintenant. Il n'y a aucun stationnement de l'autre côté, où se trouve la maison d'EBD, car la rue n'est pas si large que ça. Elle date sans doute d'avant l'automobile.

Le cheval : une technologie transitoire.

Je me gare à presque une rue du 264, devant une maison avec un panneau «À VENDRE» sur la pelouse et pas de rideaux aux fenêtres. Aujourd'hui je n'essaie pas de passer pour un acheteur potentiel, simplement je ne veux pas qu'une ménagère me zyeute de derrière ses stores en se demandant qui est cet homme, assis comme ça dans sa voiture, devant sa maison.

EBD est chez lui. Tôt ou tard il va sortir. Le Luger est sous l'imper sur le siège passager. S'il part au volant de sa Camry, je me rangerai à sa hauteur à un feu rouge et je l'abattrai depuis la voiture. S'il sort pour tondre sa pelouse, je traverserai la rue et je l'abattrai là. D'une façon ou d'une autre, lorsqu'il sortira, je l'abattrai.

En route, pendant tout le temps de ce long trajet, je n'ai jamais pensé à EBD ni à ce que j'avais à faire ici. J'ai juste pensé aux forces historiques et à ce genre de trucs. Mais maintenant, assis dans la Voyager à surveiller sa maison, je ne pense qu'à EBD. Régler ça vite fait bien fait, et en finir. Me débarrasser du mauvais goût que l'expérience Ricks m'a laissé en bouche. Que ce coup-ci soit simple, comme Everly.

Quatre heures moins le quart. Père, fille et bicyclette sont partis depuis longtemps. Le facteur a descendu le pâté de maisons en poussant son chariot à trois roues muni d'une longue poignée. Des nuages sont arrivés de l'ouest, et il commence à faire frais dans la Voyager.

Je suis patient. Je suis un léopard tapi dans l'ombre d'un rocher. Je peux rester là, sans bouger, jusqu'à ce que vienne la nuit. Alors, quand il fera noir, s'il n'est toujours pas sorti de sa maison, j'irai le débusquer.

C'est-à-dire que je ferai le tour de la maison à pied, je regarderai par les fenêtres, je le trouverai et je l'abattrai. Je n'entrerai pas à proprement parler dans la maison, à moins que ce ne soit absolument nécessaire, et même en ce cas, je serai d'une extrême prudence. Je n'ai aucune envie de rencontrer la femme, ou les trois enfants bientôt adultes.

Je m'adapterai aux circonstances, mais je suis déterminé…

Du mouvement au 264. La porte s'ouvre, cachée par l'ombre du grand toit de la galerie. Un homme en sort, s'arrête pour appeler quelqu'un à l'intérieur, ferme la porte, descend de la galerie. Il s'arrête là, sur l'allée en dalles d'ardoise qui divise sa pelouse, et lève les yeux. Pleuvra-t-il ? Il rajuste le col de son coupe-vent, enfonce plus solidement sa casquette. Il continue jusqu'à la rue, tourne et vient par ici.

C'est mon homme, EBD. Le bon âge, sortant de la bonne maison. Il marche vers moi, sur le trottoir d'en face. Je peux attraper le Luger, le plaquer contre ma jambe, traverser la rue, lui demander mon chemin. Il se tournera pour donner des indications, en levant la tête. Je lui tirerai dans l'œil le plus proche.

J'ai la main gauche sur la poignée de la portière, la droite qui se glisse sous l'imper pour attraper le Luger. À la moitié du pâté de maisons, EBD interrompt sa marche et fait un signe de la main. Il s'arrête. Il parle.

Fronçant les sourcils, je scrute, et j'aperçois maintenant un couple assis sur sa galerie. Je ne les avais pas du tout remarqués avant. Est-ce qu'ils sont là depuis le début ? Cette lumière ne facilite pas la tâche, avec le soleil qui s'est couché.

Je ne peux pas faire ça devant témoins. Ma main gauche lâche la poignée, la droite ressort vide de sous l'imper.

En face, EBD porte la main à sa casquette et repart. Il passe devant moi, sur l'autre trottoir, pas de voitures garées de ce côté-là pour me barrer la vue. C'est un homme de grande taille, émacié [1], aux épaules voûtées. Il a la tête projetée en avant et les yeux baissés, de sorte qu'en marchant, il voit le trottoir directement devant lui. Il a les mains dans les poches de son coupe-vent.

Ces gens sur la galerie, un couple, je crois. Encore là. Quand je démarrerai, ils me remarqueront. Je dois attendre ici aussi longtemps que possible, il faut que j'essaie de réduire les risques de rapprochement entre le passage d'EBD et le départ de cette voiture.

Je vois EBD dans mon rétroviseur extérieur, qui s'éloigne d'un pas ferme. Il a déjà parcouru plus d'un demi-pâté de maisons, maintenant, et il continue à la même cadence. Je peux prendre le risque de le perdre de vue une minute ou deux.

Je démarre la Voyager. Sans regarder les gens sur la galerie, j'avance, dans la direction opposée à EBD. Je roule jusqu'au coin, vivement mais pas comme un dingue, et là je tourne à droite. Je descends rapidement ce pâté de maisons et tourne de nouveau à droite, puis une troisième fois à droite, ce qui me ramène à Nether Street.

Il n'y a que quelques rues importantes qui continuent par ici, dans le sens nord-sud ; les autres, y compris celle où je me trouve, se terminent à Nether. Je m'arrête au stop qui est là, puis j'amorce mon virage à gauche dans Nether, et voilà EBD, parfaitement visible, qui marche toujours, droit devant.

Là où j'ai fait le plein et passé mon coup de fil, plus haut sur la droite, se trouve l'intersection avec la Route 8, ma route du nord. À la diagonale de la station-service, il y a un snack. Je peux me garer sur le parking, et filer EBD à partir de là. Jusqu'où peut-il bien aller, à pied ?

---

1. ***Émacié*** : extrêmement maigre.

Je le dépasse lentement, toujours au volant de ma voiture, et il va son chemin méthodiquement, juste comme un homme qui a une destination mais qui n'est pas vraiment pressé d'y arriver. Je continue.

Le snack, qui s'appelle le Snowbird, donne sur la Route 8 ; devant se trouve un parking goudronné qui se prolonge sur le côté gauche, en s'éloignant de Nether Street. Il y a un feu au carrefour, il est rouge quand j'arrive. Je m'arrête et j'attends.

Dans mon rétroviseur, EBD traverse Nether Street en diagonale derrière moi et continue d'approcher.

Le feu passe au vert. Je tourne à gauche sur la Route 8 puis à droite pour me garer sur le parking du snack. Je vais sur le côté, et je choisis une place d'angle sur le devant, d'où je peux surveiller le carrefour. Le parking est presque vide.

Je coupe le contact et relève les yeux au moment où, de nouveau, le feu passe au rouge pour la Route 8 ; EBD traverse la route. On dirait presque qu'il vient vers *moi*.

Non. Il va au snack. Il traverse le parking, monte trois marches de briques, pénètre dans le vestibule vitré – sûrement construit en raison des hivers rigoureux de la région – puis je le vois qui pousse la porte intérieure et entre.

Bon, voilà qui est facile. Il est venu prendre un repas tardif ou un en-cas de milieu d'après-midi. Quand il aura fini, je le verrai ressortir dans le vestibule. J'aurai le temps de lancer le moteur, de baisser la vitre et d'attraper le Luger. Lorsqu'il descendra les marches de briques, j'approcherai en voiture et je m'arrêterai devant lui. Je l'appellerai par son nom, et quand il me regardera, je l'abattrai.

Le parking a des sorties aussi bien sur Nether Street que sur la Route 8. Selon le côté qui aura le feu vert, après que j'aurai abattu EBD, je prendrai l'une ou l'autre de ces sorties, et je foncerai par la Route 8. Aucun témoin n'aura idée de ce qui s'est passé.

Je serai rentré pour le journal de vingt-trois heures.

Seize heures cinquante. Ça fait presque une heure qu'il y est. Est-ce qu'il a une petite amie là-dedans ? Combien de temps encore vais-je devoir attendre ? Combien de temps peut-on passer dans un snack, en plein après-midi ? Il n'avait pas de journal à la main, mais j'imagine qu'il pouvait avoir un livre de poche dans son coupe-vent. Peut-être que sa femme fait le ménage, et qu'il a accepté de s'absenter quelques heures de la maison.

Il faut que je découvre ce qui se passe. Je vérifie que le Luger est complètement dissimulé par l'imper, puis je sors de la Voyager, pour constater que le temps s'est considérablement rafraîchi, un vent vif déferle de l'ouest par Nether Street. Je ferme la voiture à clé, et j'entre dans le snack. Il n'est pas là.

Je connais un fol instant de perturbation, comme dans un mélodrame. Il s'est éclipsé par une porte arrière et il a sauté dans une voiture qui attendait et il est parti…

Faire quoi ? Un rendez-vous secret avec cette petite amie que je lui avais attribuée plus tôt ? Dévalise-t-il des banques en attendant qu'un nouveau boulot se présente ? (J'y avais moi-même songé.)

Est-il *à mes trousses* ?

Tout cela est ridicule. Sans l'ombre d'un doute il est aux toilettes. J'aperçois le panneau indiquant les W.-C. sur la gauche, aussi je vais à droite, trouve une place au comptoir et sors la carte du présentoir en métal qui fait saillie.

Il n'y a que cinq personnes dans la salle, trois solitaires qui boivent du café au comptoir, et un couple âgé qui dîne dans un box. Je me dis, quand il sortira des toilettes, pourquoi ne pas l'abattre ici ? Qui serait capable de m'identifier, sous l'effet du choc et de la soudaineté ? Il faudra que je retourne à la Voyager, que je prenne le Luger, mette l'imper – il fait suffisamment frais de toute façon – puis que je revienne, que j'attende qu'il sorte des W.-C., et que j'agisse aussitôt.

Non. Attendre. Attendre qu'il se soit rassis, quelle que soit sa place, ce serait le mieux.

Il sort par la porte battante derrière le comptoir. Il porte un tablier vert et tient une assiette de poisson-frites, qu'il dépose devant un client plus loin sur ma gauche.

Il travaille ici.

J'en suis tellement abasourdi que je suis toujours assis là quand il arrive à ma hauteur.

« Bonjour », dit-il. Il a un sourire agréable. Il a l'air d'un type sympa, décontracté, le regard honnête.

Cadre moyen, et il fait le service dans un snack. Ce n'est pas ça qui payera le prêt de cette maison à trois rues d'ici. Je suis sûr que ça aide, de la même façon que les journées que Marjorie passe au cabinet du Dr. Carney aident, mais pas suffisamment. Et ce n'est pas la même chose que de récupérer sa vraie vie.

Je suis encore abasourdi. Je ne sais pas quoi faire, quoi penser, quoi dire, où regarder. Il me sourit toujours :

«Vous savez ce que vous voulez ?

– Pas encore.» Je bafouille. « Donnez-moi une minute.

– Bien sûr», dit-il, et il s'éloigne le long du comptoir pour demander à un autre client s'il veut encore du café. La réponse est oui, et il tend la main vers la cafetière en verre.

Ne fais pas leur connaissance. C'est ce que je m'étais dit lorsque j'ai commencé. *Avant* que je ne commence. Ne fais pas leur connaissance, ça n'en sera que plus dur de faire ce que tu as à faire. Ce sera impossible de faire ce que tu as à faire.

Il est serveur dans un snack. C'est tout ce qu'il est. Je ne le connais pas, je n'ai pas à le connaître, je ne vais pas le connaître.

Il est de retour :

« Choisi ?

– Je, euh, je vais prendre le B-L-T. Avec des frites. »

Grand sourire :

« C'est servi avec des frites. On est très forts sur le B-L-T. On le sert avec des frites, une salade de chou et une rondelle de cornichon. C'est bon ?

– Ça paraît bien, dis-je.

– Et du café ?

– Oui. J'oubliais. Exact. Du café. »

Il s'en va dans la cuisine, et je lutte pour reprendre mon sang-froid. Il n'a encore rien remarqué, du moins rien qu'il ne puisse mettre sur le compte de l'abrutissement de l'autoroute, l'effet de plusieurs heures à rouler seul.

Mais que vais-je faire maintenant ? Jusqu'à quand travaille-t-il ? Vais-je devoir passer huit heures assis dans la Voyager sur ce parking ? Six heures ? Douze heures ?

Il sort par la porte battante, va chercher tasse, soucoupe, cuiller et la cafetière en verre, apporte le tout ici, me sert un café.

« Le lait et le sucre sont là, sur le comptoir.

– Merci. »

Il remet la cafetière sur sa plaque électrique pendant que j'ajoute du lait à mon café. Puis il revient, s'appuie au comptoir derrière le bar, croise les bras, m'adresse un sourire amical, me dit :

« De passage ? »

Il m'est détestable d'avoir à le regarder, à lui parler, mais que puis-je faire d'autre ?

« Ouais, dis-je. En gros. » Et alors, parce que je commence à me rendre compte que ça ne va pas être aussi rapide que je l'avais espéré, j'ajoute : « Est-ce qu'il y a un motel dans le coin ?

– Aucune des chaînes. Pas près d'ici, en tout cas.

– Je n'ai pas besoin d'une chaîne. Je n'aime pas trop les chaînes.

– Moi non plus. On a l'impression qu'il n'y a pas de dimension humaine. »

Bon sang, je ne veux pas de dimension humaine entre *nous*, mais que puis-je faire ?

« C'est vrai », dis-je, dans le simple espoir de couper court à la conversation.

Il décroise les bras, pointe du doigt vers ma droite en levant la tête. Je regarde son œil le plus proche. J'aimerais avoir le Luger sur moi maintenant, j'aimerais en finir maintenant. «À deux kilomètres au sud, environ, dit-il, sur la Route 8, il y a un endroit qui s'appelle Dawson's. Je n'y suis jamais allé moi-même, bien sûr, je suis du coin, vous savez, mais on m'a dit que c'était pas mal.

– Dawson's, dis-je. Merci.»

Je détourne le regard, mais je le sens qui m'observe, qui m'examine. Et il dit : «Vous cherchez du boulot ?»

Surpris, je ramène les yeux sur lui, et il a l'air d'une compassion si naturelle que je lui dis la vérité : «Oui. Comment vous le savez ?

– Je suis passé par là.» Il hausse les épaules. «J'y suis toujours, en fait. Je peux le voir chez les autres.

– C'est pas facile, dis-je.

– Pas par ici, en tout cas. Je suis désolé de devoir vous dire ça, mais c'est vrai qu'il ne se passe pas grand-chose par ici. D'un geste il désigne son territoire, son côté du comptoir. «J'ai eu de la chance de trouver ça.»

C'est une occasion d'avoir la réponse à ma question. Je dis : «Vous faites un plein temps ?

– Presque, dit-il. Huit heures par jour, quatre jours par semaine. De quatre heures à minuit.»

Huit heures. De quatre heures à minuit. Il sortira à minuit. Dans le noir, je ne verrai pas son visage, il pourra s'agir de n'importe qui. Dans le noir, je l'abattrai. «Enfin, c'est toujours quelque chose», dis-je en parlant du boulot.

Il sourit, mais secoue la tête.

«Pas mon créneau habituel, dit-il. J'ai fait vingt-cinq ans de papeterie.»

Je fais l'ignorant et je demande : «Librairie-papeterie ?

– Non, non», répond-il en secouant la tête, l'air amusé. «La fabrication du papier.

– Ah.

– J'ai été représentant, puis directeur. Des années en chemise blanche et cravate. Et puis un jour, je me suis fait virer.

– Ça arrive», dis-je, et il y a un tintement en provenance de la cuisine. Et je me surprends à dire, même si je ne devrais pas prolonger cette conversation, vraiment je ne devrais pas : «Ça m'est arrivé aussi.

– Ça doit être pour vous», dit-il en parlant du tintement dans la cuisine. Il s'en va, et je prends cette minute de répit pour me dire que je ne peux pas me laisser embarquer dans ce truc, je ne peux pas me permettre que nous ne soyons que deux types ordinaires en train de débattre des nouvelles du monde. Il faut que je maintienne une distance; pour ma propre santé mentale, il faut que je maintienne cette distance. Pour mon avenir. Pour tout.

Et en dehors de toutes les autres considérations, je lui ai déjà menti, j'ai fait semblant de ne rien savoir de l'industrie du papier parce que je ne voulais pas qu'il réfléchisse à la coïncidence de ma présence ici, d'un type qui a le même parcours professionnel que lui. Mais cela signifie que je ne peux pas laisser cette conversation se prolonger. Que vais-je faire, m'inventer une biographie complètement différente, dans un secteur complètement différent ?

Il revient, avec mon B-L-T et tous les accompagnements sur une grande assiette ovale en épaisse porcelaine blanche, et il la dépose devant moi. «Je vous ressers ?» Ma tasse est à moitié pleine. «Pas encore, dis-je. Merci.

– Pas de quoi.»

Il part s'occuper d'autres clients, et je mordille mon B-L-T. Je n'ai pas faim, en partie parce que j'ai mangé il y a quatre heures à peine, mais surtout à cause de la situation. J'ai envie d'être loin d'ici, et en route pour chez moi. Mais j'ai besoin que ceci soit *fini*, ensuite je serai loin d'ici, et en route pour chez moi.

Il est de retour, et il reprend cette position, bras croisés, adossé à l'arrière du comptoir. «Dans quelle branche étiez-vous ?» me demande-t-il.

Je panique juste une seconde, mais ensuite je dis : «Fournitures de bureau» car j'ai effectivement quelques souvenirs de cette industrie, depuis mes premières années de représentant pour Green Valley Paper & Pulp. «Bloc-notes, feuilles de commande, formulaires de comptabilité, des choses de ce genre. J'étais cadre moyen, je dirigeais la chaîne de fabrication.» Là, je me force à glousser, et j'ajoute : «Si ça se trouve, on était clients chez vous.

– Pas chez nous, dit-il. Nous fabriquions des papiers spéciaux, à usage industriel.» Un autre sourire, un autre hochement de tête. «Très ennuyeux, quand on n'est pas de la branche.

– Ça vous manque sans doute», dis-je, parce que je sais que oui, et que je ne peux pas m'empêcher de le dire.

«Oui», acquiesce-t-il, mais ensuite il hausse les épaules. «C'est un crime, dit-il, ce qui se passe ces temps-ci.

– Les licenciements, vous voulez dire?

– Les compressions, les réductions de personnel. Tous ces euphémismes nuls qu'ils emploient.

– Moi, ils m'ont dit que mon poste avait cessé de progresser.

– Elle est bonne, celle-là, convient-il.

– Je me suis tout de suite senti mieux.» Je tiens le sandwich, un quart triangulaire du sandwich, mais je ne mange pas.

«Vous savez, reprend-il, j'y ai réfléchi. Je n'ai pas eu grand-chose à faire, ces quelques dernières années, à part réfléchir, et je crois que cette société est devenue folle.

– Toute la société?» Je hausse les épaules. «Je croyais que c'était seulement les patrons.

– De laisser les patrons faire ça, dit-il. Vous savez, il y a eu des sociétés, comme les peuples primitifs d'Asie et ce genre-là, ils abandonnaient des nouveau-nés dans les collines pour les tuer, pour ne pas avoir à les nourrir et à s'occuper d'eux. Et il y a eu des sociétés, comme les premiers Eskimos, qui mettaient leurs grands vieillards sur des icebergs pour qu'ils dérivent et meurent, parce qu'ils ne pouvaient plus s'en occuper. Mais là, c'est la première société qui prend ses gens les plus productifs, dans la fleur de l'âge, au top de leurs capacités, et qui les bazarde. J'appelle ça de la folie.

– Je crois que vous avez raison, dis-je.

– J'y pense tout le temps, dit-il. Seulement vous faites quoi ? Ça me dépasse.

– Vous devenez fou vous aussi, j'imagine. »

Cela me vaut un grand sourire de sa part. « Vous me montrez comment, dit-il, et je le ferai. »

Nous gloussons de conserve, et il s'en va faire l'addition du couple âgé.

Pendant son absence, je me force à manger l'essentiel de ce que j'ai commandé et à boire le restant de café. Je ne peux pas supporter cette conversation plus longtemps, je ne peux tout simplement pas.

Lorsque je le vois qui revient le long du comptoir en se dirigeant vers moi, je trace ce gribouillis dans l'air qui signifie que je veux mon addition, il part chercher son carnet de commandes et fait le total.

Il a deux ou trois autres choses à dire, juste pour bavarder, mais je lui réponds à peine. Autant qu'il pense que je suis brusquement pressé. Je règle et je lui laisse un trop gros pourboire, même si c'est stupide, je veux dire, vraiment stupide à tous points de vue.

Au moment où je passe la première porte, il me lance : « À la prochaine. » Je souris, et je fais un geste de la main.

Au moins, il n'a pas proposé de m'héberger.

Ils passent *Good Vibrations*, la vieille chanson des Beach Boys. *Good Vibrations*, et je flotte dans un bateau transparent sur une mer gris-vert lumineuse, on dirait du liquide vaisselle, c'est terriblement triste, et je suis triste tout le temps, et ensuite je suis réveillé ; je suis au Dawson's Motel, et la radio s'est mise en marche à vingt-trois heures trente, exactement comme je l'avais programmée. Je me lève, j'éteins la radio et je vais dans la salle de bains pour pisser, me brosser les dents, me laver la figure et me préparer à tuer EBD.

Dawson's est une maison agréablement vieillotte, avec des lambris [1] de pin noueux, des abat-jour plissés jaune ambré et un parquet de bois dur qui grince quand je me déplace. Le placard est fermé par un rideau vert à impression cachemire en guise de porte, et il y a de nombreux cintres métalliques sur la tringle à l'intérieur. La plomberie est ancienne et fait beaucoup de bruit.

J'ai vu un présentoir avec des brochures de ski à l'accueil, quand j'y suis allé cet après-midi, mais en cette période de l'année, il n'y a pas beaucoup de monde. Le vieil homme à l'accueil était content de voir un client, et encore plus content de voir de l'argent liquide. « J'aime pas beaucoup ces cartes de crédit, m'a-t-il dit, mais j'imagine qu'elles vont rester. »

L'argent liquide : une technologie transitoire.

Je me rends compte que j'entends de la pluie sur le toit du motel. En sortant de la salle de bains, je vais ouvrir la porte, et c'est une pluie régulière qui tombe dehors, il n'y a pas beaucoup de vent, les gouttes vont tout droit et emportent la poussière de la route en traçant des motifs sur la Voyager.

Je referme la porte et je m'habille, mais je ne fais pas mes bagages car je compte revenir ici une fois ma mission accomplie. 11:47 disent les chiffres rouges du radio-réveil. Je mets mon imper et ma casquette, qui ressemble beaucoup à celle d'EBD. Je sors le Luger de mon sac de voyage et je le glisse dans la poche de l'imper.

La porte du motel est suffisamment ancienne pour que je doive la refermer avec la clé quand je sors. Heureusement, le toit fait saillie [2], de sorte que je ne me mouille pas pendant ce temps. J'ai laissé les lumières allumées dans la chambre, et la lueur à travers les rideaux donne à la pièce un air chaleureux et accueillant. Je serai content d'y revenir.

Il n'y a que deux autres véhicules garés devant le motel, tous deux tournés face aux chambres où dorment leurs propriétaires. L'un est

---

1. ***Lambris*** : revêtements de bois qui ornent les murs.
2. ***Le toit fait saillie*** : le toit dépasse les murs du bâtiment.

un pick-up avec une plaque d'immatriculation de Pennsylvanie; j'imagine qu'il s'agit d'un col bleu [1], un charpentier ou quelque chose de ce genre, à la recherche d'un boulot dans le bâtiment. Je ne sais pas pourquoi je crois ça; je suppose juste qu'il est rassurant d'imaginer des histoires sur les gens qui vous entourent. Inventer une tribu.

L'autre véhicule est une grosse camionnette qui a été convertie en petit camping-car. Elle a une plaque de Floride, et j'imagine que c'est un couple de retraités. Fini le stress maintenant; on passe l'hiver en Floride et on prend la direction du nord quand le temps vire à la moiteur étouffante. Pas mal.

Mais ce n'est pas pour moi, pas encore, même si j'en avais les moyens. Ce qui n'est pas le cas. Dieu seul sait si je pourrai jamais me payer ce type de retraite.

Je prends la direction du nord vers Lichgate. Il n'y a pas du tout de circulation, et très peu de lumières en vue. La pluie est régulière et assez drue quand on roule dessous. Cela me ralentit, mais il n'est que minuit moins cinq lorsque j'arrive au feu de Nether Street. Il passe au rouge juste avant que j'arrive, bien sûr.

À ma gauche la station-service est fermée, mais le snack devant moi sur la droite est ouvert. Et, traversant la rue devant moi, de l'autre côté du carrefour, la tête rentrée dans les épaules pour se protéger de la pluie, insuffisamment couvert avec son coupe-vent et sa casquette, voici EBD !

Merde! merde et merde, il part en avance! Je suis à l'heure, moi, bon sang !

Dire que ça allait être si facile. J'allais couper mes phares en entrant dans le parking. J'allais attendre près de l'entrée, j'allais le voir sortir dans le vestibule, j'allais avancer et au moment où il descendrait les marches en briques, j'allais braquer le Luger par la vitre et l'abattre. Et voilà.

---

1. ***Col bleu*** : ouvrier.

Mais là il marche, il est à bonne distance du snack, il a déjà passé le carrefour et il descend Nether Street en s'éloignant de moi, les mains dans les poches de son coupe-vent ; il marche d'un pas vif à cause de la pluie, en avançant du côté droit de la rue, le long des voitures garées, encore trois pâtés de maisons pour arriver à la sienne, sur la gauche.

Et toujours cette saleté de feu rouge. Il va passer au vert, maintenant ; je vois le feu qui passe à l'orange du côté de Nether Street. Il n'y a toujours aucun véhicule nulle part, personne en vue, absolument personne dehors par cette pluie.

Je coupe mes phares. Maintenant je suis aussi noir que la nuit, et lorsque le feu passe au vert devant moi, je tourne à gauche.

Il avance d'un pas vif. Il va être difficile de tirer, complètement à droite depuis le côté gauche de la voiture, en conduisant le long des voitures garées, sur un homme dans le noir, et qui marche sous la pluie. Ce serait horrible de le rater, de lui donner l'alerte, de le faire partir en courant, de le faire fuir et appeler aussitôt la police locale. (EBD penserait à téléphoner, il ne serait pas ébranlé comme Ricks, c'est au moins une chose que je peux garantir à son sujet.)

Devant, avec à peine un semblant de coup d'œil par-dessus l'épaule, EBD sort d'entre les voitures garées et traverse la rue en diagonale. Maintenant je sais ce que je dois faire.

J'écrase l'accélérateur. La Voyager fait un bond en avant. EBD est une masse sombre parmi les masses sombres de la nuit, et tout est un peu luisant sous la pluie, tout sauf son coupe-vent mouillé et sa casquette mouillée. La Voyager bondit sur lui comme un renard sur une taupe.

Il sent ma présence. Il tourne la tête. Il fait trop sombre pour que je voie son visage, mais je peux imaginer son expression, et à ce moment-là il bondit, essayant de se projeter complètement sur le trottoir de gauche. La Voyager lui rentre dedans. Mais il était en train de sauter, son poids allait vers le haut, de sorte que son corps ne passe pas sous la voiture mais se colle contre elle, juste devant moi, heurtant presque le pare-brise, étalé là comme un cerf qu'un chasseur triomphant rapporte chez lui.

Je freine brutalement, et il glisse devant la voiture. Je vois ses mains qui agrippent l'air, qui cherchent une prise quelconque, mais il n'y en a aucune. La voiture avance toujours, plus lentement cependant, et il passe en dessous, et je sens de grosses bosses quand je lui roule dessus.

Maintenant je m'arrête. Maintenant je me mets en pleins phares, et je passe la marche arrière pour que les feux arrière s'allument, et je le vois multiplié par trois, dans les trois rétroviseurs, le rétro intérieur, le rétro extérieur à ma gauche, celui qui est tout là-bas sur ma droite, je le vois multiplié par trois et dans les trois rétros, il bouge.

Oh mon Dieu, non ! Il faut qu'il arrête. Nous ne pouvons pas continuer comme ça. Il se retourne, il essaie de se lever.

Je suis déjà en marche arrière. Maintenant j'accélère et je ferme les yeux, et je sens le *beng* et *beng*, et je donne un coup de frein et je dérape, et je pense, non, par pitié, je vais percuter une voiture garée, mais non.

J'ouvre les yeux. Je regarde devant et il est là, dans la lumière des phares, sous la pluie, avec un bras qui bouge sur la chaussée, les doigts qui grattent la chaussée. Il n'a plus sa casquette. Il est recroquevillé, principalement sur le ventre, et il a le front contre la chaussée, la tête agitée de lents soubresauts d'avant en arrière.

Il faut que ça s'arrête *maintenant*. Je passe en marche avant, je roule lentement, je vise cette tête. *Schdoung-beng* le pneu avant gauche, oui. *Schdoung-beng* le pneu arrière gauche, oui.

Je m'arrête. Je passe en marche arrière, et les feux arrière s'allument. Dans les trois rétros, il est immobile.

Je pleure quand j'arrive au motel, je pleure encore. Je me sens si faible que j'arrive à peine à tenir le volant, à peine à appuyer le pied sur l'accélérateur et, enfin, sur le frein.

Le Luger est toujours dans ma poche. Il m'alourdit du côté droit, me tire vers le bas et me fait trébucher au moment où je sors de la Voyager pour me diriger vers ma chambre. Puis le Luger me cogne la main, me contrarie, quand j'essaie d'atteindre ma poche de pantalon pour prendre la clé, la clé de la chambre.

Enfin. Je trouve la clé, je l'introduis dans la serrure, j'ouvre la porte. Tout cela principalement au toucher car je sanglote, mes yeux sont pleins de larmes, tout est noyé. Je pousse la porte, et la pièce qui devait être chaleureuse et confortable est sous l'eau, inondée, froide et mouillée à cause de mes larmes. Je sors la clé de la serrure, referme la porte derrière moi, traverse la pièce en titubant. Je me déshabille, en laissant mes vêtements n'importe où par terre.

Les sanglots ne m'ont pas quitté depuis le moment où j'ai fait demi-tour dans Nether Street et contourné soigneusement le corps au milieu de la chaussée. Les sanglots me font mal à la gorge, ils me serrent la poitrine. Les larmes me brûlent les yeux. J'ai le nez bouché, j'arrive à peine à respirer. J'ai les bras et les jambes lourds, ils me font mal comme si j'avais été longuement roué à coups de matraque souple.

Une douche, ça devrait me faire du bien, non ? Une douche fait toujours du bien. Ici, au Dawson's Motel, la salle de bains a une vieille baignoire à pieds de griffon[1]. Au-dessus, quelque temps plus tard, ont été ajoutés un bec de douche qui dépasse du mur, et un petit anneau pour accrocher un rideau de douche. Quand vous entrez là-dedans et ouvrez l'eau, il suffit de bouger de deux centimètres dans n'importe quelle direction pour toucher le rideau de douche froid et mouillé.

Mais je ne bouge pas. Je suis debout sous le flot d'eau chaude, les yeux fermés, mes larmes coulent encore, ma gorge et ma poitrine sont toujours douloureuses, mais l'eau chaude fait lentement son travail. Elle me nettoie, et elle m'apaise, et enfin je

---

1. *Griffon* : animal fabuleux à corps de lion et tête d'aigle. La baignoire n'est pas fixée au mur mais repose sur des pieds en forme de pattes d'animal.

ferme le robinet, j'écarte le rideau de douche trop proche, je sors et je prends toutes les fines serviettes pour m'essuyer.

J'ai cessé de pleurer, maintenant. Je suis simplement épuisé. Le radio-réveil de la table de chevet indique 12:47. Il y a exactement une heure, j'ai quitté cette pièce pour aller tuer Everett Dynes, et maintenant je suis de retour et je l'ai fait. Et je suis épuisé, je pourrais dormir un millier d'années.

Je me couche, j'éteins la lumière, mais je ne dors pas. Je suis tellement las que je pourrais recommencer à pleurer depuis le début, mais je ne dors pas. La scène de Nether Street, dans le noir, sous les phares de ma Voyager, n'arrête pas de repasser dans ma tête.

J'essaie de me rappeler la dernière fois où j'ai pleuré, et je n'y arrive pas ; quelque part dans mon enfance, je suppose. Je ne suis pas bon à ça, la gorge et la poitrine me font toujours mal, j'ai l'impression d'avoir la tête obstruée.

J'essaie de ne pas remuer dans mon lit, j'essaie de faire des choses qui m'aideraient à m'endormir. Je compte jusqu'à cent, puis en sens inverse jusqu'à un. J'essaie d'évoquer des souvenirs agréables. J'essaie de faire le vide complet.

Mais je n'arrive pas à dormir. Et je n'arrête pas de revoir les événements de Nether Street. Et chaque fois que je tourne la tête, le radio-réveil indique une heure plus tardive, en chiffres rouges, juste là, sur ma droite.

J'ai dû être fou, perdre la tête. Comment ai-je bien pu faire des choses pareilles ? Herbert Everly. Edward Ricks, et sa pauvre femme. Et maintenant, Everett Dynes. Il était comme moi, ce devrait être mon ami, mon allié, nous devrions œuvrer ensemble contre nos ennemis communs. Nous ne devrions pas nous déchirer à coups de griffes, ici au fond de la fosse, nous battre pour des rogatons [1] tandis qu'en haut, ils rient. Ou pire encore :

---

1. ***Rogatons*** : objets sans valeur, restes insignifiants.

tandis qu'en haut, ils ne se donnent même pas la peine de nous remarquer.

Lorsque le réveil indique 5 : 19, je prends ma décision. Il faut que ça cesse maintenant. Il faut que j'avoue tout, que j'expie ce que j'ai fait, que ça s'arrête là.

Je sors du lit. Mon épuisement m'a quitté, je suis réveillé et présent. Je suis calme. J'allume les lumières et je cherche des yeux du papier à lettres, mais le Dawson's Motel n'équipe pas ses chambres de papier à en-tête, et je n'en ai pas pris avec moi.

Les tiroirs de la commode sont tapissés de papier, des longueurs de papier blanc, dans cette commode vieillotte en bois foncé. Je sors le papier du tiroir du bas, et je le trouve raide, assez épais, plus lisse d'un côté que de l'autre. Un niveau de fabrication très simple, ce papier. (Pour un peu, je recommencerais à pleurer de nouveau, quand je me prends à remarquer ce détail.)

Le côté rugueux est mieux pour écrire. Je m'assieds à la table, je lisse le papier devant moi, je prends mon stylo, et j'écris :

Je m'appelle Burke Devore. J'ai 51 ans et j'habite 62 Pennery Woods Rd., Fairbourne, CT. Je suis au chômage depuis près de deux ans, sans aucun manquement [1] *de ma part. Depuis mon service militaire, j'ai toujours travaillé, jusqu'à présent.*

Cette période de chômage a eu un effet très négatif sur moi, et m'a fait commettre des choses que je n'aurais jamais cru possibles. En faisant passer une fausse annonce dans un journal professionnel, je me suis procuré les C.V. de beaucoup d'autres personnes au chômage, comme moi, dans mon domaine de compétence. J'ai alors décidé de tuer les personnes que je croyais être plus qualifiées que moi pour un poste particulier. Je voulais ce poste, je voulais travailler de nouveau, et ce désir m'a fait faire des choses folles.

Je souhaite maintenant avouer quatre meurtres. Le premier date d'il y a quinze jours, du jeudi 8 mai. Ma victime était un homme du nom de

1. ***Manquement*** : faute.

Herbert C. Everly. Je l'ai abattu devant sa maison de Churchwarden Lane, à Fall City, CT.

Ma deuxième victime était Edward G. Ricks. J'avais l'intention de ne tuer que lui, mais sa femme m'a pris pour un homme d'âge mûr qui avait une liaison avec sa jeune fille, et, dans la confusion, j'ai dû la tuer elle aussi. Je les ai abattus tous les deux à leur maison de Longholme, MA.

Ma dernière victime fut hier soir, à Lichgate, NY. Il s'appelait Everett Dynes, et je l'ai délibérément écrasé avec ma voiture.

Je regrette sincèrement ces crimes. Je ne sais pas comment j'ai pu les commettre. Je suis tellement navré pour les familles. Je suis tellement navré pour les gens que j'ai tués. Je me déteste. Je ne sais pas comment je peux continuer. Ceci est ma confession.

Mon dernier C.V.

Lorsque je l'ai fini, je le signe, mais je ne le date pas. Ce n'est pas nécessaire.

Je ne sais pas encore ce que je vais faire demain. Soit je me tuerai avec ce Luger qui est dans la poche de mon imper accroché là, à la tringle du placard, soit je retournerai à Lichgate, chercherai le poste de police et montrerai ma confession à un agent.

Mais je crois que je ne peux pas me tuer. Je crois qu'il faut que j'expie. Je crois qu'il faut que je paie pour mes crimes. Et je crois que je ne suis pas la personne à se suicider. Donc je crois que je me rendrai à la police demain matin.

Je laisse la confession sur la table, j'éteins la lumière, me recouche. Je me sens très calme. Je sais que je vais dormir, maintenant.

14

Je dors comme une souche. Je me réveille dispos, à l'aise, avec une faim de loup. Je n'avais pas demandé à être réveillé, aussi ai-je dormi tout mon content, et le radio-réveil indique 9 : 27. Je me lève d'ordinaire à sept heures et demie, je me suis donc vraiment dorloté, là. J'ai toujours dû me lever à sept heures et demie pour aller au boulot, quand j'avais un boulot, et je l'ai fait pendant tant d'années que l'habitude m'en est restée.

Je me douche en laissant le rideau à moitié ouvert, ce qui est bien plus confortable pour moi, mais le sol se retrouve trempé. Je suis sûr que ce n'est pas la première fois que ça se produit.

Dehors il pleut toujours, une pluie régulière qui tombe d'un ciel bas, blanc grisâtre. Elle ne cessera pas, aujourd'hui. Je mets mon sac de voyage, avec le Luger au fond, dans la voiture, puis je m'accroupis sous l'abri du toit en surplomb pour regarder l'avant de la Voyager.

Le feu de position gauche a perdu son réflecteur [1], de même le phare a perdu son rebord de chrome, mais il a l'air d'être intact. La carrosserie est cabossée à l'avant sur la gauche. S'il y a jamais eu du sang à un endroit ou à un autre, la pluie l'a effacé.

Je retourne une dernière fois dans la chambre, pour voir si je n'ai rien laissé, et c'est là que j'aperçois la feuille de papier sur la table. Je l'avais complètement oublié, ce produit de l'hystérie brumeuse de la nuit. Eh bien, dire que j'ai failli la laisser derrière moi.

Je m'assieds à la table et relis ce que j'ai écrit la nuit dernière, et cette horrible terreur commence à me gagner de nouveau. Comme j'étais mal, la nuit dernière ! Tendu, anxieux, terrifié, incapable de dormir. Je suis content que le fait d'avoir écrit cela m'a permis de perdre conscience un moment.

J'étais entièrement sincère la nuit dernière, je le sais. Tout paraissait tellement désespéré. Le premier, Everly, s'était si bien passé, mais les deux autres, depuis, ont été de vrais désastres. Je n'ai pas l'habitude de ce genre de choses, ce serait déjà assez difficile si tout se passait en douceur et proprement, mais deux films d'épouvante de suite, ça m'a vraiment fichu à plat.

---

1. ***Réflecteur*** : partie du phare qui enveloppe le feu et en réfléchit la lumière.

Dorénavant, il faut que je sois plus prudent et plus patient. Il faut être sûr que les circonstances soient favorables avant d'agir.

Je compatis avec le moi de la nuit dernière, qui a connu un tel désespoir, qui a écrit ces mots et s'est excusé auprès de ses victimes. Moi aussi je m'excuserais auprès d'elles, si je le pouvais. Je les laisserais tranquilles, si je le pouvais.

J'emporte la confession avec moi, pliée dans ma poche. Je la brûlerai plus tard, ailleurs.

Je n'ai pas besoin de repasser par Lichgate, ce qui est une bonne chose. Je prends la Route 8 vers le sud en direction d'Utica et, tout en roulant, je pense aux dégâts subis par la voiture. Il faut que je la fasse réparer. Il faut que je remplisse un constat pour l'assurance, bien que je ne sois pas sûr que les dégâts dépassent la franchise [1]. Il faut que je donne une explication à Marjorie.

Et en même temps, bien sûr, je ne dois pas oublier que la police va rechercher cette voiture. Même si là-bas ils n'appellent pas ça un meurtre – je ne sais pas du tout s'ils peuvent voir que la voiture est passée plus d'une fois sur le corps –, mais même s'ils n'appellent pas ça un meurtre, même si c'est un simple délit de fuite, ce n'en est pas moins un homicide [2] involontaire, et ils rechercheront la voiture.

Qu'est-ce qu'ils ont ? Sans doute des marques de pneus. Le plastique du feu de position. Le bord du phare. L'une de ces choses ou leur ensemble leur donnera la marque de la voiture et son modèle. Ils sauront qu'ils cherchent une Plymouth Voyager avec ces dégâts spécifiques à l'avant, du côté gauche. Je n'ai pas vu de peinture écaillée, ils n'ont donc sans doute pas la couleur.

Il y en a beaucoup, de ces voitures, sur la route, mais elles ne seront pas nombreuses à avoir ces marques-là précisément. Heureusement, le phare fonctionne encore, et on roule phares

---

1. ***Franchise*** : part d'un dommage que l'assuré conserve à sa charge.
2. ***Homicide*** : crime.

allumés à cause de la pluie. Avec cette pluie qui tombe et la lumière éblouissante des phares, il sera très difficile pour un flic qui passe de voir les petites bosses à l'avant de la voiture. Je devrais être tranquille jusqu'au moment où je pourrai la faire réparer, et je crois savoir comment faire ça.

J'ai dit à Marjorie que j'allais à un entretien de travail à Binghamton, de sorte que je dois attendre d'être suffisamment au sud pour me trouver sur un trajet qui puisse en toute logique être mon chemin de retour. Ensuite, avec l'aide de la pluie, je réglerai le problème.

L'occasion ne se présente qu'en début d'après-midi, juste avant Kingston, New York, où je traverserai l'Hudson. Pour mon trajet de retour, je continue vers le sud passé Utica, et, j'ai beau mourir de faim, j'attends un bon bout de temps, presque jusqu'à midi, avant de m'arrêter à un snack pour ce qu'on appellerait le déjeuner, mais que moi j'appellerais le petit déjeuner. Pendant que je suis là, je veille à garer la Voyager là où personne ne peut en apercevoir l'avant d'un simple coup d'œil.

Après mon grand-petit déjeuner, je continue à descendre jusqu'à la sortie d'Oneonta où je tourne vers le sud-ouest par la Route 28, qui traverse les Catskills, route sinueuse et pleine de côtes, la plupart du temps à deux voies seulement. C'est là, dans une petite ville en bordure, que mon occasion se matérialise.

Il y a un dépôt de bois un peu plus loin, sur la gauche, avec plusieurs véhicules, alignés devant l'entrée. Soudain, un pick-up en sort en marche arrière, trop vite et reculant trop, sans que le conducteur fasse suffisamment attention. Je pourrais l'éviter, si j'enfonçais la pédale de frein ou si je grimpais brièvement sur le bas-côté pour le contourner, mais je ne fais ni l'un ni l'autre. J'enfonce l'accélérateur et je l'emboutis, mon avant gauche dans son côté gauche, près de sa roue arrière.

Le pick-up dérape latéralement sur la route mouillée en emportant avec lui mon pare-chocs qu'il a accroché, et se retrouve hors de la route, juste devant le dépôt de bois. Je lutte contre le volant, bascule sur le bas-côté de droite, et m'arrête. Je coupe le contact et descends de voiture.

Trois hommes en vestes de bûcheron sortent du dépôt de bois, et contemplent la casse. Le conducteur du pick-up, un môme efflanqué[1] d'une vingtaine d'années, qui porte une veste de survêtement « New York Giants » avec une casquette de base-ball à l'envers, est assis dans sa camionnette, abruti par le choc. Son moteur a calé, il a encore la main droite agrippée au sommet du volant, et sa radio diffuse de la country à la puissance maxi. Il y a une dizaine de planches et une grosse boîte de mortier à l'arrière du pick-up.

Je traverse la route et vais à la rencontre des trois hommes en vestes de bûcheron. Je dis, aussi sonné que semble l'être le jeune dans sa camionnette : « Vous avez vu ça ?

– J'ai entendu, répond l'un d'eux. Ça m'a suffi.

– Il est sorti », dis-je, et je secoue la tête, je pointe par ci, je pointe par là, et je recommence. « Il est sorti tout d'un coup, en plein en travers de la route. J'allais dans ce sens-*là*, moi, j'étais loin *là-bas*. »

Un des hommes en veste de bûcheron va dire au jeune de couper le contact, il le fait et la musique s'arrête. Un autre me dit : « On ferait bien d'appeler les flics.

– Il est sorti *d'un coup* », dis-je.

Tout le monde en convient, je ne suis pas en tort. Même le jeune sait que c'est de sa faute, à débouler comme ça en pleine route, sans regarder des deux côtés, avec sa radio trop fort.

Les flics de la police d'État me traitent avec la calme courtoisie réservée à la victime innocente, et ils traitent le jeune avec la froide efficacité réservée aux connards. Ils notent des renseignements sur tout le monde, prennent noms et numéros de télé-

1. ***Efflanqué*** : très maigre.

phone des trois hommes en vestes de bûcheron au cas où il y aurait besoin de témoins, et me certifient qu'ils m'enverront un double du procès-verbal de l'accident pour mon assurance.

Je les remercie tous de leur aide, et je remonte enfin dans la voiture, qui roule toujours, bien qu'elle émette quelques nouveaux cliquetis, je reprends ma route, et lorsque j'arrive à Kingston, je m'arrête à un petit bar de quartier, presque vide à cette heure de la journée, et je prends une bière pour me calmer les nerfs.

Quand je ressors, un flic de la police municipale de Kingston regarde les dégâts à l'avant de ma voiture, qui est garée au bord du trottoir, près de la porte du bar. Ces dégâts sont maintenant nettement plus considérables qu'avant. Il me demande si c'est ma voiture, et je dis oui. Il demande à voir mon permis de conduire, et je le lui montre. Mon permis toujours à la main, il dit : «Ça vous ennuie de me dire comment vous avez fait ça ?

Il y a environ une demi-heure, je lui réponds. À une quinzaine de kilomètres plus haut sur la Route 28. J'étais justement en train de prendre une bière pour me calmer.»

Il me demande les détails de l'accident, puis me demande si ça me gêne d'attendre qu'il appelle, et je lui dis qu'en ce cas, je pense que je vais prendre une autre bière.

«Ne buvez pas trop», dit-il, mais en souriant, et je lui assure que non. Il s'éloigne vers sa propre voiture, en emportant mon permis de conduire.

Cinq minutes plus tard, je suis toujours au bar, un endroit chaud, sombre et réconfortant, au milieu de ma seconde bière pression, lorsque le flic entre et me dit : «Je voulais juste que vous le sachiez, c'est confirmé.» Il me tend mon permis de conduire. «Merci de votre coopération.

– Y a pas de quoi», dis-je.

15

Nous traitons encore le dimanche comme un jour différent, Marjorie et moi, bien qu'il n'y ait plus de raison de le faire. Je ne veux pas dire que nous allons à l'office[1]. Nous n'y allons pas, même si c'était le cas il y a quelques années, quand les enfants étaient petits et que nous essayions d'avoir une bonne influence sur eux. Depuis que je me suis fait virer, Marjorie en a parlé une ou deux fois, d'aller à l'office le dimanche, mais elle n'a pas vraiment insisté, et nous n'avons pas de temple particulier ici à Fairbourne, ne connaissons pas vraiment de pratiquants non plus, donc ça ne s'est pas encore fait. Je ne crois pas que ça se fera.

Non, ce que je veux dire par traiter le dimanche différemment, c'est que nous nous comportons encore comme si c'était le jour où je ne vais pas travailler. (L'*autre* jour. Le samedi je me lève tôt et je fais des choses pour la maison, cette fiction-là aussi je l'entretiens encore.) Nous dormons une heure de plus, pour ne nous lever que vers huit heures et demie neuf heures, nous paressons longuement au petit déjeuner, ne nous habillons pas avant midi, et consacrons le gros de la journée au *New York Times*[2] du dimanche. Bien sûr, ces dimanches-ci, je commence par les pages d'offres d'emploi, ça fait donc un changement.

De sorte qu'aujourd'hui, ce dimanche, c'est une véritable pause. Après mes expériences de jeudi et vendredi derniers à Lichgate, je suis mûr pour une pause. Demain, je porterai la Voyager à un atelier de carrosserie pour demander un devis pour les réparations ; j'espère qu'elles pourront se faire très vite. Je veux dire, de toute urgence.

---

1. ***Office*** : cérémonie religieuse.

2. Enrichi de nombreux suppléments, le *New York Times* du dimanche est particulièrement volumineux.

Au départ, j'avais pensé passer une partie de l'après-midi dans mon bureau pour choisir celui des trois C.V. restants dont je devrais m'occuper en premier, et voir comment procéder avec moins de risques de désastres du genre des précédents. Mais il m'est alors venu à l'esprit que dans l'état où elle était, la Voyager devenait beaucoup plus identifiable qu'avant. Je ne devrais sans doute pas m'en servir pour traquer les autres tant que son anonymat ne lui aura pas été rendu.

Ce qui ne me plaît pas. Je veux agir maintenant, je veux en finir, je veux vraiment boucler cette histoire une fois pour toutes. Hier, tandis que je brûlais cette confession dans le jardin de derrière, en l'absence de Marjorie qui était partie à son travail au cinéma, je me suis rendu compte que la tension de la situation pourrait m'affecter à nouveau, que je pourrais avoir d'autres moments de faiblesse et que, pour finir, sous l'effet de la terreur et du désespoir, je risquerais même d'appeler effectivement la police, de tout déballer, de me détruire. Donc plus vite j'en aurai fini, mieux ce sera.

« Burke ! Burke ! »

Nous sommes au salon, Marjorie et moi, en peignoir, avec les différents cahiers du *Times* du dimanche et notre café qui refroidit. Je suis assis dans mon fauteuil habituel, d'où je vois, légèrement à gauche, la télé sur le mur d'en face, et légèrement à droite, la baie vitrée à travers laquelle j'aperçois notre jardin et les plantations qui nous protègent en partie de la route et des voisins. Comme de coutume, Marjorie se tient dans le canapé à ma gauche, jambes repliées, le journal étalé devant elle sur le canapé.

Et je me rends compte maintenant qu'elle m'appelle. Je sursaute, dans un froissement de journal, et je la regarde. « Quoi ? Il y a quelque chose ? » Dans le journal, je veux dire.

« Tu n'as pas entendu un mot de ce que j'ai dit. »

Elle a l'air étonnamment tendue, troublée. Je ne l'avais pas remarqué avant. S'agit-il de quelque chose qui n'est *pas* dans le journal ?

Je suis un gars plutôt costaud, qui commence un peu à se décatir[1], et Marjorie est ce qu'on appelle menue avec des cheveux châtains tout bouclés, de grands yeux marron et vifs et une façon de rire de tout son cœur que j'adore, comme si elle allait en tomber à la renverse. Bien que je n'aie pas entendu ce rire depuis un bon bout de temps, à dire vrai.

Quand nous avons commencé à sortir ensemble en 71, à Hartford, nous avons dû supporter beaucoup de plaisanteries pas très spirituelles de la part de nos amis parce que j'étais tellement grand et costaud et qu'elle était tellement mince et petite. J'étais encore chauffeur de bus, à cette époque, employé par la ville, et en fait j'ai rencontré Marjorie pour la première fois un matin où elle est montée dans mon bus. Elle était étudiante, elle avait vingt ans ; j'avais fait l'armée, j'en avais vingt-cinq ; elle n'avait aucune intention de se lier avec quelqu'un comme moi, mais c'est pourtant ce qui s'est passé. Et j'avais beau être moi-même diplômé de l'université, ses copains de fac l'ont beaucoup charriée quand elle a commencé à sortir avec un chauffeur de bus, et je crois que c'est ça autant qu'autre chose qui m'a poussé à présenter ma candidature chez Green Valley, à obtenir le boulot de représentant en papier, et à trouver le travail de ma vie, lequel est à l'heure actuelle temporairement perdu.

Et maintenant elle me dit que je n'ai pas entendu un mot de ce qu'elle a dit, et c'est vrai. « Je suis désolé, mon chou, dis-je. J'étais distrait, j'étais à des millions de kilomètres.

– Ça fait un moment que tu es à des millions de kilomètres, Burke. » Elle a de petites plaques blanches sous les yeux, en haut des pommettes. Elle a l'air sur le point de pleurer. Mais qu'est-ce qu'il y a ?

« C'est le boulot, chou, dis-je. Je n'arrive pas à…

– Je *sais* que c'est le boulot. Burke, chéri, je *sais* quel est le problème, je sais que ça te pèse, que ça te rend dingue, mais…

1. ***Se décatir*** : vieillir.

– Enfin, pas complètement dingue, j'espère.

– … mais je *ne le supporte pas*, insiste-t-elle, sans me laisser l'interrompre ni plaisanter. Burke, *moi*, ça me rend dingue.

– Mon chou, je ne vois pas ce que je peux…

– Je veux que nous voyions un conseiller», dit-elle sur ce ton abrupt et détaché que prennent les gens quand ils finissent par dire quelque chose auquel ils pensent depuis longtemps.

Je rejette cela automatiquement, pour un millier de raisons. Je commence par la plus logique, en disant : «Marjorie, nous n'avons pas les moyens…

– Nous les avons, dit-elle. Si c'est important. Et c'est important, justement.

– Ça ne va pas durer éternellement, chou. Je vais retrouver du boulot en moins de deux, un bon boulot, et…

– Ce sera trop tard, Burke.» Ses yeux sont plus grands et plus brillants que je les ai jamais vus. Elle est tellement *sérieuse*, là, et tellement *inquiète*. «C'est *maintenant* que nous nous éloignons l'un de l'autre, dit-elle. Ça fait trop longtemps, les dégâts sont déjà faits. Burke, je t'aime, et je veux que notre mariage survive.

– Il survivra. Nous nous aimons, nous sommes forts dans…

– Nous ne sommes pas assez forts, insiste-t-elle. *Moi*, je ne suis pas assez forte. Ça m'use, ça me fout à plat, ça me déprime, ça me désespère, j'ai l'impression d'être… j'ai l'impression d'être un hamster dans sa roue!»

Quelle image. Elle doit réfléchir à tout cela depuis un bon bout de temps, et je ne m'en suis même pas aperçu. Depuis un moment, elle est malheureuse et elle le garde pour elle, en essayant d'être courageuse et de ne rien dire et d'attendre que ça passe, et je ne m'en suis pas aperçu. J'aurais dû m'en apercevoir, mais j'étais distrait par cette autre chose, concentré sur cette autre chose.

Si seulement je pouvais tout lui raconter, lui dire ce que je suis en train de faire, et comment je veille à ce que tout s'arrange. Mais je ne peux pas, je n'ose pas. Elle ne comprendrait pas, elle ne pourrait pas comprendre. Et si elle apprenait ce que je fais, ce que j'ai déjà fait, et ce que je vais faire, elle ne pourrait plus jamais me regarder de la même façon. Je comprends ça d'un coup, à l'instant même, assis au salon, en la regardant, alors que nous sommes tous les deux en peignoir, tous les deux couverts de pages du *New York Times* comme des clochards dans un jardin public. Je ne pourrai jamais lui dire ce que j'ai fait, ce que je suis en train de faire, pour sauver notre mariage, pour sauver nos vies, pour nous sauver.

« Je sais ce que tu ressens, mon chou, je t'assure, dis-je. Et tu sais que je ressens la même frustration, que je dois composer avec à chaque seconde de chaque...

– Je n'y arrive pas. Je ne suis pas aussi forte que toi, Burke, je ne l'ai jamais été. Je n'arrive pas à composer aussi bien que toi avec cette horrible situation. Je ne peux pas juste, juste *faire le dos rond* et attendre.

– Mais il n'y a rien d'autre à faire, dis-je. C'est ça la vacherie du truc, chou, il n'y a rien d'autre à faire. *Tous les deux*, nous devons juste faire le dos rond et attendre. Mais crois-moi. S'il te plaît. J'ai un pressentiment, un pressentiment comme ça, qu'il n'y en a plus pour très longtemps. Cet été, à un moment ou un autre de l'été, nous...

– Burke, nous avons besoin de conseils ! »

La façon dont elle me regarde, presque avec terreur. Pour l'amour du ciel, est-ce qu'elle *sait* ? Est-ce ce qu'elle essaie de me dire ?

Non, ça ne se peut pas. Ce n'est pas possible. « Marjorie, dis-je, nous n'avons pas besoin d'un tiers [1]. Nous pouvons régler les choses en discutant entre nous, nous y sommes toujours arrivés, même cette fois où ça allait mal, où je... Tu sais.

– Où tu allais me quitter, dit-elle.

1. ***Un tiers*** : une troisième personne ; c'est-à-dire une personne étrangère au couple.

– Non ! Il n'a jamais été question que je te quitte, tu le sais très bien. Pas une seconde je n'ai pensé ou dit ou projeté que je pourrais te quitter, pas *toi*, chou, mon Dieu non. Nous avons discuté de tout…

– Tu vivais avec elle. »

Je me renfonce dans mon fauteuil. Je me couvre les yeux d'une main. Avec tout ce qui se passe, devoir affronter ça maintenant. Mais c'est important, je sais que ça l'est, il faut que j'y fasse attention. Marjorie est ma seconde moitié, j'ai appris cela il y a onze ans, la fois dont nous parlons en ce moment. Tout ce que je fais est autant pour elle que pour moi, car je ne peux pas vivre sans elle.

Me protégeant toujours les yeux de la main, je dis : « Nous en avions discuté à l'époque, et c'est la pire chose qui nous soit jamais arrivée. Nous en avions discuté…

– Ce n'est pas le pire. »

Je baisse la main et je la regarde, je veux qu'elle voie dans mes yeux combien je l'aime. « Oh, mais si, ça l'est, dis-je. Cette histoire de boulot est terrible, mais ce n'est pas aussi grave que l'autre histoire. Et ça, nous l'avions réglé en discutant.

– Nous avions été aidés.

– C'est vrai. »

Une copine de fac de Marjorie lui avait servi de confidente, à l'époque ; la copine était pratiquante, et elle avait emmené Marjorie voir ce pasteur épiscopal [1], le père Susten, puis Marjorie m'y avait emmené, et il nous avait effectivement aidés, il avait joué le rôle de quelqu'un à qui faire semblant de parler pour dire des choses que nous ne pouvions pas nous dire l'un à l'autre directement. Le temple du père Susten était à Bridgeport, il n'est sans doute même plus là-bas, ce n'était déjà pas un jeune homme il y a onze ans.

1. ***Pasteur épiscopal*** : prêtre anglican.

Par ailleurs, il s'agissait d'une difficulté conjugale, c'était mon infidélité, l'erreur stupide d'un homme qui devait faire un dernier baroud d'honneur [1] sans se préoccuper de la douleur infligée à l'autre. Notre problème maintenant, c'est un boulot et un revenu : que pourrait-il dire là-dessus ? Que pourrait-il faire pour nous aider ? Nous sortir quelques pièces du tronc [2] ?

Et qu'aurais-je à lui dire sur ce problème ? Parler de ce que je fais avec les C.V. ? « Marjorie, dis-je, le père Susten ne pourrait pas…

– Il n'est plus là-bas. J'ai téléphoné. »

Elle ne plaisante donc pas là-dessus. Mais je veux éviter ça, je ne veux pas m'embrouiller l'esprit avec des *conseils* alors que j'ai cette tâche difficile, stressante, effrayante, à effectuer. « Marjorie, dis-je, nous pouvons en discuter ensemble, de tous ces problèmes de boulot.

– Je ne peux pas te parler. » Elle tourne le regard vers la baie vitrée. « C'est ça le problème, je ne peux vraiment pas te parler.

– Je sais que je n'ai pas été attentif. Mais je *peux* faire attention, et je *ferai* attention.

– Ce n'est pas ce que je veux dire. » Elle continue de regarder la baie vitrée. Maintenant qu'elle sait que j'écoute, elle est devenue très calme, évacue toute passion de ses propos. « Je veux dire que je ne peux pas te parler de la situation actuelle. »

Je ne comprends tout simplement pas. Je lui demande : « Pourquoi pas ? Nous savons tous les deux que la situation n'est pas…

– Non, nous ne savons pas tous les deux », dit-elle, et elle tourne la tête et me regarde à nouveau. « Tu ne connais pas du tout la situation, dit-elle, et c'est pourquoi nous avons besoin d'un conseiller. »

---

1. ***Baroud d'honneur*** : au sens propre, dernier combat d'une guerre perdue, mené pour sauver l'honneur.
2. ***Tronc*** : boîte dans laquelle on dépose les dons.

Je ne veux pas savoir ce qu'elle est en train de me dire. Il est trop tard pour ne pas savoir, mais je ne veux pas savoir. Je me sens trembler. « Marjorie, dis-je, tu n'as pas… fait de… commis de… tu t'inquiètes pour… tu crois que tu pourrais… »

Elle me regarde. Elle attend que j'arrête. Mais quand j'arrêterai, je serai obligé de savoir. Je respire à fond, douloureusement, une grande inspiration, et quand cet air ressort, je dis : « Qui est-ce ? »

Elle secoue la tête. Je le tuerai, je pense. Je sais comment faire, avant je ne savais pas, mais maintenant je sais, et je sais que je peux le faire, et je sais que c'est facile. C'est facile. Et avec celui-ci, un plaisir.

« Dis-moi juste qui c'est. » J'essaie de parler d'une voix très douce, comme quelqu'un qui ne tue pas les gens.

« Burke, dit-elle, j'ai appelé certains services sociaux de l'État. Il y a des conseillers que nous pouvons aller voir, ce n'est pas extrêmement cher, nous pouvons…

– Qui est-ce, Marjorie ? »

Combien peut-il y en avoir ? Dans combien d'endroits va-t-elle ? Pas beaucoup, depuis que nous avons vendu la Civic. Pourrait-il s'agir du dentiste, le Dr. Carney, cette chiffe [1] en blouse blanche, avec ses gros carreaux, qui passe son temps à se laver les mains ? Ou de ce type du New Variety, le cinéma, comment il s'appelle, un type qui perd ses cheveux, tourmenté, débraillé, Fountain, c'est ça. Pourrait-il s'agir de Fountain ? C'est quelqu'un d'un de ces endroits.

Je la suivrai, je la filerai, je sais faire ces choses-là désormais, elle ne saura pas que je suis là, je le trouverai, et ensuite je le tuerai.

Elle parle toujours pendant que mon esprit s'affole comme un chien qui a perdu la piste, et ce qu'elle dit est : « Burke, soit nous allons voir un conseiller ensemble, soit je devrai déménager. »

---

1. ***Chiffe*** : personne d'un caractère faible.

Voilà qui arrête net le chien dans sa quête du gibier. Je lui accorde toute mon attention. « Marjorie, dis-je, non, tu ne peux pas partir… Comment ferais-tu ? Où pourrais-tu habiter ? Tu n'as pas d'argent !

– J'en ai *un peu* », dit-elle, et je me rends compte que c'est moi qui n'ai pas d'argent, depuis que l'assurance chômage est venue à terme il y a quelques mois. (C'était tellement humiliant, de toucher l'assurance chômage, d'aller là-bas, de signer les formulaires, de faire la queue avec *ces gens-là*. C'était mortifiant [1] et dégradant, mais ce n'était pas aussi moche que quand ça s'est arrêté.)

Et si Marjorie s'en va ? Nous n'avons déjà pas les moyens de faire tourner une maison, mais alors deux ?

Elle dit : « J'ai mes boulots à temps partiel, et je peux en avoir un autre, à temps partiel, chez Hurley's. »

Hurley's est un magasin de vins et spiritueux [2], dans le même centre commercial que le cabinet du Dr. Carney. Et si c'était *Hurley* avec qui elle s'était maquée, lui et son odeur de tabac froid ?

Je me sens désespéré, pris au piège, et j'ai peur. « Marjorie, dis-je, rien de tout ça ne se passerait si je n'avais pas perdu mon boulot.

– Je *sais*, Burke, répond-elle, tout aussi désespérée et prise au piège que moi. Tu crois que je ne le sais pas ? C'est ce que je dis, le stress de cette situation, ce n'est pas *juste*, ce n'est juste pour aucun de nous, mais ça nous affecte, ça te rend silencieux et secret, je n'ai aucune idée de ce que tu fabriques dans ton bureau tout le temps, tous ces papiers que tu passes ton temps à consulter et à annoter avec tes crayons, tous ces voyages que tu fais…

– Des entretiens, dis-je, vite. Des entretiens de boulot. J'*essaie* de trouver du travail.

---

1. *Mortifiant* : humiliant, blessant.

2. *Spiritueux* : boissons fortes en alcool.

– Je le sais, chéri, je sais que tu fais de ton mieux, mais ça nous éloigne l'un de l'autre, ça me donne l'impression que j'ai envie de *rire* de nouveau de temps en temps, j'ai envie d'arrêter d'être aussi déprimée, de me sentir aussi accablée tout le temps.

– D'accord», dis-je. Il faut que j'accélère l'opération, il faut que je finisse le tout très bientôt. Son… cette personne… qui que ce soit, je m'en occuperai plus tard. Il faut que je finisse le reste d'abord. «D'accord.»

Elle penche la tête, me regarde : «D'accord ?

– J'irai avec toi… voir un conseiller», dis-je, et tout en le disant, je me sens plus léger, plus heureux. Ce ne sera pas facile, je le sais. Il faudra que je cache tellement de choses à cette personne, or c'est une personne qu'on est censé consulter pour pouvoir parler en toute franchise. Mais je ne peux pas être franc avec quiconque, pas tant que tout cela ne sera pas fini, et même ensuite jamais là-dessus. Je ne pourrai jamais parler de ça à qui que ce soit au monde, de cette horrible période de ma vie, pas à un seul être humain. Pas à Marjorie, pas à un conseiller, pas à un millier de conseillers assermentés.

Mais tout de même, nous pourrons parler de certains éléments, du désespoir, de la rancœur, du sentiment d'insuffisance, de la honte, de l'impression que d'une certaine manière c'est entièrement ma faute, même si je sais que ça ne l'est pas.

«D'accord, dis-je à nouveau. Un conseiller. Je suis sûr que c'est une bonne idée, de toute façon.

– Merci, Burke.

– Marjorie…

– Non», dit-elle. Elle est très ferme. «Ne dis rien là-dessus.»

J'allais lui dire : arrête de le voir. Mais je sais qu'elle a raison, je ne peux pas dire ça, je n'ai pas le droit de le dire. «D'accord», dis-je.

16

Trois heures plus tard, je suis dans mon bureau. Cette fois-ci, je m'en prendrai au plus proche, pour faire simple et facile, et avoir la possibilité d'aller plusieurs fois sur place, reconnaître les lieux, être sûr de savoir ce que je vais faire, comment je vais m'y prendre, et comment je vais m'arranger pour que les choses restent simples et faciles. *À ce moment-là seulement,* je le ferai.

L'atlas routier. Le voilà, à Dyer's Eddy, un petit point sur la carte juste là dans le Connecticut, à moins de cinquante kilomètres d'ici.

Marjorie lit un roman au salon. Je lui dis : « Je vais faire un tour en voiture, j'ai besoin de réfléchir », et elle hoche la tête sans lever les yeux de son livre. Nous sommes extrêmement mal à l'aise l'un avec l'autre.

Je n'emporte pas le Luger, ceci est une simple reconnaissance. J'emporte le C.V.

KANE B. ASCHE
11 Footbridge Road
Dyer's Eddy, CT 06687
téléphone : 203 482-5581
fax : 203 482-9431

EMPLOIS : En dernier lieu (depuis 1991), chef de produit Green Valley Paper & Pulp, responsable du lancement de la nouvelle ligne d'applications industrielles du papier avec polymère.

1984-1991 : Sous-directeur d'usine, Green Valley Paper & Pulp, chargé des écritures pour la Direction de l'Hygiène et de la Sécurité au Travail ainsi que pour les autres organismes de contrôle fédéraux et d'État. Plus gestion de la seconde équipe, la ligne de produits domestiques.

1984 : Gestion de la dissolution de Champion Pulpwood suite au dépôt de bilan. Démontage des machines, négociations avec les acheteurs, suivi de la dispersion des machines, de l'argent et du matériel.

1971-1984 : Diverses responsabilités chez Champion Pulpwood ; au départ opérateur chargé des boues, ensuite, après différents postes, nommé chef de l'équipe de nuit, puis adjoint au directeur pendant toute la période du rachat et du démantèlement de Champion Pulp par Kai Wen Holding Corp.

FORMATION : Diplôme de fin d'études secondaires, 1962. Licence de gestion de la West Texas University, obtenue par correspondance au cours de deux services à l'armée (1963-1971). Maîtrise du Connecticut Tech (par cours du soir), 1985. Je travaille actuellement à temps partiel à mon doctorat.

J'ai moins de cinquante ans, et je suis très désireux d'offrir mon expérience ainsi qu'un engagement à long terme à un employeur solide et sérieux.

Moins de cinquante ans. L'enfoiré. Il ne le sait pas, mais il va avoir moins de cinquante ans pour toujours.

Ce ne sont que des petites routes entre Fairbourne et Dyer's Eddy. Les averses de la semaine dernière ont fini par se déplacer vers la mer, laissant derrière elles un monde parfaitement récuré, qui luit sous le pâle soleil du printemps. Il y a un certain nombre de conducteurs du dimanche, qui regardent les verts frais du printemps et la couleur des tulipes que les gens ont plantées à côté de leurs galeries et autour de leurs petites mangeoires à oiseaux. Je ne suis pas pressé, je roule derrière eux en pensant à Kane Bagley Asche.

(Dans mes recherches, pendant cette période de tergiversations[1] où je savais ce que j'avais à faire mais où je ne m'étais pas encore blindé mentalement pour agir, je me servais de l'ordinateur familial et de son modem – nous avons Internet, bien que ce ne soit pas vraiment dans nos moyens, et je dois tout le temps rappeler à Billy de ne pas y passer trop de temps – pour accéder aux archives publiques concernant mes six C.V. Certificats de naissance, publications de mariage, titres de propriétés immobilières. On peut en apprendre long sur les autres, même si rien de tout ça ne m'a beaucoup avancé. Pas du tout avancé, en fait, en dehors du fait que lorsque vous savez des choses sur les autres et qu'ils ne savent pas que vous les savez, cela vous donne un sentiment de pouvoir sur eux. Ça aide, si jamais vous avez l'intention de vous occuper d'eux d'une manière ou d'une autre. Et il y a eu un résultat en prime, c'est que je connais maintenant leur deuxième prénom à tous, ce qui est étrangement plaisant. Je connais leur nom secret, celui qu'ils ne disent pas, normalement. C'est sans doute le même sentiment de pouvoir qu'on éprouve dans la police car, vous remarquerez, les flics se servent toujours du deuxième prénom quand ils annoncent une chasse à l'homme ou une arrestation.)

1. ***Tergiversations*** : hésitations.

Dyer's Eddy, le tourbillon baptisé du nom de Dyer, est un petit remous d'eau saisonnier dans un ruisseau appelé le Pocochaug, affluent de la Housatonic River. Il y a beaucoup de noms indiens dans cette région, et certains sont pires que Pocochaug.

C'est la saison du tourbillon, le printemps, avec la fonte des neiges et les pluies de saison. New Haven Road, rue principale de la ville et presque la seule, longe la rive ouest du Pocochaug puis tourne à droite là où le ruisseau tourne à gauche, et c'est là que se trouve la ville. Juste au-dessus de cet endroit, à l'extrémité nord de l'agglomération mais encore à l'intérieur de ses limites, se trouve le tourbillon, manifestement considéré comme une grande attraction locale puisqu'il y a même un petit parking, entre la route et le ruisseau. En ce moment, un dimanche de mai en milieu d'après-midi, il y a environ sept voitures garées. Avec la mienne, ça fait huit.

Une passerelle traverse le ruisseau à cette hauteur, au-dessus du tourbillon, lequel n'est jamais que de l'eau qui se comporte de la même façon, à une échelle légèrement supérieure, que lorsque vous videz votre évier. Une demi-douzaine de personnes sont penchées au-dessus de la balustrade de rondins écorcés, à regarder le tourbillon, je ne sais vraiment pas pourquoi. Derrière, la passerelle, qui est faite de planches reposant sur une solide structure de fer, descend en arrondi vers l'autre bord du Pocochaug, où est aménagé un petit parc avec des rochers, quelques bancs à pique-nique et une buvette saisonnière (comme le tourbillon).

Elle est ouverte. Je n'achète rien, mais je fais un tour d'ensemble du petit bâtiment rustique et du parc. C'est tellement agréable ici, comme s'il n'y avait aucun problème au monde, comme si je n'avais rien de difficile à faire, comme si Marjorie n'avait pas annoncé sa terrible nouvelle un peu plus tôt dans la journée. En marchant ici, entre les arbres, dans ce joli parc, je me sens détendu. Depuis quand ne me suis-je pas senti détendu ?

Je suis debout au milieu du parc et je reporte les yeux sur la passerelle, où des gens se penchent encore à la balustrade pour regarder le tourbillon. J'ai l'impression que certains d'entre eux sont les mêmes qu'à mon arrivée. Derrière eux se trouve le parking couvert de gravier, ensuite la route, peu fréquentée, puis encore après, deux ou trois maisons blanches et une route qui grimpe en serpentant vers le sommet de la colline.

Footbridge. La passerelle. KBA habite Footbridge Road. Ce doit être Footbridge Road, juste là.

On aperçoit quelques maisons, à flanc de colline, entre les pins. Puis-je voir la maison de KBA d'ici ? J'ai oublié le numéro.

Sentant la tension et l'excitation monter en moi, je retraverse la passerelle. La maison de KBA. Est-il chez lui ? Et si c'était une des ces personnes, là, qui regardent le tourbillon ? Peu probable, il doit connaître le tourbillon par cœur.

Et si j'y montais à pied ? Ça ne doit pas être très loin, et les gens marchent, aujourd'hui, il fait beau. Et puis ce serait bien de ne pas passer devant la maison de KBA avec la Voyager dans l'état où elle est.

Je vais à la voiture et je regarde le C.V. pour me rappeler le numéro, qui est le 11. Je laisse ma casquette sur le siège, j'ouvre mon coupe-vent et je me mets à marcher.

C'est un peu plus loin que je le pensais et certainement pas visible depuis le parc, mais la route forme une pente progressive, facile à grimper, bordée de maisons de style Nouvelle-Angleterre bien entretenues, qui s'inscrivent toutes avec astuce dans l'inclinaison de la colline. Beaucoup de murs de soutènement [1], les plus anciens en pierre, les plus récents en traverses de voie ferrée.

Le numéro 11 utilise des traverses de voie ferrée, mangées de végétation. La maison se trouve à ma gauche quand j'arrive, bien en retrait de la route, avec l'allée goudronnée fermée sur un côté par le mur de traverses, et la boîte aux lettres incorporée au poteau en bois qui est planté au bout des traverses, au bord de la route.

1. ***Murs de soutènement*** : murs de contrefort.

Je dépasse la maison, de l'autre côté de la route, et en arrivant un peu plus haut, je les aperçois. Mari et femme. En train de creuser dans le jardin.

La saison des plantations. Ils ont plusieurs jardins tout autour de leur maison, y compris celui-ci, très sophistiqué, entouré d'un haut grillage, qui grimpe sur le flanc de la colline. En y regardant de plus près, j'aperçois de petites touffes vertes, et je me rends compte que ce sont des salades de différentes espèces. Un potager. Ils font pousser leurs propres légumes.

Ils sont tous les deux en blue-jeans. Lui porte un tee-shirt vieux rose, avec une inscription que je ne peux pas lire d'ici, tandis qu'elle en a un bleu clair et sans inscription. Ils portent tous les deux des bandeaux, blanc pour lui, du même bleu que son tee-shirt pour elle. Elle a des gants, lui non.

Ils sont absorbés par leur travail, creusent avec des binettes [1], mettent de petites languettes de plastique pour indiquer ce qu'ils ont planté. En passant, je le regarde. C'est sans doute juste à cause des traces de terre sur son visage, mais je trouve qu'il fait plus de cinquante ans. On pourrait le soupçonner de mentir aux entretiens, et alors…

Non. C'est un C.V. solide. S'il y avait des boulots à pourvoir, dans le domaine d'industrie que nous partageons, il en décrocherait un. C'est la plus jeune recrue de notre groupe de chômeurs, et sans mon intervention il ne resterait pas longtemps des nôtres.

Je le connais maintenant, je sais à quoi il ressemble. Je continue de monter la pente, et un peu plus loin, alors qu'elle devient plus raide, je m'arrête pour m'asseoir sur une saillie d'un mur de pierre, regarder le chemin que j'ai gravi, et réfléchir à tout ça.

C'est très bien que je n'aie pas emporté le Luger aujourd'hui. Je ne vais pas faire *quoi que ce soit* en présence de sa femme, point.

---

1. ***Binettes*** : outils de jardinage destinés à aérer la terre et à enlever les mauvaises herbes.

Reposé, je redescends la pente. Je me demande, en descendant, si je devrais engager la conversation ? Demander mon chemin, un truc de ce genre ? Mais à quoi bon ? En fait, je ne m'en porterai que mieux si je ne lui parle pas. Ça n'en a été que doublement horrible avec Everett Dynes, de lui avoir parlé, d'avoir eu l'occasion de le connaître, de le trouver sympathique. Je ne vais pas laisser cela se produire une seconde fois.

Ils travaillent toujours, attelés à leur lutte pour l'autosuffisance en légumes. Il y a une Honda Accord noire dans leur allée ; je mémorise le numéro de la plaque.

Je continue jusqu'à New Haven Road, que je traverse pour rejoindre le parking, et je vois une voiture de police garée derrière la mienne. Lorsque je m'approche, un jeune flic au regard froid se relève après avoir inspecté les dégâts à l'avant de la Voyager et me regarde. « Monsieur ? Elle est à vous cette voiture ? »

Ils ont diffusé l'alerte jusqu'ici. Je suis surpris, mais bien sûr je ne le montre pas. « Oui.

– Pourriez-vous me dire comment vous vous êtes fait emboutir à cet endroit ?

– On m'a posé cette question pas plus tard que la semaine dernière, dis-je. À Kingston, dans l'État de New York. Mais qu'est-ce qui se passe, bon sang ?

– Monsieur, j'aimerais savoir ce qui vous est arrivé.

– D'accord. » Je hausse les épaules, et lui raconte l'histoire : le pick-up sort du dépôt de bois en marche arrière sous la pluie, collision [1] inévitable.

Il écoute, tout en regardant différentes parties de mon visage, puis il dit : « Monsieur, puis-je voir votre permis et votre carte grise ?

– Bien sûr. » En les sortant, je dis : « Vraiment, j'aimerais bien savoir ce qui se passe. »

---

1. ***Collision*** : accident, accrochage.

Il me remercie pour les papiers et part vers sa voiture, qui barre la route à la mienne. J'enlève mon coupe-vent, ça m'a réchauffé de marcher, et je le jette par-dessus le C.V., sur le siège passager, avec ma casquette. Ensuite je m'assieds au volant, je baisse ma vitre et j'écoute le glouglou de l'eau dans le tourbillon. C'est apaisant, et l'air est doux, pas trop chaud, et je suis en fait sur le point de m'endormir ici même, quand le policier revient en essayant d'être moins froid et officiel, ce qui équivaut un peu à regarder une poutrelle d'acier qui tente de faire la révérence.

«Merci, monsieur», dit-il, en me rendant mon permis et ma carte grise.

Il est sur le point de s'en aller, sans ajouter un mot, quand je lui dis : «Écoutez, soyez gentil, qu'est-ce qui se passe ? Ça fait deux fois, maintenant.»

Il m'examine. C'est vraiment le genre qui a besoin de tout savoir. Mais il décide de se laisser fléchir. «Il y a quelques jours, me dit-il, il y a eu un accident avec délit de fuite, dans le nord de l'État de New York. Ce type de véhicule. Nous supposons qu'il est abîmé à l'avant gauche.

– Dans le nord. Non, j'étais à Binghamton. Mais merci de me l'avoir dit.»

Avec un signe de tête vers l'avant de la Voyager, il ajoute : «Feriez bien de faire réparer ça.

– Je l'emmène demain, lui promets-je. Merci.»

17

Allez savoir pourquoi, on dirait que je fais toujours ces choses-là le jeudi. Je ne l'ai pas calculé, mais avec Marjorie qui travaille le lundi et le mercredi, et une seule voiture pour la famille, c'est de cette façon que ça se passe jusqu'à présent. Je me suis occupé des trois premiers C.V. différents jeudis, et maintenant on est de nouveau jeudi, et je suis de nouveau sur la route de Dyer's Eddy.

Vais-je m'occuper de KBA aujourd'hui ? Je l'espère. En finir. Maintenant que la voiture est redevenue anonyme.

Avant, ça n'était pas possible. Lundi, après avoir emmené Marjorie au cabinet du Dr. Carney (j'ai laissé la radio allumée en voiture, sur WQXR, la station de musique classique du *New York Times*, pour masquer le silence qui était là avec nous), je suis allé chez le concessionnaire à qui j'avais acheté la Voyager, il y a cinq ans, à l'époque où je changeais de voiture tous les trois ans, et j'ai parlé à Jerry, du service de l'entretien. J'ai toujours fait réviser la voiture ici, depuis que je l'ai achetée, parce qu'il faut que je la garde en état de marche Dieu sait combien de temps, de sorte que Jerry et moi nous nous connaissons, et qu'il a une idée de ma situation financière.

Il a regardé la voiture, il m'a regardé, et il a dit : « Votre assurance vous couvre là-dessus ? » C'est la première fois que nous avons affaire à des dégâts.

J'avais apporté ma police d'assurance, que je lui ai tendue en disant : « Deux cent cinquante dollars de franchise. »

Il a froncé les sourcils en regardant le contrat. Quand il me l'a rendu, il a fait : « Hein, hein. » Sans rien laisser paraître.

« Jerry, ai-je dit, vous connaissez ma situation. Je n'ai pas les moyens de payer deux cent cinquante dollars.

– Les temps sont durs, Mr. Devore, a-t-il répondu, et il semblait compatir. Ils viennent de mettre ma femme à la porte de l'hôpital. »

Je ne suivais pas. J'ai dit : « Quoi ? Elle était à l'hôpital ?

– Elle *travaillait* à l'hôpital. Technicienne en radiologie. Ça faisait onze ans qu'elle y était.

– Ah.

– Ils se sont fait racheter par une grosse compagnie médicale de l'Ohio, et il y a des compressions. Avec tous les problèmes du coût de la santé, vous savez ? »

Marrant, je ne pense pas aux hôpitaux comme étant des institutions commerciales, qu'on achète et qu'on vend, qui appartiennent à des sociétés. Pourtant c'est le cas, bien sûr. Je pense à eux comme à des églises ou des casernes de pompiers, mais ce ne sont que des magasins, en fin de compte. J'ai dit : « Alors ils l'ont mise dehors ? Après onze ans ?

– Boum, comme ça », a-t-il répondu, et il a cogné une phalange contre sa grosse moustache. « Ils avaient neuf techniciens en radiologie, maintenant ils vont se débrouiller avec six. Pour faire le boulot qu'ils étaient neuf à faire.

– Quand même, c'est une qualification, ça, non ? Technicien en radiologie. »

Il a secoué la tête. « Il y a des compressions partout. Elle pensait que ce serait facile de retrouver du boulot, mais au bureau de placement, ils lui ont dit que des gens avec sa formation, ils en avaient à ne plus savoir quoi en faire.

– Bon Dieu, Jerry, je suis désolé. Croyez-moi, je sais combien ça peut être dur.

– Je sais que vous le savez, Mr. Devore. » Il a regardé autour de lui. « Si ça se trouve, a-t-il repris, quelque part dans un bureau, à cette minute même, ils sont en train de décider que cet endroit n'a besoin que de deux responsables de l'entretien, et pas de trois.

– *Vous*, ils ne vous mettraient pas dehors, Jerry », ai-je dit, même si, bien sûr, ils pourraient le faire. Ils pourraient faire n'importe quoi.

Il le savait, lui aussi. « Personne n'est à l'abri, Mr. Devore », a-t-il dit. Puis il a baissé la voix, et il a ajouté : « On se connaît, avec vous je peux prendre un risque, vous rendre un petit service. Il se pourrait bien qu'il y ait deux devis différents, vous savez ? Un pour vous, et un pour l'assurance.

– Mon Dieu, ça m'aiderait bien, Jerry.

– Asseyez-vous dans la salle d'attente, m'a-t-il dit. Je vais voir ce que je peux faire. »

Je l'ai remercié, et trois quarts d'heure plus tard, il me donnait les deux devis, souriait et me disait : « Faites attention à envoyer le bon.

– Oh, que oui», lui ai-je promis, et sur mon trajet de retour, j'ai pensé que j'aurais pu remercier Jerry de ce service en lui disant comment garder son boulot, si jamais la situation devenait critique. Suffirait de tuer un des autres responsables de l'entretien. Et si sa femme avait expédié [1] trois techniciens en radiologie avant que ce soit *elle* qu'on envoie se faire voir ailleurs, elle travaillerait toujours à cet hôpital.

Mais ce ne sont pas des choses qu'on peut dire aux gens.

Une heure après mon retour à la maison, le courrier est arrivé. Je ne peux pas m'empêcher d'avoir l'estomac qui se soulève un peu, ces temps-ci, chaque fois que je vais à la boîte aux lettres. Je ne peux pas m'empêcher de chercher des voitures garées. Je sais que c'est idiot.

Dans le courrier figurait le procès-verbal de l'accident établi par la police d'État; très bien. J'ai appelé Bill Martin, mon assureur, et il m'a dit de venir tout de suite avec les papiers, ce que j'ai fait, et nous nous sommes vus dans le bureau qui est une ancienne partie du garage intégré à sa maison. Je lui ai donné le procès-verbal de la police et le devis, celui pour l'assurance, et il a sifflé et dit : «Eh ben, c'est ce qui s'appelle faire un carton, hein ?

– C'était pas marrant.

– Je suis sûr que non.» Il m'a regardé attentivement. «Comment allez-vous, Burke ? Ça va bien ? Vous n'avez rien eu ?»

En riant, j'ai dit : «Est-ce que je devrais dire que j'ai eu le coup du lapin, Bill ?

– Oh, non, pour l'amour du ciel, a-t-il répondu en feignant la terreur. Ils sont devenus très durs avec les fraudes. Et plus vigilants, aussi. Tout le monde cherche à grappiller quelques dollars.

– Je sais.

– Où est la voiture ? Au garage ?

1. ***Avait expédié*** : ici, avait tué.

– C'est la seule voiture que j'aie, Bill. Elle est juste là, dehors.

– Allons la voir.

– D'accord.»

Nous sommes sortis, et il l'a regardée, il a regardé le devis de nouveau, et ensuite il m'a regardé, et d'un ton naturel il a dit : «Vous avez déjà retrouvé un poste ?

– Pas encore.»

Il a hoché la tête, nous sommes rentrés et il a dit : «Je vais faxer tout ça à la compagnie aujourd'hui. Il ne devrait pas y avoir de problèmes.

– Super. Quand est-ce que je pourrai la donner à réparer ? Elle est plutôt moche, là.

– Demain, j'espère. Je vous appellerai dès qu'ils auront faxé leur accord.

– Merci, Bill.»

Nous nous sommes serré la main, je suis parti, et je suis rentré à la maison.

C'est une vaste conspiration.

Mardi avait lieu notre premier rendez-vous avec le conseiller. Marjorie l'avait organisé, sans passer par aucun des services de l'État, finalement, mais par l'intermédiaire de cette église où nous avions rencontré le père Susten il y a onze ans. «Il s'appelle Longus Quinlan», m'a-t-elle dit pendant que nous roulions vers le sud, en direction de Marshal, où se trouvait le bureau.

J'ai été étonné d'apprendre que c'était un homme que nous nous apprêtions à rencontrer, je pensais que Marjorie aurait préféré une femme, mais quelle que soit la surprise que j'aurais pu montrer, je l'ai masquée en disant : «Longus. C'est un drôle de nom.

– C'est peut-être un nom de famille», a-t-elle dit. Nous avions rendez-vous dans un bâtiment de briques rouges de trois étages, assez neuf, à la lisière de Marshal, qui s'appelait le Midway Médical Services Complex, «Midway» comme «à mi-chemin», mais je ne sais pas entre quels deux points. Entre la vie et la mort ? La santé mentale et la folie ? Hier et demain ? L'espoir et le désespoir ?

Le bureau d'aide familiale était au dernier étage. Mal à l'aise, nous avons pris l'ascenseur ensemble, et trouvé en haut une hôtesse qui a noté nos noms et nous a demandé d'attendre là, à la réception, un espace simple et pastel, aux meubles simples et pastel, manifestement conçu pour tranquilliser les gens en attendant qu'on règle leur problème.

Nous avons attendu seulement une minute ou deux dans cet endroit bien intentionné mais très ennuyeux, avant que l'hôtesse dise : « Mr. et Mrs. Devore ? »

Nous étions les seuls à attendre. Nous nous sommes levés, et elle a pointé du doigt vers le couloir en disant : « Salle quatre. »

Nous l'avons remerciée et nous sommes allés jusqu'à la salle quatre, dont la porte était ouverte. Nous sommes entrés, et un homme noir à la solide charpente, d'une quarantaine d'années, portant chemise blanche et cravate noire, s'est levé de derrière son bureau, nous a souri puis a dit : « Mr. et Mrs. Devore. Entrez. Fermez donc cette porte derrière vous. »

Marjorie savait-elle qu'il serait noir ? Je lui ai lancé un rapide coup d'œil, mais son profil était vide de toute expression, insondable. Sans le moindre regard dans ma direction, elle est allée tout droit s'asseoir dans le siège que lui désignait Longus. Je me suis avancé, alors, et j'ai pris le siège restant, si bien que nous formions maintenant un triangle.

C'était une petite pièce, la grande fenêtre du fond était pourvue de stores vénitiens. Le bureau, placé sous cette fenêtre, faisait face à la porte, et les deux autres sièges, contre les murs de côté, plus près de la porte, étaient tournés de telle sorte que les gens qui les occupaient regardaient directement la personne assise au bureau, tout en se voyant très bien l'un l'autre.

Une fois tous assis, il nous a adressé un sourire aimable et a dit : « Je suis Longus Quinlan, comme vous l'avez sans doute deviné. Le père Enver m'a dit qu'il ne savait pas vraiment grand-chose sur vous deux, votre contact avec l'église date d'avant lui. C'était le père Susten, n'est-ce pas ? »

Nous avons acquiescé, et il a hoché la tête et ajouté : « C'était avant que j'arrive aussi, mais j'ai entendu parler de lui en bien. » Tirant un formulaire imprimé vers lui, attrapant un stylo, il a dit : « Bon, commençons par nous débarrasser des entrées en matière, d'accord ? »

En fait d'entrée en matière, comme il disait, ça a pris toute la première séance. J'étais assis là, attendant de voir comment Marjorie allait décrire sa liaison à ce conseiller – attendant également de voir s'il y aurait des indices quelconques sur l'identité du gars – mais nous n'avons jamais abordé cette question. Nous avons abordé toutes les informations personnelles normales, et nous sommes allés jusqu'à mentionner le fait que nos difficultés – difficultés point encore évoquées – semblaient provenir de ce que j'étais sans travail depuis presque deux ans.

Puis la séance a pris fin, une heure de cinquante minutes, il a joint les mains par-dessus le formulaire posé sur son bureau, il nous a souri et nous a dit : « Je suis content que vous soyez venus me voir, non pas parce que cela signifie que vous avez un problème, mais parce que cela signifie que vous avez le désir de *résoudre* ce problème. Et je ne suis pas là, comme vous le savez déjà, je pense, pour résoudre le problème à votre place, car je ne peux pas faire ça. Ce n'est pas en vous donnant un pansement que je vous aiderais. Mon boulot est de vous aider à chercher les forces que vous avez en vous-mêmes, à voir ce que vous attendez vraiment l'un de l'autre et de la vie, de vous aider à trouver le moyen qui existe déjà en vous de dépasser vos problèmes et d'amener les choses à s'arranger. Mais attention. »

Il a levé la main, le doigt tendu, et nous a souri, abrité derrière ce doigt. « Nous ne savons pas encore ce que vous voulez, a-t-il dit. Vous *pensez* savoir ce que vous voulez. Vous pensez sans doute que ce que vous voulez, c'est ce que vous aviez avant. Mais il pourrait se révéler que ce n'est pas ce que vous voulez, en fin de compte. C'est une des choses que nous devrons découvrir en avançant. »

Ce qu'il est en train de nous dire, ai-je réalisé, c'est que nous risquons de mettre un terme à notre mariage une fois tout ceci fini, et qu'alors on s'apercevra que c'était ce que nous voulions depuis le début, et lui, il aura fait son boulot. Plutôt bien. Comment fait-on pour entrer dans cette branche ?

Il fut convenu que nous viendrions le voir tous les mardis à cette même heure, qu'il enverrait la note à l'assurance – nous sommes toujours couverts, pour quelque temps encore – et qu'une fois qu'elle l'aurait payé, nous ajouterions la différence, les vingt pour cent de franchise qui nous incombaient [1].

Ensuite nous sommes partis en lui serrant la main et en le remerciant et, dans l'ascenseur qui descendait, j'ai dit : « J'ai eu plein d'entretiens de boulot qui se sont passés exactement comme ça.

– Oh, Burke », a dit Marjorie en me prenant dans ses bras, et nous nous sommes embrassés avec beaucoup de chaleur. Mais ce fut tout, juste cet instant. Je me suis dégagé, et elle aussi.

Nous avons à nouveau écouté WQXR dans la voiture, en rentrant à la maison. En chemin, je me suis dit que je ne trouvais pas Longus Quinlan formidable, mais que je suivrais le programme parce que ça pourrait peut-être aider, en fin de compte, un peu, quelque part. Et que je finirais par découvrir qui est le type de Marjorie.

Et si ces séances sont le prix à payer pour garder Marjorie dans ma vie, je suis plus que prêt à le payer. Une fois que j'aurai tué son petit ami, et une fois que j'aurai mon nouveau boulot, tout ira bien de nouveau.

Et puis, mercredi, Bill Martin a téléphoné dans la matinée pour dire que je pouvais donner la voiture à réparer ; quand j'ai

1. ***Qui nous incombaient*** : qui nous revenaient.

appelé Jerry chez le concessionnaire, il a dit qu'il attendait mon coup de fil et qu'il avait déjà préparé les pièces nécessaires, de sorte qu'après avoir déposé Marjorie au cabinet du Dr. Carney, je suis allé à l'atelier de réparation où la Voyager a subi une intervention esthétique, pour la faire ressembler à n'importe quelle voiture.

Et maintenant, c'est de nouveau jeudi, et je me rends chez KBA.

18

C'est là que je me suis assis l'autre jour, la première fois que je suis venu, quand j'ai remonté Footbridge Road. Maintenant, je suis dans la Voyager, qui est garée sur le bas-côté de la route, près de cette saillie du muret où j'avais repris mon souffle dimanche, après l'ascension. Je suis assis là, sans qu'on me remarque, et je regarde KBA et sa femme enfoncer des tuteurs dans le sol, sortir des plateaux de semis, creuser, planter, remplir. Comme ils jardinent !

Comme ils croient à l'unité du couple, en fait. De mon poste privilégié, perché dans la Voyager, je vois la pente en contrebas, le terrain en friche au-dessus de leur maison, et je les vois qui se déplacent ensemble, qui travaillent ensemble, qui se passent des trucs, qui parlent et quelquefois rient ensemble. Ils sont sacrément énervants.

Je suis arrivé un peu avant neuf heures ce matin et ils n'étaient pas encore sortis, mais la Honda Accord était garée dans l'allée, exactement comme dimanche dernier. J'ai attendu, assis à cet endroit, et vers neuf heures et demie, ils sont sortis, de nouveau en tenue de jardinage, et depuis ils n'ont pas bougé de là, tandis que la matinée lentement s'écoule.

C'est comme de regarder un film d'auteur japonais, de voir ces deux-là au loin, qui rentrent leurs récoltes, sans savoir que le bandit est dans la colline au-dessus d'eux, et qu'il guette. Cette fois-ci, il n'attend pas la moisson, pour la voler. Cette fois-ci, il attend qu'ils se séparent, ne fût-ce que quelques minutes. C'est tout ce dont j'ai besoin.

Mais ça n'arrive pas. Ils ont apporté un téléphone sans fil avec eux, et deux fois ce matin, j'ai vu l'épouse y répondre. Une fois c'était pour elle, et une fois elle le lui a tendu, mais aucun des appels n'a poussé l'un d'eux à se retirer seul dans la maison.

C'est ça dont j'ai besoin, qu'*elle* rentre dans la maison. Si elle le fait, et si elle a l'air partie pour y rester un moment, je sortirai de la Voyager et je prendrai le Luger de sous l'imper, sur le siège passager, je descendrai à pied et je l'abattrai.

Et pourquoi l'un d'eux ne prend-il pas la voiture, pour aller faire une course ? Si lui s'en va, je le suivrai et je l'abattrai. Si elle s'en va, j'irai le trouver à pied dans son jardin et je l'abattrai.

Mais il ne se produit ni l'un ni l'autre. Ils continuent de travailler, et je présume qu'ils profitent de cette journée fraîche et couverte pour se débarrasser de tout ce pénible travail de bête de somme.

À midi moins vingt, le courrier arrive, en la personne d'un homme plutôt jeune dans un petit break vert, avec des affichettes US MAIL sur les vitres. Je suppose que c'est un deuxième ou troisième boulot, ces temps-ci, pour beaucoup de ces gens. Travailler le plus clair de leur temps, pour ne sombrer qu'un peu davantage chaque jour.

N'y a-t-il pas quelque chose là-dessus dans *Alice au pays des Merveilles* [1] ?

Ils posent leurs outils et vont *ensemble* à la boîte aux lettres. C'est des siamois, ou quoi ?

Je me sentirais presque capable de les abattre tous les deux, mais le souvenir de Mr. et Mrs. Ricks me retient. Comme c'était

1. Roman de Lewis Carroll, publié en 1865.

horrible. Déjà que je vais prendre le mari de cette femme, je ne peux pas lui retirer également la vie. Il faut que j'attende.

Je suis très visible, garé juste en haut de la route, quand ils arrivent à la boîte aux lettres, mais aucun d'eux ne lève le moindre regard dans ma direction. Ils sont très pris l'un par l'autre. Il ouvre la boîte aux lettres, sort la petite pile désordonnée, lui en distribue une partie, en garde une pour lui. Je la vois lui poser la question, je le vois secouer la tête pour toute réponse : pas de boulot aujourd'hui. Ensuite ils remontent à la maison, ensemble, posent le courrier sur la table de la galerie, puis ressortent dans leur jardin.

Midi et demie. Ils comparent leurs montres et rentrent, main dans la main. L'heure du déjeuner, bien sûr.

J'ai faim, moi aussi. Juste au nord de la ville, ai-je remarqué ce matin, il y a un petit centre commercial avec une grande pépinière et un restaurant italien. J'attends deux minutes après qu'ils ont disparu dans la maison, juste au cas où il aurait besoin d'aller faire une course, mais ne le voyant pas ressortir, je descends jusqu'à New Haven Road, tourne à gauche et prends d'assez médiocres spaghetti carbonara au restaurant italien, avec du café.

Lorsque je remonte Footbridge Road en voiture, ils sont de nouveau au jardin, et toujours ensemble. Je n'ai pas envie de me garer au même endroit que ce matin, car tôt ou tard ils me remarqueront forcément, à moins que des voisins plus haut sur la colline ne me remarquent. Je fais encore quatre cents mètres, et je quitte la route pour consulter mon atlas routier, et je vois que cette route n'a aucun intérêt pour moi dans cette direction. Elle se contente de serpenter vers le sud, en s'éloignant de la maison. Je fais donc demi-tour et redescends lentement Footbridge Road.

Oui, ils sont là. Ça ne sert à rien de les surveiller davantage, aujourd'hui. Ils vont juste continuer à faire ce qu'ils sont en train de faire, puis ils rentreront ensemble dans la maison, et ça s'arrêtera là.

Pas un jeudi, cette fois-ci, donc. Peut-être vendredi. Je descends jusqu'à New Haven Road, tourne à gauche et passe devant le resto où j'ai si médiocrement déjeuné – demain, si je suis toujours à l'affût, il faudra que je trouve un autre endroit où manger – et je prends le chemin du retour.

L'un des curieux avantages de notre malheureuse situation est que je n'ai plus à dire à Marjorie où je vais. Nous ne nous parlons plus tellement. Ce matin, après le petit déjeuner, je suis simplement monté dans la Voyager et je suis parti.

Ne pas avoir à inventer des destinations, des entretiens, des recherches en bibliothèque, est un grand poids en moins. Pas le plus grand poids, bien sûr.

Sur le chemin du retour, je ne peux pas m'empêcher de comparer KBA et sa femme avec Marjorie et moi. Il est vrai qu'il n'est pas au chômage depuis aussi longtemps que moi, et peut-être a-t-il beaucoup plus d'argent de côté que moi. Son C.V. ne parle pas d'enfants, je n'ai vu aucun indice d'enfants autour de la maison, et maintenant que j'y pense, cette complicité est quelque chose que j'associe aux couples sans enfants.

Les enfants sont la grande dépense de la vie, ou l'une des grandes dépenses. Si KBA et sa femme n'ont pas d'enfants, et s'ils ont un bas de laine [1] mieux garni, et vu que je sais qu'il n'est pas privé d'emploi depuis aussi longtemps que moi (et il a moins de cinquante ans, le salaud, comme il aime à nous le dire), alors, naturellement, il abordera sa situation avec un plus grand calme que moi, il sera plus patient, moins inquiet. Cela n'affectera pas autant son couple, pas encore. Mais attendez qu'il soit au chômage depuis deux ou trois ans, *alors* vous verrez comme ils sont unis tous les deux.

Bien. Nous n'allons pas en faire l'expérience, hein ?

---

1. ***Un bas de laine*** : des économies (on raconte que, dans les campagnes, les gens cachaient leurs économies dans des bas de laine, de peur d'être volés par la banque).

19

Cette nuit, je n'arrive d'abord pas à dormir. Marjorie et moi sommes polis, maintenant, et même inquiets l'un pour l'autre, mais aucun de nous deux n'a grand-chose à dire. Ce soir nous avons regardé la télévision ensemble, et à dix heures il y avait un genre de talk-show spécial sur le prochain millénaire, que nous avons regardé par un accord commun et tacite, mais aucun de nous deux n'a fait de commentaires pendant l'émission, comme nous le faisions toujours avant.

Ça m'a manqué, les petites réflexions irrévérencieuses sur l'émission, et je suis sûr que ça a manqué à Marjorie aussi, mais il n'y avait aucun espoir que l'un de nous deux arrive à franchir la barrière.

Être au lit ensemble est lugubre. Nous ne nous touchons pas. Nous feignons d'ignorer la présence de l'autre. La lumière est éteinte, et comme les nuages de la journée se sont maintenus, la nuit est très sombre, et nous sommes allongés l'un à côté de l'autre comme des colis attendant livraison, et pendant un moment je n'arrive pas à trouver le sommeil. Je ne sais pas si Marjorie s'est endormie ou non, tout ce que je sais, c'est que je suis réveillé, et j'ai l'esprit qui part dans tous les sens.

Je pense à de nombreuses choses. Je pense au boulot à venir, à Arcadia. Je pense à tuer le petit ami, quand j'aurai découvert son identité. Je pense aux circonstances qui m'ont mené ici, en ce lieu épineux. Et je pense au millénaire.

Bizarre, ça. Je n'y avais jamais pensé avant, au fait que le simple numérotage arbitraire des années pouvait avoir un effet sur nous, mais apparemment il en a un. Le fait que le numéro de l'année passe de 1 à 2, ce qui arrivera dans deux ans et demi pile, a semble-t-il un grand effet sur l'esprit des gens et leurs actions, et sur la société elle-même.

C'est ridicule, bien sûr. Il ne pourrait y avoir de chiffre plus arbitraire dans la vie que celui de l'année. Celui que nous employons est lié à la naissance de quelqu'un qui a peut-être vécu, et dont la date de naissance, s'il a effectivement vécu, était soit quatre ans, soit six ans plus tôt que la date choisie pour l'année fondatrice. De sorte que même si vous suivez Jésus-Christ – oui, il est Dieu, oui, il est né, oui, nous numérotons nos années à partir de sa naissance –, même en ce cas, nous ne pouvons pas être en 1997, comme nous le croyons. Non, nous sommes forcément soit en 2001, soit en 2003, et le millénaire est déjà passé, donc il est trop tard pour s'inquiéter.

Les Chinois pensent l'année selon un nombre différent du nôtre, et les Juifs fonctionnent avec un nombre encore différent. Mais rien de cela ne compte. L'idée généralement acceptée dans *notre* société est que le monde va atteindre le nombre magique des deux mille très bientôt, maintenant, par conséquent les gens perdent un peu la tête.

C'est arrivé la dernière fois, il y a mille ans, comme l'expliquait l'émission. Des religions bizarres sont apparues, il y a eu des suicides collectifs, d'étranges déplacements de populations, des grouillements de foule et bousculades en tous genres, tout ça parce que le premier millénaire approchait.

Même les centièmes anniversaires ont un effet ainsi, en principe, que la pleine lune. Mais le gros truc, c'est le jalon des mille ans.

Une des raisons en est, disait l'émission, qu'apparemment beaucoup de gens, même des gens intelligents, cultivés, raffinés, croient tout au tréfonds de leur être, à un niveau instinctif, que le millénaire est la fin du monde. Ils croient que d'une façon ou d'une autre le monde va exploser, disparaître, fondre, gicler hors du système solaire, ou en tout cas faire *quelque chose* de cataclysmique. C'est pourquoi il y a de plus en plus de fanatisme religieux en ce moment, de plus en plus de cultes étranges, de plus en plus de suicides collectifs. Le millénaire nous perturbe, de la même façon qu'un son aigu perturbe un chien.

Allongé là, incapable de dormir, dans le noir, je me prends à me demander si c'est pour ça que je suis au chômage. Ils ne l'ont pas suggéré dans l'émission, c'est mon idée propre et je n'y avais jamais pensé avant, mais si c'était ça ? Si tous ces cadres sup' à la tête froide, tous ces hommes d'affaires endurcis qui prennent leurs décisions brutales, qui mettent des gens à la porte d'entreprises saines, qui réduisent tout au maximum, en ignorant le prix humain, en ignorant leur propre humanité, si, à leur insu, sans même qu'ils soient capables d'en accepter l'idée, s'ils le faisaient parce qu'ils croient que le monde arrive à sa fin ?

2000 : et tout s'arrête.

C'est peut-être ça. C'est une explication qui vaut bien n'importe laquelle des *leurs*. Ils essayent de tout mettre dans un ordre parfait pour la fin du monde. Quand le marteau s'abattra, quand tout s'arrêtera net, ils veulent être dans la meilleure situation possible.

Ce type de gestion des affaires sans précédent, cette façon de bazarder des gens productifs, aux carrières productives dans des entreprises productives, a lieu à cause du millénaire. À cause de l'an 2000. Je suis au chômage parce que l'espèce humaine est devenue folle.

Sur cette pensée, je m'endors. Ce n'est que plus tard que je me réveille, terrifié.

20

Je démarre la journée tard, ayant eu du mal à me lever, après cette nuit. Mais finalement je suis sur la route peu après neuf heures, et je prends l'embranchement de Footbridge Road à dix heures moins le quart.

Cette nuit. Après avoir eu de la peine à m'endormir, avec toutes ces idées qui me tournaient dans la tête, je me suis brusquement réveillé au milieu de la nuit, dans l'obscurité la plus totale à cause des nuages – qui sont encore là aujourd'hui, mais pas comme s'il allait pleuvoir – et je me suis réveillé dans cette obscurité avec un sentiment de terreur soudaine.

Au début je n'arrivais pas à imaginer ce qui me terrifiait à ce point, et je suis resté allongé tout raide, sur le dos, à scruter le noir du vide, à écouter les minuscules silences habités de la maison, pendant que mon esprit essayait de se sortir de la panique, essayait d'identifier le problème. Et lorsque enfin il y est arrivé et que j'ai compris ce qui m'avait effrayé au point de me chasser du sommeil, ce dont j'avais peur, c'était moi.

Le petit ami. D'une façon ou d'une autre, le petit ami avait surgi dans mon esprit endormi, plus exactement *l'idée* du petit ami ; je ne sais toujours pas qui c'est. Mais cette pensée tournait dans mon cerveau endormi, de pair avec l'idée que j'allais le tuer quand j'aurais découvert son identité, et comme cette idée était facile, comme elle était différente de la colère des gens quand ils disent « J'aimerais le tuer ! » ou « Je vais le tuer, ce mec ! ».

Je n'y avais pas pensé de cette façon. Ce que je m'étais dit, dans mon esprit, calmement, c'était « Ah, bon, ce type est un problème, je vais donc le tuer », et j'étais sérieux. Tout à fait sérieux.

Et c'est pourquoi je me suis réveillé terrifié, en pensant : Que suis-je en train de devenir ? Que suis-je devenu ?

Je ne suis pas un tueur. Je ne suis pas un assassin, je ne l'ai jamais été, je ne veux pas être une chose pareille, vide, sans âme et sans pitié. Ce n'est pas moi, ça. Ce que je fais en ce moment, j'y ai été contraint, par la logique des événements : la logique des actionnaires, la logique des cadres, la logique du marché, et la logique des effectifs, et la logique du millénaire, et pour finir ma propre logique.

Montrez-moi une autre solution, et je l'adopterai. Ce que je fais en ce moment est horrible, difficile, effrayant, mais je dois sauver ma propre vie.

Si je tue le petit ami, ce sera différent. Pas à proprement parler anodin, mais *normal*. Comme si tuer était devenu une réaction normale pour moi, une de mes façons de régler les problèmes. C'est simple : j'assassine un être humain.

La *facilité* tranquille avec laquelle cette pensée m'était venue – le tuer, pourquoi pas – est ce qu'il y a d'effrayant, ce qui me fait peur. Je recèle un homme dangereux et armé, un tueur impitoyable, un monstre, et il est à l'intérieur de moi.

C'est une autre raison qui fait que je dois arriver très vite au terme de ce processus, je ne peux pas le laisser s'éterniser. Il me change, et ce changement ne me plaît pas. Le plus tôt cette affaire sera *réglée*, le plus tôt j'occuperai ce poste à Arcadia, et le plus tôt cette métamorphose pourra commencer à s'effacer, comme la graisse récente quand on commence un régime.

Et voilà pourquoi je ne peux tout simplement pas accepter éternellement l'unité des Asche. Ils vont devoir décoller l'un de l'autre rapidement, sinon... Tuer sa femme me fait horreur, le même type d'horreur que la décision de tuer le petit ami, mais ma plus grande horreur serait de rester trop longtemps dans ce bourbier, de me retrouver changé définitivement, de devenir quelqu'un que je ne pourrais pas supporter de fréquenter.

J'ai donc pris cette décision ce matin, tandis que je roule vers Dyer's Eddy. Ça n'a pas été une décision facile, une décision légère, comme celle de tuer le petit ami, mais c'est une décision solide, et elle est inébranlable. Si ces deux-là s'obstinent à vivre ensemble, chaque seconde de chaque journée, ils devront mourir ensemble, c'est tout.

Footbridge Road. Je prends l'embranchement à droite, et je monte lentement la pente douce, et la première chose que je remarque en arrivant devant leur propriété est que l'Accord a disparu de l'allée. Sont-ils partis ensemble quelque part ? Vont-ils être absents toute la journée ? Merde, j'aurais dû démarrer plus tôt.

Je continue de rouler, lentement, et la voici, l'épouse, dans le jardin, avec un tee-shirt jaune clair et un bandeau blanc. Elle tient un bloc à pince et semble en train de dessiner. Une carte du jardin, je suppose, pour indiquer où se trouve chaque chose.

Elle est là. L'Accord est partie. Il est dedans. Merde, merde, et trois fois merde, si seulement j'étais arrivé plus tôt, au moment où il est parti.

La pépinière. Ça me vient d'un coup, un éclair de compréhension immédiate. La pépinière du centre commercial, de l'autre côté du parking, en face du restaurant italien où j'ai mangé hier. Il est là-bas, je le sais.

Je fais mon demi-tour au même endroit qu'hier. Je descends la colline plus rapidement. Ça ne me servira à rien de le croiser sur son chemin de retour. Si jamais je dois le rencontrer sur la route, il faudra que ce soit quand nous roulons tous les deux dans la même direction, de façon que je puisse me porter à sa hauteur et l'abattre. Pas le croiser de front.

Il est évident que je ne peux pas faire ce que j'ai fait à Everett Dynes à Lichgate si KBA est en voiture.

La circulation me retarde à l'embranchement de New Haven Road. Pourquoi faut-il qu'il soit sur la gauche ? Des voitures viennent d'un côté, puis des voitures viennent de l'autre, et on recommence avec le premier côté. Il n'y a jamais tout à fait assez de place pour que je m'immisce, et je m'attends d'une seconde à l'autre à ce qu'une des voitures qui descendent la route principale en venant de la gauche soit une Honda Accord noire.

Non. Finalement une trouée, je m'y glisse et j'arrive brutalement sur New Haven Road, en basculant sur la gauche, puis roule en convoi avec toutes ces autres voitures. Mais qu'est-ce qu'ils ont le vendredi, par ici ?

Pour la pépinière c'est encore un tournant à gauche dans le centre commercial, et de nouveau je dois attendre. Je martèle le volant de mon poing droit. Je *sais* qu'il est là-dedans, je le sais aussi sûrement que si je l'avais vu entrer. Et maintenant, en pensée, je le vois qui paie ses achats, qui va à la voiture, monte, sort en prenant ce tournant à droite si facile, là-bas, pendant que moi je suis coincé *ici*.

Une autre percée ; je m'y engouffre, je tourne, j'entre dans le centre commercial.

Ce dernier donne l'impression de se résumer à un parking, bordé d'un collier de bâtiments bas. La pépinière est à l'avant sur la gauche, je vais donc par là, en parcourant lentement les allées. Je connais son numéro de plaque d'immatriculation.

Et la voici. La Honda Accord noire, qui attend, garée là, non loin de l'entrée de la pépinière. Je savais que j'avais raison, je le savais.

Il n'y a pas de place libre à côté, mais j'aperçois une femme corpulente qui fourre des paquets dans une Ford Taurus, à une rangée de KBA et environ trois voitures sur la droite. Je vais jusque là-bas, et la voilà qui se comporte en bonne citoyenne, qui ramène son Caddie à l'une des bornes en se dandinant. La plupart des gens ne font pas ça, ma petite dame. La plupart des gens laissent le putain de chariot là où il est, montent dans leur putain de voiture et *s'en vont*.

Je peux voir la Honda Accord là-bas, juste son toit. Toujours là. KBA n'est pas à côté. Pas encore, du moins.

Elle revient à sa voiture, et nos regards se croisent une seconde. Je hoche la tête en souriant, pour lui faire comprendre que j'attends sa place, et elle continue avec pesanteur, sans réaction, sans se presser. J'attends le temps qu'elle trouve ses clés de voiture dans le grand sac à fourrage qu'elle porte pendu à l'épaule. J'attends le temps qu'elle se mette au volant *bien comme il faut*, et le sac à fourrage sur le siège à côté d'elle *bien comme il faut*, et le rétroviseur *bien comme il faut*, et maintenant je suis mûr pour la tuer, *elle*, et revenir demain m'occuper de KBA.

J'ai tout le temps d'y réfléchir, en attendant qu'elle lève le camp. Et si je faisais une chose pareille, si je tuais quelques-unes des personnes les plus antipathiques qu'on croise ? Alors, quand je tuerai KBA, ça aura juste l'air d'être la même chose. Et s'ils établissent un rapport entre KBA et mon premier C.V., Herbert

Everly, ce ne sera que le fait de quelqu'un qui tue au hasard. Le fameux tueur en série.

Les gens croient aux tueurs en série de nos jours. Les films et les romans sont maintenant peuplés presque exclusivement de tueurs en série, comme si c'était une tribu ou une confrérie, un club d'hommes comme les « Elks [1] ». Ce qui est formidable avec les tueurs en série, j'imagine, pour les gens qui inventent ces histoires, c'est qu'ils n'ont jamais besoin de se soucier de la motivation. *Pourquoi* cette personne-ci a-t-elle tué cette personne-là ? Il n'est pas juste de demander cela, dans une histoire pareille, parce que la réponse est toujours qu'il l'a fait parce que c'est son truc.

J'ai un mobile, et une catégorie très spécifique de gens dont je dois me débarrasser. Ce qui signifie qu'à moins d'être très prudent, je pourrais être vulnérable. Un inspecteur intelligent pourrait me prendre dans son collimateur. Mais si Everly et KBA, mes deux seules victimes par balle du Connecticut, faisaient simplement partie du schéma d'un tueur en série, n'est-ce pas que cela me mettrait à l'abri ?

Et cette femme à la Ford Taurus verte, mérite-t-elle de vivre davantage ?

Elle sort de sa place. Elle ne se donne pas la peine de m'accorder un regard, de reconnaître ma présence. Elle s'en va, et elle ne saura jamais qu'elle l'a échappé belle.

Je range en souplesse la Voyager dans l'emplacement, et je m'arrête. Toujours dans la voiture, j'enfile l'imper, puis je transfère le Luger dans la poche droite. C'est le type d'imper qu'à la fac nous appelions le modèle spécial fauche, parce que les poches sont ouvertes sur le haut à l'intérieur, pour donner accès à la fois à l'intérieur et à l'extérieur de l'imper, ce qui signifie que vous pouvez mettre la main dans la poche et *par* la poche. Et c'est ce

---

1. ***Elks*** : membres d'une loge maçonnique, fondée le 16 février 1868, et qui a pour symbole un élan (*elk* en anglais).

que je fais, je tiens le Luger sagement sur mes genoux, tout en gardant l'œil sur la Honda Accord.

Tueur en série. C'était une étrange idée. Mais ce n'était pas sérieux, cela dit.

J'attends dix minutes, puis je le vois. Il pousse un Caddie, chargé de petites boîtes et de sacs en plastique blanc, un grand sac de tourbe recouvre le tout. L'Accord est garée face au magasin, de sorte qu'il s'arrête derrière elle et ouvre le coffre pendant que je descends de la Voyager, tenant le Luger contre ma jambe droite, et j'avance entre les voitures jusqu'à la rangée où il se trouve, juste trois voitures à ma gauche.

Il est arrivé à hisser le sac de tourbe dans le coffre, et maintenant il dispose ses autres achats tout autour. Il est penché vers l'avant, la tête en partie sous la porte du coffre ouvert, et dispose ses boîtes et ses sacs.

Je m'arrête derrière lui. Je dis : « Êtes-vous Mr. Kane Asche ? »

Il se retourne avec un sourire interrogateur. « Oui ?

– Je sais que c'est vous », dis-je, et je remonte le Luger au-dessus du pan droit de mon imper, lequel se retrousse autour de mon poignet, et je lui tire dessus.

La balle ne l'atteint pas à l'œil, elle l'atteint à la joue droite et y fait un beau gâchis. L'imper m'a fait dévier vers le bas, juste de ça. Le regard fixe, il tombe en arrière, à moitié dans le coffre, glissant à moitié en travers du pare-chocs.

Ça ne va pas. C'est désordre, sanguinolent, affreux. *En plus* il est vivant. Je me penche plus près de lui, mets le canon du Luger presque contre cet œil droit qui regarde avec terreur, et je tire à nouveau, sa tête bascule d'un coup sec, et le voilà qui gît maintenant, principalement sur le dos, affalé, la bouche grande ouverte, un œil grand ouvert.

Sans presser le pas, je regagne la Voyager. Je monte, garde le Luger sur mes genoux, couvert par le pan de mon imper. Je démarre, passe en marche arrière, sors de l'emplacement, et je m'en vais.

Il y a très peu de circulation, sur tout mon trajet de retour.

21

Bon, ça ne s'est pas trop mal passé.

En plus, j'ai bien dormi cette nuit, sans faire de rêve – du moins rien dont je me souvienne ou qui m'ait dérangé d'une manière ou d'une autre – et je me suis réveillé dispos ce matin, avec un regard positif sur les choses, pour la première fois depuis un bout de temps.

Je crois, en dehors du fait que l'affaire Asche a été plus simple et plus propre que les deux précédentes, presque aussi nette que la toute première, je crois que c'est le fait de savoir que j'ai passé le cap de la moitié. Au début, j'avais les six C.V. à faire, et j'ai aussi Upton «Ralph» Fallon, mais ensuite ça y est, c'est fini, fini pour toujours.

(Je saurai comment gérer la situation à l'avance, si jamais une pareille menace se présente à nouveau.)

Mais maintenant j'en ai fait quatre, donc il ne m'en reste plus que trois, et cela me remonte considérablement le moral. C'est comme se rendre compte qu'on a enfin dépassé la mi-parcours dans une course longue et éreintante.

Et aussi, il y a comme un début de signe de détente possible entre Marjorie et moi. Rien de tangible, vraiment, aucune parole prononcée sur le sujet, simplement une différence dans la qualité de l'air à l'intérieur de la maison. Une petite conversation entre nous, naturelle, sur des choses banales. Pas exactement comme la vie normale, mais ça se rapproche.

Ce changement s'est peut-être produit parce qu'elle l'a finalement sorti, qu'elle a dit la vérité, du moins en partie, et qu'elle n'a plus à garder son pesant secret. (Si seulement ça pouvait être aussi facile pour moi.) Et sans doute aussi parce que j'ai accepté l'idée de voir un conseiller, que la première séance a eu lieu, si limités que les résultats puissent être à ce stade, et qu'il semble que nous allons pouvoir continuer d'y aller.

Et peut-être, peut-être, facteur encore plus important que tout ça, il se pourrait qu'il y ait également eu un changement en moi. Peut-être que lorsque j'étais déterminé à tuer le petit ami, lorsque je ne retournais même pas la question dans ma tête mais l'acceptais simplement comme une chose à faire, sûre et établie, peut-être pendant cette période étais-je tendu et crispé en présence de Marjorie, à la traquer, à l'observer, à chercher une piste menant à ma proie. Et maintenant que je me suis ressaisi, maintenant que j'ai compris combien cette idée était affreuse et que j'y ai complètement renoncé, peut-être perçoit-elle un nouveau calme en moi et ma détente l'aide-t-elle à se détendre.

Le chômage à long terme, ça abîme tout. Pas seulement l'ouvrier au rebut, mais tout. J'ai peut-être tort, c'est peut-être du snobisme de ma part ou quoi, de penser que ça frappe les classes moyennes plus durement que les autres, parce que j'appartiens aux classes moyennes (et j'essaie d'y rester), mais je le pense vraiment, que ça nous touche davantage. Les gens qui sont aux extrêmes, les très pauvres et les très riches, sont habitués à l'idée que la vie a de grands revirements, un coup ça va bien, un coup ça va mal. Mais les classes moyennes sont habituées à une progression régulière dans la vie. Nous renonçons aux sommets, et en échange nous sommes censés être préservés de la chute. Nous nous dévouons à une société, et en échange elle est censée nous garantir un parcours sans à-coups. Et maintenant ce n'est plus ça, et nous nous sentons trahis.

Nous étions censés être protégés et bien à l'abri, là au milieu, et quelque chose s'est détraqué. Quand quelqu'un de pauvre perd un petit boulot minable qui n'avait aucun avenir de toute façon, et qu'il doit retourner à l'aide sociale, ça fait partie des choses attendues. Quand un milliardaire mise tout sur un nouveau projet qui se casse la gueule, et soudain se retrouve sur la paille, il savait dès le départ que cette éventualité existait. Mais nous, quand nous glissons, juste un peu, quand ça continue mois après mois, quand ça continue année après année, et que nous n'allons peut-être jamais retrouver ce niveau de solvabilité [1], de protection et de respect de soi dont nous avions l'habitude de bénéficier, ça nous déroute. Ça nous déroute.

Et ce qui se passe, parce que nous sommes des gens à famille, c'est que ça déroute aussi les familles. Les enfants tournent mal, de diverses façons. (Dieu merci, nous n'avons pas ce problème.) Les mariages se brisent.

Ai-je envie que mon mariage se brise ? Non. Donc il faut que je comprenne que ce qui nous arrive en ce moment est simplement dû au fait que je suis au chômage depuis si longtemps. Si j'étais encore à Halcyon Mills, Marjorie ne courrait pas le guilledou [2] avec quelqu'un d'autre. Elle ne ferait pas deux boulots stupides. Je ne tuerais pas des gens.

Je n'ai pas mis la radio dans la Voyager, quand j'ai emmené Marjorie au New Variety juste après le déjeuner, pour son boulot de caissière de l'après-midi, et ce parce que nous nous parlions, nous avions une véritable conversation. Ça faisait du bien. Nous nous disions que nous aurions peut-être envie d'aller voir le film qui passe en ce moment au New Variety, ou peut-être pas, et qu'elle essaierait de se renseigner cet après-midi. Et nous avons parlé du dîner, de ce que nous allions manger, et s'il fallait que je m'arrête à un magasin après l'avoir déposée, ou si nous ferions les courses ensemble plus tard, quand je repasserai la chercher. Nous n'avons parlé de rien qui compte – l'argent, le boulot, les enfants, le mariage, les séances avec le conseiller conjugal – mais rien que de *parler*, c'était suffisant.

Et maintenant je suis de retour à la maison, je suis dans mon bureau, et je prépare ma prochaine action. Plus que deux C.V. Comme j'en suis étonné. Comme j'en suis soulagé.

---

1. ***Solvabilité*** : fait d'être solvable, de pouvoir payer ses dettes.
2. ***Ne courrait pas le guilledou*** : n'aurait pas d'aventure.

Il y a trois semaines, je n'étais même pas sûr de pouvoir le faire. J'avais peur de ne pas en être capable. Trois semaines. On dirait que ça fait mille ans.

Je les étudie, les deux C.V. qui me restent, en essayant de choisir auquel m'attaquer en premier, auquel m'attaquer en second. Je m'y mettrai dès demain, je me rendrai à l'adresse choisie et je verrai comment les choses se présentent.

Un des C.V. restants se trouve ici dans le Connecticut, l'autre dans l'État de New York. Et bien sûr Upton « Ralph » Fallon est dans l'État de New York, lui aussi.

Ceux du Connecticut ont été les plus faciles. C'est dans le Massachusetts que Mrs. Ricks a compliqué la situation et que tout a tourné au désastre à cause d'elle, et c'est dans l'État de New York que j'ai dû écraser ce pauvre homme.

Peut-être n'est-ce que de la superstition, mais je crois que ce que je dois faire, c'est finir d'abord le Connecticut. Ensuite les deux derniers qui sont tous les deux dans l'État de New York. Et ensuite c'est fini.

22

Le téléphone sonne rarement quand nous dormons, peut-être une ou deux fois par an, et en général c'est quelqu'un qui a bu et qui se trompe de numéro. Mais il y a eu un changement entre nous, entre Marjorie, moi et notre relation au coup de téléphone nocturne, ce dont je ne m'étais jamais rendu compte avant.

Je me réveille lentement, en plein milieu d'une nuit noire, tout embrumé de sommeil. J'entends Marjorie qui murmure dans l'appareil, puis elle allume la lumière, et je cligne des yeux, car je n'ai pas envie d'être réveillé, et le réveil indique 1:46. (Nous avons pris exprès un radio-réveil de chevet *sans* chiffres phosphorescents parce que nous aimons dormir dans le noir. Je suis toujours conscient de ces chiffres qui flottent au niveau de ma tête endormie quand je passe la nuit dans un motel.)

Lentement, je me concentre sur Marjorie et sa conversation, et c'est quelque chose qui l'inquiète, qui la fait répondre d'une voix très calme et basse. « Oui, je comprends », dit-elle, et : « Nous allons arriver le plus vite possible », et : « J'apprécie, merci. »

À un moment donné pendant la conversation, n'arrivant pas à comprendre à qui elle peut bien parler ou de quoi il pourrait bien s'agir, j'ai une prise de conscience soudaine de quelque chose concernant les coups de téléphone nocturnes : je n'ai pas entendu le téléphone sonner.

Nous avons un téléphone de chaque côté du lit, mais c'est seulement celui qui est de mon côté qui sonne, doucement. Avant, chaque fois que le téléphone sonnait dans la nuit, je me réveillais immédiatement et je m'en occupais – la personne ivre, le faux numéro – et Marjorie continuait de dormir pendant ce temps. Je crois que dans tous les couples, c'est un des points inconscients qu'on établit dès le début, qui va se réveiller quand le téléphone sonne. Dans notre couple, c'était toujours moi, et maintenant ce n'est plus moi.

Depuis que j'ai perdu mon boulot, c'est Marjorie qui se réveille quand le téléphone sonne. Elle ne peut plus compter sur moi ; il faut qu'elle soit vigilante pour elle-même.

Je suis assis là, tandis que Marjorie continue de parler au téléphone et d'écouter, et je n'arrête pas de retourner cette nouvelle donnée dans ma tête, pour l'analyser. Je ne sais pas si elle provoque en moi surtout de la colère, surtout de la tristesse ou surtout de la honte. Les trois, je suppose.

Marjorie raccroche et me regarde. Elle est très solennelle. « C'est Billy », dit-elle.

Je me dis : un accident ! Au même moment, je me dis : mais il est couché dans cette maison, dans sa chambre, il dort. Stupide, le cerveau encore embrumé, je fais : « Billy ? »

Et elle me répond cette chose incroyable : « Il s'est fait arrêter. Lui et un autre garçon.

– Arrêter ? *Arrêter* ? » Je me redresse, j'en tombe presque à la renverse. C'est *moi* qui suis censé me faire arrêter ! « Pourquoi se ferait-il… Pourquoi l'auraient-ils… Mais *pourquoi*, pour l'amour du ciel ?

– Ils cambriolaient un magasin, la police les a surpris, et ils ont essayé de s'enfuir. Ils sont à la police d'État de Raskill. »

Je me bats déjà avec les couvertures. Les draps me collent aux jambes, ils ne veulent pas me laisser partir dans cet inconnu terrible. « Pauvre Billy, dis-je. Un magasin ? Quel magasin ? C'est de ma faute », dis-je, et je vais dans la salle de bains me brosser les dents.

Aux locaux de la police d'État, l'inspecteur de police judiciaire, homme compatissant à la voix douce, en costume marron froissé, nous reçoit en premier, dans un petit bureau carré peint en jaune clair. Trois des murs sont en plastique lisse et brillant, le quatrième, un mur extérieur, en béton brut. Le sol est d'un différent type de plastique lisse et brillant, noir, et le plafond en panneaux d'insonorisation blanc cassé. Dans la mesure où la peinture jaune canari du béton a certainement été posée pour ses excellentes propriétés isolantes, il me vient à l'esprit que s'il devait arriver quoi que ce soit de vraiment horrible dans cette pièce, ils pourraient la nettoyer au jet en deux ou trois minutes. De ma place, sur cette chaise en plastique vert en face du bureau de métal gris, je ne vois pas d'orifice d'écoulement au sol, mais je ne serais pas étonné qu'il y en ait un.

Est-ce dans cet esprit que l'architecte a conçu la pièce ? Les architectes ont-ils ce type de considérations à l'esprit, quand ils dessinent des postes de police ? Cela les gêne-t-il ? Ou sont-ils satisfaits de leur compétence professionnelle ?

Suis-je satisfait, moi, de ma compétence professionnelle ? Ma nouvelle compétence, j'entends. Je n'y ai jamais pensé avant, et je n'ai pas envie d'y penser maintenant.

Il m'est très difficile de me concentrer sur l'inspecteur, ici dans cette pièce douteuse. Je n'arrive même pas à retenir son nom. Je veux voir Billy, c'est tout ce que je sais.

Marjorie se débrouille bien mieux que moi. Elle pose des questions. Elle prend des notes. Elle est aussi tranquille, calme, compatissante, que l'inspecteur lui-même. Et grâce à leur conversation dont je n'arrête pas de décrocher, à maintes et maintes reprises, je finis par comprendre ce qui s'est passé.

C'est arrivé au centre commercial où Marjorie travaille pour le Dr. Carney. Il y a un petit magasin d'informatique qui vend des logiciels de bureau, des jeux électroniques et d'autres trucs du même genre. Apparemment, Billy et son copain de classe y sont allés cet après-midi – ce qui fait hier après-midi, j'imagine, maintenant – et ils ont trouvé un moment pour s'introduire au fond de la boutique sans se faire remarquer et trafiquer la porte de derrière, celle qui donne sur le grand passage à l'arrière et dont on se sert pour les livraisons et les poubelles. Ils ont trafiqué la porte de façon qu'elle ait l'air fermée. Ensuite, ce soir, bien après que nous le pensions endormi dans son lit, Billy s'est esquivé, son ami est passé le prendre – l'ami a une voiture –, ils sont allés au centre commercial et se sont faufilés dans le magasin par l'arrière.

Ce qu'ils ignoraient, c'est que le magasin avait déjà été cambriolé trois fois exactement de la même façon, à la suite de quoi les propriétaires du magasin avaient ajouté un nouveau dispositif d'alarme, une alarme silencieuse qui donne l'alerte ici, dans ces locaux, de sorte que quand Billy et son ami sont entrés, la police d'État l'a su immédiatement, et quatre voitures de police ont convergé sur le magasin, deux de la police d'État et deux de la police municipale locale.

Les garçons partaient, avec de grands sacs en toile pleins de logiciels, quand la police est arrivée. Ils ont abandonné les sacs, se sont mis à courir, et ont été aussitôt, comme l'inspecteur le répétait sans cesse, appréhendés.

La police a tout, ou presque tout. Elle a un aveu du copain. Elle a la preuve irréfutable que le cambriolage a été préparé et la porte trafiquée, de sorte qu'elle peut démontrer que c'était un délit organisé, et non commis sur un coup de tête. Elle a des témoins oculaires parmi les policiers, qui ont vu les garçons porter les marchandises volées. Elle a la tentative de fuite.

Ce qu'elle n'a pas encore, et ce qu'elle veut, c'est la preuve que ces deux garçons ont commis les trois cambriolages précédents.

J'entends le détective, et j'entends son ton compatissant, et je l'entends dire qu'ils essayent juste de régler tout ça, de se débarrasser de tout ce travail de bureau, d'en terminer, et je vois Marjorie qui hoche la tête et compatit à son tour, prête à aider ce fonctionnaire honnête et modeste, et finalement je me lève pour parler, et je dis : « C'est la première fois. »

L'inspecteur me gratifie de son sourire triste et lent, heureux que je me sois joint au groupe, désolé que nous ayons dû nous rencontrer de cette façon. « Nous ne pouvons pas encore être sûrs de cela, je le crains, Mr. Devore, dit-il.

– Nous pouvons en être sûrs, dis-je. C'est la première fois pour Billy. Je ne sais pas pour l'autre garçon, ni ce qu'il pourra dire sur Billy, mais c'est la première fois pour Billy.

– Burke, intervient Marjorie, nous essayons juste de…

– Je sais ce que nous essayons de faire. » Je regarde l'inspecteur avec calme et fermeté. Je dis : « Si c'est la première fois pour Billy, le juge lui donnera un sursis. Si c'est la quatrième fois pour Billy, le juge le mettra en prison, et mon fils n'a rien à faire en prison. C'est la première fois pour Billy. »

Il hoche légèrement la tête, mais répond : « Mr. Devore, nous ne pouvons pas savoir avec certitude ce qu'un juge va faire.

– Nous pouvons deviner, dis-je. C'est la première fois pour Billy. J'aimerais lui parler, maintenant.

– Mr. Devore, ceci est un choc pour vous, je le sais, mais je vous prie de me croire, j'ai l'habitude de ce genre de choses ;

personne ne veut persécuter votre fils, ni rendre la vie plus dure qu'elle ne l'est à qui que ce soit. Nous voulons juste tirer cette affaire au clair, c'est tout.

– J'aimerais parler à mon fils, dis-je.

– Très bientôt», promet-il, et il se tourne vers Marjorie, terrain plus fertile que moi, croit-il. «J'espère que vous pousserez Billy à tout avouer. Qu'il se dégage d'un poids, qu'il en termine avec tout ça, et puis la famille tout entière pourra reprendre sa vie normale.»

Je l'observe, je l'écoute, et maintenant je le connais. C'est mon ennemi. Billy n'est pas un être humain pour lui, aucun de nous n'est un être humain pour les gens de son espèce, nous ne sommes que du travail de bureau, du travail de bureau agaçant, et ils se fichent pas mal de ce qui arrivera aux personnes impliquées, du moment que leur travail est net et bien comme il faut. C'est mon ennemi, et c'est l'ennemi de Billy, et nous savons maintenant comment agir avec nos ennemis. Nous n'obligeons pas nos ennemis.

J'avais toujours cru que moi, ma famille, ma maison, mes biens, mon quartier, mon univers, étaient précisément ce que la police avait mission de protéger. Tous les gens que je connais le croient; c'est un autre élément de cette vie dans la moyenne. Mais maintenant je comprends qu'ils ne sont pas du tout là pour *nous*, ils sont là pour eux-mêmes. C'est leur raison d'être. Ils sont comme nous tous, ils sont là pour eux-mêmes, et on ne peut pas leur faire confiance.

Marjorie a compris ce que je disais, elle accorde moins de sympathie à l'inspecteur qu'avant et il se rend vite compte qu'il l'a perdue, aussi sort-il les formulaires. Les inévitables formulaires. Avant qu'il les remplisse, cependant, Marjorie demande : «Pouvons-nous ramener Billy à la maison avec nous ?

– Pas ce soir, j'en ai peur», et le fils de pute produit une merveilleuse imitation de sincérité. «Ce matin, dit-il, Billy va comparaître devant le juge, et votre avocat pourra demander sa libération sous caution, je suis sûr que le juge sera d'accord.

– Mais pas ce soir », dit Marjorie.

Regardant sa montre, l'inspecteur tente un sourire, et dit : « Mrs. Devore, cette nuit est presque finie, de toute façon.

– Il n'est encore jamais allé en prison », dit Marjorie.

Oh, je t'en prie ! Qu'est-ce que ça peut bien lui faire, à cette créature ? Il est en prison tout le temps. «Vous avez des formulaires à remplir ? dis-je. Avant que je puisse voir mon fils ?

– Il y en a à peine pour une minute », dit-il.

C'est toujours les mêmes questions, les conneries habituelles. Avec, bien sûr, la question-pique : « Et Mr. Devore, quel est votre employeur ?

– Je suis sans emploi », dis-je.

Il lève les yeux du formulaire : « Depuis combien de temps, Mr. Devore ?

– Environ deux ans.

– Et où travailliez-vous avant ?

– J'étais directeur d'une ligne de produits chez Halcyon Mills, à Reed.

– Ah, c'est la société qui a fait faillite ?

– Ils n'ont pas fait faillite, dis-je. Ils ont fusionné, deux sociétés ont fusionné. Nos activités ont été transplantées vers la filiale canadienne. Ils n'ont pas emmené d'employés américains avec eux.

– Vous y étiez depuis combien de temps ? » Maintenant, sa compassion paraît presque réelle.

« Dans l'entreprise, vingt ans.

– Compression de personnel, hein ?

– C'est ça.

– Ça arrive beaucoup », avance-t-il.

Je dis : « Pas dans votre secteur, je crois. »

Il rit, un peu timidement. « Oh, le crime, c'est une industrie en plein essor.

– On se demande pourquoi », dis-je.

« Je crois que je ne les avais jamais vus avant », me chuchote Marjorie, pendant que nous suivons l'inspecteur le long d'un couloir en béton vers je ne sais quel espace où est maintenant confiné Billy.

Je suis irritable, je me contiens. J'adresse un froncement de sourcils contrarié à Marjorie, je ne veux pas de confusion, à cet instant, je veux de la clarté, et je dis : « Tu n'as jamais vu *qui* avant ?

– Les parents », répond-elle, en me lançant son propre regard étonné. « Burke, ils étaient *assis* là-bas dans la grande pièce, quand nous sommes passés. Tu ne les as pas vus ? Ça doit être les parents de l'autre garçon.

– Je ne les ai pas remarqués », dis-je. Je suis concentré, c'est Billy qui m'intéresse.

« Ils avaient l'air d'avoir peur.

– Ils devraient. »

Il y a un officier de police en uniforme à un bureau, dans le hall. Il nous voit arriver et se lève pour ouvrir une porte métallique jaune. Tout est jaune, jaune clair. C'est censé être le printemps, j'imagine.

L'inspecteur dit : « Si vous pouviez vous en tenir à cinq, dix minutes, d'accord ? Il sera à la maison dans la matinée, vous aurez tout le temps de vous parler à ce moment-là.

– Merci », dit Marjorie.

L'officier nous tient la porte. Nous entrons, Marjorie en premier, et quand je passe, l'officier me dit : « Frappez quand vous voudrez sortir.

– D'accord », dis-je, en pensant : ce n'est pas si facile que ça.

C'est la cellule. Mon Dieu ! J'avais pensé que ce serait une salle de visite ou quelque chose comme ça, mais j'imagine qu'on ne peut pas s'attendre à ce que de petits locaux de la police d'État comme ceux-là aient une installation très sophistiquée. Il n'empêche, ça fait un choc. Ceci est une cellule, et nous y sommes avec Billy.

Il était assis sur le lit, mais maintenant il se lève. Il y a un seul lit, fixé au mur, et une chaise, fixée au sol, et un W.-C. sans lunette. C'est tout ce qu'il y a.

Billy est en chaussettes, et il n'a plus sa ceinture. À son visage bouffi, je dirais qu'il a pleuré, mais maintenant il ne pleure pas. Il a une expression fermée, meurtrie, sur la défensive, renfrognée. Il s'est replié tout au fond de lui-même, et je ne peux pas dire que je le lui reproche.

Je laisse Marjorie y aller la première, lui demander comment il va, lui assurer qu'elle l'aime, lui assurer que tout ira bien. Elle ne parle pas du cambriolage. Dieu merci.

Je la laisse continuer un moment, puis je dis : « Billy. »

Il me regarde, la tête dans les épaules, pathétiquement penaud et crâne [1], me faisant presque front. Marjorie recule, blême, en m'observant, sans savoir ce que je compte faire.

« Billy, dis-je, nous ne sommes pas seuls. » Je montre du doigt mon oreille, puis je montre du doigt les murs tout autour. Je garde une expression impassible.

Il cille [2], s'étant attendu à pratiquement tout de ma part sauf ça, à des récriminations, des accusations, des larmes, voire de l'apitoiement sur moi-même. Il regarde les murs, et je le vois alors qui essaie de rassembler ses esprits, qui essaie d'être réceptif et présent, et non pas fermé et têtu, il m'adresse un hochement de tête, et il attend.

« Billy, dis-je, c'est la première fois que tu fais une chose pareille. C'est la première fois que tu allais cambrioler ce magasin avec qui que ce soit. »

Je dresse un sourcil et je pointe du doigt vers lui pour lui faire comprendre que c'est son tour de parler. « Oui », dit-il en regardant mon doigt.

---

1. *Penaud et crâne* : à la fois honteux et l'air décidé, courageux.
2. *Cille* : cligne des yeux rapidement.

« Exact, dis-je. Je ne connais pas ton copain, je ne sais pas ce qu'il est susceptible de dire, ni jusqu'à quel point il est susceptible de vouloir te faire partager la faute, mais *quoi qu'il dise*, Billy, tu ne bouges jamais de la vérité, et la vérité c'est que ceci est la première fois que tu rentres par effraction dans ce magasin, ou dans n'importe quel autre magasin, ou dans n'importe quel autre endroit que ce soit.

– Oui », dit-il. Il ressemble maintenant à quelqu'un qui est en train de se noyer et aperçoit l'homme avec la corde.

« C'est tout ce que tu dois te rappeler », dis-je, puis j'ouvre les bras et j'ajoute : « Billy, viens ici. »

Il vient et je le serre fort, et je sens mon cœur qui me remonte jusque dans la gorge. « On va s'en sortir, Billy », je lui murmure à l'oreille. Il est aussi grand que moi, mais pas aussi baraqué. « On va traverser ce truc-là, et on va s'en sortir, et ça ira. Ça ira pour nous tous, mon chéri. Ça ira, mon trésor. Ça ira, mon grand. »

Alors il pleure. Enfin, nous pleurons tous.

Nous roulons vers la maison, il est peu après trois heures du matin, mais je n'en ai pas encore fini pour ce soir. À côté de moi, Marjorie dit que j'ai été très bien, que j'ai été très fort, et je dis : « Ce n'est pas fini. Ça ne fait que commencer. Il en reste encore à faire.

– Demain matin, nous devrons appeler un avocat.

– Avant le matin, dis-je. Il reste encore beaucoup à faire ce soir. Mais il y a ça aussi, demain matin. L'avocat. Qui était l'avocat, quand nous avons acheté la maison ? Tu te souviens de son nom ?

– Amgott, dit-elle. Je l'appellerai, si tu veux.

– Ce serait peut-être mieux, je l'admets. D'être informé par la mère. »

Je laisse la voiture dehors, je ne la mets pas au garage, parce que je n'en ai pas fini pour ce soir. « Qu'est-ce qu'il y a, Burke ? me demande Marjorie.

– Un peu de ménage», dis-je.

Elle me suit dans la maison jusqu'à la chambre de Billy, la chambre qui est tellement plus ordonnée ces derniers temps, et moi qui croyais que c'était parce qu'il ne pouvait plus se permettre de s'acheter des trucs. J'ouvre la porte de son placard, j'écarte les vêtements, et c'est là. Il a construit une bibliothèque, ou plutôt un casier à logiciels, trois étagères pleines de matos. Il doit y en avoir pour des milliers de dollars, bien plus qu'il ne leur en faudrait pour faire passer le chef d'accusation de vol simple à vol qualifié [1].

«Oh, Billy», dit Marjorie, comme si elle allait s'évanouir.

«Il faut qu'on s'en débarrasse, dis-je. Tout de suite, avant qu'ils viennent avec un mandat de perquisition [2] dans la matinée.» Je lui souris, en essayant de lui remonter le moral : «Enfin quelque chose à faire avec tous ces sacs du supermarché que tu collectionnes.»

Nous allons chercher son sac à sacs dans la cuisine, nous les remplissons avec les petites boîtes aux couleurs vives, et nous traversons la maison avec les sacs pleins jusqu'à la porte latérale. Nous n'avons pas du tout sommeil ni l'un ni l'autre.

Billy a *besoin* de ces trucs-là, il faut qu'il s'y connaisse et qu'il sache s'en servir, s'il veut réussir dans le nouveau monde qui vient. Ce serait à moi de les lui fournir, je devrais lui permettre de se tenir au courant et d'apprendre. Ceci est mon échec. Billy n'a pas eu tort de faire ce qu'il a fait, il a eu raison. Mais il a eu tort d'aller trop souvent à la pioche.

Je ne lui dirai jamais des choses pareilles, bien sûr. Un père a des responsabilités. Le sortir de ce pétrin, mais ne pas excuser, et certainement ne pas encourager.

---

1. ***Vol qualifié*** : délit érigé en crime.

2. ***Mandat de perquisition*** : ordre de recherche matérielle, émanant de la justice et opéré par la police généralement au domicile d'un inculpé, dans le cadre d'une enquête.

Six sacs plastique ; ils prennent toute la banquette arrière de la Voyager. Je pensais y aller seul, mais Marjorie veut venir avec moi, et je suis heureux d'avoir de la compagnie.

Je parcours presque cinquante kilomètres dans la région noire et vide. Nous ne croisons que deux autres voitures de tout le trajet. Pratiquement toutes les maisons sont plongées dans l'obscurité. Les magasins sont tous archifermés.

Mon but est un autre centre commercial, plus grand, que j'ai remarqué un jour en allant à Fall City, il y a quelques semaines de cela, quand j'étais aux trousses de Herbert Everly. Cet endroit est lui aussi archifermé, sombre, désert. Je le contourne par l'arrière, puis je fais tout le tour du complexe pour m'assurer qu'il n'y a pas de voitures de police ni de voitures de surveillance privées tapies dans l'ombre. Il n'y en a pas.

En chemin, j'ai observé les bennes à ordures, les grands conteneurs verts gros comme des camions, derrière les différents magasins, et je choisis de m'arrêter à la benne du supermarché. Il s'en élève un léger relent, et c'est pour cela que je l'ai choisie. Des caisses, des sacs, des vieilles salades ; tellement de trucs là-dedans, qui ne sont pas ramassés le samedi soir.

J'y jette les sacs, l'un après l'autre. Ils disparaissent, ordures anonymes. On ne voit pas de logiciels.

Sur le trajet du retour, nous sommes seuls au monde, Marjorie me tient la main.

23

Ils nous attendent quand nous rentrons enfin à la maison. Les policiers. Je m'étais dit qu'ils seraient là.

Il est trois heures de l'après-midi, maintenant, la journée est fichue. C'était impossible de trouver un avocat ce matin, un dimanche matin, alors finalement, vers les dix heures, j'ai appelé la police d'État pour leur demander où était le tribunal, et ils m'ont donné une adresse et un numéro de téléphone, j'ai appelé le tribunal, et parlé à une femme qui était déterminée à n'être rien d'autre qu'efficace, à ne pas laisser affleurer le moindre vestige d'individualité ou de personnalité. J'imagine que ça peut être une bonne stratégie, quand on assure l'accueil téléphonique du tribunal pour gagner sa vie.

Je n'arrêtais pas d'expliquer mon problème à cette femme, et elle n'arrêtait pas de ne me donner absolument aucune aide, aucun conseil, rien, et puis tout d'un coup elle m'a demandé si, par hasard, moi ou l'accusé remplissions les conditions requises pour avoir droit à un avocat commis d'office.

Ça ne m'était même pas venu à l'idée. De pareilles choses n'arrivent pas aux gens comme moi. J'ai dit : « Je suis sans emploi depuis deux ans. Je suis en fin de droits. Je n'ai pas de revenus.

– Vous auriez dû le dire avant », a-t-elle dit en faisant la désagréable.

Je ne me suis pas donné la peine de lui répondre que je n'avais pas l'habitude de mettre mon échec en avant, et elle m'a indiqué un autre numéro où appeler.

Ce que j'ai fait, et cette fois-ci, la personne que j'ai eue au bout du fil avait l'air d'être une adolescente et l'était peut-être. Je lui ai raconté la situation, expliqué que le tribunal m'avait donné ce numéro, elle a noté beaucoup de renseignements – ou du moins m'a demandé beaucoup de renseignements – et a dit que quelqu'un m'appellerait bientôt.

Ensuite une heure s'est écoulée, pendant laquelle il ne s'est rien passé. Billy était censé être traduit en justice dans la matinée. Drôle d'expression. Traduit en justice. On dirait une torture. C'est une torture. Mais ils ne procéderaient à la torture qu'une fois Billy représenté par un avocat, donc tant que je n'en aurais pas trouvé, il resterait dans cette cellule jaune clair, ou peut-être ailleurs, dans une cellule encore pire.

Alors au bout d'une heure j'ai rappelé le dernier numéro, et cette fois l'adolescente m'a fait calmement remarquer qu'il était difficile de trouver un avocat le dimanche, et j'ai dit que je le savais, et elle a dit que quelqu'un m'appellerait. Ainsi rembarré, j'ai raccroché.

À douze heures quinze, le téléphone a sonné. À ce stade, Marjorie et moi étions dans tous nos états, ne sachant pas quoi faire d'autre, qui appeler d'autre, comment nous faire aider, comment mettre *en route* tout ce processus. Nous faisions tous les deux les cent pas dans la maison, comme des lions affamés. Mais alors le téléphone a sonné, à douze heures quinze, et c'était un homme assez âgé, à la voix pâteuse. Je me suis dit qu'il avait sans doute bu.

« J'ai parlé au juge, a-t-il dit. Avez-vous une caution à offrir pour la liberté conditionnelle ?

– La maison, ai-je répondu.

– Apportez le titre de propriété ou le prêt, ou ce que vous arriverez à trouver comme papiers. Je me rends bien compte que c'est difficile, un dimanche.

– Je trouverai quelque chose, ai-je promis.

– Je vous verrai au tribunal. Je m'appelle Porculey. J'aurai un costume lie-de-vin [1]. »

Un costume lie-de-vin ? Il parle d'une voix pâteuse comme s'il avait bu, il portera un costume lie-de-vin, et ça va être ça, l'avocat de mon fils.

D'un autre côté, il avait déjà parlé au juge, et il était clair d'après ce qu'il avait dit que la libération sous caution serait décidée, donc ça c'était bien.

Il y a dans mon classeur un dossier marqué « MAISON », et je l'ai carrément emporté tout entier, avec le certificat de naissance de Billy et nos passeports à Marjorie et moi comme pièces d'identité. Je ne voulais pas qu'il me manque un seul papier.

Lorsque la machine s'est enfin mise en route, tout s'est déroulé très rapidement. D'abord nous avons rencontré Porculey,

---

1. ***Lie-de-vin*** : couleur qui se situe entre le rouge et le violet.

qui s'est révélé beaucoup plus âgé que ne l'indiquait sa voix au téléphone, au moins soixante-dix ans, et que j'ai soupçonné, à ses paupières lourdes et ses joues pendantes, d'avoir fait une ou plusieurs attaques, ce qui expliquait sa voix pâteuse. Il est vrai qu'il portait un costume lie-de-vin, une chose horrible, à rayures, néanmoins, bien que ce fût une épave, c'était l'épave d'un avocat qui avait été bon. Et ce qu'il en restait suffisait pour sortir Billy d'ici, le sortir de leurs griffes, le ramener à la maison avec sa mère et son père, là où est sa place.

C'était quasiment comme d'assister à un office d'une autre religion que la vôtre. Vous regardez les autres fidèles, vous faites comme eux, vous suivez le rituel du mieux que vous le pouvez, sans rien y comprendre, mais en gardant toujours présent à l'esprit qu'*eux*, ils le prennent au sérieux. Qu'ils y croient, *eux*.

Bizarrement, Billy avait l'air plus en forme qu'hier soir, lorsque nous l'avons enfin vu, dans la salle d'audience ensoleillée, aux bancs et à l'autel d'érable [1] blond. Je sais qu'ils n'appellent pas ça l'autel, l'endroit où le juge et ses bedeaux [2] accomplissent leurs sacrements, mais c'est ce que c'est.

Au début, Billy n'était pas là, Porculey nous a menés à un banc vers l'avant de la salle pour attendre, puis il est sorti, par une porte latérale, avec tous nos papiers, faire je ne sais quoi. Au bout d'un moment, il est revenu dans la salle d'audience, nous a adressé un hochement de tête rassurant, et s'est assis devant, à la table de l'avocat, avec quelques autres personnes aussi peu séduisantes que lui-même.

Puis on a fait entrer Billy, pas rasé, chiffonné, épuisé, mais l'air moins détruit, moins angoissé. Je l'ai regardé pendant qu'on l'emmenait à sa place, à l'avant, je l'ai vu essayer de fouiller la

1. ***Érable*** : variété d'arbre dont la sève donne un sucre comestible.
2. ***Bedeaux*** : au sens propre, employés laïques qui se chargent des tâches matérielles dans une église.

salle des yeux sans tourner la tête, je l'ai vu nous voir, et je lui ai souri pour l'encourager, et il m'a rendu un petit sourire effrayé.

Le rituel se déroulait principalement en anglais, mais ne semblait pas avoir beaucoup de signification littérale. C'était entièrement dans le code de cette église. Porculey et Billy se sont tenus un bref instant devant le juge, comme si on devait les marier. Le juge, un homme chauve et mécontent, qui paraissait avoir la tête trop lourde pour la tenir droite, a écouté, parlé, regardé des papiers et passé des papiers au bedeau du petit bureau à sa droite.

Ensuite on nous a fait avancer, Marjorie et moi, et Marjorie a un peu pleuré, Billy aussi, ce qui a fait plaisir au juge qui a décidé d'une remise aux parents pour Billy, en faisant pour de vrai le truc du coup de marteau sur le bloc de bois. Religieux jusqu'au trognon.

Bien sûr, nous n'en avions pas encore fini. À un bureau sur le côté de la salle, j'ai dû signer un tas de formulaires, et à un moment donné j'ai dû lever la main et prêter serment, je ne sais pas trop pourquoi.

Billy n'était plus avec nous à ce stade, mais Porculey était resté à nos côtés. Il avait l'air de connaître la plupart des employés du tribunal, y compris le juge. Je dirais que tous l'aimaient bien et qu'ils étaient contents de le voir, mais qu'ils ne le prenaient pas au sérieux. Et je dirais qu'il le savait mais qu'il s'en fichait, du moment qu'il pouvait continuer à participer au jeu.

J'imagine qu'il vit vraiment pour les dimanches, où les avocats sont durs à trouver.

Quand enfin ils en ont eu fini avec nous, Porculey a serré la main de Marjorie puis la mienne, nous a dit quel couloir prendre pour récupérer notre fils – «Vous devrez leur montrer ce papier» – et a promis de nous tenir au courant de la date de comparution. Ensuite il s'en est allé, portant une mallette marron très neuve, que je le voyais bien avoir reçue en cadeau d'un petit-fils tout fier à Noël dernier, et nous avons descendu le couloir jusqu'à un homme au regard froid, en uniforme marron, qui a regardé notre bout de papier avec mépris, s'en est allé, puis est revenu quelque temps plus tard pour nous remettre notre fils avec mépris.

Dans la voiture Billy se taisait, penaud, honteux et craintif. Nous avons fait à peu près la moitié du trajet de retour, tous les trois silencieux, et j'ai alors dit : «Billy, ça ne m'étonnerait pas que la police vienne, très bientôt, avec un mandat de perquisition.»

Il était à l'arrière, Marjorie à l'avant à côté de moi. Son regard surpris s'est concentré sur mon reflet dans le rétroviseur. «Un mandat de perquisition ? Pourquoi ?

– Ils aimeraient pouvoir élucider tous ces autres cambriolages, ai-je dit. Ils aimeraient trouver quelque chose qui montre que tu es déjà entré dans ce magasin par effraction.»

Maintenant il avait l'air d'avoir vraiment peur. Il s'est tapé la tête avec le poing, et il a dit : «Papa, Papa, je… Écoute…

– Ça va», lui ai-je répondu. Je ne veux pas excuser, et je ne veux pas encourager, mais il fallait qu'il sache au moins ça. «Tout va bien», lui ai-je dit.

«Papa, non, écoute…»

Il ne comprenait toujours pas, alors Marjorie s'est retournée sur le siège passager et lui a dit : «Billy, c'est arrangé. Ton père a arrangé les choses.»

Alors il a pigé ; le regard qu'il m'a adressé était mortifié et honteux, et il a dit : «Je suis désolé, je suis vraiment désolé. C'était tellement stupide, je ne referai plus jamais une chose pareille, je le *jure*.

– Bien sûr que tu ne le referas pas, a dit Marjorie. Ça arrive à tout le monde de faire une erreur, Billy, ce n'est pas grave. Ça ne se reproduira pas.

– Je sais que vous n'avez pas les moyens», a-t-il dit. Il s'est tu et a détourné le regard, par la vitre. Il se remettait à pleurer.

Eh bien, c'est vrai. Tout cela n'est pas dans mes moyens. L'avocat va bien nous coûter *quelque chose*. Toute cette histoire va coûter de l'argent que nous n'avons pas. Et du temps. Du temps que je n'ai pas non plus. Mais quand on doit faire quelque chose, on le fait.

«Nous allons nous en sortir et c'est tout, Billy, ai-je dit, et après ce sera fini et oublié.»

Il a hoché la tête mais il n'a pas essayé de parler, et il a continué de regarder par la fenêtre les quartiers qui défilaient, et un peu plus tard nous avons tourné dans notre allée, et la fourgonnette de police était là, devant la maison. Quand ils nous ont vus, cinq policiers en uniforme en sont descendus. Des flics de la police locale, en bleu.

Eh bien, il n'y a rien à trouver. J'ai fait beaucoup de ménage la nuit dernière, encore plus que ne le sait Marjorie. Quand nous sommes rentrés de ce lointain centre commercial, elle m'a aidé à sortir le bloc d'étagères du placard de Billy – vide comme ça là-dedans, c'était trop suggestif – et nous l'avons trimballé jusqu'au garage, où j'y ai empilé quelques pots de peinture et vieux chiffons, de sorte qu'il a l'air d'être là depuis des années. Ensuite, pendant que Marjorie passait à la salle de bains avant de retourner se coucher, j'ai sorti le Luger du tiroir du bas de mon classeur et je l'ai mis sous la banquette arrière de la Voyager; plus exactement à l'intérieur de la banquette. Sous Billy, pendant notre trajet de retour.

Et maintenant nous attendons, dans notre salon, pendant que les policiers taciturnes [1] fouillent notre maison. Il n'y a rien à trouver. Ils peuvent même fourrer leurs pattes dans la chemise de C.V. qui est dans mon bureau, s'ils veulent. Qu'est-ce que ça pourrait leur apprendre? Rien.

Assis là à attendre, je recommence à penser à cette histoire de compression de personnel, à la façon dont cela affecte les familles, à la suffisance et à l'aveuglement dont j'avais fait preuve en pensant que ça n'affecterait pas ma famille *à moi*. D'abord Marjorie, maintenant Billy; cela fait dérailler nos vies.

---

1. *Taciturnes* : moroses, sombres.

Betsy n'est pas avec nous et maintenant, pour la première fois, je dois penser à elle, également. Elle a l'air si bien, si normale, l'air d'accepter notre changement de vie, de ne pas en être affectée ; est-ce le cas, cependant ?

Bien sûr, nous lui avons dit ce matin ce qui était arrivé à Billy, et elle voulait rester avec nous, venir avec nous au tribunal, mais je n'ai pas voulu. Je ne voulais pas qu'elle garde ce genre de souvenir de Billy, pour le restant de ses jours.

Betsy fait son premier cycle dans une fac qui est à une soixantaine de kilomètres d'ici. Elle devrait y aller en voiture, mais nous ne pouvons pas nous permettre d'avoir une seconde voiture, alors une autre étudiante, une fille qu'elle connaît depuis l'école primaire, l'emmène tous les jours. Il était prévu qu'elle aille à une réunion d'un groupe de théâtre cet après-midi. Elle voulait se décommander, mais Marjorie et moi avons insisté pour qu'elle y aille, et je suis content que nous l'ayons fait. Elle n'a pas à être ici, à regarder les policiers fourrer leurs pattes dans ses affaires, chercher des marchandises volées.

Tout d'un coup je me rappelle Edwards Ricks, mon C.V. du Massachusetts. Je me rappelle comment sa fille, Junie, s'était mise à fréquenter un homme beaucoup plus âgé, professeur à sa faculté, et comment cela avait provoqué le quiproquo qui m'avait contraint à tuer aussi sa mère. À cette époque je me sentais tellement supérieur à ces gens-là, avec leur fille qui était tout le contraire de ma fille *à moi*. J'avais simplement supposé que Junie était une traînée ordinaire, sournoise et faiseuse d'embrouilles.

Maintenant je me demande. Junie était-elle une victime, elle aussi ? Si Papa n'avait pas perdu son boulot, Junie se serait-elle mise à fréquenter cet autre type, cet inacceptable substitut paternel ? Comment s'appelait-il… Ringer.

Ringer avait-il été, lui aussi, victime des compressions de personnel ?

Comme cela se propage. Et maintenant les policiers, sans un mot, s'en vont. Qu'ils pourrissent en enfer.

24

Nous sommes dimanche soir, après dîner, le tout premier dimanche de juin. Billy est sans conteste [1] à la maison, au salon, à regarder la télévision avec Marjorie et Betsy tandis que je suis ici dans mon bureau. Il est temps de me remettre à l'opération, de ne pas perdre davantage de jours. Au lieu de quoi je reste assis, une minute, pour regarder une fiche de dix par quinze que j'ai épinglée au mur au-dessus du bureau il y a quelques mois, quand j'ai commencé à me rendre compte que la jouer à leur façon ne me mènerait nulle part.

La fiche se rapporte à un épisode de l'histoire écossaise, dans les Highlands. Jusqu'à la fin du XVIIIe siècle, les Highlands étaient principalement peuplées de métayers [2], de pauvres familles vivant dans des maisonnettes de pierres, qui gagnaient maigrement leur vie avec la terre et payaient un petit fermage [3] au propriétaire. Le propriétaire – ou celui qui pouvait bien servir de comptable au propriétaire à cette époque – a découvert alors qu'il y avait plus d'argent à gagner en remplaçant tous les êtres humains de cette région par des moutons.

Aussi, pendant *grosso modo* les soixante-dix années qui suivirent, y eut-il dans les Highlands ce qu'on en vint à appeler les « Clearances » – dégagements de terrain – au cours desquels les familles, les clans, les villages, tout fut dégagé de la terre, qu'on donna ensuite aux moutons. Les métayers vivaient là depuis des générations ; ils avaient construit les maisons, les granges et les corrals [4], travaillé la terre, mais elle ne leur appartenait pas. Personne n'y avait vécu à part eux, mais elle ne leur appartenait pas, alors que pouvaient-ils faire ?

---

1. ***Sans conteste*** : sans nul doute.

2. ***Métayers*** : paysans qui cultivent la terre et partagent les récoltes avec le propriétaire.

3. ***Fermage*** : loyer d'une ferme.

4. ***Corrals*** : enclos où l'on parque le bétail.

Ils partirent, contre leur gré. Certains allèrent en Irlande, certains allèrent en Amérique du Nord, certains allèrent au diable. Certains moururent de froid et de faim. Certains résistèrent et ils furent brisés sur place, sur leur propre terre. Enfin, non ; pas leur propre terre.

J'ai appris l'existence des « Clearances » à la fac. J'aimais les cours d'histoire, parce que ce n'étaient que des histoires et j'étais donc bon dans cette matière, ce qui remontait l'ensemble de ma moyenne.

Une année, un autre type et moi avons fait un dossier trimestriel sur les « Clearances », et au cours de ce travail, mon partenaire a cherché le mot dans l'*Oxford English Dictionary*, le gros. J'ai tellement adoré la définition que je ne l'ai jamais oubliée, et après m'être fait virer, lors d'une de mes journées de légitime recherche en bibliothèque, je l'ai à nouveau cherchée, pour être sûr d'avoir la formulation exacte. Je l'ai copiée sur cette fiche de dix par quinze, et je l'ai mise au mur ici, devant moi.

Clearance. 2 spécialt[1]. Le dégagement (de terrain) par enlèvement des bois, vieilles maisons, habitants, etc.

Vous ne verrez jamais preuve plus claire que l'histoire est écrite par les gagnants. Rendez-vous compte : entre les habitants et les « etc. », à peine une virgule.

Ce sont les descendants de ces propriétaires qui font les dégagements de terrain qu'on appelle aujourd'hui des compressions de personnel. Les véritables descendants parfois, les descendants spirituels toujours.

Vous aimez ce bureau auquel vous êtes assis ? Vous dites que vous vous êtes dévoué à l'entreprise, que vous lui avez donné

1. La mention « spécialement », en abrégé, indique que le mot n'est employé en ce sens que dans un contexte très particulier, ici un contexte historique précis.

votre vie, vos meilleurs efforts, et vous pensez que l'entreprise vous doit quelque chose en retour ? Vous dites que la seule chose que vous souhaitiez vraiment, c'est rester à votre bureau ?

Eh bien, ce n'est pas votre bureau. Dégagez la place. Le propriétaire s'est rendu compte qu'il pouvait gagner plus d'argent en vous remplaçant par un autre mouton.

Voici le C.V. que je veux. L'adresse. Je rendrai visite à Mr. Garrett Roger Blackstone demain, après avoir déposé Marjorie au cabinet du Dr. Carney.

Garrett R. Blackstone
PO Box 217, Scantic River Rd.
Erebus, CT 06397
tél. : 203 522-1201

Né le 18 août 1947, Marysville, N.J.

École primaire Loyola, Marysville, N.J. – Collège St. Ignatius, Smithers, N.J. – Rutgers University, obtention du B.A., histoire de l'art, en 1968.

Armée, 1968-1971 – En garnison au Texas, au Viêt-nam, à Okinawa.

Mariage avec Louise Magnusson, 1971. – Quatre fils.

Représentant, Rutherford Paper Box Co., Rutherford, MN, 1971-1978.

Responsable ligne de produits, Rutherford Paper Box Co., 1978-1983.

Responsable ligne de produits, Patriot Paper Corp., Nashua, N.H., 1983-1984.

Directeur d'usine, Green Valley Paper, Housatonic, CT, depuis 1984.

Vingt-six ans d'expérience dans l'industrie du papier.

Dix-huit ans d'expérience d'une grande variété de types de fabrication de papier en tant que responsable de toutes les lignes de produits pour une papeterie à gamme diversifiée.

Expérience incluant les produits papiers domestiques, les produits papiers industriels (y compris les applications du papier avec polymère) et les produits papiers destinés à la Défense.

Je suis dynamique et prêt à consacrer à une nouvelle situation de travail tous les éléments de mon expérience et de ma compétence qui pourront lui être utiles.

25

Au centre commercial, je m'arrête devant l'entrée du cabinet du Dr. Carney. Avant de sortir de la Voyager, Marjorie se penche et m'embrasse, d'un baiser léger, sur la joue. Je la regarde avec surprise, et ses yeux brillent. «C'est fini», murmure-t-elle. Ensuite, l'air embarrassé, elle se glisse hors de la voiture, agite la main par-derrière sans se retourner, et se dépêche d'entrer dans le bâtiment.

Je sais ce qu'elle veut dire, bien sûr. L'autre homme, le type, le petit ami, c'est ça qui est fini. Elle ne me sera plus infidèle.

Tandis que je traverse le Connecticut vers l'est en direction d'Erebus, je pense à ce qu'elle a dit, à ce que ça signifie, aux raisons pour lesquelles elle l'a dit. Je croyais que s'il y avait eu la liaison, au départ, c'était à cause de l'abattement général qui s'était emparé de notre maison à mesure que mon chômage se prolongeait de mois en années, et je croyais qu'elle avait fini par m'en parler précisément parce qu'elle voulait que ça cesse, mais elle voulait aussi que je sache ce qu'elle avait vécu, ce qui avait rendu cela nécessaire. Et elle voulait qu'il y ait quelqu'un de neutre, notre conseiller, notre Longus Quinlan, pour nous aider à trouver la voie de sortie de ce bourbier. S'il y a une sortie.

La liaison était donc un bélier[1], rien d'autre. Désormais la porte est ouverte, et elle n'a plus besoin du bélier. Et elle veut que je sache cela aussi.

Mais maintenant, en roulant par ces petites routes d'une bourgade à l'autre, je me demande s'il n'y a pas également une seconde raison. Peut-être suis-je juste en train d'essayer de me remonter le moral, de me faire croire que j'y suis pour quelque chose, moi aussi, mais je ne peux m'empêcher de me demander si un autre facteur de son changement envers moi n'a pas été la façon dont j'ai traité l'urgence Billy.

---

1. *Bélier* : sorte de poutre employée pour abattre une muraille ou enfoncer une porte.

Je l'ai bien traitée, je le sais. Mais aussi, je l'ai traitée différemment de ce que j'aurais fait il y a deux ou trois ans, du temps où j'étais une personne à l'emploi régulier, avec ce que je considérais comme une vie normale et immuable. À cette époque, quand j'étais encore la personne que j'étais, j'aurais été beaucoup plus passif dans une telle situation. J'aurais fait confiance à la loi, à la société, à quelqu'un, pour se comporter correctement envers Billy. Et le résultat c'est qu'ils l'auraient épinglé pour quatre cambriolages au lieu d'un, et qu'il aurait une peine de prison comme perspective. Ils ne lui auraient peut-être même pas accordé la libération sous caution.

J'ai fait ce qu'il fallait pour Billy, et la raison pour laquelle je l'ai fait, et pour laquelle j'ai même été capable de *penser* au problème comme il le fallait, c'est que je ne leur fais plus confiance. À aucun d'entre eux. Maintenant je le sais : personne ne s'occupera de moi et des miens à part moi.

Erebus est un village dans les collines au centre-nord du Connecticut, entre Bald Mountain et Rattlesnake Hill, juste en face de Springfield, de l'autre côté de la limite de l'État du Massachusetts. Scantic River Road ne traverse pas le village lui-même mais divague par les collines voisines, au sud de la limite de l'État. En fait je passe brièvement dans le Massachusetts, pour attraper Scantic River Road à son extrémité nord, puis je redescends lentement vers le sud, en cherchant la boîte 217.

Par ici c'est de la banlieue tout du long, mais une banlieue plus décontractée que dans les zones proches de New York. Cette région sert de dortoir à Hartford et Springfield, de sorte qu'il y a moins d'argent étalé avec ostentation [1], moins d'efforts de grand style. Les paniers de basket-ball au-dessus des portes de garage ont l'air de vraiment servir de temps en temps. Il y a plus de flaques d'eau que de piscines. Les voitures sont moins tape-à-l'œil, même chose pour les jardins.

1. ***Étalé avec ostentation*** : affiché, mis en valeur de façon excessive.

Le 217 pose un peu problème, vu qu'il se trouve au milieu d'un virage sans visibilité, avec des panneaux des deux côtés pour signaler son allée cachée. Il est sur le côté ouest de la route, à droite quand j'arrive du nord, et tandis que la route elle-même est essentiellement plane, par ici le terrain monte en pente raide sur la droite, et pique à gauche vers un petit ruisseau rapide. Un mur de pierres retient le terrain de GRB sur tout le virage, il est percé d'une allée étroite qui monte vers une maison que j'arrive à peine à distinguer.

Ça va être un endroit très difficile à surveiller. Puis-je refaire le coup de la boîte aux lettres ? Elle est du même côté de la route que la maison, encastrée dans le mur de soutènement en pierres, près de l'allée. Je n'ai pas vu de facteur dans mes trajets d'aujourd'hui, aussi je décide de continuer vers le sud, juste pour voir si la chance est de mon côté.

Elle ne l'est pas. Je descends entièrement Scantic River Road vers le sud, jusqu'à Wilbur Cross Parkway, mais à cet endroit, je suis sûrement dans un autre circuit postal ; je fais donc demi-tour à Parkway et repars vers le nord, et quand j'approche d'Erebus voici le facteur qui arrive, roulant vers le sud.

Merde ! La maison de GRB est toujours au nord par rapport à moi, le facteur y est déjà passé. GRB est-il dehors en ce moment, à prendre son courrier ?

Le Luger est encore à l'intérieur de la banquette arrière. Je continue de rouler, pas trop vite, en tendant la main par-derrière, en essayant de trouver cette fente en bas sur le devant de la housse, d'étirer le bras très loin, tout au fond, pour le rentrer et trouver le Luger rien qu'au toucher.

Métal, métal… Je l'ai. Je le sors par le canon, le pose sur l'imper, puis je le tourne pour qu'il ne pointe pas dans ma direction.

Le virage. « DANGER – SORTIE DE VOIE PRIVÉE. » Et la voici, sur la gauche, avec quelqu'un devant la boîte aux lettres, tête penchée, qui examine son courrier. L'espace d'une seule seconde, je suis très excité, je fixe GRB sans le lâcher des yeux, tandis que ma main droite agrippe le Luger – mais je me rends compte alors que ce n'est pas lui. C'est une femme. C'est l'épouse, c'est sûr, en pantalon de velours côtelé, gilet vert foncé et casquette bleu foncé à longue visière, avec une inscription sur le devant.

Je passe lentement, en essayant de voir le bout de l'allée. Est-il là-haut, à attendre son courrier ? Ne s'intéresse-t-il pas à son courrier ? Si, forcément. À moins qu'il ne soit malade ? Il y a beaucoup de maladies psychosomatiques [1] chez nous, les salariés lourdés. Peut-être qu'il est au lit et qu'il ne se lèvera pas tant que sa femme ne lui aura pas apporté de bonnes nouvelles. Ça le rendrait particulièrement difficile à atteindre.

Trois kilomètres plus au nord environ, il y a un parking aménagé devant un point de vue pittoresque, des montagnes couvertes de pins qui s'étendent vers l'ouest, séparées par une vallée, pleines de villages paisibles. Je quitte la route à cet endroit, glisse enfin le Luger sous l'imper et étudie mon atlas routier, mais ça ne m'avance à rien. Il n'indique aucune route susceptible de contourner la propriété de GRB par-derrière. La route sur laquelle il se trouve fait un coude seulement à cet endroit-là à cause de la colline, et leur maison est bâtie sur la pente au-dessus de la route, et, apparemment, il n'y a que le coteau [2] au-dessus d'eux. Et je sais déjà, en regardant, qu'il n'y a rien en contrebas de la maison à part un bois pelé, à cause de ce ruisseau.

Il doit y avoir un moyen. Je me fais l'effet d'un chat tournant autour d'un trou de souris. Je sais qu'il est là, et je sais qu'il doit y avoir un moyen de l'atteindre. Mais lequel ?

Finalement je décide de repasser simplement devant la maison, pour voir s'il y a *quoi que ce soit* à faire. Je quitte donc l'aire, et je roule, une fois de plus cap sur le sud, avec l'atlas routier

---

1. *Maladies psychosomatiques* : maladies occasionnées ou favorisées par des facteurs psychiques.

2. *Coteau* : petite colline.

maintenant posé sur l'imper, et la pression des autres voitures m'empêche d'aller aussi lentement que je le souhaiterais quand je prends ce virage.

La maison, à peine entrevue. Aucun signe de voitures ni de gens.

Un kilomètre et demi plus loin, il y a un embranchement sur la droite de Scantic River Road. Je le prends, et je suis maintenant sur une toute petite route résidentielle marquée « IMPASSE ».

Il n'y a pas d'autres voitures avec moi maintenant. Je monte par cette route qui zigzague, en passant devant très peu de maisons visibles, séparées par de vastes étendues boisées. Ensuite j'arrive au bout de l'impasse, qui est clairement indiquée par une barrière d'une seule traverse peinte en blanc, avec un panneau « IMPASSE » jaune fixé dessus.

J'arrête la Voyager et je sors regarder les alentours. D'après l'atlas routier, cet endroit où la route s'arrête n'est pas si loin du coude de Scantic River Road où se trouve la maison de GRB. Celle-ci devrait être en bas, sur la droite, en descendant à travers bois.

Je ne suis pas un homme de la forêt, je ne l'ai jamais été. Il pourrait être à la fois stupide et dangereux d'aller errer là-dedans et de m'y perdre, voire pour finir d'être retrouvé par la police, par des scouts ou je ne sais qui, sans avoir d'explication à donner pour ma présence ici, un Luger dans ma poche d'imper. Il n'empêche, je dois trouver un moyen de parvenir jusqu'à GRB.

Je passe de l'autre côté de la barrière blanche. Le bois, devant moi, est agréable et frais. 2 juin ; des moucherons approchent, pour examiner mon visage. Ils ne veulent pas me piquer, ils veulent juste me mémoriser. Je les chasse, mais ils ne veulent pas partir. De toute façon, ils sont simplement curieux. Tant que je respirerai la bouche fermée, ils ne m'embêteront pas vraiment. C'est juste un truc énervant, ces minuscules points très rapides devant mon visage.

En regardant à travers et en apprenant peu à peu à les ignorer, je vois enfin ce qui ressemble à une sorte de sentier, qui s'enfonce sur la droite entre les arbres. Les cerfs ne créent-ils pas des sentiers dans les bois, quelquefois ? Mais les gens aussi ; Marjorie et moi avons des amis, que nous n'avons pas vus depuis un moment, qui ont tracé des chemins forestiers derrière leur maison. (Avant, nous fréquentions davantage de monde. Nous connaissions davantage de monde. Quand vous n'avez pas les moyens de recevoir, une certaine gêne vous empêche d'entretenir ces vieilles amitiés.)

Je prends donc une décision. Je porterai l'imper, avec le Luger dans la poche. Je longerai cette apparence de sentier, qui a au moins l'air de mener globalement dans la bonne direction. Je verrai où il va, et jusqu'où, et à l'instant où il commencera à bifurquer, à disparaître ou à faire quoi que ce soit qui puisse me poser problème pour revenir sur mes pas, je rebrousserai chemin et je reviendrai tout de suite ici.

C'est une journée agréable pour marcher, entre les arbres élancés qui me protègent juste ce qu'il faut des rayons du soleil. Le fond de l'air est frais, d'une fraîcheur plaisante, comme l'air autour d'un glaçon. Je marche, suivant cette piste brune très nette au milieu des bois verts, et la première fois que je me retourne, la Voyager n'est déjà plus visible.

Je m'arrête, alors. Est-ce une bonne idée ? Je n'ai vraiment pas envie de me perdre ici.

Mais jusqu'à présent, ce sentier est très distinct. Et puis le terrain descend en pente très douce par ici, et le sentier suit cette tendance à la pente, de sorte que si je m'embrouille à un moment ou à un autre, je n'aurai qu'à faire demi-tour et remonter la pente. En théorie, du moins.

Je marche environ un quart d'heure, et pendant une bonne partie de ce temps, je ne pense même pas à la raison pour laquelle je suis là, à l'objectif de tout ceci, à la fonction de ce poids qui tire mon imper vers le bas, du côté droit. Je fais juste une promenade en forêt, guidé par ce sentier bien net et par la gravité. C'est agréable. Pas de soucis, pas de problèmes. Pas de solutions compliquées.

Un bruit. Devant moi, une sorte de craquement aigu. Quelque chose approche.

Qu'est-ce que c'est ? Je regarde sur les côtés, et un peu plus loin sur ma droite, il y a un chaos de rochers qui dépassent du sol. Il n'y a que des broussailles et des herbes enchevêtrées entre cet endroit et moi, mais je ne vois pas d'autre cachette, donc je m'y dirige aussitôt, en essayant de ne pas faire de bruit. Derrière moi, j'entends à nouveau le craquement.

Si c'est un cerf, tout va bien, pas de problème. Mais si c'est quelqu'un, je ne veux pas être vu. Je ne veux pas être l'homme mystérieux qui se promenait dans les bois juste au moment où GRB se faisait supprimer.

Les rochers. Je les contourne avec précipitation, et le craquement retentit à nouveau. Je m'accroupis en jetant un coup d'œil au sentier, par-derrière, et la voici qui arrive. L'épouse, c'est l'épouse. La femme que j'ai vu retirer le courrier, toujours avec la même casquette, le même gilet, le même pantalon de velours côtelé. Elle marche seule, d'un pas vif, en portant une jolie canne épaisse, du style gourdin irlandais [1], et tandis que je l'observe, elle s'en sert pour taper sur un arbre en passant : *crac*.

Ah, bien sûr. Les serpents. Elle a peur des serpents, et quelqu'un lui a dit que si elle faisait du bruit tout en marchant, ils l'éviteraient. *Crac*. Et la voilà qui passe.

Mon Dieu, si elle avait eu un chien avec elle ? Quel gâchis ça aurait fait. Le chien aurait sûrement su que j'étais là, il serait sans doute venu voir de plus près. Alors là j'aurais été *vraiment* mal. Pas juste un inconnu qui se promène dans les bois, un inconnu qui se *cache* dans les bois.

Elle est partie ; j'entends un *crac* lointain. Derrière mon rocher, je me redresse. Est-il seul à la maison ? Des quatre fils, y en a-t-il qui vivent avec ces gens ? Si je longe ce sentier, trouverai-je la maison ?

---

1. ***Gourdin irlandais*** : bâton de marche utilisé par les randonneurs.

Une bonne chose : elle annonce sa présence en tapant sur les arbres avec ce bâton, donc je saurai toujours quand il sera temps de m'écarter de son chemin.

Je décide de tenter le coup. Je me dépêche de regagner le sentier, les pans de mon imper se prenant aux branches pleines d'épines des églantiers, frêles et ondoyantes, et maintenant j'adopte une cadence plus vive, pour me diriger, je l'espère, vers la maison de GRB.

Encore un quart d'heure, et la voici. Du moins voici quelque chose, une maison, visible à travers les arbres à un endroit où un sentier plus petit bifurque sur la gauche en partant du chemin principal. Est-ce la bonne maison ?

Je m'approche pour voir, et je trouve, en travers de ma route, une clôture électrique à double fil, destinée à empêcher les cerfs de passer. De l'autre côté s'étend une pelouse, bordée de rhododendrons et autres plantes dont les cerfs sont friands. Devant, sur la gauche, il y a une piscine encastrée plutôt petite, encore couverte bien qu'on soit en juin. Tu n'as pas les moyens d'ouvrir ta piscine cette année, hein ? Pas sans boulot.

De l'autre côté de la piscine et de la pelouse se dresse la maison, assez grande, de la pierre jusqu'au premier étage, des bardeaux blancs au-dessus, plusieurs lucarnes le long du toit. Oui, c'est la maison que j'ai aperçue d'en bas. Il n'y a personne en vue.

La porte de la clôture électrique est juste là, au bord de la pelouse. Mais si je la franchis, je n'aurai plus de couverture, et GRB pourra me voir en regardant par n'importe laquelle de ces fenêtres. Et si je suis toujours dans leur propriété quand l'épouse reviendra ?

Non, la chose à faire, c'est attendre. D'abord, il faut que je sache avec certitude où est GRB. Il y a un patio en pierre là-bas, avec une table surmontée d'un grand parasol, et plusieurs chaises blanches en métal. Peut-être déjeuneront-ils ensemble, à cet endroit même. Puis-je tirer à une telle distance ? Ou puis-je espérer que quelque chose l'amène plus près de la clôture ?

Crac. Relativement loin derrière moi. Mais cela signifie qu'elle revient. Je pars le long de la clôture, veillant à ne pas la toucher, content qu'ils taillent les arbustes en bordure – pour l'entretien, j'imagine – et alors que ces *crac* épisodiques se rapprochent, j'atteins enfin l'extrémité de la clôture, là où elle se rattache au petit pavillon de la piscine. Ça fait toujours une distance plus grande que ce que j'ai tenté jusqu'à présent, mais imaginons qu'il ait besoin de venir au pavillon, pour chercher de la glace, ou autre ? Alors il est à moi.

Je la vois, à ma droite, qui franchit la clôture, en remettant soigneusement le loquet derrière elle. Pendant qu'elle marche vers la maison, plantant fermement cette canne dans la pelouse tous les deux pas, je regarde ma montre : douze heures quarante-cinq. L'heure du déjeuner. Mais je n'ai pas apporté de quoi manger.

Enfin, je commence à m'habituer à sauter mon repas de midi. Il y a une souche d'arbre à un mètre cinquante environ de la clôture, une grosse. Il y avait un grand arbre ici autrefois, qu'ils ont sans doute abattu quand ils ont installé le pavillon de la piscine. J'y retourne doucement, resserre mon imper autour de moi, m'assieds. Le Luger est sur mes genoux.

Quatre heures. Il commence à faire frais, maintenant que le soleil se cache derrière des collines plus hautes, vers l'ouest. Je suis raide et endolori, et mon dos se plaint de tout ce temps, plus de trois heures, passé assis sur cette souche, sans soutien.

Il n'est jamais sorti. Elle ne s'est jamais montrée non plus, après cette promenade. J'entrevois leur allée d'ici, et aucun des deux ne s'est servi de la voiture aujourd'hui. Je ne sais pas à quoi ressemble GRB, et je ne sais pas à quoi ressemble sa voiture.

Cette journée n'a pas été gaspillée, pas entièrement gaspillée. J'ai trouvé comment approcher de la maison. Mais c'est frustrant, néanmoins. Je veux en finir, une fois pour toutes.

Demain je ne pourrai pas venir, à cause du conseiller, Longus Quinlan. Ça fait donc mercredi, pendant que Marjorie travaillera de nouveau au cabinet du Dr. Carney ; c'est là que je reviendrai.

Lorsque je me lève, j'ai des os qui craquent partout dans le corps, suffisamment pour effrayer tous les serpents du comté. Je chancelle, car j'ai du mal à mouvoir mes pieds. Mais il est temps de partir, de retourner à la Voyager, de prendre le chemin du retour, d'arriver au centre commercial vers six heures pour rechercher Marjorie.

Titubant tel le monstre de Frankenstein [1], je repars le long du sentier, vers la Voyager. Dans ce sens, ça monte.

26

Hier, à la séance chez le conseiller, Marjorie a dit : «Au début, quand Burke a perdu son boulot, j'ai pensé qu'en un sens, c'était une occasion. J'ai pensé que les choses marchaient trop bien pour nous, que nous avions toujours eu tout ce que nous voulions, si bien que nous n'avions jamais eu à nous battre, nous n'avions jamais eu à nous prouver quoi que ce soit l'un à l'autre. J'ai pensé que ça allait être une petite période courte, et que ça n'allait pas vraiment signifier grand-chose à long terme, mais que j'allais pouvoir faire mes preuves vis-à-vis de Burke, et vis-à-vis de moi-même aussi pour être honnête, prouver que j'étais l'épouse parfaite, la partenaire parfaite. Nous sommes dans ce bateau ensemble, et c'est mon occasion de le prouver. Alors j'ai immédiatement commencé à faire toutes ces petites économies, j'ai montré comment nous pouvions économiser de l'argent par-ci, économiser de l'argent par-là, comme si j'étais Mrs. Noé sur l'Arche, sans cesse à chercher des petites fuites et à les colmater [2], à empêcher l'eau d'entrer. Je n'ai jamais pensé que ça durerait aussi longtemps. Je crois que Burke non plus. Je crois qu'au début, il a

---

1. Dans *Frankenstein*, roman de Mary Shelley (1818), le docteur Frankenstein, en essayant de comprendre les mystères de la vie, crée une créature monstrueuse.

2. ***Colmater*** : combler, boucher.

pris ça un peu plus au sérieux que moi, parce qu'il en savait un peu plus sur la réalité de la situation, mais je ne crois pas qu'il ait vraiment vraiment cru que c'était si grave, au début. Je crois que c'est venu, au bout d'un moment, et alors, au lieu de s'adresser à moi et de me dire : "Marjorie, nous sommes dans le pétrin, la situation est plus grave que je ne pensais", il s'est juste renfermé sur lui-même, et de plus en plus. Pendant un moment, j'ai cru qu'il m'en voulait à *moi* de ce qui se passait, qu'il pensait que c'était ma faute s'il n'avait toujours pas de boulot, si nous n'avions pas d'argent, mais j'y ai repensé, j'ai eu tout le temps, et ce que je pense maintenant, c'est que Burke fait la même chose que moi, qu'il essaie de prouver qu'il est le mari parfait, le chef de famille parfait, de préserver le bonheur et la sécurité de sa petite femme, de l'empêcher de voir comme les choses vont mal. Je veux dire, je le vois bien que les choses vont mal, mais nous ne pouvons pas en parler, du fait que les choses vont mal, ni de ce que nous allons y faire, ni de ce qui va se passer, de sorte qu'en fait je ne sais *jamais* ce qui va se passer l'instant d'après. Burke est devenu de plus en plus secret, de plus en plus silencieux, de plus en plus froid, et quelquefois quand il me regarde c'est presque comme s'il me détestait, rien que parce que je suis là et que je vois la situation dans laquelle il est, dans ses yeux on dirait qu'il pourrait me tuer parce que je suis là, simplement parce qu'il a l'impression qu'il ne peut plus me protéger comme il est censé le faire, mais je n'ai pas *envie* d'être protégée comme ça, mais comment dire quoi que ce soit ? Il a tout le temps ce mur devant lui. Le mur est censé être sa force, j'imagine, mais je n'ai jamais pensé que c'était pour ça qu'il était fort. Quand je l'ai rencontré, j'allais encore à la fac, je faisais sciences humaines et j'étais complètement nulle, mais j'apprenais aussi la dactylo et la sténographie [1], et l'été je faisais de l'intérim pour aider, pour me faire un

1. ***Dactylographie*** (dactylo, en abrégé) : transcription des textes à la machine à écrire ; ***sténographie*** : écriture abrégée et simplifiée, formée de signes… /…

peu d'argent, et j'avais toujours pensé que je travaillerais quelque part en entreprise, comme secrétaire, quelque chose comme ça. D'ailleurs j'ai travaillé pour une compagnie d'assurances pendant environ six mois, juste après mes études, et j'ai eu une promotion et une augmentation, j'aurais pu y rester, mais Burke voulait se marier tout de suite, et après il a voulu une famille tout de suite, alors je suis sortie du marché de l'emploi. Les revues que je lisais étaient toujours pleines d'articles sur les femmes qui sortent du marché de l'emploi et ce qui se passe ensuite, quand on divorce ou qu'on se retrouve veuve, et ça ne m'a jamais fait peur. Mais de *ça*, ils n'en parlaient jamais. Ça, c'est pire que d'être divorcée ou veuve, parce que je suis toujours avec Burke mais il est blessé. Je suis avec un homme blessé, et nous devons tous les deux faire comme s'il n'y avait rien qui clochait. À peu près la moitié des femmes mariées que je connais ont un boulot ou une carrière, il y en a une qui est orthophoniste, une qui est bibliothécaire, j'en connais beaucoup, mais ça paraît tout aussi normal d'une façon ou de l'autre, que la femme travaille ou qu'elle ne travaille pas, et j'ai toujours pensé que c'était à la femme de décider, à part que chez nous ça a été surtout la décision de Burke, et il le fait bien comprendre de différentes manières. Par exemple, il y a quelques années, au moment de Noël, il a acheté un ordinateur, un PC pour la maison, et il a dit que c'était pour toute la famille. C'était en fait pour Billy, notre fils, mais je savais bien pourquoi il disait que c'était pour toute la famille, et pourquoi il me taquinait en me disant d'apprendre à m'en servir et de faire les comptes avec et tout ça. Les enfants grandissaient, ils avaient presque fini le lycée, déjà, et je parlais de me remettre à chercher du travail après toutes ces années, parce que j'avais envie de faire quelque chose de moi-même, et Burke ne voulait pas. C'était avant qu'il soit licencié, quand personne ne pensait qu'il *pouvait*

.../... conventionnels qui permettent de noter la parole à la vitesse normale de la prononciation.

être licencié. Alors il voulait être celui qui pourvoit [1], celui qui protège, comme il l'avait toujours été, et il a apporté cet ordinateur chez nous rien que pour me faire comprendre que je n'étais plus qualifiée. Quand je suis sortie de la fac, on tapait à la machine, mais l'ordinateur ce n'est pas comme taper à la machine, c'est autre chose, et il voulait que je sache que je suis irrémédiablement dépassée. Mais en fait, il n'est pas au courant, mais je sais mieux me servir d'un ordinateur que lui, parce que je fais la facturation chez ce dentiste que nous connaissons, le Dr. Carney, donc je me sers de son ordinateur, et son assistante habituelle m'a montré ce que je devais savoir, et j'en ai appris un peu plus toute seule, donc je ne suis pas si irrémédiable que ça, finalement. Mais je ne pouvais pas dire à Burke combien j'étais heureuse et contente d'apprendre à me servir d'un ordinateur, parce que ça ne lui aurait pas plu. J'ai dû le garder pour moi et faire comme s'il n'y avait *rien* qui me faisait plaisir, ni rien qui pourrait être susceptible de me faire plaisir tant qu'il n'aurait pas trouvé un nouveau boulot, et bien sûr exactement le même type de boulot qu'avant, même si nous lisons tous les jours dans le journal que les gens ne retrouvent pas le *même* type de boulot, surtout s'ils ont passé la cinquantaine. Nous connaissons un homme, un voisin à nous, qui a toujours été considérablement plus riche que nous, c'était un directeur de banque, il avait seulement besoin d'aller à son agence à New York trois jours par semaine, tellement il était important, et puis il y a eu une fusion, et ils l'ont mis dehors, ça va faire trois ans maintenant, et il est resté presque deux ans au chômage, à vouloir être de nouveau directeur de banque. Et maintenant il travaille chez un concessionnaire Mercedes à Hartford, il vend des voitures, il travaille six jours par semaine et il est loin de gagner autant d'argent qu'avant, et, Burke, est-ce que tu as remarqué ? Leur maison est à vendre. Mais il y a beaucoup de maisons qui sont à vendre, vous l'avez

1. ***Pourvoit*** : subvient aux besoins de la famille.

sans doute remarqué, Mr. Quinlan, alors je ne sais pas combien de temps ils vont devoir attendre. Et je ne sais pas si nous allons devoir essayer de vendre notre maison, nous aussi, ni ce qui va se passer. Je ne peux pas trouver de boulot à temps plein, maintenant, parce que j'ai été tellement longtemps hors du marché du travail, je suis trop vieille, je ne suis pas *tellement* qualifiée, et personne ne sait quand Burke va retrouver du travail ni quel genre de travail ce sera ni quand il acceptera de s'en contenter. Ce n'est pas juste pour les enfants, mais ce n'est pas la faute de Burke, même s'il prend toute la responsabilité sur lui, mais ils doivent vivre avec, exactement comme nous, et en général je crois qu'ils le comprennent, même si en fait Billy s'est attiré des ennuis. Mais ce n'est pas la question. La question, c'est qu'il est tellement difficile d'être *heureux* à la maison, et on a besoin d'avoir un endroit dans sa vie où on peut être heureux. Et on a besoin d'avoir une personne avec qui on peut parler, à qui s'ouvrir, avec qui rire. Ou même pleurer, je m'en fiche, juste *quelque chose*. Mais Burke est devenu tellement – on dirait de la cryogénie[1], il s'est autocongelé, et il ne va pas dégeler tant qu'il n'aura pas trouvé de travail, en attendant je vis avec cette chose congelée, et finalement, il y a quatre mois, un homme que je connais a montré de la tendresse envers moi et j'y ai répondu, et quelque chose a commencé entre nous. Burke s'absente tout le temps pour sa mission secrète, pendant un moment j'ai cru qu'il avait une liaison, lui, mais je ne crois plus ça maintenant, je crois qu'il fait des trucs bizarres, dans le genre *magie*, dans le genre partir quelque part lire dans des entrailles ou je ne sais quoi, il a une espèce de *projet* mystérieux avec des papiers dans son bureau et des voyages mystérieux, et il me ment sur les endroits où il va, et il ne me viendrait même pas *à l'idée* de lui demander ce qui se passe. Parce qu'il veut tout endosser tout seul, endosser

---

1. ***Cryogénie*** : production de températures très basses susceptibles de congeler.

le poids, endosser tout, la famille, la responsabilité, et moi je suis exclue, et je me suis tournée vers cet autre homme parce qu'il me *parle*, lui, au moins, et il me laisse lui parler. Et il a des problèmes lui aussi, mais il n'a pas peur d'en parler ou de dire qu'il se sent faible quand il se lève le matin, qu'il ne sait pas ce qu'il doit faire. Je pouvais le consoler, c'était quelqu'un que je pouvais prendre dans mes bras, je pouvais trouver un moyen de le faire rire. Je ne peux rien faire avec Burke, on dirait un rocher ou un mort, on dirait une pierre, on ne peut pas prendre une pierre dans ses bras. On ne peut rien tirer d'une pierre. Alors, quand je me suis rendu compte que ce n'était pas cet autre homme que je voulais, que c'était Burke que je voulais, mais Burke quand il est vivant, quand il n'est pas fermé et tout froid à attendre le miracle, je me suis dit : il faut que j'emploie de la dynamite. Alors je lui ai dit que nous avions besoin de voir quelqu'un comme vous, et il s'est opposé à cette idée, bien sûr, je savais qu'il allait s'y opposer, bien sûr qu'il allait s'y opposer. *Parler!* Quand il s'y est opposé, je lui ai dit pour l'autre homme, parce que j'ai pensé que ce serait quitte ou double, ça passe ou ça casse, et j'ai pensé que je ne pouvais plus continuer comme ça. Je veux soit retrouver Burke soit qu'on en finisse. Et Dieu merci, il a dit d'accord, allons-y, parce que je ne pourrais pas lui dire tout ça sans vous dans la pièce. Et il sait que je ne vois plus l'autre homme, mais la vérité c'est que je ne vois pas Burke non plus, et je veux voir Burke, je veux retrouver mon mari, et je ne sais pas quoi faire.»

Quinlan m'a regardé, avec un sourire doux. Il est champion pour absorber, Quinlan. «Vous aimeriez vous dégeler, n'est-ce pas, Burke? Faire tomber le mur?

– Je n'étais pas conscient de faire ça, ai-je dit. Je pensais juste que j'essayais de tenir le coup.» Mais c'est vrai; j'ai entrevu des bribes de moi-même, çà et là dans sa description.

Il a continué de sourire et il a dit : «Vous n'avez pas acheté l'ordinateur pour blesser Marjorie, n'est-ce pas?

– Non, bien sûr que non. Ça ne m'est même jamais venu à l'esprit.» C'était un passage de la description où je ne m'étais pas reconnu, et j'étais reconnaissant à Quinlan d'y attirer notre attention.

Son sourire s'est alors déplacé pour inclure Marjorie, qui avait l'air épuisée. Non, pas épuisée, pas comme quelqu'un qui vient de courir longtemps, mais vidée, comme quelqu'un qui vient de se faire opérer. Il lui a dit : «Nous sommes tous paranoïaques [1], Marjorie, vous savez.» Et il a haussé les épaules. «Par exemple en ce moment, je me demande quel effet ça vous fait, de vous faire conseiller par un Noir. Est-ce que vous me ménagez, simplement ? Est-ce que vous riez dans mon dos, quand vous êtes tous les deux en voiture ?

– Nous ne rions à propos de rien», a répondu Marjorie, ce que j'ai trouvé exagéré, mais j'ai gardé mon opinion pour moi.

Le sourire de Quinlan s'est élargi ; il a un très grand sourire, quand il le veut. «La paranoïa n'est pas un bon guide», a-t-il avancé, puis il a ramené le regard vers moi et m'a dit : «Mais Marjorie avait raison pour la cryogénie, n'est-ce pas ? Vous êtes congelé, et vous attendez qu'on vous dégèle quand il y aura un traitement.

– Ça semble exact, ai-je admis. Mais je ne sais pas trop quoi y faire. Je veux dire, c'est dur de se recycler.» Recycler ; recyclage. La sale blague des compressions, et maintenant je me suis porté volontaire pour l'essayer dans mon foyer.

«Nous ne sommes pas pressés», m'a dit Quinlan, qui a de nouveau regardé Marjorie pour ajouter : «N'est-ce pas ? Du moment que nous savons que le problème est sur le tapis, que nous avançons, nous ne sommes pas pressés, si ?

– Je me sens beaucoup mieux, a dit Marjorie. Rien que d'être ici, rien que d'en parler.»

Il me serait impossible, bien sûr, de leur dire que la situation va changer pour le mieux, pour beaucoup mieux, très bientôt maintenant, peu importe ce que nous faisons aux séances. Deux

1. ***Paranoïaques*** : méfiants et susceptibles à l'excès.

C.V. et Upton «Ralph» Fallon, c'est tout ce qui reste. Je suis un chômeur partiel de la cryogénie, maintenant.

Mais je suis content que Marjorie ait pu dire tout ça, et je suis très content d'avoir pu l'entendre. Je ne veux pas la perdre, pas plus que je ne veux que Billy aille en prison. Je ne veux d'aucun de tous ces ennuis supplémentaires qui arrivent aux gens dans notre situation, je ne veux pas des fléaux de la marginalisation.

Nous sommes en mer, c'est cela mon image, pas la cryogénie. Nous sommes sur un radeau, perdus en mer, et c'est à moi de maintenir le radeau en état, de rationner les denrées, de nous maintenir à flot jusqu'au moment où nous atteindrons la côte. C'est ma tâche, mon poste. Si ça m'a rendu froid envers Marjorie, alors j'ai tort, je m'applique trop. Ce n'est pas de blesser Marjorie qui va m'aider, ou faire avancer quoi que ce soit. J'ai été trop *concentré*, c'est ça le truc. Il faut que j'essaie de me détendre, même si ce dont j'ai vraiment envie, c'est de rester vigilant vingt-quatre heures sur vingt-quatre.

En tout cas, maintenant nous savons qui est le type. James Halstead ; toujours James, jamais Jim [1]. Le banquier passé vendeur de Mercedes. Maintenant nous savons, et nous nous en fichons.

Ça, c'était hier, et aujourd'hui nous sommes mercredi. Je viens de dire au revoir à Marjorie au cabinet du Dr. Carney en l'embrassant chaleureusement, avec amour. Maintenant je suis en route pour aller tuer GRB.

27

Aujourd'hui le poids est mieux équilibré dans mon imper quand je marche à travers bois, le Luger dans la poche droite et deux pommes dans la gauche. Aujourd'hui, je suis prêt pour une longue attente.

---

1. ***Jim*** : surnom familier pour James.

Il n'est pas encore dix heures du matin lorsque j'arrive à la maison de GRB et prends mon poste d'observation, sur la souche d'arbre à la lisière du bois, derrière le pavillon de la piscine. La maison, là-bas de l'autre côté de la pelouse, paraît complètement fermée, comme si les propriétaires étaient partis pour toujours. Mais elle, du moins, était là avant-hier, quand je l'ai vue marcher dans les bois, en frappant les arbres de son gourdin.

Je m'installe en essayant de trouver une position plus confortable pour mon dos, sur cette souche, et j'attends. Et au bout d'un moment, je me prends à penser à tel ou tel moment de la séance d'hier avec Longus Quinlan, et à la façon dont toute cette histoire a carrément jailli des lèvres de Marjorie. Je dois être une personne différente de celle que j'ai toujours cru être, si elle a été forcée de se taire à ce point et si longtemps avec moi, si elle a dû forger tout ce scénario, une liaison, un conseiller, avant de pouvoir soudain tout déballer comme ça, comme un barrage qui cède.

Je me rappelle ce que j'ai dit hier sur le recyclage, ce mot de la période où je me suis fait virer, qui est remonté tout d'un coup à la surface, et je crois que je suis sérieux à ce propos. J'ai juste continué d'avancer, en faisant de mon mieux pour m'occuper de ma famille, mais en ignorant l'effet de mon attitude sur Marjorie, en tenant pour un fait acquis qu'elle était heureuse avec moi.

Recyclage. Ça faisait partie du lot de départ à la papeterie. Ce qu'*eux* appelaient recyclage, c'était tellement lamentable et faux que vraiment je devrais trouver un autre mot pour la réévaluation que je veux faire par rapport à moi-même. Ce qu'eux appelaient recyclage…

Je ne pense pas qu'ils l'entendaient véritablement de façon blessante. Je crois que ce qu'ils essayaient de faire, c'était de nous maintenir tous calmes et pleins d'espoir jusqu'au moment où nous aurions quitté les lieux pour de bon, et c'est pourquoi nous avions les indemnités de licenciement, les réunions de réflexion créative, les offres de recyclage, toutes ces foutaises.

Au début, j'avais même misé sur cette idée de recyclage. Je lisais tout sur le sujet, les mêmes trucs que nous lisions tous, comment il allait être nécessaire, dans le meilleur des mondes de demain, de passer de boulot en boulot, d'acquérir de nouvelles compétences en cours de route, et comment les hommes de plus de cinquante ans étaient les personnes qui avaient le plus de mal à abandonner leurs anciennes compétences pour de nouvelles, et j'étais absolument prêt à prouver que cette généralisation-là était fausse ; voici *un* type qui sait s'adapter, mettez-moi à l'épreuve.

Alors ils m'ont mis à l'épreuve, ça c'est sûr. Ils m'ont proposé la réparation de climatiseurs.

Où suis-je, dans un lycée d'enseignement professionnel, dans une unité d'Éducation renforcée, lequel des deux ? La réparation de climatiseurs ? En quoi est-ce la meilleure des qualifications pour transporter quiconque dans le meilleur des mondes de demain ? Et quel peut bien être le *rapport* entre la réparation de climatiseurs et l'ensemble de mon parcours professionnel ? Je dirige des chaînes de fabrication, c'est *ça* que je fais.

OK, oublions les procédés de fabrication de papiers spéciaux, parlons seulement des chaînes, de leur direction, eh bien, c'est ça que je fais. Recyclez-moi pour diriger un nouveau type de chaîne, d'accord ? Je suis adaptable. Les lignes de produits existent toujours, les usines débitent toujours des produits. Je serai heureux de me recycler, si cela a le moindre rapport avec *moi*, si cela a la moindre cohérence.

Mettons que vous soyez propriétaire d'une entreprise qui assure l'entretien des systèmes de climatisation pour de grands immeubles de bureaux, que vous ayez une place de réparateur à offrir, que trente types se présentent (et trente types se présenteront), tous avec déjà des *années* d'expérience en réparation de climatiseurs, et que moi, je me pointe avec mon certificat de deux mois de formation en réparation de climatiseurs, et mon quart de siècle d'expérience en fabrication de papiers spéciaux. Allez-vous m'embaucher ? Vous n'êtes pas dingue à ce point.

Prenez James Halstead, le banquier passé vendeur de voitures. Est-ce là du *recyclage* ? Il a l'air d'un banquier, ce qui signifie qu'il a l'air d'un vendeur de Mercedes. Il a déjà le costume. Est-il là où il est parce qu'il a activement accueilli le recyclage, ou est-il là où il est parce qu'il a échoué ? Cherchait-il du réconfort dans les bras de Marjorie parce qu'il avait réussi sa transition vers le meilleur des mondes de demain, ou parce qu'il avait été mis au rancart comme l'ordinateur de l'année passée ? Se peut-il qu'il soit malheureux parce qu'il vient de découvrir que la banque n'avait pas besoin de lui, en fin de compte ? Ces journées d'abondance et d'autocomplaisance, à prendre le train trois jours par semaine pour rejoindre ce qui s'est avéré ne pas être sa vie véritable, mais un jeu qu'ils le laissaient jouer, pour un bout de temps.

Lorsque ses anciens patrons viennent acheter une Mercedes, avec l'argent qu'ils ont économisé sur son salaire, le reconnaissent-ils ? Non. Mais lui les reconnaît. Et ne le montre jamais. Et sourit, sourit, et vend la voiture.

C'est ça, le recyclage.

Onze heures quinze ; la voici, portant la même casquette, le même gilet, le même pantalon, mais un chemisier différent. La fois dernière, le chemisier était bleu clair, cette fois-ci il est vert clair. Elle a de nouveau son gourdin, et elle arpente la pelouse tel le commandant d'un camp de prisonniers de guerre faisant son inspection. Elle franchit la porte de la clôture électrique et s'éloigne à grands pas le long du sentier : *crac... crac... crac...*

Est-il à l'intérieur ? Oserai-je ? Si j'en juge par la dernière fois, j'ai au moins une demi-heure, et sans doute plus, avant qu'elle ne revienne. Je ne peux pas rester là éternellement, jour après jour, assis sur cette souche, comme un farfadet [1].

Je me lève – déjà engourdi –, vais jusqu'à la porte et m'introduis en rabattant soigneusement le loquet derrière moi. Au début

1. ***Farfadet*** : lutin.

j'avais pensé me faufiler par la droite en suivant la clôture, le long des plates-bandes de rhododendrons et du bain à oiseaux, jusqu'à l'endroit où les fils de la clôture se rattachent à l'angle de la maison, mais je me rends compte maintenant que cela ne rime à rien de me cacher. Qu'est-ce que ça peut faire, s'il me voit ? Je suis un homme d'allure respectable, en imper, qui traverse sa pelouse, qui s'est sans doute perdu dans les bois et veut demander son chemin. Il vient à la porte, il demande s'il peut m'aider, et je l'abats.

Je traverse donc la pelouse, pas franchement avec aplomb mais avec décontraction, en regardant autour de moi, comme animé d'une curiosité naturelle pour la maison de quelqu'un d'autre. Personne ne se montre à une porte, personne ne se montre à une fenêtre. J'oblique sur la gauche, traverse le patio, essaie une des portes coulissantes du patio. Elle s'ouvre, et j'entre à l'intérieur.

Le climatiseur est en marche, discret mais on le remarque. S'il lui arrivait quelque chose, je ne saurais pas comment le réparer. Je suis dans une salle à manger, avec sa vue par les portes vitrées sur le patio et la piscine. Je la traverse, et maintenant je suis sans conteste un intrus, et non un homme innocent perdu dans les bois.

Je me déplace vite et sans bruit dans la maison, d'abord au rez-de-chaussée puis en haut ; elle est vide. GRB n'est pas là. Tout au fond, j'ouvre la porte de la cuisine qui donne sur le garage attenant : il n'y a pas de voiture.

Il est sorti. Où est-il ? A-t-il un boulot de serveur comme Everett Dynes ? Vend-il des voitures ? Comment je fais pour le trouver ? Comment je fais pour lui mettre la main dessus ?

Je suis en train de traverser de nouveau la cuisine quand je jette un coup d'œil par la fenêtre et la vois qui arrive, toujours d'un pas ferme, elle s'approche en coupant par la pelouse qu'elle écrase tous les deux pas avec son bâton. Une promenade plus courte aujourd'hui, merde.

Je ne veux pas qu'elle me trouve, parce que je ne veux pas avoir à la tuer. Il y a de nombreuses raisons pour lesquelles je ne veux pas la tuer, mais pour l'heure la raison principale est que son mari n'est pas à la maison, or si je la laisse morte et lui vivant, il sera sur ses gardes, il sera entouré de policiers, et je ne lui mettrai jamais la main dessus. Si je la tue et si j'attends le retour de GRB, que se passera-t-il s'il ne rentre *pas* à la maison ? Et s'il est parti pour un entretien qui lui fait passer la nuit dehors, s'il ne rentre pas avant demain, en fin de journée ?

Je ne peux pas rester ici, à l'attendre. Je ne peux pas tuer cette femme, donc je ne peux pas permettre qu'elle sache que je suis là.

Elle utilise la porte du patio, du moins elle l'a fait par le passé, la porte par laquelle je suis entré. Quand elle entrera, de quel côté ira-t-elle ?

Soit vers la cuisine, à mon avis, soit vers la salle de bains d'en bas, ce qui veut dire qu'elle traversera la salle à manger, le petit salon et le hall, et *non* la grande salle de séjour sur le devant de la maison. Je passe donc dans la salle de séjour et je m'accroupis derrière le canapé qui est planté au milieu de ce vaste espace. Il est tourné face à la cheminée de pierre, dos à la grande fenêtre en saillie donnant sur la pelouse de devant ainsi que sur l'allée qui disparaît en pente vers la route principale qu'on ne voit pas. Tapi là, derrière le canapé, à deux mètres cinquante de cette fenêtre, je suis parfaitement visible du devant de la maison, mais pourquoi y aurait-il quelqu'un devant la maison ?

Je l'entends rentrer, quand la porte s'ouvre en coulissant, puis se referme. J'entends le dernier *clic* quand elle pose le gourdin, dont le bout heurte le plancher de bois ciré.

Je m'accroupis derrière le canapé. Ma main droite saisit le Luger dans ma poche d'imper. J'essaie de me rappeler de ne pas mettre le doigt sur la détente, car j'ai peur de tirer dans un spasme [1] fébrile à un moment où je ne le voudrais pas, en me blessant probablement, en l'alertant certainement, et en détruisant assurément tout ce que j'ai fait jusqu'à présent.

---

1. ***Spasme*** : contraction brusque et violente, involontaire.

J'entends le *toc, toc* plus étouffé de ses chaussures tandis qu'elle traverse la salle à manger. Par ici ou de l'autre côté ?

L'autre côté. Le petit salon, le hall, la salle de bains. Eh oui, une bonne marche dans les bois, ça fait travailler la vessie, hein ? C'est pour ça que la promenade a été écourtée. Et elle ferme la porte de la salle de bains bien qu'elle soit seule dans la maison, comme sa mère le lui a appris.

Je me lève, derrière le canapé, et sors la main droite de ma poche, lâchant le Luger. J'ai les doigts raides, comme si j'avais de l'arthrite [1]. D'un pas rapide, je traverse la salle de séjour et la salle à manger. Aussi silencieusement que possible, je fais coulisser la porte, je sors, je la referme. Je traverse la pelouse au pas de course, désireux d'avoir évacué sa propriété avant qu'elle en ait fini à la salle de bains, car après elle passera sûrement à la cuisine, et des fenêtres de la cuisine au-dessus de l'évier, elle aura une vue complète sur toute la pelouse.

La grille. Je lève le loquet, je passe, je le rabats. Sans un regard en arrière, je remonte le sentier, d'un pas presque aussi décidé que le sien.

Sur le chemin du retour, je mange les deux pommes.

28

Environ cinq kilomètres avant l'embranchement de Scantic River Road, encore dans le Connecticut, il y a un poste à essence avec un téléphone à pièces dehors, sur un poteau. C'est là que je m'arrête pour passer mon coup de fil, content de voir que ce poste dépend du même central téléphonique que celui de GRB. Les appels locaux se perdent plus facilement.

J'appelle chez GRB parce que j'ai eu une révélation soudaine hier soir. Tellement de couples ont des ennuis parmi les chômeurs,

---

1. ***Arthrite*** : inflammation des articulations.

pas seulement Marjorie et moi. Et si GRB et sa femme avaient rompu ? Et s'il habitait ailleurs, tout ce temps que je passe tapi dans les bois derrière sa maison, à l'attendre ?

Ou, autre possibilité. S'il a pris un de ces petits boulots accaparants, mettons adjoint au gérant du supermarché du coin, en ce cas il ne sera *jamais* à la maison pendant la journée. Pour une raison quelconque, et il doit y en avoir une, il n'était pas chez lui les deux jours où j'ai surveillé les lieux. Il est donc temps de découvrir de quoi il retourne.

Neuf heures quarante. Elle ne sera pas encore partie pour sa promenade. Je compose le numéro qui est sur le C.V. de GRB, et elle répond à la seconde sonnerie : « Allô oui ? » Elle parle de façon efficace mais impersonnelle, comme si elle était chef d'état-major, là-bas, et pas la maîtresse de maison.

« Garrett Blackstone ? dis-je.

– Il n'est pas là pour le moment, c'est de la part de qui, s'il vous plaît ?

– Un vieil ami du temps de la papeterie. Est-ce qu'il y aurait moyen de le joindre ?

– Eh bien, il est à son travail, en ce moment. » Elle semble un peu indécise.

« Est-ce que je pourrais l'appeler là-bas ? » J'ai besoin de savoir où est l'homme, bon Dieu.

« Je ne suis pas sûre », dit-elle ; elle ne veut pas blesser un vieil ami de son mari, mais il y a quelque chose qui la gêne. « Il vient de commencer, explique-t-elle, et il n'aimerait peut-être pas recevoir d'appels extérieurs pour le moment.

– Ah, c'est un boulot qui lui plaît ?

– C'est un boulot merveilleux », dit-elle, et d'un coup la réserve cède ; tout excitée, elle ajoute : « C'est *pile* le boulot qu'il voulait ! »

Arcadia ! L'enfant de salaud a eu mon boulot, je vais le tuer aujourd'hui. Je vais le tuer dans l'heure ! Serrant le combiné tellement fort que j'en ai une crampe à la main, mais incapable de me détendre, je demande : « Ah, de nouveau dans la papeterie ?

– Oui ! Willis and Kendall, est-ce que vous les connaissez ? »

Un poids de cinq cents livres s'échappe de mon corps. J'en danserais. « Les étiquettes de boîtes de conserve !

– C'est ça ! C'est exactement ce boulot, est-ce que vous travaillez là, vous aussi ?

– Oh, c'est super », dis-je, et je le pense vraiment. « C'est merveilleux. Mrs… Mrs. Blackstone, s'il vous plaît, transmettez à votre mari mes… mes plus *vives* félicitations. Dites-lui que je suis ravi pour lui. Oh, dites-lui que je suis ravi.

– Qui dois-je… »

Je raccroche, et je regagne la Voyager sur un nuage. Je ne pourrais pas être plus heureux si j'avais moi-même un boulot. C'est vrai ; enfin, presque vrai. Mais il travaille, il a un *poste*, il est là où il veut être !

Mon Dieu, je n'ai pas besoin de le tuer.

Oh, c'est super, c'est super. En démarrant la Voyager, en faisant le demi-tour, je souris jusqu'aux oreilles.

Tandis que les kilomètres défilent, que je me rapproche de plus en plus de la maison, le poids me retombe lentement dessus. Encore deux.

29

Samedi matin. Je suis dans mon bureau, je viens de sortir le dernier C.V. du classeur à dossiers et je tends la main pour attraper l'atlas routier, quand Marjorie frappe à la porte. Je pose l'atlas routier sur le C.V. et je dis : « Oui ? »

Elle ouvre la porte. Elle a l'air soucieuse, et un peu désorientée. « Burke, dit-elle. Il y a un policier qui est là. Il veut te parler. Un inspecteur. »

La terreur contracte mon œsophage. Je suis pris, je le sais, et tout cela n'aura servi à rien. Si près du but. Me levant, m'efforçant de trouver une réaction que je puisse partager avec Marjorie, je dis : « Billy ? C'est pour Billy ?

– Je ne crois pas, répond-elle. Je ne sais pas ce que c'est, Burke. Il est au salon.

– D'accord. »

Je vais dans le hall. La Voyager est plus près, de l'autre côté, que le salon de ce côté-ci. Mais ça ne rime à rien. Je traverse le hall, tandis que Marjorie retourne à ses occupations.

Il est au salon, un jeune type mince en costume gris, debout devant le canapé, qui sourit en regardant la gravure encadrée accrochée au mur. C'est une marine [1] de Winslow Homer [2], très agitée, et je ne sais pas pourquoi nous l'avons. Marjorie l'a vue en vente chez un encadreur il y a des années et l'a achetée, un peu gênée. « Je l'adore, m'a-t-elle dit. Je n'aime pas vraiment les reproductions, mais nous n'aurons jamais un *vrai* Winslow Homer. Ça ne t'ennuie pas, Burke ? »

Bien sûr je lui ai dit que non, et j'ai planté le clou dans le mur et accroché la gravure encadrée, et elle me rappelle que les autres sont mystérieux, peu importe à quel point on vient à les connaître. Je ne comprendrai jamais pourquoi ce tableau a parlé à Marjorie, ce tableau-là plutôt qu'un autre, mais ce n'est pas grave ; voilà la leçon. La surface de la reproduction est plate, elle ne peut pas cacher ce qu'elle est, une reproduction et pas une peinture, mais le sujet est cette mer qui bouillonne au-dessus de vastes profondeurs insondables. C'est ce que nous sommes tous les uns pour les autres, une surface plate où l'on peut voir de l'agitation, mais des profondeurs insondables. Ce n'est pas grave que je ne connaisse pas Marjorie très en profondeur ; je la connais suffisamment pour savoir que je l'aime, et c'est assez.

1. ***Marine*** : peinture ayant la mer pour sujet.
2. ***Winslow Homer*** (1836-1910) : peintre américain, surtout célèbre pour ses paysages.

D'ailleurs, cela me plairait-il qu'elle connaisse mes profondeurs ?

L'inspecteur se retourne, percevant ma présence, et sourit avec un geste de la tête en direction du tableau. « J'ai grandi sur des bateaux, dit-il. Mon père est un excellent marin. Mr. Devore ?

– Oui ? »

Il tend la main, et nous nous saluons pendant qu'il dit :

« Inspecteur Burton. Police judiciaire de l'État. J'espère que je ne vous dérange pas ?

– Pas du tout. Asseyez-vous. »

Ce qu'il fait, sur le canapé, en tordant le cou pour regarder de nouveau le Winslow Homer, tandis que je m'assieds dans le fauteuil en face de lui, m'efforçant de cacher mon inquiétude, un peu rassuré par ses façons cordiales.

Il se détourne enfin du tableau, en disant : «Vous faites du bateau, Mr. Devore ?

– Non », dis-je à regret. J'aurais aimé pouvoir dire oui, ça aurait créé une intimité entre nous. « Ma femme a eu un coup de cœur pour ce tableau.

– J'ai grandi au bord de Long Island Sound [1] », dit-il en sortant un carnet de sa poche intérieure de veste. Avec un gloussement, il ajoute : « Et quelquefois dedans. » Après avoir ouvert le carnet, il examine quelque chose qui y est écrit, puis me regarde avec sérieux et demande : « Connaissez-vous un certain Herbert Everly ? »

C'est après *moi* qu'il en a ! Comment ai-je pu croire que je passerais entre les mailles ? Mais que puis-je faire d'autre que de feindre l'innocence, l'ignorance, la distance ? « Everly ? dis-je. Je ne crois pas.

– Et quelqu'un du nom de Kane Asche ?

– Kane Asche. Non, ça ne me dit rien. »

---

1. ***Long Island Sound*** : estuaire situé au niveau de Long Island ; plusieurs rivières se jettent dans l'océan Atlantique à cet endroit.

Il dit : «Vous avez travaillé chez Halcyon Mills, n'est-ce pas, pendant longtemps ?

– Ils étaient *là-bas* ?

– Non, non, répond-il en souriant à cause du malentendu. Mais ils travaillaient dans des papeteries. Autres que la vôtre.»

J'écarte les bras. «Désolé, dis-je, je ne sais pas ce que vous voulez.

– Nous non plus, Mr. Devore, pour être tout à fait franc», dit-il avec son sourire ingénu. Puis-je lui faire confiance ? Il tient toujours ce carnet. «L'autre jour nous avons reçu un coup de fil très bizarre du chef du personnel d'une compagnie papetière qui s'appelle Willis & Kendall.

– Je me suis présenté pour un boulot chez eux, il y a quelques semaines.

– C'est exact. Et vous faites partie des gens à qui ils ont fait passer un entretien.

– Ils ne m'ont pas rappelé, cela étant, donc je suppose que je n'ai pas eu ce boulot.

– Ils ont rappelé quatre personnes pour un second entretien, me dit Burton, et il se trouve que deux d'entre elles venaient de se faire tuer. Ils avaient tous les deux été tués par balle.

– Mon Dieu !

– Ce sont ces deux-là, Everly et Asche.» Burton tapote son carnet. «*Or*, dit-il, les analyses balistiques [1] montrent qu'ils ont été tués avec la même arme tous les deux.

– Est-ce quelqu'un avec qui ils travaillaient ?

– Ils ne se connaissaient pas, du moins pas que nous sachions. Nous ne trouvons aucun lien entre ces deux hommes en dehors du fait qu'ils se sont présentés pour le même boulot.»

Je demande : «Voulez-vous dire que vous pensez que quelqu'un va venir me tuer ?

1. ***Analyses balistiques*** : analyses relatives aux projectiles, à leur mouvement (ici les balles d'une arme à feu).

– C'est sans doute une simple coïncidence, dit Burton, que ces deux-là aient été reconvoqués pour le même boulot. Un certain nombre de gens se sont présentés, et jusque-là tout le monde va parfaitement bien, comme vous-même. Ils ont embauché quelqu'un maintenant…

– C'est ce que je pensais.»

Il sourit avec compréhension et dit : «Je suis désolé d'être porteur de mauvaises nouvelles.

– Non, dis-je, on s'habitue.

– Ça peut être dur, je le sais. Mon frère a été licencié de chez Electric Boat, et sa femme a été licenciée une semaine plus tard de la compagnie d'assurances. Ils deviennent dingues.

– Je veux bien vous croire.

– Ce que nous pensons, dit Burton, c'est qu'Everly et Asche ont dû se rencontrer quelque part, à un moment ou à un autre. Peut-être à un congrès professionnel, ou à un bureau de placement, vous savez. Ils se sont rencontrés, ils ont rencontré quelqu'un d'autre, et puis quelque chose a mal tourné. Et la connexion Willis & Kendall n'est qu'une coïncidence.

– L'homme que la compagnie a embauché, dis-je. Il va bien, *lui* ?

– Très bien. Aucune menace, pas d'étrangers mystérieux qui rôdent autour de lui.

– Alors ça n'a sans doute rien à voir avec cette compagnie.

– Exact. S'il existe un lien, c'est quelque part dans le passé. C'est pourquoi je suis ici, nous faisons le tour de toutes les personnes qui ont le moindre rapport avec l'une ou l'autre des victimes.

– Je n'ai pas grand-chose comme rapport avec eux, dis-je, nous nous sommes tous présentés pour le même boulot.

– Mais c'est le coup de fil de cet employeur qui nous a mis en branle, observe-t-il. Nous ne savons pas ce que nous cherchons, donc nous devons explorer toutes les pistes auxquelles nous pouvons penser. Par exemple, si nous pouvions trouver un endroit, un moment où des gens comme vous, de votre branche, se soient réunis, quelque part où vous auriez tous pu vous trouver, un salon professionnel…

– … Je dirigeais une chaîne de fabrication de produits, dis-je. Je n'allais presque jamais aux congrès, ou ce genre de choses.

– Cela vous ennuierait de jeter un coup d'œil à deux ou trois photos, pour voir si elles vous disent quelque chose ? Voir si vous n'avez jamais rencontré l'un ou l'autre *quelque part.*»

Je demande : «Ce ne sont pas des photos d'eux morts ?»

Il rit. «On ne vous ferait pas ça, Mr. Devore. Ce sont des photos parfaitement ordinaires. D'accord ?

– Bien sûr.»

Il a les photos dans son carnet, et maintenant il les fait tomber d'une secousse et me les tend.

Les voici, mes C.V. un et quatre, le visage intact, avant que j'y aie expédié les balles. Je regarde les photos et sens une grande tristesse monter en moi, de sorte que mes yeux se mettent à piquer. J'ai tellement de peine pour ces deux hommes. Ils ont l'air de types bien. Je secoue la tête, et lorsque je tourne le regard vers Burton, j'ai conscience de cette mer démontée de Winslow Homer au-dessus de lui. «Ils ont juste l'air de types sympathiques, dis-je. Excusez-moi, ça me met un peu la larme à l'œil. Ils ont l'air tellement *comme tout le monde*.

– Bien sûr, fait-il. Vous vous identifiez à eux. Je comprends. Des choses pareilles ne sont pas censées arriver à des gens comme nous. Malheureusement, elles arrivent.»

Tout en lui rendant les photos, je dis : «Je ne crois vraiment pas les avoir jamais rencontrés. Aucun des deux.

– D'accord», dit-il en remettant les photos dans le carnet, et le carnet dans sa poche intérieure.

Ça y est ? C'est tout ? Suis-je toujours libre, pas pris, pas soupçonné ? «Désolé de ne pas avoir pu vous aider, dis-je.

– Oh, vous nous avez aidés.» Il se lève, et moi aussi. «Nous n'aimons jamais les coïncidences, mais quelquefois ça se produit. Si ça ne se produisait jamais, le mot n'existerait pas.

– Je suppose que c'est vrai.»

De la poche latérale de son pantalon, il sort un portefeuille, et du portefeuille une carte qu'il me tend en disant : «Si vous pensez à quoi que ce soit, ou s'il se passe quoi que ce soit de bizarre par ici dans la semaine ou les jours qui viennent, vous m'appelez, d'accord ?»

Avec un sourire tremblotant, je demande : «Bizarre… comme de me faire tuer ?

– Quelle que soit cette histoire, répond-il, elle a l'air de se limiter à deux cas. Je ne pense vraiment pas qu'il y en ait un troisième. Je pense que vous ne risquez rien, Mr. Devore.

– C'est une bonne nouvelle», dis-je.

30

Je suis de retour dans mon bureau. Burton est parti ; j'ai expliqué la raison de sa visite à Marjorie, nous avons eu une conversation plus longue que je ne l'aurais voulu sur les deux meurtres, avec Marjorie, mais j'ai eu l'impression que je ne devais pas l'écourter, et maintenant me voici de retour dans mon bureau, et je tremble en me rendant compte que je l'ai échappé vraiment de justesse.

Ces deux hommes morts, engagés tous deux dans la recherche d'emploi, ça pourrait être une coïncidence, c'est vrai. Deux, ça peut être une coïncidence ou pas une coïncidence, et ils vont assez vite arriver à la conclusion que la coïncidence est la seule réponse qui cadre avec ces deux-là.

Mais pas trois.

Si j'avais trouvé Garrett Blackstone. S'ils ne lui avaient pas donné ce boulot des étiquettes de boîtes de conserve. Si je l'avais abattu une des deux fois où je suis allé chez lui cette semaine, Burton et les autres inspecteurs auraient maintenant *trois* profils de cadre de la papeterie à la recherche d'un emploi abattus dans le même État avec le même pistolet, et ce ne serait pas une coïncidence, et ils se mettraient à réfléchir à des mobiles possibles, et ils n'auraient de cesse qu'ils ne m'aient trouvé.

Le même pistolet. J'ai été incroyablement stupide, et incroyablement chanceux. Il ne m'est jamais venu à l'esprit qu'ils pourraient relier – ou penseraient à relier – ces deux meurtres en montrant qu'ils venaient du même pistolet. (Si le type du personnel de chez Willis & Kendall n'avait pas mis son grain de sel, ils pourraient très bien ne l'avoir jamais fait.)

Mais je ne sais pas pourquoi je n'y ai pas pensé. J'ai vu tellement de séries policières à la télé, de films aussi, où il est question de balistique, de trouver l'arme avec laquelle a été tirée telle ou telle balle et tout ça, mais je n'ai jamais fait le rapport. Tout ce que je me suis dit, c'est : personne ne s'est servi de ce pistolet depuis plus de cinquante ans, il n'a jamais servi nulle part sur le continent nord-américain, il n'y a aucun document attestant de son existence, et donc il est anonyme.

Même un pistolet anonyme, apparemment, peut laisser une trace.

Ils pourraient avoir quatre victimes de ce pistolet, maintenant, au lieu de deux, sauf que le meurtre du Massachusetts a déjà été élucidé, donc personne ne va aller comparer cette balle avec des balles du Connecticut. Et bien sûr, je ne me suis pas servi du pistolet pour Everett Dynes.

Et je ne pourrai pas le faire avec le dernier C.V. non plus.

Que vais-je faire ? Je ne peux plus me servir du Luger, plus jamais. Je n'ai pas d'autre arme à feu, et je ne sais pas comment je pourrais m'en procurer une sans laisser de trace d'acquisition. Je sais que les criminels ont des moyens de le faire mais je ne vis pas dans leur monde, et si j'essayais d'entrer dans leur monde, il m'arriverait des ennuis, ça du moins je le sais.

Une arme à feu c'est si propre, si impersonnel. Ça vous sépare, ne fût-ce qu'un peu, de l'événement.

Puis-je poignarder quelqu'un ? Étrangler ? Je ne vois pas comment je pourrais faire des choses pareilles.

Et je ne peux pas me servir à nouveau de la voiture. Même en dehors de la difficulté de devoir truquer un autre accident pour me couvrir, en dehors des soupçons que je pourrais attirer sur moi en ayant un second accident de ce type, même sans parler de tout ça, je ne pourrais pas le refaire. Une fois m'a suffi. Plus que suffi.

Et je ne peux certes pas aborder un parfait inconnu un verre à la main, en disant : «Tenez, buvez ceci.»

Que vais-je faire ? Je suis arrivé jusqu'ici, je ne peux pas arrêter maintenant. Ces morts ne peuvent pas avoir été vaines. J'ai reçu un avertissement, et j'en tiendrai compte. Il me reste un C.V., et ensuite Fallon, et c'est terminé. Je le ferai, d'une façon ou d'une autre, parce que je dois le faire.

Pas aujourd'hui, cependant. Je dois déposer Marjorie au New Variety pour son boulot de caissière, puis passer la chercher ce soir. Ce serait trop difficile, trop gros, maintenant que nous nous parlons de nouveau, d'altérer notre routine du dimanche en m'absentant toute la journée ; ça viendrait sûrement sur le tapis à la séance de mardi avec Longus Quinlan, et je dirais quoi ?

Lundi. Après avoir déposé Marjorie au cabinet du Dr. Carney, j'irai dans l'État de New York et j'étudierai mon dernier C.V., et je verrai à quoi ressemble la situation. Lundi 9 juin ; je coche la date sur mon agenda de bureau. Pas pour me la rappeler, je ne risque pas de l'oublier, mais pour m'exprimer à moi-même ma détermination à mener ceci à bien.

Il faut que je trouve quelque chose.

Hauck Curtis Exman
27 River Road
Sable Jetty, NY 12598
518 943-3450

Depuis 1987 – Oak Crest Paper Mills – Responsable des applications papier avec polymère.
1891-1987 – Oak Crest Paper Mills – Responsable du développement de produits.
1978-1981 – Oak Crest Paper Mills – Directeur des ventes.
1973-1978 – Oak Crest Paper Mills – Représentant.
1970-1973 – Marines, instructeur, Fort Bragg.
1970 – B.A. en gestion, Holyoke University, Holyoke, MD.

Marié, trois enfants adultes. Moi-même et mon épouse actuelle sommes mobiles géographiquement.
Référence : John Justus, Oak Crest Paper Mills, Dention, CT.

31

« Moi-même et mon épouse actuelle. » Il en dit long, cet « actuelle ». Un ancien Marine aux idées arrêtées, je me demande combien d'épouses il a usées.

Ce pauvre couillon, il a été plus fidèle à son employeur qu'à n'importe quelle femme. En quittant les Marines il entre directement chez Oak Crest et il y reste jusqu'au moment où ils le lourdent. Combien de temps lui restait-il avant la retraite, un an et demi ?

Hauck Curtis Exman ; mon Dieu, c'est mon deuxième HCE. J'ai commencé par un HCE et, mis à part Fallon, je termine par un HCE. Houlala, camarade employé. « *Houlala, voici une chandelle pour t'éclairer au lit, et puis voici un couperet pour…* »

Sable Jetty est au sud de Kingston, où j'ai eu mon accident avec le pick-up. Directement sur l'Hudson, c'est une vieille ville fluviale de brique et de bois, petite, bâtie sur une pente raide, sans doute deux cents ans avant la moindre justification économique de son existence. Ces endroits-là sont devenus des lieux de week-end pour citadins aisés parce qu'ils sont tellement pittoresques, et ils sont pittoresques parce que les habitants étaient trop pauvres pour suivre les dernières modes en date. C'est le genre de petite ville dont les sociétés de production se servent quand elles tournent un film situé dans les années 1920 ou 1930. Maintenant que les citadins perdent leurs emplois des villes, peut-être ces endroits resteront-ils pittoresques.

Sable Jetty s'étend au-dessus d'une petite crique de la rive ouest de l'Hudson, à un endroit où un monticule de terre avance dans le fleuve, formant un bassin naturel et calme en bordure de la côte, juste au sud en aval. Les Indiens mettaient leurs canoës à l'eau à cet endroit, il y a longtemps, et les premiers explorateurs européens accostaient là parce que c'était à l'écart du courant du fleuve. Une colonie s'y établit, puis un bac fut mis en service, la ville prospéra, et tout cela finit par disparaître. Aujourd'hui, la vieille capitainerie est devenue le musée historique du comté, le vieil embarcadère a disparu depuis longtemps, et les vieilles maisons de brique et de bois bâties au flanc de la fragile colline, quand on monte vers l'ouest depuis la rive du fleuve, ressemblent de plus en plus à des tableaux de genre et de moins en moins à des lieux où de vrais êtres humains vivent leur vie.

River Road part de la place de l'embarcadère vers le nord, pour quitter aussitôt la ville en décrivant une boucle en pente douce autour du monticule. La route ne longe pas le fleuve mais grimpe en partie, avec des maisons cossues [1] dans la portion qui monte, destinées à l'origine à offrir aux médecins, conseillers municipaux et propriétaires de quincailleries une belle vue sur le fleuve, et des maisons moins cossues, plutôt du type bicoques [2], bâties entre la route et le fleuve, destinées à l'origine à offrir aux ouvriers un toit sous lequel ils pouvaient compléter leurs maigres revenus en pêchant du poisson.

Le 27 se trouve du côté qui monte, une espèce de grande maison qui s'étale, avec un large porche cintré qui s'étire sur toute la façade, mis en valeur par des piliers de bois peints en jaune pâle. À une époque il devait y avoir des plantes autour de la maison et le long de la route mais elles ont disparu maintenant, laissant place à une longue bande de pelouse, qui descend la pente régulière et douce depuis la façade de la maison jusqu'à la palissade peu élevée – en plastique, pas en bois – marquant le bord de la route. Cette pelouse est flanquée de part et d'autre d'allées goudronnées très noires, celle de gauche appartenant au 27 et celle de droite à la maison d'à côté. Des maisons neuves plus petites encadrent le 27 des deux côtés, trop près, ce qui laisse penser que ce devait être une propriété plus agréable et

1. ***Cossues*** : appartenant à des personnes aisées.
2. ***Bicoques*** : petites maisons d'apparence médiocre.

plus spacieuse avant qu'on ne vende les parcelles voisines dans les années 1950.

Lundi matin. Onze heures trente. Je suis venu ici directement après avoir déposé Marjorie au cabinet du Dr. Carney, en traversant le même pont que lorsque je suis rentré de l'expédition Everett Dynes. Je passe devant le 27 River Road en direction du sud, je jette un coup d'œil à la maison qui est sur ma droite. Une femme rousse en blue-jean et sweatshirt marron clair est assise sur un motoculteur et toilette la pelouse en décrivant de lents ovales. Le garage séparé situé en haut de l'allée est fermé, et il n'y a pas de voiture garée sur l'asphalte [1]. La boîte aux lettres, énorme et argentée, avec l'adresse tracée au pochoir en noir austère, est fixée à un poteau de bois chaulé [2], entre le bout de la palissade et le bout de l'allée. Le drapeau est levé ; idéal pour tirer, si je pouvais me servir du pistolet.

Je n'ai même pas pris le Luger, à quoi bon ?

Je continue jusqu'à la ville, où la moitié des petites boutiques poussiéreuses de la place sont désespérément à vendre. Je me gare devant un des magasins vides pour étudier mon atlas routier, et il ne m'apporte aucun réconfort. River Road part vers le nord à la sortie de la ville en contournant le monticule protubérant, après quoi elle oblique sur l'ouest pour se terminer à la Route 9, principal axe nord-sud sur cette rive-ci du fleuve. La Route 9 continue vers le sud en évitant le centre de Sable Jetty, mais sans autre embranchement avant la ville. Aucune autre route ne pénètre ni ne traverse le secteur du monticule, qui a l'allure d'une espèce de citrouille plantée sur la berge du fleuve. Une route privée, barrée par un portail électrique, mène du bout de River Road, côté ville, à la maison qui domine le sommet du monticule ; demeure d'un baron du bois ou du chemin de fer il y a longtemps, c'est maintenant

1. ***Asphalte*** : trottoir.

2. ***Chaulé*** : traité à la chaux pour détruire les insectes.

une retraite bouddhiste, impénétrable et retranchée de ses voisins derrière sa clôture.

Je ne peux pas rejoindre la maison de HCE par-derrière. River Road elle-même est très exposée : une longue courbe avec plusieurs maisons toujours visibles, sans aucun parking public. Je n'ai pas remarqué de maisons ayant l'air vides ni de panneaux « À VENDRE » près de chez HCE. Plusieurs des petites maisons du côté fleuve m'ont donné l'impression d'être des villégiatures, des maisons de vacances pour les cols bleus d'aujourd'hui, mais nous sommes en juin et la saison a déjà commencé ; quelques bateaux se balancent à des pontons de bois branlants, et n'importe laquelle de ces maisons, voire toutes, pourrait être occupée en ce moment, même un lundi.

HCE, mon ancien Marine, s'avère plus difficile à atteindre que tous les autres.

L'atlas routier ne peut pas m'aider. Je le range, démarre et fais le tour de la place pour reprendre River Road de nouveau dans le sens nord.

La maison de HCE est maintenant sur la gauche. La femme au motoculteur dessine de plus petits ovales, à présent, car elle a presque fini. Et la porte du garage est ouverte, l'intérieur vide.

Merde ! Il est sorti ! Pendant que j'étais en ville il est sorti et il est allé… quelque part. Si ça se trouve, il est carrément passé devant moi pendant que j'étais garé là-bas, à lorgner mon atlas.

Je ne sais pas à quoi il ressemble. Je ne sais pas à quoi ressemble sa voiture.

Je continue jusqu'au croisement de la Route 9, un carrefour en T avec un snack juste au nord et un grand centre commercial juste au sud. C'est presque l'heure du déjeuner maintenant, de toute façon, donc je me gare au snack, et tout en prenant mon B-L-T [1] habituel, je me demande si par hasard il travaillerait ici. Hauck Curtis Exman. HCE. A-t-il quitté son domicile pour venir

1. ***B-L-T*** : voir note p. 90.

ici ? Sa voiture est-elle quelque part dehors, à côté de la mienne peut-être ? On ne voit que des employées femmes dans la salle, mais s'il était derrière ? En cuisine ?

À moins qu'il ne soit juste sorti chercher le journal, et qu'il soit déjà rentré maintenant ?

Après avoir fini mon déjeuner, je redescends River Road. Le drapeau de la boîte aux lettres est baissé, donc le facteur est passé. La porte du garage est toujours ouverte, le garage toujours vide. La femme et le motoculteur ont tous les deux disparu. Le motoculteur n'a pas l'air d'être au garage, ils doivent avoir une remise derrière la maison.

Je retourne en ville, je la traverse, et quelques kilomètres plus au sud, je me range sur une aire de stationnement, devant un point de vue sur le fleuve. Assis là, j'essaie de réfléchir à un moyen d'atteindre HCE. Un moyen de le trouver, et ensuite un moyen de le tuer, sans me servir d'un pistolet.

Mais le trouver d'abord. L'identifier de façon à pouvoir le suivre, guetter mon occasion.

Combien de temps va-t-il être absent de chez lui ? A-t-il un emploi bouche-trou quelque part ? A-t-il un *vrai* boulot, un boulot dans la papeterie, qui le met hors compétition ? Puis-je avoir autant de chance deux fois de suite ?

Mais quel vrai boulot le ferait partir de chez lui entre onze heures trente et midi ?

Quand l'horloge de la Voyager indique 1 : 30, je quitte le point de vue, en ayant à peine regardé le panorama. Je traverse Sable Jetty et remonte de nouveau River Road. Il n'y a pas de changement chez HCE. Garage ouvert et vide. Il est toujours absent.

Je ne peux rien faire de plus aujourd'hui. Je suis inquiet, impatient, cette affaire est si proche de son terme, mais je sais qu'il n'y a plus rien à faire, pas aujourd'hui. Je ne veux pas être négligent, faire preuve de précipitation. Je ne veux pas provoquer un autre ratage, j'en ai déjà essuyé quelques-uns, et je ne veux certainement pas me faire prendre par la police, pas à ce stade.

Lorsque j'arrive à la Route 9, je tourne vers le nord, je passe devant le centre commercial et continue en direction du pont, puis, une fois de l'autre côté, je prends le chemin de la maison.

32

Je traverse de nouveau le pont, en plein soleil, bien au-dessus de l'Hudson, et je vois des villes, des bois, des usines et d'anciennes demeures particulières sur les deux rives, la ville animée mais crasseuse de Kingston droit devant. Mercredi matin. Ma deuxième visite à mon deuxième HCE.

Hier, à un moment donné, pendant notre séance avec le conseiller, il y a eu un silence gêné, aucun de nous n'ayant apparemment grand-chose à dire, comme si l'objectif des séances était désormais atteint, mais alors Quinlan m'a dit : « Quand vous avez été licencié de la papeterie, ça n'a pas été une surprise, si ? Pas une surprise complète.

– Pas une surprise *complète*, ai-je admis. Il y avait eu des rumeurs, et l'industrie du papier tout entière était en plein bouleversement. Mais je ne m'y attendais pas si tôt, et je ne pense pas avoir été jamais certain de faire partie d'une charrette. Je connaissais bien mon métier, croyez-moi…

– J'en suis sûr », a-t-il répondu avec un petit sourire et un hochement de tête encourageant.

« Je ne savais pas qu'ils allaient transplanter toute la boîte au Canada. C'est nous qui les avons formés, les Canadiens, et maintenant ils sont moins chers que nous.

– Qu'est-ce que vous avez ressenti, a-t-il demandé, quand c'est arrivé ?

– Qu'est-ce que j'ai *ressenti* ?

– Eh bien, je veux dire, éprouviez-vous de la colère ? de la peur ? du ressentiment ? du soulagement ?

– Du soulagement, non, ai-je dit en riant. Tout le reste, je suppose.

– Pourquoi ? »

Je l'ai regardé. « Pourquoi ? Pourquoi quoi ?

– Pourquoi éprouver de la colère, de la peur, ou du ressentiment ? »

Je n'arrivais pas à croire que nous avions dégringolé jusqu'au niveau du jardin d'enfants. J'ai dit : « Parce que je perdais mon boulot. Il est parfaitement naturel de…

– Pourquoi ? »

Il commençait à m'agacer. Il commençait à se comporter comme un de ces animateurs de groupes de réflexion qu'on nous avait balancés après, à la papeterie, dans les mois précédant la charrette. « Que suis-je *censé* ressentir, ai-je demandé, quand je perds mon boulot ?

– Il n'y a rien qu'on vous demande de ressentir, a-t-il dit. Il n'existe rien d'ailleurs qu'il ne soit parfaitement naturel d'éprouver. Ce que vous avez ressenti, *vous*, c'était de la colère, de la peur, de l'amertume et sans doute de la perplexité, et vous les ressentez toujours. Donc ce que je me demande, c'est pourquoi vous l'avez pris de cette façon ?

– Tout le monde l'a pris comme ça !

– Oh, je ne crois pas. » Il s'est calé contre son dossier en s'écartant du bureau, en s'éloignant de moi. « Vous souvenez-vous de vos collègues ? Ceux qui ont été licenciés en même temps que vous ? Ressentaient-ils *tous* la même chose que vous ?

– La dépression était plutôt générale, lui ai-je dit. Certaines personnes le montraient moins que d'autres, c'est tout.

– Vous voulez dire que certains d'entre eux avaient un regard plus positif, a-t-il suggéré. Ils voyaient qu'il pouvait y avoir là une occasion…

– Mr. Quinlan, on nous a envoyé des spécialistes, les cinq derniers mois, des gens pour nous aider à apprendre comment faire son C.V. et comment s'habiller pour un entretien et tous ces trucs-là, des gens pour nous conseiller sur nos finances maintenant que nous n'allions plus *avoir* de finances, et des gens pour nous inciter à une *réflexion créative*, pour nous balancer tous ces slogans, tout ce discours dynamique, musclé, positif. Vous commencez à leur ressembler beaucoup. »

Il a ri, et il a dit : « Sans doute que oui. Bon, sans doute que j'ai le même message, c'est pour ça.

– Le message, c'est de la connerie », lui ai-je dit.

Je n'avais dit cela à aucun des animateurs à la papeterie. À l'époque, j'étais poli, réceptif et docile, exactement comme on est censé l'être, mais j'estimais que je n'avais pas à subir tout le truc une nouvelle fois, alors j'ai juste dit à Quinlan ce que je pensais, pour me *débarrasser* définitivement de cet optimisme béat. Chaque jour dans tous les domaines, les choses ne vont *pas* de mieux en mieux.

Marjorie m'a regardé d'un air ahuri quand j'ai dit ça, quand j'ai dit à Quinlan qu'il disait des conneries, car jusqu'à présent nous avions été aimables et polis l'un envers l'autre, mais ça n'a pas dérangé Quinlan. Je suis sûr qu'il a entendu bien pire dans ce bureau. Il m'a souri et il a secoué la tête en disant : « Mr. Devore, vous *percevez* le message comme étant de la connerie, nous sommes d'accord. Mais ce que vous percevez n'est pas ce que j'émets, et ce n'est pas ce que ces gens à la papeterie émettaient. Le vrai message, c'est que *vous n'êtes pas votre boulot.* »

Je l'ai regardé. Était-ce censé signifier quelque chose ?

Il a vu que je ne recevais toujours pas ce qu'il essayait d'émettre, alors il a dit : « Beaucoup de gens, Mr. Devore, s'identifient à leur boulot, comme si le boulot et la personne ne faisaient qu'un. Lorsqu'ils perdent le boulot, ils perdent un certain sentiment d'eux-mêmes, ils perdent un sentiment de valeur personnelle, l'impression d'être quelqu'un de précieux. Ils pensent qu'ils ne sont plus rien.

– Ce n'est pas moi, ça, dis-je. Ce n'est pas comme ça que je vois les choses.

– Mais vous étiez déprimé et en colère, m'a-t-il rappelé. N'aviez-vous pas l'impression qu'ils vous avaient pris une partie de vous-même ?

– Ils m'ont pris ma vie, pas moi-même, lui ai-je dit. Ils m'ont pris la possibilité de rembourser mon prêt, de m'occuper de mes enfants, de passer de bons moments avec ma femme. Un boulot, c'est un boulot, ce n'est pas *moi*, mais c'est nécessaire. Et je vais vous dire ce que nous savions tous, Mr. Quinlan, pendant ces cinq derniers mois, les centaines que nous étions là-bas, qui avions été les meilleurs amis, *travaillant* ensemble, comptant les uns sur les autres, sans même y penser, nous avions toujours su que nous pouvions nous faire confiance sur toute la ligne. Mais c'était le bout de la ligne, et nous étions ennemis maintenant, parce que nous étions concurrents maintenant, et nous le savions tous. *Ça*, c'est la chose que nous ne disions pas entre nous, et que les conseillers ne disaient pas, et que personne ne disait. Que la tribu était foutue, que ce n'était plus une tribu. Il ne serait plus question de se serrer les coudes. »

Il s'est penché en avant de nouveau, en me regardant attentivement. « Ennemis, Mr. Devore ? C'étaient vos ennemis ?

– Nous étions tous ennemis, ennemis les uns des autres, et nous le savions tous. Ça se voyait sur les visages. Les gens qui avaient toujours déjeuné ensemble ont cessé de déjeuner ensemble. Quand quelqu'un vous disait : "Tu as une piste ?", vous répondiez non, même si c'était un mensonge. Les amitiés ont cessé. Les relations ont cessé.

– Vous ne pouviez plus vous faire confiance.

– Nous n'étions pas une équipe, nous étions des concurrents. Tout a changé. »

Quinlan a hoché la tête. Il ne souriait pas, il était sérieux. « Chacun pour soi, a-t-il dit.

– C'est comme ça que ça marche. Avant de vous faire virer, vous n'avez pas besoin de le savoir, vous pouvez faire comme si on était tous potes. C'est *ça*, le message que les gourous essayaient de nous inculquer, l'idée que nous sommes toujours tous ensemble pour faire front, que c'est toujours une société, qu'elle fonctionne et que nous en faisons tous partie. Mais une fois que vous vous êtes fait virer, vous ne pouvez plus vous permettre ce genre de conte de fées. C'est chacun pour soi. Les grands chefs le savent. Les actionnaires le savent. Et maintenant, nous aussi nous le savons.

– Et qu'est-ce que cela signifie pour vous, Mr. Devore ?

– Cela signifie que je n'ai personne sur qui compter à part moi-même.» En me tournant vers Marjorie, je dis : «C'est pour cela que j'ai été tellement distant, et tellement replié sur moi, parce que je suis tout ce que j'ai, et je mène en ce moment le combat de ma vie. Je suis *désolé* si ça m'a rendu si froid envers toi, je suis désolé, j'aimerais... enfin. Tu sais ce que j'aimerais.

– Tu n'es pas seul, Burke, a dit Marjorie. Tu m'as moi, tu le sais.»

J'ai secoué la tête, mais je suis parvenu à sourire pour répondre : «Est-ce que tu as un boulot pour moi ?»

Elle a pris ça comme un rejet, bien sûr, je l'ai vu à sa réaction peinée, mais ce n'en était pas un, ce n'est pas ce que j'avais voulu dire. Ça faisait juste partie d'une vision claire des choses. La sentimentalité est un luxe que nous n'avons pas ; maintenant, pas de cartes Hallmark [1]. En ce moment, dans ces conditions, dans cette situation, nous devons voir les choses clairement, il n'y a pas d'alternative.

Je me suis retourné vers Quinlan. J'ai dit : «Il n'y a rien d'autre dans l'arène que moi et la concurrence, et je dois battre la concurrence. Je le *dois*. Coûte que coûte.»

Mais là nous commencions à nous approcher trop de la réalité, la nouvelle réalité, ma façon propre et personnelle de *gérer* la concurrence. J'avais suivi le nouveau raisonnement jusqu'à sa

1. Les ***cartes Hallmark***, très répandues dans les pays anglo-saxons, portent souvent des messages tendres ou amicaux.

conclusion, et agi en conséquence, mais je ne voulais pas que qui que ce soit d'autre en fasse autant, pas dans mon entourage. Et surtout pas ces deux-là, Marjorie ou Quinlan. Alors j'ai ajouté : « Maintenant c'est "Que le meilleur gagne", et tout ce que je peux faire, c'est espérer être le meilleur. »

La séance se termina là-dessus. Quinlan l'avait laissée se prolonger cinq minutes de plus, semblait-il. Et quand nous sommes partis, j'ai eu l'impression qu'il me regardait très attentivement, en essayant de comprendre.

Mieux vaut ne pas comprendre, Mr. Q.

En bas du pont : Kingston. Je tourne vers le sud, direction Sable Jetty.

33

Elle ne tond pas la pelouse aujourd'hui. La porte du garage est fermée, et il n'y a personne en vue. Il est à la maison, donc, et elle aussi, sans doute.

Comment faire pour atteindre cet homme ? On ne peut pas s'approcher de cette maison sans se faire remarquer, c'est tout simplement impossible. C'est comme s'il était toujours chez les Marines ; il s'est choisi un lieu où il a l'avantage du terrain pour lui : la pente qui monte jusqu'à sa maison, la ligne de tir dégagée, l'accès impossible d'où que ce soit hormis par-devant.

Je tourne dans le quartier, et la fois suivante où je passe devant la maison, la porte du garage est ouverte, et le garage vide. Il est de nouveau parti, et je l'ai de nouveau raté.

Ça ne va pas, je n'arrive à rien. Je pars, en direction du sud, pour retourner au point de vue panoramique de lundi, et je reste assis à broyer du noir, en fixant sans le voir le fleuve qui défile interminablement, comme une troupe de soldats fatigués sous leurs lourds havresacs[1], des soldats gris-bleu en uniforme gris-bleu ployant sous le poids de havresacs gris-bleu, défilant en masses compactes vers l'aval.

Le C.V. Le C.V. lui-même : puis-je m'en servir ? J'ai passé mon annonce dans *The Paperman*, j'ai reçu mes réponses, j'ai fait mon tri, je me suis servi des adresses des C.V., mais c'est tout. Y a-t-il moyen d'utiliser l'annonce elle-même, le fait même de l'annonce ? Si je ne peux pas l'atteindre quand il est chez lui, ni le trouver, ni le suivre depuis chez lui, puis-je l'*envoyer* quelque part, et *ensuite* le suivre ?

Je commence à entrevoir comment ça pourrait se faire. Il faut que je rentre à la maison, que je regagne mon bureau, que je mette ça au point.

Mais d'abord, j'ai besoin d'un restaurant.

1. ***Havresacs*** : voir note p. 33.

B.D. INDUSTRIAL PAPERS
P.O. BOX 2900
WILDBURY, CT 06899

11 juin 1997

Mr. Hauck Exman
27 River Rd.
Sable Jetty, NY 12598

Cher Monsieur,

Il y a trois mois, nous avons fait passer une annonce d'offre d'emploi dans *The Paperman*, à laquelle vous aviez répondu. À cette époque, je dois l'avouer, nous ne vous avions pas accordé notre préférence pour le poste. Depuis lors, néanmoins, à notre grande déception, notre décision initiale s'est avérée une erreur.

Si vous n'avez pas trouvé entre-temps d'autre emploi, seriez-vous disponible vendredi 20 juin, pour rencontrer notre directrice du personnel, Mrs. Laurie Kilpatrick, qui fera passer des entretiens dans l'ouest de l'État de New York ?

Nous suggérons un déjeuner à 13 heures au Coach House, à Regnery, qui ne se trouve pas trop loin, me semble-t-il, de votre domicile. La réservation sera au nom de Mrs. Kilpatrick.

Merci de bien vouloir cocher la case correspondant à votre décision et de nous retourner cette lettre dans l'enveloppe timbrée ci-jointe, pour nous faire savoir si vous êtes disponible. La personne à remplacer étant toujours dans l'entreprise, un appel téléphonique pourrait susciter d'inutiles angoisses.

En l'absence d'une réponse de votre part, nous comprendrons que ce poste ne vous intéresse plus.

En vous remerciant de votre attention,

Benj Dockery III, Président.

❑ Je suis disponible.
❑ Je ne suis pas disponible.
❑ Je propose une autre date. ______________________
Signature ______________________

B.D./V.K.

34

Ceci est une lettre très dangereuse à envoyer. Pour la première fois, je laisse une trace – autre que les balles du Luger, j'entends –, et pour la première fois je fais quelque chose qui pourrait avertir mon C.V. qu'il est en danger.

Le numéro de téléphone, voilà le problème. Bien que la prise de contact avec de futurs employés se fasse souvent par ce genre de lettres, il y a *toujours* un numéro de téléphone dans l'en-tête, et l'employeur vous demande presque toujours de répondre par téléphone. Expliquer que la personne ne donnant pas satisfaction est toujours là et qu'un coup de fil pourrait créer des ennuis à l'atelier devrait – je l'espère – tuer dans l'œuf les soupçons de HCE. Mais s'il remarque que l'en-tête n'a pas de numéro de téléphone ?

J'avais pensé mettre un faux numéro, n'importe lequel, mais s'il désobéissait au courrier et passait le coup de téléphone ? Il ne tomberait pas sur B.D. Industrial Papers. Et, peu importe la façon dont se déroulerait ce coup de fil, je pourrais être sûr que son prochain appel serait pour la police.

Lui et la police soupçonneraient une arnaque quelconque, et ils remonteraient la piste de la lettre jusqu'à ma boîte postale, et la receveuse des postes leur donnerait certainement mon signalement. Elle m'a vu plusieurs fois, donc la description serait sans doute fidèle.

Et puis, dans la mesure où l'en-tête les mènerait au Connecticut, combien de temps se passerait-il avant qu'ils soient aiguillés sur l'inspecteur Burton, l'homme qui enquête sur les meurtres symétriques de deux cadres moyens de la papeterie au chômage ? D'ailleurs, maintenant que j'y pense, combien de chances y a-t-il pour que HCE se soit présenté à ce boulot d'étiquettes de boîtes de conserve ? Ce qui signifierait que l'inspecteur Burton l'a déjà interrogé.

Mais le numéro de téléphone est le seul problème. Le rendez-vous que j'ai organisé n'est pas quelque chose d'inusité, et il ne devrait pas éveiller de soupçons. Il arrive effectivement que les chefs du personnel prennent la route pour rencontrer un certain nombre de candidats du même secteur géographique, et l'un des rendez-vous de chaque journée comprend alors le déjeuner, sans quoi le déjeuner serait une perte de temps.

J'ai fait du chef du personnel une femme, avec un nom qui suggère qu'elle est jeune, et j'espère que la perspective d'un bon repas (le Coach House a une excellente réputation) avec une jeune femme séduisante (il supposera naturellement qu'elle est séduisante), un repas qui pourrait déboucher sur un emploi de premier ordre, l'aveuglera suffisamment pour l'empêcher de penser au téléphone.

Tout de même, ça fait peur. À ce stade, tellement de choses pourraient mal tourner. Par exemple, je lui ai dit de contresigner la lettre et de la renvoyer pour qu'on ne la retrouve pas dans ses affaires après que je l'aurai tué, mais s'il la photocopie, si c'est ce genre de perfectionniste ? (Je me rassure en me disant que si c'est ce *genre* de perfectionniste, il y aura tellement de paperasse entreposée dans ses affaires que personne ne regardera jamais le tout.)

J'ai également fait de mon mieux pour les deux enveloppes, celle que je lui poste et celle que je joins pour sa réponse. J'ai photocopié quelques feuilles de mes fausses en-têtes sur du papier extrafort, et ensuite, soigneusement, avec une règle et une lame de rasoir, j'ai découpé les en-têtes des trois feuilles et je les ai collées comme adresse de l'expéditeur sur les deux enveloppes et comme adresse du destinataire sur l'enveloppe jointe. Elles ont vraiment l'air d'étiquettes imprimées.

Toute cette démarche m'effraie. J'ai été très prudent jusqu'à présent, j'ai fait de mon mieux pour garder le contrôle des situations, pour rester anonyme et à l'écart. Maintenant, potentiellement du moins, je laisse une piste. Mais que puis-je faire ? Je suis si près de la fin, si près. HCE est tout ce qui se dresse entre moi et Upton « Ralph » Fallon, qui sera facile, facile, facile.

Maintenant je suis acculé [1]. Je ne peux pas me servir du pistolet, et je ne peux pas atteindre HCE, ni même le trouver. Il faut que je tente quelque chose, n'importe quoi, et ceci est la seule chose à laquelle je puisse penser. Je vais donc à Wildbury, à la boîte aux lettres qui est devant la poste, et j'envoie la lettre, et je suis terrifié.

De temps à autre, dans les jours qui viennent, j'irai à Sable Jetty et je passerai devant la maison de HCE. Et si je vois une voiture de police garée devant, je ne sais pas ce que je ferai.

1. ***Je suis acculé*** : je n'ai pas d'autres possibilités.

B.D. INDUSTRIAL PAPERS
P.O. BOX 2900
WILDBURY, CT 06899

11 juin 1997

Mr. Hauck Exman
27 River Rd.
Sable Jetty, NY 12598

Cher Monsieur,

Il y a trois mois, nous avons fait passer une annonce d'offre d'emploi dans *The Paperman*, à laquelle vous aviez répondu. À cette époque, je dois l'avouer, nous ne vous avions pas accordé notre préférence pour le poste. Depuis lors, néanmoins, à notre grande déception, notre décision initiale s'est avérée une erreur.
Si vous n'avez pas trouvé entre-temps d'autre emploi, seriez-vous disponible vendredi 20 juin, pour rencontrer notre directrice du personnel, Mrs. Laurie Kilpatrick, qui fera passer des entretiens dans l'ouest de l'État de New York ?
Nous suggérons un déjeuner à 13 heures au Coach House, à Regnery, qui ne se trouve pas trop loin, me semble-t-il, de votre domicile. La réservation sera au nom de Mrs. Kilpatrick. Merci de bien vouloir cocher la case correspondant à votre décision et de nous retourner cette lettre dans l'enveloppe timbrée ci-jointe, pour nous faire savoir si vous êtes disponible. La personne à remplacer étant toujours dans l'entreprise, un appel téléphonique pourrait susciter d'inutiles angoisses.
En l'absence d'une réponse de votre part, nous comprendrons que ce poste ne vous intéresse plus.
En vous remerciant de votre attention,

Benj Dockery III

Benj Dockery III, Président.

☒ Je suis disponible.
☐ Je ne suis pas disponible.
☐ Je propose une autre date. ____________
Signature Hauck Exman

B.D./V.K.

Je me réjouis de ce rendez-vous !

35

Je suis devant le bureau de poste de Wildbury, mardi 17 juin, assis au volant de la Voyager, et je tiens la lettre entre mes mains. Elle est revenue dans mon orbite. Je regarde ce que HCE y a écrit, en bas, et la lettre est tiède au toucher, réchauffée par la convoitise de HCE.

Il l'a renvoyée immédiatement, à l'instant où il l'a reçue. De toute évidence, il ne s'est pas inquiété du numéro de téléphone ni de quoi que ce soit d'autre.

Un autre problème possible, ai-je réalisé après avoir envoyé la lettre, aurait été qu'il découpe la partie du bas, celle qu'il avait à remplir, en gardant le corps de la lettre pour lui et pour la police. Mais HCE veut ce boulot; il a mordu à l'hameçon comme une truite.

Maintenant que mon coup de poker semble payer, je peux avouer l'autre aspect de cette démarche que je n'aime pas. J'ai tué des gens. Ça m'a été pénible, mais je devais le faire et je l'ai fait. Cependant je n'ai pas été cruel envers eux, je n'ai pas joué avec eux. D'une certaine façon, je joue avec HCE, je lui fais miroiter un entretien d'embauche qui n'existe pas, avec une femme séduisante qui n'existe pas. Je le regrette, j'aurais aimé qu'il y ait un autre moyen.

La lettre est revenue à Wildbury hier, mais je n'ai pas pu vérifier ma boîte avant cet après-midi car hier, c'était le jour où Billy passait au tribunal. Nous devions y être, Marjorie et moi, bien entendu. Nous étions convoqués à dix heures, et nous sommes arrivés quelques minutes en avance, avec Billy, pour trouver Porculey l'avocat qui nous attendait. Son costume n'était pas lie-de-vin, cette fois-ci, mais d'un gris neutre. C'est sa cravate qui était lie-de-vin, avec des petites vaches blanches sautant pardessus des petites lunes blanches. Il nous a serré la main, à Marjorie et à moi, il a dit : « Nous pensons que ça va s'arranger », et il a emmené Billy pour discuter avec le juge.

Il s'est passé beaucoup de choses dans ces deux semaines qui ont suivi l'arrestation de Billy. Il s'est avéré que le complice de Billy, un certain James Bucklin, avait eu l'esprit moins vif que nous, de même que ses parents. Dans la voiture de police, après son arrestation, il avait dit des choses susceptibles d'être interprétées comme l'aveu qu'il avait déjà cambriolé ce magasin plusieurs fois, et il avait apparemment dit le même genre de choses à d'autres inspecteurs au poste de police, et continué à déblatérer jusqu'à ce qu'enfin, le lendemain, il rencontre l'avocat embauché par ses parents (contrairement aux pauvres parents nécessiteux de Billy, les Bucklin n'avaient pas droit à l'assistance juridique). Cet avocat avait finalement fait taire Jim Bucklin.

Le sentiment général était que le flot de paroles débitées par Bucklin dans un premier temps ne serait pas recevable au tribunal, et après l'arrivée de l'avocat, Bucklin s'était mis à prétendre lui aussi que ce cambriolage était son tout premier, de sorte que Billy et lui racontaient enfin la même histoire.

Laquelle s'effondra quand la police fouilla la maison des Bucklin (en même temps que la nôtre) et trouva tous ces logiciels informatiques.

Chez nous, bien sûr, ils n'avaient pas trouvé de logiciels illicites. Donc, si trouver des marchandises volées dans la maison de Bucklin signifiait que Bucklin mentait, alors ne *pas* en trouver dans la maison de Devore devait signifier que Devore disait la vérité, du moins c'est ce que soutenait Porculey, et c'est pourquoi il faisait tout son possible pour dissocier les deux affaires. Que Bucklin, ce maître du crime de longue date, défende sa propre cause, tandis que Devore, le gamin innocent entraîné par Bucklin dans une vie de criminel, affronterait le juge tout seul.

En référé[1]. Nous n'y avons pas assisté, contraints que nous étions d'attendre dans le couloir, mais apparemment ça s'est bien

---

1. ***En référé*** : procédure rapide et simplifiée pour traiter une affaire dans l'urgence.

passé. Malgré les objections féroces de la substitut du procureur – je l'ai vue de loin, une femme au profil d'aigle, la trentaine, mince, le visage aigu, impitoyable –, le juge accepta de séparer les deux procès, et d'assigner Billy en référé.

À ce moment-là, il n'était plus question de peine de prison. En fait, comme nous l'a expliqué plus tard Porculey pendant que nous prenions un café dans un snack, il s'agissait maintenant de savoir si Billy aurait oui ou non une inculpation pour crime sur son casier judiciaire. Il n'avait jamais eu d'ennuis avant, c'était un bon élève, il avait un avenir brillant devant lui, et il venait d'un milieu pauvre. (Eh, oui.) En référé, Porculey avait avancé la possibilité d'une mise en liberté sous contrôle judiciaire [1], et le juge avait dit qu'il y réfléchirait.

Autour de ce café, pendant qu'il refroidissait car nous étions tous trop tendus pour ajouter de la caféine à notre organisme, il nous avait expliqué ce qu'était une mise en liberté sous contrôle judiciaire, et c'est une bribe de clémence inattendue dans le système judiciaire. Si l'accusé plaide coupable, et si les circonstances justifient de lui donner une seconde chance, le juge peut décider de garder l'inculpation secrète et sans suites, dans son tribunal, pour la durée qu'il ordonne, quelle qu'elle soit, en général un an. Si pendant cette période l'accusé est arrêté pour un *autre* délit, ce sursis est levé et il encourt des poursuites à la fois pour l'ancien délit et pour le nouveau. En revanche, s'il se tient bien jusqu'à la fin du délai, un non-lieu est prononcé, comme si l'inculpation n'avait jamais existé. Il n'y a pas de casier judiciaire ; l'accusé repart immaculé [2].

Bon, c'est ce que nous espérions, bien sûr, et Porculey supposait que nous serions fixés avant la fin de la journée, mais il fallait

---

1. ***Mise en liberté sous contrôle judiciaire*** : situation dans laquelle le coupable est laissé en liberté mais a certaines obligations imposées par le juge (par exemple, indiquer son adresse, suivre des études, exercer un emploi, se rendre à des convocations à la police locale).

2. ***Immaculé*** : sans aucune tache.

d'abord que la question de Jim Bucklin soit réglée. Nous avons évité le tribunal pendant ce temps, mais apparemment l'avocat de Bucklin s'était rallié à la substitut du procureur dans sa lutte pour maintenir les deux affaires liées, et la discussion s'éternisait. Il voulait bien sûr que son client se raccroche aux basques de Billy, plus propres que les siennes.

Mais finalement le juge se prononça à la fois contre l'avocat de la défense et la substitut du procureur, et seule l'affaire de Bucklin fut retenue pour passer en jugement – avec une requalification moins grave du délit, vraisemblablement – et à trois heures de l'après-midi on nous a fait revenir. Marjorie, Billy et moi nous tenions devant le juge, un autre qu'à cette première audience pour la libération sous caution, dans une autre salle mais semblable en tous points. Et de nouveau, ce fut exactement comme un rituel religieux, plein d'un langage ésotérique[1], avec nous dans le rôle des pénitents devant le grand prêtre.

Porculey nous avait déconseillé de parler aux parents de Bucklin et nous les avions donc évités ; en revanche eux voulaient désespérément nous parler – pour nous convaincre de faire monter notre fils dans le même attelage que le leur, sans aucun doute. J'étais conscient de leur présence au fond de la salle quand notre audience a commencé, ils étaient pleins de remords, pleins de ressentiment et de reproche. Je ne me suis pas retourné.

Le juge a ordonné une mise en liberté sous contrôle judiciaire. J'ai cru que Marjorie allait s'effondrer quand elle a compris ce qu'il venait de dire, et je l'ai agrippée par le bras. Le juge a parlé avec sévérité à Billy de sa légèreté – mot charmant – et Billy a gardé la tête inclinée, en faisant des réponses courtes et respectueuses, et peu après l'audience s'est achevée.

À quatre heures moins vingt hier après-midi, les ennuis de Billy avec la justice ont pris fin. C'est-à-dire tant qu'il reste honnête, à partir de maintenant. Et il y a peu de doutes là-dessus.

1. ***Ésotérique*** : incompréhensible pour les non-initiés.

Cette expérience lui a fait peur, et il est conscient de sa chance. Il a sous les yeux la vision de Jim Bucklin, pour lui montrer à quel point ça aurait pu être grave. Il nous est reconnaissant et ne veut pas nous décevoir.

Nous avons serré la main de Porculey et tenté de lui exprimer notre gratitude, notre conscience du fait que nous aurions fort bien pu tomber sur un avocat nettement pire, et ensuite j'ai ramené Marjorie et Billy à la maison. Quel soulagement ce fut, un soulagement presque aussi fort que si j'en avais fini avec toute cette autre affaire, et que j'avais récupéré mon vrai boulot. Et ce que ça m'a montré, c'est que si vous persistez, si vous restez déterminé, si vous ne *laissez* pas le système vous écraser, vous pouvez l'emporter.

Je l'emporterai.

Bon, cette expérience a pris toute la journée d'hier, et aujourd'hui il y avait une autre séance avec le conseiller. Aujourd'hui je l'ai bouclée, parce que je crains de m'être exposé un peu trop la semaine dernière, et je ne veux pas courir le risque de recommencer. Quinlan a essayé de me sonder à deux ou trois reprises, je sentais sa curiosité pour la direction que nous avions prise la dernière fois, mais je lui ai donné des réponses creuses, des réponses de cartes de vœux dont il ne pouvait rien faire. Et Marjorie voulait amener la conversation sur nos rôles dans le couple, ce qui était censé être la raison de notre présence ici, de toute façon ; je crois donc que je ne me suis pas causé de tort.

Lorsque nous sommes rentrés, j'ai fait quelque chose que je prévoyais de faire depuis quelque temps, et maintenant je crois que c'est le bon moment. J'ai préparé dix-sept C.V., de mes C.V. à moi, adressé dix-sept enveloppes à des papeteries que j'avais déjà contactées par le passé, plus Arcadia Processing, et j'ai écrit une lettre de couverture pour chaque compagnie en disant que j'étais toujours là, toujours disponible, juste au cas où un poste se serait libéré depuis la dernière fois où je vous avais fait signe. Si le timing est bon, mon C.V. sera le dernier arrivé dans les dossiers d'Arcadia, et peut-être encore frais dans la mémoire du chef du personnel, lorsque effectivement un poste se libérera à l'improviste. Et comme j'envoie toute cette fournée de C.V., et qu'on est à une ou deux semaines de la mort d'URF, ça ne devrait pas éveiller de soupçons.

Après avoir expédié ces C.V. de mon bureau de poste local, je suis venu ici, à Wildbury, pour trouver la lettre de HCE qui m'attendait dans la boîte. Et maintenant je reste une minute assis au soleil, devant la poste, et je souris à la bonne tournure que prennent les choses.

Vendredi. Dans trois jours, je trouverai enfin HCE. Pourrai-je m'occuper de lui tout de suite ? Le trouver, m'en *occuper* et voilà ? Ensuite URF, la semaine prochaine, et c'est terminé.

Je vois déjà le poste, le travail, le trajet quotidien. Je *sens* l'effet que ça fait d'être dans ce poste, comme dans un bain chaud.

Vendredi.

36

Je suis garé au bout du pâté de maisons du Coach House. Il est une heure moins cinq, vendredi après-midi : presque l'heure du déjeuner de HCE avec Mrs. Laurie Kilpatrick.

Il y a neuf jours, lorsque je me suis rendu compte que je ne pourrais pas atteindre HCE directement et que j'ai commencé de réfléchir à cette autre façon de faire, j'ai sillonné dans toute cette partie de l'État en regardant les restaurants, et j'ai décidé que le Coach House se prêtait idéalement à mes projets. C'est assez haut de gamme, le genre d'endroit que fréquentent les riches du coin, et c'est juste dans la rue principale de la ville, de sorte qu'il n'y a pas de problème pour se garer ni pour rester anonyme. De plus, il y a de grandes fenêtres à meneaux[1] donnant sur la rue,

1. ***Fenêtres à meneaux*** : larges fenêtres construites autour d'un montant vertical en pierre ou en bois.

de style colonial, par lesquelles un piéton peut facilement voir l'avant du restaurant ; le maître d'hôtel y accueille les clients et il comporte un petit espace avec deux bancs, où les gens peuvent attendre leurs compagnons de table.

HCE sera-t-il en avance ? J'en suis sûr. Cinq minutes avant l'heure, il est sans doute déjà là ; il est temps que je fasse mon premier tour.

Je sors de la Voyager, que j'ai garée à un demi-pâté de maisons du restaurant, et je descends tranquillement la rue.

Hier après-midi j'ai téléphoné pour réserver pour deux au nom de Kilpatrick, de sorte qu'on lui dira que la réservation existe effectivement, mais que l'autre personne n'est pas encore arrivée, et naturellement il s'assiéra dans l'espace d'accueil.

Est-ce lui, là ? Je passe, et il y a un homme sur le banc, assis confortablement, l'air sûr de lui, une jambe croisée par-dessus l'autre. Costume sombre de très bonne qualité et cravate sombre imprimée, cheveux gris coupés ras, un visage plutôt carré ; c'est tout ce que je peux voir au premier coup d'œil.

Je continue de marcher, m'arrête devant un magasin d'électronique, examine les magnétoscopes et les télécopieurs de la vitrine pendant quelques minutes, puis fais demi-tour et reviens sur mes pas. Un regard plus appuyé, maintenant, et je suis sûr que c'est mon homme. Il a une façon franche de s'asseoir, une expression mâchoires-carrées-situation-en-main, avec à peine une pointe d'excitation. HCE, enfin.

Je retourne à la Voyager, m'assieds au volant, surveille l'entrée du restaurant. Il est assez couru ; des gens bien habillés n'arrêtent pas d'entrer, en général à deux, en général des hommes ensemble ou des femmes ensemble, parfois un couple mixte, mais toujours des gens d'âge mûr ou âgés. Je ne vois pas d'autre personne seule qui corresponde à mon idée de HCE.

13 h 10. Il est temps de confirmer mon impression que l'homme en costume à la dégaine militaire est HCE. (Le costume, qui me paraît de très bonne qualité, très cher, est mon seul petit motif de doute.) Attend-il toujours ? Ou y a-t-il quelqu'un d'autre à sa place, le *véritable* HCE ?

Non. Toujours lui. C'est toujours mon homme. L'ancien instructeur chez les Marines qui a passé sa vie entière à travailler pour une seule société. Il a l'air moins sûr de lui, maintenant, pris d'une légère détresse, et quand je retourne à la Voyager, je l'aperçois qui regarde sa montre.

De nouveau je m'assieds au volant. La seule question, maintenant, c'est combien de temps il va lui falloir pour renoncer.

13 h 45. Il est toujours à l'intérieur. Il doit savoir maintenant que Mrs. Kilpatrick ne viendra pas, qu'il y a eu un problème. Mais il attend quand même, contre tout espoir, en fidèle soldat.

Je déteste ce que je suis en train de lui faire, l'euphorie et puis ensuite l'humiliation, le terrible sentiment d'infortune, et aucun moyen de se venger de l'injustice. S'il y avait eu un autre moyen…

Enfin. Cette situation a ses mauvais moments.

14 h 05. Ne va-t-il *jamais* renoncer ? Il ne peut pas passer la nuit dans ce restaurant, il devra partir à un moment ou à un autre. A-t-il décidé de déjeuner là de toute façon, en payant lui-même ?

Peu probable. HCE et moi ne pouvons plus nous offrir des restaurants comme le Coach House.

Devrais-je descendre de la voiture et aller voir s'il est toujours assis là-bas ? S'il est sorti par-derrière, par une issue quelconque, s'il a quitté le restaurant, il faudrait que je le sache. Mais si je descends de voiture, si je fais la moitié du chemin, et qu'il…

Voilà. Enfin, il sort au soleil. Debout, il est plus petit que je ne l'aurais cru, mais ramassé, un homme trapu en bonne forme physique. Il s'arrête sur le trottoir, décontenancé, regarde des deux côtés de la rue, puis secoue la tête et se tourne pour avancer dans ma direction.

Je regarde du côté de la banque, qui est juste sur le trottoir d'en face, quand il passe à ma hauteur. Puis je me retourne et le vois s'éloigner dans le rétroviseur de droite, raide comme un piquet. Lorsqu'il est un peu plus loin, je le surveille dans le rétroviseur intérieur et me souviens du pauvre Everett Dynes. Je ferme les yeux un court instant. Je n'ai pas besoin de ce souvenir maintenant.

Il a tourné, il avance au milieu des voitures, il tourne à nouveau, il met la clé dans la serrure d'une portière. Lorsqu'il l'ouvre, je vois que la voiture est noire ; ça ne m'étonne pas de lui. J'allume le moteur de la Voyager et reste assis en le laissant tourner.

Et il ne se passe rien. Qu'est-ce qu'il fabrique ? Sans doute, maintenant que j'y pense, dans la relative intimité de sa voiture, sans doute s'autorise-t-il une minute d'affolement, une minute de colère, de peine, de frustration, de peur. Mais si je connais mon homme, il ne lui faudra pas longtemps.

Non. Le voici. C'est une Ford Taurus ; HCE est du genre à acheter américain.

Je mets mon clignotant à gauche. La Taurus passe devant moi, une Chrysler Cirrus grise passe à son tour, et je démarre.

Nous quittons la ville, pour ma part je prends soin de maintenir au moins une voiture entre nous ; la Taurus noire est toujours bien visible devant. À la sortie de Regnery, cette route secondaire nous amène à la Route 9, où il tourne au nord en direction de Sable Jetty, comme on pouvait s'y attendre.

Il y a davantage de circulation sur cette route mais il est toujours facile à suivre. J'avais pensé que sa colère et sa frustration l'auraient peut-être poussé à conduire trop vite ou de façon trop agressive, mais il est respectueux de la loi, et nous restons juste au-dessus de la limitation de vitesse, comme il faut, quand nous ne sommes pas ralentis par des camions.

Je m'attends à ce qu'il prenne l'embranchement de droite, qui mène à Sable Jetty, mais non ; il continue le long de la Route 9. Je le suis, sagement derrière, en me demandant où il va. Au nord de la ville, il trouvera l'autre bout de River Road, mais ce serait un détour pour rentrer chez lui.

Voici River Road, avec le snack à côté et le grand centre commercial juste après, de l'autre côté de la rue, et c'est *là* qu'il va, au centre commercial. Il met son clignotant à gauche, en s'engageant dans la voie réservée, tandis que les trois voitures qui nous séparent continuent tout droit, et moi aussi je mets mon clignotant à gauche tout en m'arrêtant derrière lui.

Il n'y a pas de feu rouge à cet endroit, mais il y en a un plus loin, et peu après que ce feu-là est passé au rouge, le flot de voitures allant vers le sud se tarit, et nous pouvons tous les deux tourner, de même pour les deux voitures qui sont arrivées derrière moi.

Il est plus difficile de le suivre dans le parking sans être visible. Je reste bien derrière, l'air d'hésiter sur l'allée que je veux prendre, tandis que lui avance avec assurance puis tourne à droite et se gare assez loin du bâtiment principal, à une demi-douzaine de places de la voiture la plus proche. A-t-il peur que des gens montant dans leur voiture à côté de la sienne la lui abîment ou la lui cabossent ? Je crois que ça lui ressemblerait.

Je trouve une place plus proche du bâtiment, puis je m'arrête et sors mon bloc et mon stylo, comme si j'avais choisi ce moment-là pour faire ma liste d'achats. Je le sens qui avance par ici, puis je le vois nettement, d'abord dans le rétro de droite, puis dans le rétro du milieu, puis dans le rétro de gauche.

S'il vous plaît. Faites que celui-ci ne soit pas aussi atroce qu'Everett Dynes.

Lorsqu'il est presque au bout de la rangée de voitures garées, je sors enfin de la Voyager, je la ferme à clé, et je le suis. Il traverse les allées qui séparent le parking du centre commercial, et je ne suis pas très loin derrière lui. Il y a d'autres gens qui marchent par ici, venant de leur voiture. Nous entrons tous dans le bâtiment.

C'est un centre commercial avec une grande allée qui part des portes, bordée des deux côtés par toutes sortes de magasins de chaînes, et se termine par un Dolmen's de trois niveaux, Dolmen's étant une chaîne de grands magasins de banlieue qu'on trouve principalement, voire exclusivement, dans les centres commerciaux. Devant le Dolmen's, l'allée forme un T sur la gauche et sur la droite, avec d'autres boutiques en face des vitrines de mode du grand magasin. Seule la partie du bâtiment abritant le Dolmen's fait plus d'un étage.

HCE descend la longue allée d'un pas vif. Il a bien l'air de savoir où il va. Aurait-il dans l'idée de s'acheter quelque chose, un petit luxe pour apaiser ses émotions ? Ça ne semble pas être son genre.

Le Dolmen's, c'est là qu'il va. Les portes automatiques s'ouvrent devant lui, se referment, puis s'ouvrent devant moi, et je le vois, le pas plus vif que jamais, qui avance vers les escalators au milieu du magasin.

Je reste bien en arrière. Il y a pas mal de gens, ici, mais ce n'est pas vraiment bondé, et je ne voudrais pas qu'il se rende compte qu'il me voit chaque fois qu'il tourne la tête.

Non qu'il tourne jamais la tête, en fait. Il est visiblement concentré sur sa destination. Il grimpe l'escalator, et je vois bien qu'il aimerait monter d'un pas vif, seulement la famille nombreuse qui est devant lui, tout le monde sauf Papa, est immobile.

J'attends, j'attends, et je ne m'engage dans l'escalator que lorsqu'il est presque en haut. Alors, tandis que je m'élève, je l'entrevois tout juste qui revient sur ses pas et repart vers le deuxième escalier roulant.

Oui. Au moment où je sors de l'escalator et oblique moi aussi vers le deuxième, j'entrevois sa main et un bout de son costume sombre qui montent.

Il est en haut quand j'atteins le bas de l'escalator, et je le vois qui prend à gauche. Je monte l'escalier roulant, glissant rapidement vers le haut, et quand j'arrive en vue du deuxième étage, je ne l'aperçois plus nulle part.

Ce n'est pas un problème. Je l'ai vu tourner à gauche, vers l'arrière du magasin, et il n'y a pas tellement de rayons par ici. Je vais le repérer d'une seconde à l'autre.

Seulement je ne le repère pas. J'avance le long de cette allée de gauche en regardant des deux côtés, comme si je cherchais quelque chose à acheter, et pas un homme à tuer, et il n'est nulle part. Le dernier rayon est le prêt-à-porter pour hommes, des présentoirs de vestes de costumes et de vestons sport le long de deux murs à angle droit ; il n'est pas là non plus.

Mais où est-il donc passé ? Je ne suis pas encore inquiet, parce que, quel que soit ce qu'il est venu chercher, ça lui prendra au moins quelques minutes à choisir et à acheter. Il est dans ce périmètre à ce niveau-ci du magasin ; je le trouverai.

Je suis encore debout au milieu du rayon hommes, à regarder de gauche et de droite, hésitant sur l'itinéraire que je vais prendre, quand HCE en personne sort par une porte complètement dans le coin, entre les présentoirs de costumes et de vestes. Il me voit, sourit, et avance au pas vers moi, et me voilà stupéfait, effrayé et prêt à m'enfuir. Je réalise alors qu'il porte maintenant une plaque d'identification ovale bleue et blanche. DOLMEN'S est inscrit dans la moitié supérieure, et en dessous « Mr. Exman ».

Il travaille ici. C'est un vendeur de costumes, c'est pourquoi son propre costume est si bien coupé. C'est un vendeur de costumes et je suis un client.

« Monsieur ? » fait-il, les mains jointes, en me gratifiant d'un sourire radieux qui, je le sais, est contraire à sa nature et répugne sans doute à son âme.

Je ne peux pas rester à le regarder comme ça. Il faut que je fasse preuve de rapidité d'esprit, il faut que je gère la conversation avec souplesse, je ne dois pas avoir l'air étonné, ou coupable, ou effrayé. Je dois être transparent, un client banal, devant un vendeur. « Je regarde, dis-je. Merci.

– Si je peux vous aider, dit-il avec ce sourire, vous pourrez me trouver par là.»

Il n'y a pas d'autres clients dans ce rayon pour le moment, et pas d'autres vendeurs en vue. Nous sommes seuls ici, mais cela ne me sert à rien. «Oui, oui, merci», dis-je. Je ne veux pas qu'il se souvienne de moi.

Quoique. Attendez. Si. Je réfléchis, maintenant, et d'un coup je vois les possibilités. Je lui rends son sourire, je ne m'écarte pas, et je dis : «C'est une veste sport dont j'ai besoin, pour l'été, mais je ne peux pas la choisir moi-même, il faut que ma femme soit avec moi. Donc là, je jette juste un coup d'œil.

– Oui, bien sûr, dit-il en hochant la tête, partageant mon expérience de mâle. Nous devons toujours écouter nos femmes.

– Elle est professeur, je lui explique, de sorte qu'aujourd'hui elle travaille, mais je pourrais revenir avec elle demain.

– Bonne idée», répond-il, là-dessus il glisse deux doigts dans sa poche intérieure de veste et en sort une carte de visite. «Je serai là, dit-il en me tendant la carte. Si vous ne me voyez pas, demandez-moi.»

Ce genre de boulot est principalement rémunéré à la commission, bien sûr. Je prends la carte et je la regarde : et elle est comme son badge, avec le nom du magasin en gros en haut et son nom à lui imprimé en dessous. Sur la carte, en bas à droite, est également inscrit : «Attaché commercial». Je hoche la tête en regardant la carte, puis HCE. «Je reviendrai», lui promets-je. Je passe alors la carte dans ma main gauche, et tends la droite en disant : «Hutcheson.

– Mr. Hutcheson», dit-il, content.

Nous nous serrons la main.

Je m'éloigne, la tête soudain pleine d'idées. Je mets sa carte dans ma poche, en me disant que je ne dois pas oublier de la jeter bientôt. Entre-temps, j'ai des choses à faire, à commencer par passer un coup de fil.

Il y a une rangée de cabines téléphoniques juste dans l'entrée principale du magasin, à côté du grand panneau donnant les horaires d'ouverture de Dolmen's ; le vendredi c'est « 12 h à 21 h ». Je jette la carte de HCE dans la poubelle qui se trouve là, je vérifie dans mes poches que j'ai suffisamment de monnaie, et j'entre dans une cabine, d'où j'appelle Marjorie, à la maison. Nous disons tous les deux allô, puis je demande : « Est-ce qu'on pourrait dîner tôt ce soir ? » D'habitude, nous dînons vers sept heures, sept heures et demie.

« Je pense, oui, dit-elle. Vers quelle heure ?

– Eh bien, j'ai rencontré par hasard un type avec qui j'étais à Halcyon. Il a une idée, une sorte d'affaire qu'il pense que nous pourrions monter. »

Sceptique – à juste titre – elle dit : « Tu crois que c'est valable ?

– Je sais pas encore. Il veut me montrer ça chez lui ce soir, les études qu'il a faites et tout.

– Est-ce qu'il veut que tu investisses quelque chose ?

– Je ne sais pas non plus. » Je ris, et j'ajoute : « Si c'est ça, il se trompe de cible.

– Ça c'est sûr, dit-elle. À quelle heure voudrais-tu partir ? »

12 h à 21 h. HCE a commencé tard, presque à quatorze heures trente, donc il restera sûrement jusqu'à la fermeture du magasin. « À sept heures, dis-je.

– On dînera à six heures.

– Merci, chérie », dis-je, et je raccroche.

Et maintenant, j'ai des courses à faire. Si vous voulez tuer quelqu'un, vous pouvez trouver tout ce qu'il vous faut dans un centre commercial.

37

Neuf heures moins cinq. J'ouvre la portière conducteur à côté de moi, et la lumière intérieure s'allume.

Je suis de retour au centre commercial, et cette fois-ci je suis garé à quatre places seulement de la Ford Taurus, à un endroit où il sera forcé de passer devant moi. Le côté gauche de la Voyager est face au bâtiment, et la grande porte coulissante du côté droit, éloigné du bâtiment, est ouverte. Le capot court est ouvert, lui aussi, devant moi, laissant voir le petit moteur râblé [1]. Le marteau neuf repose dans le creux entre le pare-brise et le capot, le logement de l'essuie-glace quand il est inutilisé ; la partie contondante [2] du marteau est tournée vers le bas, et le manche vers le côté du véhicule.

Mes autres achats sont tous dans la voiture avec moi. Là-bas, à l'entrée principale, les derniers clients s'égrènent. À peine un quart du parking est occupé, et aucune des voitures restantes n'est proche de HCE et de moi.

Ce que je projette de faire comporte un certain risque, mais sans le pistolet tout ce que je fais doit comporter une part de risque, et ce plan en présente, je pense, le moins possible. Le long crépuscule de juin approche de sa fin, de sorte que même si l'obscurité ne s'est pas encore vraiment installée, c'est cette heure trompeuse du soir où l'on n'est jamais tout à fait sûr de ce qu'on voit. Et aussi, personne à part HCE ne va aller aussi loin dans le parking, parce que nos deux véhicules sont les seuls à être aussi éloignés du bâtiment. Je compte avoir le facteur surprise de mon côté, et j'ai mes achats des différents magasins du centre commercial.

Neuf heures moins quatre. Neuf heures moins trois. Toujours neuf heures moins trois.

---

1. ***Râblé*** : vigoureux.
2. ***Contondante*** : qui blesse, qui meurtrit.

Je n'arrête pas de regarder ma montre, je ne peux pas m'en empêcher. J'ai les mains complètement crispées sur le volant, même si je fais tout pour me détendre, même si je me répète que je ne dois pas fatiguer ces mains, que j'en aurai bientôt besoin.

Quelqu'un approche. Un homme, dont la silhouette se découpe contre les lumières du centre commercial. En costume sombre, je crois, et qui traîne les pieds comme s'il était fatigué, ou découragé. Ou les deux.

Il a dépassé toutes les autres voitures garées, maintenant, et il avance toujours. Sera-t-il tellement absorbé par ses pensées moroses qu'il ne me remarquera même pas ?

Non, c'est un homme qui remarque les choses, et de fait il voit ma portière ouverte, la lumière intérieure, douce et jaune, qui m'éclaire, le capot relevé. « Des ennuis ? » lance-t-il.

Je pousse un soupir théâtral. « Elle veut pas démarrer », dis-je. Là-dessus je me penche à moitié par la portière, comme si je venais juste de le reconnaître : « Ah, bonsoir ! »

Il avait continué de marcher vers sa voiture, mais il se tourne maintenant dans ma direction, me regarde en plissant les yeux, finit par piger : « Mr. Hutcheson ? »

Eh oui, tu n'auras pas oublié mon nom, le type bien parti pour acheter une veste sport, qui va revenir demain avec l'épouse. « Oui, bonsoir, dis-je. Je ne pensais pas vous voir avant demain.

– Quel est le problème ? » Il regarde le capot levé en fronçant les sourcils. Je l'avais perçu comme le genre de type à prendre la direction des opérations, fier d'être là dans les situations d'urgence, et on ne peut pas nier qu'il soit à la hauteur.

« Ça me fait mal au cœur de l'avouer, mais je n'y connais rien en mécanique. J'ai appelé ma femme, elle va demander au garage de m'envoyer quelqu'un. Dieu sait quand.

– Ça va vous coûter cher.

– Ne m'en parlez pas. Et je ne peux vraiment pas me le permettre, en ce moment. » Je descends de voiture en gardant la main droite le long du corps, et de l'autre je fais un geste vers le moteur. «Voilà ma veste sport qui s'en va!»

Là, ça devient personnel. «Non, non, Mr. Hutcheson, me gronde-t-il. Ne jamais lâcher, voilà ma devise.

– Dommage que ce ne soit pas celle de la voiture», dis-je.

Il rit et s'approche de l'avant de la Voyager, en disant : «Voyons voir. Vous permettez?

– Bien sûr. Si vous pouvez m'éviter le dépanneur…

– Je ne vous promets rien.» Il attrape le marteau et me regarde en dressant le sourcil : «C'est avec ça que vous allez la réparer?»

J'agite les mains, en signe d'impuissance. «Je me suis dit que j'aurais peut-être besoin de desserrer un écrou à ailettes.»

Secouant la tête, il repose le marteau là où je l'avais mis, puis se penche sur le moteur, la tête près du capot ouvert. «Essayez de le faire tourner, me dit-il.

– D'accord. Vous voulez une torche?

– Vous en avez une? Parfait», dit-il, et il tourne la tête vers moi, la main droite tendue pour attraper la torche, et je l'asperge de gaz lacrymogène en pleine figure. Il pousse un cri et plaque les deux mains sur ses yeux, tandis que je laisse tomber la bombe et que j'attrape le marteau. Je le frappe à la tempe de toutes mes forces, et je sens son crâne qui se fêle. Vite, je frappe une seconde fois, au même endroit.

Il tombe. Je fais un bond en avant, lâchant le marteau, et je l'entoure de mes bras, pour le retenir. Nous devons avoir l'air de deux ivrognes qui dansent, mais personne ne se trouve assez près, avec une vue assez dégagée, pour apercevoir quoi que ce soit de ce qui se passe ici.

J'avance en crabe, en le portant, en titubant sous le poids, avec ses pieds inertes qui traînent au sol entre les miens. En me déplaçant de cette façon, je le pousse jusqu'au côté droit de la voiture et je le *propulse* sur la bâche de plastique transparent que j'ai étalée sur la banquette et le sol. Je le tasse, je le tasse, et le voilà complètement rentré.

Maintenant je replie l'excédent de bâche sur le corps, j'attrape la couverture neuve, vert foncé, qui est par terre derrière la banquette, je la secoue pour défaire les plis du neuf, et je la lui jette dessus. Ensuite je recule et je referme la porte.

Vite, maintenant, mais pas trop. Je contourne la Voyager par l'avant, rabats le capot, ramasse la bombe et le marteau. Je les balance sur le siège passager, grimpe au volant et ferme la portière. Je tourne la clé. Surprise : le moteur marche parfaitement.

Je me mêle aux autres voitures qui lambinent vers la sortie, tourne à gauche, prends la Route 9 en direction de Kingston, du pont et de chez moi.

Les seules lumières visibles chez moi sont une lampe au salon, la lampe de chevet de Billy et la lumière du haut de l'escalier. Il est un peu après onze heures et Marjorie, comme je l'espérais, est au lit. Autrement, j'aurais dû rouler jusqu'à ce qu'elle finisse par aller se coucher, ce qui m'aurait mis dans un état de grande tension. Billy ne dort pas, mais il ne sortira pas de sa chambre.

Ça ne me plaît pas d'avoir toujours le corps avec moi, mais j'ai eu peur de m'arrêter quelque part en chemin pour faire les préparatifs nécessaires. Vous pouvez avoir trouvé un coin qui semble parfaitement sûr, sombre et désert, et être au beau milieu de ce que vous avez à faire, et soudain d'autres gens débarquent, ou des lumières s'allument, ou une voiture de police passe. C'est chez moi, dans mon garage, que je suis le plus en sécurité, avec ma famille couchée en sécurité pour la nuit.

Je presse la télécommande sur le pare-soleil et la porte du garage s'ouvre, tandis que la lumière s'allume à l'intérieur. J'entre, appuie de nouveau sur la télécommande, et attends que la porte se soit refermée pour descendre et allumer la lumière principale du garage. (La première s'éteint automatiquement trois minutes après la fermeture de la porte.)

C'est le moment de s'occuper du corps, du moins pour ce soir. J'ouvre la boîte de sacs plastique que j'ai prise au centre commercial, les très grands qui servent pour les feuilles mortes, vert foncé avec un lien en haut. J'enfile ensuite un des gants de coton blanc que j'ai également achetés au centre commercial, ouvre la porte coulissante de la Voyager et regarde ce monticule de couverture verte.

D'abord je retire la couverture et je la fourre dans le sac plastique. Le marteau et la bombe aussi, je les jette dedans, et ensuite je mets ce sac de côté et j'en sors un autre de la boîte.

Voici le passage difficile. J'écarte la bâche transparente du corps, et je suis soulagé de voir qu'il n'y a presque pas de sang, juste un peu autour de son front broyé et un filet coulant de son nez et de ses oreilles. Un très petit saignement signifie qu'il est mort à l'instant où je l'ai frappé, ce qui est mieux pour nous deux.

Le corps est encore souple, mais il ne le restera pas longtemps. J'abaisse ses bras en travers de son corps, les coudes presque droits, de sorte que ses mains, aux doigts à moitié repliés, sont juste au-dessus de son entrejambe. Ensuite je prends le rouleau de câble gros calibre – un autre achat du centre commercial – et j'en passe une extrémité autour de sa ceinture, en entortillant le fil sur lui-même pour le faire tenir solidement.

Les jambes sont apathiques [1], elles ne veulent pas bouger, mais j'appuie, je pousse et je force les genoux à fléchir et les jambes à plier vers le corps jusqu'à ce qu'il ait les genoux contre la poitrine et les jambes collées aux avant-bras. Je passe le câble par-dessus ses jambes, j'en casse une longueur en le pliant rapidement d'avant en arrière, et ensuite j'attache ce bout-là aussi à la ceinture.

Maintenant, c'est un paquet compact, jambes, bras et torse serrés. Mais comme je veux être sûr qu'il n'y ait pas de problème, je mets mon épaule contre ses chaussures et je pousse vers le haut, de façon à pouvoir passer le prochain morceau de câble sous le corps, en le faisant glisser jusqu'à la taille. Je laisse alors

1. ***Apathiques*** : molles, inertes.

retomber la masse inerte, je coupe le câble en le pliant, et j'entortille les deux extrémités par-dessus ses tibias jusqu'à ce que le lien soit si serré qu'il lui rentre dans les chairs et qu'on ne puisse pas faire une seule boucle de plus.

Enfourner ce corps ainsi ficelé dans un autre grand sac poubelle est loin d'être aussi difficile que je l'avais cru. Maintenant peut-être que je carbure à l'adrénaline, je ne sais pas. Toujours est-il qu'en ce qui me semble un rien de temps, le second sac est par terre sur le sol en ciment.

Je rouvre alors le premier sac, et fourre la bâche de plastique dedans. L'idée, c'est que le corps n'ait jamais touché la moindre partie de ma voiture, de sorte que même si on le découvre – et j'espère qu'on ne le découvrira pas – il n'y aura ni fibres, ni peinture, ni quoi que ce soit qui puisse rattacher ce corps à ce véhicule. Et les choses qui ont été en contact avec la voiture, comme la bâche et la couverture, vont dans un sac à part.

Dans ce sac je fourre également le reste de câble, la boîte de sacs plastique et, enfin, les gants. Après avoir fermé le sac, je frotte le plastique avec les paumes. Pas d'empreintes digitales.

C'est avec mes propres gants de travail, pris sur l'établi, que je transbahute les deux sacs-poubelle pleins dans un coin du garage, au milieu des déchets qui semblent y pousser naturellement, surtout depuis que nous avons vendu la Civic. Les sacs sont tous les deux volumineux, mais il y en a un qui est plus lourd que l'autre.

Je balaie le garage du regard. Tout est normal. Il n'y a rien qui cloche. J'éteins la lumière et je vais me coucher.

38

En roulant vers le centre de recyclage, je me prends à réfléchir au concept de la courbe d'assimilation et au niveau que j'ai atteint. Et à la chance que j'ai eue, cette première fois, avec le premier HCE. Comment s'appelait-il ? J'ai du mal à me souvenir de son nom.

Herbert Everly, c'était ça.

Comme il était simple, celui-là, simple, aisé, rapide, propre. Ça m'a encouragé, ça a permis tout le reste, parce que ça m'a fait croire que l'ensemble pourrait être aussi parfait. Si j'avais dû exécuter le second HCE en premier, rien de tout cela ne se serait jamais produit. Je n'en aurais tout simplement pas été capable.

L'idée de la courbe d'assimilation, c'est que lorsque vous faites quelque chose pour la première fois, vous ne vous débrouillez pas très bien, mais vous apprenez un peu comment vous y prendre. La deuxième fois vous vous débrouillez mieux, sans être encore tout à fait au point, mais vous en apprenez un peu plus. Et ainsi de suite, jusqu'à la perfection. La courbe d'assimilation est un arc qui commence par monter en flèche parce que au début vous en apprenez *beaucoup* à chaque fois, puis s'aplanit progressivement, à mesure que vous assimilez par doses de plus en plus petites en vous rapprochant de l'idéal.

Bon, je ne suis pas encore parfait, Dieu sait que non, je n'ai pas encore atteint l'idéal, mais j'ai drôlement escaladé cette courbe d'assimilation depuis Herbert Everly. L'ironie de la chose, bien sûr, c'est que lorsque l'arc de ma courbe d'assimilation s'aplanira au niveau de la maîtrise parfaite, j'aurai acquis une compétence dont je ne me servirai plus jamais.

J'espère, en tout cas, ne jamais avoir à m'en resservir. Mais c'est, je le reconnais, une compétence utile à avoir.

Plus tôt dans la journée, j'ai conduit Marjorie à son boulot du samedi au New Variety, et quand j'ai effectué ma marche arrière pour sortir du garage, même moi j'aurais eu du mal à y remarquer une différence. Les sacs sombres et volumineux étaient bien calés tout au fond, loin de la lumière, parmi les sacs de graines pour oiseaux, les boîtes de peinture, les bottes d'hiver et tous les autres trucs qu'engendrent les garages quand personne ne regarde.

Sur le chemin du cinéma, j'ai raconté à Marjorie l'histoire que j'avais inventée au lit la nuit dernière, avant de m'endormir, sur cette idée d'opération lucrative de mon ami, qui m'avait fait m'absenter plusieurs heures après le dîner. Je lui ai dit que mon ami m'avait rappelé que le gouvernement américain fait réduire en charpie [1] ses vieux billets pour les détruire, et que son idée était de convaincre le gouvernement de nous autoriser à faire du papier neuf avec la charpie. Nous fabriquerions des sacs en papier verts avec le signe du dollar dessus, et nous les commercialiserions sous le nom de «Money Bags»; ce serait un article à la fois utile et tout à fait nouveau.

J'ai dit à Marjorie qu'à mon avis, c'était une idée astucieuse – elle a semblé moins convaincue – mais que j'avais demandé à mon ami ce que nous étions censés faire, *nous*? Nous savons tous deux transformer de la pulpe en papier, mais ça s'arrête là. Son projet a besoin d'un politicien, pour convaincre le gouvernement de nous donner le papier, et d'un commercial pour lancer les «Money Bags» sur le marché. «Je lui ai dit, ai-je expliqué à Marjorie, que s'il arrivait à trouver deux personnes ayant ce profil, et si elles étaient sérieuses, je serais ravi de m'associer au projet.

– Ce n'est pas demain la veille», a-t-elle répondu, et j'ai dû en convenir.

Lorsque je suis rentré, après avoir déposé Marjorie, Betsy et Billy étaient tous les deux sortis, elle à une répétition d'une pièce dans laquelle elle joue pour la fac – *Arsenic et vieilles dentelles* [2]; elle fait une des tantes, avec beaucoup de maquillage – et lui chez un ami, absorbé par le nouveau logiciel de l'ami (il se débrouillera comme ça jusqu'à ce que les choses s'améliorent chez nous).

---

1. ***Réduire en charpie*** : déchirer en menus morceaux.

2. Pièce de théâtre de Joseph Kesselring, adaptée au cinéma par Frank Capra en 1944, ***Arsenic et vieilles dentelles*** met en scène deux charmantes vieilles dames qui empoisonnent des hommes avec du vin de sureau pour les délivrer de leur solitude; le neveu de ces femmes tente de les persuader de renoncer à leur entreprise.

J'ai ouvert la porte du garage, rentré la Voyager, refermé la porte, rabattu la banquette arrière, et chargé les deux sacs en plastique. Et me voici maintenant en route pour le centre de recyclage.

Le « centre de recyclage », c'est, bien entendu la nouvelle appellation de la décharge, et il en fait d'ailleurs toujours partie. Il y a un service de ramassage d'ordures privé dans notre quartier, mais il est considérablement moins cher de trier soi-même ses ordures et de les porter au centre de recyclage. Le verre, les boîtes de conserve, le papier et le carton, ils les prennent gratuitement ; pour les sacs-poubelle, c'est cinquante cents le grand sac plastique. Les sacs sont jetés dans un toboggan, de là ils vont dans un camion broyeur d'ordures, et ensuite on les emporte vers un site d'ensevelissement à Long Island Sound [1].

Voyage en mer pour Hauck Exman. C'est un Marine, ça lui plaira.

39

Mon ami des « Money Bags » s'appelle en fait Ralph Upton, en l'honneur d'Upton Ralph Fallon, dernier obstacle entre moi et mon nouvel emploi. Il est devenu nécessaire de prolonger l'existence de cet ami, ai-je réalisé, une fois que j'ai été débarrassé de Hauck Exman et que le moment était venu de penser à m'occuper d'URF.

Le truc, c'est qu'URF travaille. Il a mon boulot, ce qui signifie qu'il est à la papeterie cinq jours par semaine, ce qui signifie que je ne pourrai jamais l'atteindre avant le soir. Les week-ends sont compliqués à cause du travail de Marjorie au New Variety et de nos rituels du week-end, le *Times* du dimanche et tout ça. C'est donc un soir de semaine ou rien, et rien est exclu.

---

1. ***Long Island Sound*** : voir note p. 219.

Et cela signifiait que l'inventeur des «Money Bags» devait continuer à être présent dans ma vie. «Il a d'autres idées», ai-je dit à Marjorie quand je suis passé la chercher au cabinet du Dr. Carney lundi à six heures, hier, trois jours après m'être occupé d'Exman. «Il a un million d'idées, et qui sait, il y en a peut-être une qui pourrait donner quelque chose. En tout cas, il aime bien me soumettre ses idées, me montrer ses projets, tout ça, et pour te dire la vérité, mon chou, j'aime autant faire ça que rien du tout.

– Je sais bien», a-t-elle dit, et elle m'a fait un sourire tendre, et ça s'est arrêté là.

Ce matin, nous sommes allés à Marshal pour passer notre heure avec Longus Quinlan, et à ma propre surprise, je prends maintenant plaisir à ces séances, je les trouve plus utiles que je l'aurais cru. Je crois que n'importe quel couple, au bout d'un moment, tombe dans la routine et dans des comportements automatiques. Le temps passe, et on ne se *voit* plus l'un l'autre distinctement, on se comporte comme si l'autre était un robot, avec des réactions bien connues, d'une clarté mécanique, et ensuite on se comporte *soi-même* comme un robot, et la relation s'est vidée de toute vie.

Maintenant que l'atrocité de la liaison de Marjorie est passée et maintenant que Quinlan a renoncé à sonder ma vision personnelle du monde, nous nous occupons de ce qui nous avait amenés là, c'est-à-dire notre couple, et je crois que ça nous aide. Nous sommes à nouveau étonnés l'un par l'autre, nous nous rappelons pourquoi nous nous étions plu au départ.

Si seulement je pouvais lui parler de cette autre affaire… mais bien sûr, c'est impossible. Je ne suis pas fou. Il y a certaines tensions qu'on n'impose pas à l'autre, quelle que soit la situation.

Enfin bref, ça c'était ce matin, et ce soir nous avons dîné à six heures et demie, et maintenant, il est sept heures moins le quart, je suis sur la route et je roule vers l'ouest en direction d'Arcadia, N.Y.

Les longues journées de juin, les longues soirées claires. Je roule, j'entre dans l'État de New York, et il fait encore très beau, le soleil brille. J'y pense soudain, tout en roulant : j'ai commencé ma navette. Ma nouvelle navette quotidienne.

40

Il fait encore jour sur la crête de la colline, mais la route qui descend vers Arcadia plonge dans l'obscurité, agrémentée par les néons des deux bars de la ville (mais pas du snack, qui est fermé), les lumières plus vives, rouges et blanches, de la station d'essence Getty, en haut de l'autre versant, et l'éclairage extérieur de la papeterie, d'un jaune éblouissant. Il n'y a pas de lumière à l'intérieur des bâtiments ; réussite ou pas, ils ne tournent qu'à une seule équipe.

Tandis que je descends la pente vers la ville, le barrage et le petit ruisseau rapide qui la traverse, il me vient une pensée vagabonde. Et si la réussite d'Arcadia n'était pas aussi brillante que la revue le donnait à croire ? Et si, sans en être arrivés aux compressions, ils réduisaient leur personnel à l'usure, en ne faisant pas de nouvelles embauches quand les gens s'en vont ? Et si j'avais accompli tout cela, y compris URF, et qu'ils ne le remplacent pas ? Je l'aurais vraiment dans l'os, non ?

Mais non. Ils auront besoin d'un homme d'expérience pour diriger cette chaîne. S'ils avaient une équipe de nuit, alors peut-être le directeur de l'équipe de nuit pourrait-il passer de jour, le temps de former un assistant, choisi au sein du personnel, qui reprendrait la nuit. Mais avec une seule équipe, ils embaucheront.

Je sais à quoi ressemble URF, depuis cette fois où je l'ai vu au snack ; donc ma première tâche consiste maintenant à découvrir où il habite. Je n'attends pas grand-chose de cette visite, juste une petite reconnaissance, pour me faire une idée de la situation.

La jauge à essence de la Voyager indique un peu moins de la moitié du réservoir, je descends donc jusqu'en bas de la pente, traverse le pont du barrage, remonte l'autre versant et m'arrête à la station Getty. Je fais le plein, paie à la femme trapue qui est au comptoir, à l'intérieur, et lui demande si elle a un annuaire.

Oui, elle en a un, même si elle ne le dit pas. Sans un mot, elle sort de sous le comptoir un annuaire mince et loqueteux [1], et je m'écarte un peu d'elle, comme pour laisser le comptoir libre pour d'autres clients – il n'y en a pas –, le temps de le feuilleter et de trouver FALLON U.R. Cty Rte 92 Slt.

Le numéro de téléphone ne m'intéresse pas, en tout cas pas pour le moment. Je regarde le plan au dos du Bottin, pour voir quelle ville « Slt » peut bien désigner, et il s'agit sans doute d'un endroit qui s'appelle Slate, et qui n'a pas l'air très loin d'ici.

Je remercie la femme en lui rendant l'annuaire, je lui demande où est la County Route 92, et là elle est bien obligée de parler – le strict minimum, néanmoins. Tout en montrant du doigt la direction de la route, à la sortie de la ville, elle dit : « Dix kilomètres. Z'allez où ?

– Slate.

– À gauche. »

Je la remercie, regagne mon véhicule au réservoir plein et roule un peu plus de dix kilomètres, jusqu'au croisement de la route du comté, où des panneaux verts à lettres blanches m'orientent vers différents villages. Slate est le troisième en partant du haut sur le panneau qui pointe vers la gauche.

C'est une route sinueuse avec de fortes pentes. Il est difficile de voir ce qu'il y a sur les côtés, à part de temps en temps une fenêtre allumée dans une maison et, une fois, l'intérieur vivement éclairé d'une grange.

Il se peut que je ne trouve pas la maison d'URF ce soir, à moins que son nom soit écrit sur la boîte aux lettres. Tout en rou-

1. ***Loqueteux*** : en loques, déchiré.

lant dans cette obscurité, je cherche un moyen de venir ici pendant le week-end, de jour, soit samedi après-midi quand Marjorie tient la caisse du New Variety, soit dimanche au moment où normalement nous traînons en lisant les journaux. Mon nouvel ami Ralph Upton pourra s'avérer pratique.

FALLON.

C'est venu si brusquement que j'ai failli passer devant. Je suis seul sur la route, ce n'est donc pas grave si je donne un coup de frein. Ça faisait un moment que je n'avais pas vu de maison éclairée, de sorte que je ne m'attendais à rien et que je n'étais pas en train de guetter une boîte aux lettres. Et puis tout d'un coup, elle est apparue sur le côté droit de la route, sous forme d'une fausse cabane en rondins surmontée d'une bande de métal rouge, le long du toit, avec le nom en lettres blanches.

Je fais marche arrière pour jeter un autre coup d'œil, et c'est bien là, avec une allée goudronnée qui s'enfonce dans l'obscurité sur le côté. Je me penche par la fenêtre de droite en plissant les yeux, et maintenant je vois effectivement une petite lumière au bout.

Jusqu'où vais-je ce soir ? Est-ce le bon Fallon ? Je continue à rouler, cherchant un endroit où m'arrêter, et juste un peu plus loin, il y a une grande grille à bétail au sol, à l'entrée d'un champ à gauche, avec une allée goudronnée entre la grille et la route. Je fais demi-tour, je laisse la Voyager là, et je rebrousse chemin à pied.

Si on me questionne ? Je suis perdu. Je cherche Arcadia.

Au début, la nuit paraît presque d'un noir d'encre, mais à mesure que mes yeux se font à l'absence de phares, je me rends compte que le ciel est plein d'étoiles qui donnent une lumière un peu froide mais d'un gris tendre, comme une poudre qui recouvre tout. Il n'y a pas de lune, du moins pas encore. Je marche, complètement seul, pas de voitures, personne en vue, et voici la boîte aux lettres. Je tourne et avance le long de l'allée et, devant moi, je distingue vaguement la maison, à travers un épais rideau d'arbres.

Elle a dû faire partie d'une ferme à une époque. Les bois d'autrefois ont été défrichés depuis longtemps, à part ceux qui entourent directement la maison, laquelle, petite mais étalée, semble dater de deux cents ans. Une lumière brille tout au fond de la maison, en fait, plutôt une lueur.

Il n'y a personne à la maison. Ça se voit, ce genre de choses. Les gens laissent une lumière allumée pour décourager les cambrioleurs, mais trop faible, trop insignifiante.

En revanche, beaucoup de gens ont un chien, à la campagne. Avec prudence, j'approche de la maison. Je suis toujours, si besoin est, le voyageur égaré qui cherche des renseignements.

La maison a été agrandie au fil des années, les pièces ont toutes été ajoutées du même côté par rapport à l'allée, ce qui a rendu la maison de plus en plus large. Les premières pièces devant lesquelles je passe sont sombres et ne donnent pas l'impression d'être habitées. L'allée continue puis s'élargit devant la maison, où sont garés deux véhicules : un grand pick-up très haut, dont le capot m'arrive à la poitrine, et une vieille Chevy ou Pontiac, très large et longue, qui s'affaisse d'une façon qui donne à croire qu'elle n'a pas été déplacée depuis plusieurs années.

Et voici ce qui est sans doute l'entrée principale. On pénètre par la porte-fenêtre d'une véranda, à travers laquelle on aperçoit une autre porte-fenêtre et, confusément, une cuisine, la source de lumière étant quelque part derrière.

S'il y avait un chien sur place, n'aurait-il pas déjà manifesté sa présence ? Si ; les chiens n'ont pas peur de s'annoncer. Par précaution supplémentaire, je secoue la porte d'entrée, fermée à clé mais très branlante dans son encadrement. Aucune réaction à l'intérieur.

Un cambrioleur professionnel franchirait, j'en suis sûr, cette porte en une dizaine de secondes. Comme je préférerais essayer de trouver un autre accès, je quitte cette entrée et longe la façade, et lorsque je tourne à l'angle, au bout, je m'aperçois qu'à l'origine la façade était là. Avec tous les ajouts, avec l'allée et le XXe siècle, c'est devenu l'arrière, mais voilà la façade d'origine.

C'est une bâtisse coloniale type, organisée autour d'un hall central, avec une porte d'entrée imposante flanquée de deux grandes fenêtres de part et d'autre. À l'étage il y a cinq fenêtres, juste au-dessus des fenêtres et de la porte du bas. À l'intérieur, dans la construction initiale, il devait y avoir un vestibule et un escalier, ainsi que quatre grandes pièces distribuées à gauche et à droite au rez-de-chaussée, et la même chose à l'étage. Avec l'arrivée de l'électricité, des sanitaires et du chauffage central, toutes ces vieilles maisons ont été refaites et modifiées tant et plus, de sorte que maintenant on ne sait jamais ce qu'on va trouver quand on ouvre une de ces portes coloniales.

Même quand on est invité.

Cela étant, dans la plupart de ces vieilles fermes, cette entrée principale d'origine n'est plus très utilisée, et je vois que sur le perron de pierre de cette porte s'entassent encore des feuilles mortes de l'automne dernier. Je monte, tourne la poignée et pousse, et j'ai l'impression que la porte n'est pas fermée à clé, juste coincée. Je ne veux pas casser quoi que ce soit, alerter URF, mais je vais entrer si je peux. La poignée tournée à fond et les pieds plantés dans les feuilles mortes, je m'appuie de tout mon poids contre la porte, sans cogner dessus mais en exerçant simplement une pression régulière.

Je la sens qui cède et je relâche, mais elle est toujours coincée. Je m'appuie à nouveau, et soudain un petit bruit sec, comme une feuille de papier qui se déchire, et la porte s'ouvre d'un coup.

Obscurité. Une odeur de renfermé, de linge. À l'intérieur, l'air est un peu plus frais et un peu plus humide que dehors. Pas un bruit. J'entre.

Je rabats la porte derrière moi. Elle résiste sur les derniers centimètres, avec de petits bruits de compression, cette fois-ci comme du papier qu'on froisse, mais je soulève en donnant de l'épaule et finalement je l'entends s'enclencher.

Maintenant la maison. Une lumière très faible luit quelque part sur ma droite, à plus d'une pièce de distance. Grâce à ce soupçon de lumière, je distingue la grande porte qui est juste ici, puis quelque chose qui ressemble à des meubles, et ensuite une autre porte, légèrement mieux définie, à peut-être six mètres.

J'avance vers la lumière, prudemment car je ne veux pas trébucher ni déranger quoi que ce soit, et de fait, mon genou rencontre le bras d'un canapé. Je le contourne, ne heurte rien d'autre, et parviens à cette deuxième porte.

Elle donne sur un couloir. La source de lumière provient d'une pièce sur la gauche, et lorsque j'avance doucement et que j'y jette un coup d'œil, je vois que c'est une chambre à coucher. Un couvre-lit jeté un peu négligemment sur un lit double. La petite lampe de chevet du côté gauche est allumée. Il y a une grande commode avec un miroir, une chaise couverte de vêtements, un tas de chaussures éparpillées par terre.

Je commence à croire qu'URF n'est pas marié. Je me demandais où était sa famille, je me disais qu'ils étaient peut-être tous allés au cinéma par exemple, mais cette chambre ressemble à celle d'un homme qui vit seul.

Pourtant, quand j'arrive à la porte suivante du même côté, le peu que j'aperçois m'indique que c'est une chambre d'enfants, pour deux gosses. Lits superposés, commodes basses, posters aux murs, jouets par terre. Est-il veuf ?

Un peu plus loin en face se trouve la cuisine que j'avais vue de l'extérieur. J'y entre et je la traverse pour regarder la route par-delà la véranda. Lorsqu'il rentrera, je verrai ses phares. S'il est avec sa famille, j'aurai le temps de me faufiler par la porte que j'ai prise pour entrer, loin du chemin qu'ils prendront. S'il est seul, nous verrons ce qui se passe.

Je jette un coup d'œil au réfrigérateur ; il contient du lait, de la charcuterie, des sodas, de la bière et pas grand-chose d'autre. On ne peut pas dire que ça ressemble à un réfrigérateur familial.

J'ouvre et referme des tiroirs de cuisine parce que je sais qu'il doit y avoir une torche électrique quelque part. Il y a une torche dans toutes les cuisines de campagne, car à la campagne les coupures d'électricité sont assez fréquentes. Oui, la voici.

Maintenant je peux explorer le reste de la maison, ce que je fais, et je trouve plusieurs pièces vides, ainsi que des pièces insuffisamment meublées, et j'ai l'impression qu'URF vit dans quatre des dix pièces, toutes les quatre au rez-de-chaussée. Il vit dans la chambre à coucher avec sa salle de bains attenante, il vit dans la cuisine, il vit dans la première pièce que j'ai traversée, qui contient le canapé que j'ai cogné du genou, un poste de télévision, une table basse, une petite table, un lampadaire, un téléphone et rien d'autre, et il vit dans une pièce qui se trouve après la cuisine, à l'origine une chambre d'amis, qu'il a transformée en bureau, comme celui que j'ai à la maison. Dans ce bureau il garde ses archives d'impôts et de travail, et tous les papiers de la vie courante.

J'y passe un certain temps, en me servant seulement de la torche, parce que je veux en apprendre le plus possible sur URF, et que dans son cas je n'ai pas eu l'avantage d'un C.V., et ne me suis pas donné la peine de faire une recherche dans les archives publiques. Ici, les fenêtres donnent sur l'allée et la route, de sorte que je saurai quand il rentrera.

Il me faut une demi-heure pour parcourir tous ces papiers, du moins les parcourir suffisamment pour me faire une idée de l'homme. Il est divorcé, c'est la première chose, et j'ai l'impression qu'il a divorcé trois fois. Il a trois enfants adultes qui vivent en Californie et lui écrivent de temps à autre une lettre un peu impersonnelle, et il a deux gamins plus jeunes qui viennent le voir l'été et à la période de Noël. Il gagne bien sa vie à Arcadia – pas aussi bien, cependant, je le remarque, que moi à Halcyon – mais il est constamment endetté : il y a un dossier entier de lettres de relance. Il est généralement en retard pour la pension des enfants, mais il se démène pour rattraper le coup deux fois par an, juste avant leur arrivée.

L'autre chose, et qui me surprend un peu, c'est qu'il est très sérieux dans son travail. Cet article où j'ai entendu parler de lui pour la première fois m'avait donné l'impression qu'il manquait plutôt d'envergure, mais je vois qu'il tient un dossier d'articles ayant trait à notre métier, découpés dans le journal et dans nos revues professionnelles, qu'il en souligne des passages et écrit dans la marge des commentaires pour la plupart judicieux, et qu'il semble très déterminé à se tenir au courant de ce qui se passe dans l'industrie du papier.

Eh bien, c'est très bien. Je suis bon, moi aussi, et j'aimerais que mon nouvel employeur ait une personne de premier ordre à qui me comparer, pour qu'il sache quel homme de valeur il trouve en moi.

L'autre fait important, c'est qu'apparemment ces deux enfants plus jeunes commencent toujours leur séjour d'été vers le 1er juillet, ce qui veut dire d'ici une semaine. C'est donc une date limite : il vaut bien mieux régler tout ça avant leur arrivée.

Je n'ai rien d'autre à chercher dans le bureau, et rien d'autre à y apprendre. Lorsque j'en sors et que je vais ranger la torche dans le tiroir, je vois aux aiguilles lumineuses de la pendule de la cuisine qu'il n'est même pas dix heures. Où qu'il soit, URF travaille demain, il ne devrait donc pas tarder à rentrer à la maison.

Et il n'aura pas sa famille avec lui.

À mon avis, URF est dans un de ces deux bars à Arcadia. C'est là qu'il doit passer ses soirées en sortant du travail, dînant d'un hamburger ou d'une pizza. Lorsqu'il rentrera, je ne pense pas qu'il sera complètement sobre.

Il ne rime à rien que je parte à sa recherche à Arcadia. J'aurais fait la moitié du chemin, il pourrait me croiser en rentrant chez lui, et je ne le saurais même pas.

Je retourne dans le bureau, d'où j'ai la meilleure vue sur l'allée et la route. Je m'assieds à sa table, dans l'obscurité, et au bout d'un moment je me renverse contre le dossier de la chaise pivotante et je mets les pieds sur la table, en gardant l'œil sur les fenêtres.

De temps à autre, un véhicule passe là-bas sur la route, mais pas souvent. Je suis assis au bureau d'URF, sans rien d'autre à faire qu'attendre, guetter et réfléchir, et je ne peux m'empêcher de penser et repenser à toutes les choses que j'ai dû faire ces deux derniers mois. Certaines ont été beaucoup plus dures que d'autres. Certaines ont été vraiment très dures.

En revanche, certaines ont été faciles. Et je pense réellement avoir gagné en assurance, ces derniers temps, et cela facilite encore la tâche.

Oh ! je m'endors. Mauvais, mauvais.

Je me lève, je marche en rond dans cette pièce sombre. Il est hors de question d'être *endormi* quand il arrivera.

Je sors du bureau et longe le couloir jusqu'à sa chambre, rien que pour être près d'une lumière, pour chasser le sommeil. Et maintenant pour la première fois, tant que j'y suis, et aussi pour avoir quelque chose à faire, je fouille rapidement la chambre, et la seule chose intéressante que je trouve est le revolver dans le tiroir de sa table de chevet, à côté de la torche et des pastilles Tums pour l'estomac. Bien sûr, je ne m'y connais pas en armes à feu, en dehors du Luger de mon père, mais je vois bien que c'est un type de revolver, avec ce barillet rond qui lui donne l'air bedonnant. Il est noir, et la crosse est un peu usée comme s'il était vieux. Il ressemble au revolver de starter dont on se sert dans les courses.

Je ne le touche pas. Je referme le tiroir, et je retiens simplement qu'il est là.

De retour dans le vestibule, je jette un coup d'œil à la cuisine et dehors, à travers les vitres de la véranda, et je vois les phares juste au moment où ils tournent dans l'allée. En zigzag, lents, hésitants.

URF rentre à la maison.

41

Il est ivre. Je peux m'en rendre compte avant même de le voir, rien qu'à sa façon de conduire, à la prudence excessive avec laquelle il fait prendre le tournant de l'allée à ce break Subaru foncé et le guide vers la maison.

Il y a, dans cette maison même, une demi-douzaine de moyens pour l'éliminer sans souci, et même faire croire à une mort accidentelle. Ce qui serait bien mieux qu'un autre meurtre de cadre supérieur de l'industrie du papier.

Devant, la Subaru s'arrête avec un soubresaut. Je ne suis plus dans la cuisine, je suis passé dans son salon, sa pièce télé, allez savoir comment il l'appelle. Là, il y a une fenêtre devant laquelle je peux me tenir sans avoir de lumière derrière moi, et observer. J'ai craint, si je me tenais sur le seuil de la cuisine, qu'il puisse voir ma silhouette.

Il fait tout au ralenti. Peu après qu'il s'est arrêté, les phares s'éteignent, je suppose donc que le moteur est coupé lui aussi ; je ne suis pas sûr de pouvoir l'entendre, à travers les carreaux. Et ensuite, au bout de quelques instants, il ouvre sa portière et sort avec lassitude. L'éclairage intérieur s'allume, mais c'est sur URF que je me concentre – je pense à lui comme à une espèce de chien, maintenant, qui s'appellerait Urf – quand il claque la portière et va jusqu'à l'avant de la voiture.

Allez, entre. Rentre à la maison, va te coucher, repose-toi, dors. J'attendrai là. Ou plus au fond, dans la pièce qui ne sert pas, de l'autre côté de l'entrée qui ne sert pas, juste au cas où tu déciderais de venir par ici et de t'endormir devant la télévision.

Il marche jusqu'à l'avant de la voiture en s'appuyant au capot, puis il tourne encore à droite, il ouvre la portière passager, et une femme sort.

Merde ! Je la regarde ; elle est à peu près aussi ivre que lui. Une grande femme en pull et pantalon, qui titube. Je la vois, debout à côté de la voiture, qui se raccroche à la portière, et j'entends sa voix, très forte : « Mais où c'est qu'on est ?

– Chez *moi*, Cindy ! Merde, tu connais ma maison ! »

Elle grommelle quelque chose et s'avance. Il claque la portière passager de la Subaru et suit la femme, et une minute après, je l'entends farfouiller avec ses clés.

Pas ce soir. Il l'a levée au bar, et ce n'était pas la première fois. Pas ce soir, donc.

Mais il ne ramène pas des femmes chez lui *tous* les soirs, pas Urf. Il y a des nuits où il dort seul.

Tandis que le bruit de leurs pas trébuchants progresse dans la cuisine, je reflue vers le vestibule en traversant la pièce télé, jusqu'à la porte dont je me suis servi pour entrer ce soir. Je la tire, et elle s'ouvre plus facilement cette fois-ci, plus silencieusement. Non qu'ils entendraient grand-chose. Je me glisse dehors.

Il y a davantage de lumières allumées, maintenant, dans la cuisine et dans la chambre. Je contourne les trois véhicules garés, en évitant la zone éclairée. Je m'éloigne le long de l'allée. Je ne suis pas découragé du tout.

42

Je me gare au même endroit que mardi, et redescends dans le noir le long de la route de campagne, vers la maison d'Urf. Il est neuf heures et demie, jeudi soir, le 26 juin, et je suis ici pour le tuer. Il peut bien avoir tout un harem avec lui ce soir, je m'en fiche. Ce soir, il meurt.

Je me sens tellement pressé par le temps, maintenant. Ce n'est pas seulement que j'ai commencé depuis presque deux mois, même s'il y a aussi de ça. Devoir penser tout le temps à ces choses macabres, faire ces choses macabres, cela m'épuise. Je goûte moins la vie, et je ne mets pas ça sur le compte de la compression, du coup de balai, de l'*ajustement*, appelez ça comme vous voudrez ; je le mets sur le compte de cet enfer sinistre que je suis en train de vivre. La nourriture n'est plus aussi bonne qu'avant, de simples plaisirs comme la musique, la télévision, conduire ou sentir simplement le soleil sur mon visage, se sont tous aplatis et ternis, quant au sexe…

Ce problème-là, cependant, a effectivement commencé avec la compression.

Une fois que j'en serai sorti. Une fois que ce sera fini. Une fois que j'en serai sorti et bien en sécurité sur l'autre rive, avec le nouveau boulot, avec ma vie retrouvée. Alors les couleurs vibreront de nouveau.

C'est donc une raison de vouloir en finir, mais il y en a une qui est encore plus pressante, maintenant, à savoir les enfants d'Urf. S'ils se conforment à leur schéma habituel, et pourquoi ne le feraient-ils pas, c'est la semaine prochaine qu'ils arriveront pour leur séjour d'été chez leur père. Le 4 juillet tombe un vendredi cette année, de sorte qu'ils voudront sûrement être arrivés bien avant le week-end, ce qui signifie qu'il me reste moins d'une semaine avant qu'ils ne viennent me compliquer la vie au-delà de l'imaginable.

Plus de temps devant moi. Les week-ends sont exclus. Les lundis et mercredis aussi, à cause du boulot de Marjorie chez le Dr. Carney. Le temps que je passe la chercher à six heures du soir et que je la ramène à la maison, sans compter le dîner, ça fait beaucoup trop tard pour me rendre à Slate. De sorte que si je ne le descends pas ce soir, je ne pourrai pas essayer de nouveau avant cinq jours, pas avant mardi prochain, et à ce moment-là ses enfants seront peut-être déjà arrivés.

Je suis venu un peu plus tard ce soir, exprès, en me disant que son schéma habituel doit être de ne jamais rentrer directement du travail. Et il semble que j'aie raison ; la maison est aussi sombre que lorsque je suis venu mardi. La lampe de chevet dans la chambre, rien de plus.

Cette maison a sa courbe d'assimilation, elle aussi. Ce soir, je longe les deux véhicules garés et l'entrée de la véranda, vais tout droit jusqu'au bout, passe l'angle de la maison, et ensuite directement par la porte d'entrée d'origine. Je traverse la pièce télé sans heurter le canapé, jette un coup d'œil dans la chambre éclairée et dans la cuisine sombre, et me dirige vers le bureau obscur, où je m'assieds de nouveau à sa table de travail.

Pas encore rentré à la maison. Dehors à boire son dîner. À s'anesthésier, rien que pour moi.

Il fait un peu chaud ici, mais je garde mon coupe-vent. Dans les poches, il y a les choses que j'ai apportées, au cas où. Le rouleau de câble. Le rouleau de gros adhésif. Le tuyau de fer de dix centimètres, entouré de chatterton à une extrémité pour une meilleure prise. Les gants de coton.

Je n'ai pas de plan particulier, pas encore. Tout dépendra des circonstances au moment où Urf arrivera.

Je mets les pieds sur le bureau, et je croise les chevilles. Une voiture passe, roulant vers le sud, là-bas sur la route. Et puis rien. Je suis assis et j'attends qu'Urf rentre à la maison.

43

Lumière. Je bats des paupières.

«Vous ! Réveillez-vous !

– Oh, mon Dieu ! » Je sursaute, et mes pieds glissent du bureau et tombent lourdement par terre en me projetant vers l'avant dans la chaise pivotante. J'écarquille les yeux dans la lumière crue du plafonnier. J'ai les yeux collés, la bouche poisseuse.

Je me suis endormi.

Il est sur le pas de la porte. Il a encore le bras gauche en travers du corps, les doigts sur l'interrupteur. Sa main droite tient le revolver que j'ai déjà vu dans sa table de chevet. Il me regarde fixement. Il tangue de droite et de gauche dans l'encadrement de la porte. Tout en prenant conscience de l'horreur de la situation, je remarque qu'il est passablement ivre.

«Mister…» dis-je, en essayant de me rappeler son nom. Urf, pas Urf. Fallon.

«Ne bougez pas!»

Ma main avait commencé à grimper, pour essuyer ma bouche au goût poisseux, mais là je m'immobilise, la main en l'air. «Fallon, dis-je. Mr. Fallon.

– Qu'est-ce que vous faites ici?» Il est agressif parce qu'il a peur, et il a peur parce qu'il est dérouté.

Qu'est-ce que je *fais* ici? J'ai besoin d'une raison, de quelque chose à lui dire. «Mister Fallon», je répète, bloqué à cet endroit-là.

«Vous êtes entré chez moi par effraction!

– Non, non, c'est faux.» Je proteste en toute honnêteté.

«La porte était fermée à clé!

– Non, elle ne l'était pas.» Bien qu'il m'ait dit de ne pas bouger, je bouge quand même, pour pointer du doigt vers la droite en disant : «La grande porte à côté du salon. J'ai frappé, et… elle n'était pas fermée à clé, *celle-là.*»

Il fronce vigoureusement les sourcils, et je le vois essayer de réfléchir à cette porte qui ne sert jamais. Est-elle fermée à clé *ou non*? Il ne sait pas. Il dit :

«C'est une violation de domicile.»

Indéniablement. Que ce soit par effraction ou en entrant simplement, c'est une violation de domicile, il a raison là-dessus. «Je voulais vous attendre, dis-je. Je suis désolé de m'être endormi.

– Je ne vous connais pas, *moi*», répond-il. Je n'ai pas une attitude particulièrement menaçante ou intimidante, de sorte que sa peur et son agressivité diminuent, mais il est toujours aussi indécis que je le suis moi-même quant à la raison que je vais lui donner pour ma présence ici.

Est-ce parce que nous sommes tous les deux des directeurs de chaîne de papier? De papier avec polymère? Je suis juste venu causer crémerie, tailler une petite bavette sur notre fascinant travail? À cette heure de la nuit? À l'improviste, en m'introduisant dans sa maison vide?

Et c'est alors que je trouve, d'un coup, et je tourne un visage honnête vers lui, en disant : «Mr. Fallon, j'ai besoin de votre aide.»

Il me regarde en plissant les yeux. Il a toujours le revolver braqué dans ma direction, mais il ne touche plus l'interrupteur. Cette main-là est maintenant appuyée au chambranle, pour l'empêcher de vaciller. «C'est Edna qui vous envoie, c'est ça ?» dit-il.

Je me souviens, d'après ses déclarations d'impôts, qu'Edna est une ex-épouse. «Je ne connais aucune Edna, Mr. Fallon. Je m'appelle Burke Devore, et je suis le responsable de production de la ligne de papier avec polymère à Halcyon Mills dans le Connecticut, à Belial.»

De nouveau, il plisse les yeux. «Halcyon», fait-il. Il lit les revues spécialisées, mais jusqu'à quel point se tient-il informé ? Saura-t-il que tout est fini chez Halcyon ? Il demande : «Ils n'ont pas fusionné ?

– Oui, dis-je. Tout le problème est là, j'ai l'impression qu'ils vont transférer carrément toute la boîte au Canada…

– … Les enculés, dit-il.

– Et je ne veux pas perdre mon boulot.

– Drôlement fréquent en ce moment.

– Trop fréquent, Mr. Fallon, dis-je. J'ai lu l'article sur vous dans *Pulp*, il y a quelques mois, vous vous souvenez ?

– Ils se sont trompés sur certains trucs, se plaint-il, ils m'ont donné l'air d'un crétin fini qui ne connaît pas son boulot.

– J'ai trouvé que ça vous donnait l'air de super bien maîtriser votre boulot, dis-je en mentant. C'est pour ça que je suis là.»

Il secoue la tête, confondu. «Non mais alors là je sais pas, vous délirez ou quoi ?

– Je connais bien mon boulot, Mr. Fallon, croyez-moi, dis-je avec une grande sincérité, mais aujourd'hui il ne suffit pas d'être bon, il faut être parfait. Je n'ai pas beaucoup de temps. Ils vont décider assez vite cet été si je reste, si la chaîne reste ici ou si elle part au Canada…

– … Enfoirés de salauds.

– Je me suis dit, si je pouvais discuter avec Mr. Fallon, si on pouvait juste *discuter* boulot, je pourrais peut-être glaner quelques tuyaux, un moyen d'arriver à… – Mon boulot je sais le *faire*, Mr. Fallon, mais je ne suis pas très bon pour en parler, je ne sais pas m'exprimer. Dans cet article de *Pulp*, vous saviez vous exprimer. J'espérais que… mon idée, c'était que… qu'on pourrait juste discuter, et qu'ensuite je serais peut-être plus doué pour parler au boulot. Il va y avoir un entretien, je ne sais pas exactement quand.»

Il m'examine. Le revolver pend maintenant le long de son corps, pointé vers le sol. Il dit : «Vous avez l'air à bout.

– Je suis à bout. Je ne veux pas perdre ce boulot. Je n'arrête pas d'y penser, j'y pense tout le temps, et finalement aujourd'hui j'ai pris la décision de venir vous demander de l'aide, et après le dîner je suis venu du Connecticut en voiture.

– Pourquoi vous n'avez pas téléphoné ?»

Je souris d'un air désabusé en haussant légèrement les épaules. «Passer pour un cinglé au téléphone ? Je me suis dit : si je viens, je pourrai m'expliquer. Seulement vous n'étiez pas à la maison.

– Alors vous avez forcé la porte.

– La porte n'est pas fermée à clé, Mr. Fallon, dis-je. Je vous le jure.»

Il réfléchit à cela en hochant lentement la tête, puis il dit : «Allons voir.

– D'accord.»

Il s'écarte du pas de la porte, et me fait un geste avec le revolver. Celui-ci n'est plus braqué vers le sol, mais il n'est pas franchement braqué sur moi non plus. «Vous d'abord», dit-il.

Je passe en premier, je traverse la maison dont toutes les pièces sont maintenant éclairées, jusqu'à la porte, tout au fond derrière la pièce télé, que j'ouvre sur la nuit noire. Je me tourne vers lui et je dis : «Vous voyez ?»

Il lorgne la porte d'un œil mauvais. « Elle est pas censée s'ouvrir comme ça, cette conne de porte. » Il s'approche, faisant passer le revolver dans la main gauche pour pouvoir claquer la porte, la rouvre, la claque de nouveau, puis examine attentivement le verrou qui est fixé à l'intérieur. Il essaye de faire tourner la petite poignée du verrou, mais elle refuse de bouger. « Putain de peinture qui a collé, dit-il. C'est coincé en position ouvert, saloperie. »

Pendant ce temps, je pourrais le frapper au moins sept fois avec le tuyau de fer que j'ai dans ma poche, mais je ne le fais pas. Je pense que les choses vont s'arranger mieux que ça.

Il claque de nouveau la porte, se tourne vers moi, secoue la tête : « Faut que je fasse réparer ça, me dit-il. En tout cas, vous voyez l'effet que ça fait, je rentre chez moi et vous êtes là, en train de roupiller dans mon bureau.

– Je suis désolé de m'être endormi.

– Enfin, vous aviez beaucoup roulé. Comment vous vous appelez, déjà ?

– Burke, lui dis-je. Burke Devore.

– Burke, fait-il, je sais que vous n'aurez rien contre si je jette un coup d'œil à votre portefeuille.

– Je vous parais toujours louche ? dis-je. D'accord. » Et je sors mon portefeuille et le lui tends.

Il me le prend de la main gauche, en faisant de nouveau un geste avec le revolver qui est dans sa droite. « Vous voulez pas vous asseoir là, dans le canapé ? » suggère-t-il.

Je m'assieds donc, et il traverse la pièce en titubant un peu, pour poser le revolver sur le dessus du téléviseur pendant qu'il regarde toutes les cartes et les papiers de mon portefeuille, qu'il les scrute avec des yeux de hibou, en ayant du mal à accommoder parce que, j'imagine, il a trop bu.

Eh bien, ceci ne peut que me servir. Non seulement il va voir que je lui ai dit la vérité sur mon nom, mais en plus je me rends compte maintenant que mon ancienne carte d'employé de

Halcyon est toujours là ; je n'ai jamais trouvé le temps de la jeter. (Je n'avais sans doute pas envie de la jeter.)

Je vois l'instant où il trouve la carte ; il se déride aussitôt, et quand il me regarde cette fois, il sourit beaucoup plus cordialement. « Eh bien, Mr. Devore, on dirait que je vous dois des excuses.

– Pas du tout, dis-je. C'est à moi de m'excuser, rentrer comme ça, m'endormir…

– N'en parlons plus », dit-il, et il traverse la pièce pour me rendre mon portefeuille. « Vous voulez une bière ?

– Oh que oui », dis-je, et *ça*, ce n'est pas un mensonge.

– Vous voulez un petit quelque chose dedans ?

– Seulement si vous en prenez.

– Venez dans la cuisine », ajoute-t-il ; il regarde alors le revolver posé sur la télé, comme s'il était surpris et pas content de le voir encore là. Tout en l'attrapant, en le pointant ailleurs que sur moi, il dit : « Attendez, je me débarrasse de ce truc.

– Volontiers », je lui réponds avec un sourire tremblotant.

Il rit et s'éloigne, en disant : « À propos, je m'appelle Ralph. Vous c'est Burke ?

– C'est ça. »

Je suis debout dans le vestibule pendant qu'il range le revolver dans le tiroir de sa table de chevet. En sortant, il dit : « Bien le diable si je sais en quoi je peux vous aider, mais je vais essayer. Beaucoup de ces propriétaires d'usines… Venez. »

Nous nous dirigeons vers la cuisine, et il continue : « Beaucoup de ces propriétaires sont ce que j'appellerais des connards. J'ai entendu parler d'eux. Ils sont à peu près aussi loyaux que des furets[1].

– En gros c'est ça, dis-je.

– Heureusement, ajoute-t-il en écorchant le mot, à Arcadia ils sont bien.

---

1. ***Furets*** : mammifères carnivores au pelage blanc et aux yeux rouges.

– Ça fait plaisir à entendre.»

Dans la cuisine, il retire deux boîtes de bière du réfrigérateur et m'en tend une, puis il ouvre un placard en hauteur et sort une bouteille de rye whisky [1]. «Sucrez à volonté», offre-t-il en posant la bouteille sur le plan de travail.

Je suis son exemple. Il ouvre la bière, en avale une grande lampée, puis remplit à nouveau la boîte avec la bouteille de whisky. J'ouvre et je bois, et quand il me tend la bouteille, je fais un truc qu'un barman m'a montré il y a des années à une réception d'entreprise. Un employé de ma chaîne était en train de se saouler à la vodka-pamplemousse, et quand j'en ai touché un mot au barman, il m'a dit : «Je l'ai déjà mis au régime sec.» «Mais vous le servez encore», ai-je objecté, et il m'a dit avec un grand sourire : «La prochaine fois, regardez.» Ce que j'ai fait, et à moins de guetter, c'est impossible à voir. Il a mis les glaçons puis il a renversé la bouteille de vodka par-dessus le verre en glissant le pouce sur l'ouverture de la bouteille juste avant que ça ne coule, pour le retirer au moment où il redressait la bouteille, le tout en un seul geste naturel et fluide. Ensuite il a rempli le verre de jus de pamplemousse et l'a tendu à l'employé bourré, lequel ne s'est pas saoulé *davantage* à cette réception.

C'est donc ce que je fais maintenant. Je bois un peu de bière puis, tournant à moitié le dos à Fallon, je renverse la bouteille de whisky au-dessus de l'ouverture de la boîte, en retenant le whisky dans la bouteille avec mon pouce, et ensuite je pose la bouteille sur le plan de travail.

Fallon veut trinquer avec les boîtes de bière, nous trinquons donc, il dit : «Aux patrons, aux patrons pourris. Puissions-nous pisser sur leurs tombes», et puis nous buvons. «Venez vous asseoir», dit-il, et il chancelle un peu en tirant une des chaises de cuisine.

1. ***Rye whisky*** : whisky de seigle, pur ou mélangé.

Nous sommes assis l'un en face de l'autre à la table, et il dit : « Parlez-moi de votre chaîne. Qu'est-ce que vous avez comme extrudeuse [1], là-bas ? Non, attendez une seconde. » Là-dessus il se lève et tangue jusqu'au plan de travail pour attraper la bouteille de whisky qu'il rapporte et balance sur la table entre nous. Puis il tangue jusqu'au réfrigérateur et prend deux autres boîtes de bière et les assène devant nos places. « Pour plus tard », explique-t-il, et il s'assied, et il ajoute : « Alors ? Dites-moi ce que vous avez. »

44

Ça me navre quand il finit enfin par s'endormir. Je ne devrais pas être navré car il est très tard, passé minuit à l'horloge de sa cuisine, mais pour dire la vérité, j'ai pris plaisir à notre conversation. Il est sympa, Ralph Fallon. Plus fruste que la plupart des gens que je connais parce qu'il vient des rangs ouvriers et non de l'université comme la plupart d'entre nous, mais un type brillant et qui connaît très bien le boulot. En fait, il m'a parlé de deux trois choses qu'il a mises en place sur la chaîne d'Arcadia et qui sont très intéressantes, des méthodes que je maintiendrai certainement quand je le remplacerai.

Et une chose est sûre, c'est qu'il a une bonne descente. Il était déjà ivre quand il est rentré, et depuis que nous sommes assis ensemble à sa table de cuisine, il a pris huit autres bières, toutes additionnées de whisky. Je n'ai pas du tout suivi (je ne crois pas qu'il s'attende à ce que les gens le suivent) puisque je n'ai pris que cinq bières, et sans ajouter de whisky – bien que j'aie fait semblant à chaque fois – mais je les sens. Je sens plein de choses, en fait : la bière, l'heure tardive, la conscience d'être presque au bout de cette série d'épreuves, et un stupide attachement sentimental pour Ralph Fallon.

1. ***Extrudeuse*** : machine employée pour la fabrication du papier.

Dans mes limbes[1], dans ma faiblesse, j'essaie même d'imaginer des scénarios où Fallon reste en vie mais où j'obtiens néanmoins ce que je veux. Je le persuade de prendre sa retraite, ou je lui explique ma situation et il m'offre un poste de codirecteur de la chaîne, ou bien il se réveille soudain et me dit qu'Arcadia va passer à deux équipes et aura besoin d'un directeur de nuit pour la chaîne.

Mais rien de cela ne se produit, ni ne va se produire. Notre longue et agréable discussion de boulot bien arrosée est terminée ; il est temps d'être sérieux.

Fatigué, lourd comme si je pesais cinq cents kilos, je me lève et tends le bras vers mon coupe-vent, sur le dossier de la chaise qui est à ma droite. Dans la poche droite, il y a le petit rouleau d'adhésif. Je le sors et je le regarde, puis je regarde Fallon, écroulé sur sa chaise en face de moi, le menton sur la poitrine, la main gauche sur la table, la droite sur ses genoux.

Je n'ai pas envie de faire ça. Mais il y a toujours des choses qu'on n'a pas envie de faire, et on les fait.

Je contourne la table, me mets à genoux à côté de Fallon, et très doucement j'attache sa cheville droite au pied de la chaise avec l'adhésif. Puis je rampe à quatre pattes – trop gros effort de se lever, de marcher et de s'agenouiller de nouveau – et j'attache sa cheville gauche à l'autre pied de chaise. Alors, avec un petit grognement, je finis par me lever.

Ce serait plus sûr, plus tranquille, si je pouvais lui attacher les poignets, mais je crains de le réveiller si je bouge ses bras ; à la place, j'entoure donc le dossier de la chaise et son torse avec de l'adhésif, juste au-dessus des coudes. C'est difficile à réaliser sans que l'adhésif fasse trop de bruit quand je le décolle du rouleau, mais pour finir, je l'attache à double tour, bien solidement. Il pourra remuer les mains et les avant-bras, mais à mon avis sans grande efficacité.

---

1. ***Limbes*** : ici, brouillard, obscurité due aux facteurs évoqués plus haut.

Avec ce que je vais faire maintenant, il va certainement se réveiller, j'ai donc intérêt à le faire vite et bien. Je découpe deux petites longueurs d'adhésif et je me plante au-dessus de lui avec un morceau dans chaque main, puis d'un mouvement brusque, je lui plaque le premier bout sur la bouche, en appuyant contre la chair.

Il se réveille effectivement en sursaut, ses yeux s'ouvrent d'un coup et tous ses membres se contractent. Il est encore en train d'essayer de comprendre ce qui se passe et pourquoi il ne peut pas bouger quand je lui plaque le second bout d'adhésif sur le nez, en lui écrasant hermétiquement les narines. Alors je recule et me détourne de lui, pour fouiller les tiroirs de la cuisine pendant qu'il meurt.

Ce dont j'ai besoin c'est d'une bougie. Comme la torche électrique, et pour les mêmes raisons d'électricité peu fiable, il y a dans toutes les cuisines de campagne un morceau de bougie qui traîne quelque part.

Oui, le voici, dans le tiroir avec les pelotes de ficelle, les tortillons de sacs-poubelle et les doubles de clés, une bougie courte et trapue, du type de celles que les gens allument à l'église quand ils veulent que leurs prières soient exaucées. Je sors une soucoupe d'un placard du haut, la mets sur le plan de travail à côté de la cuisinière, et pose la bougie sur la soucoupe.

Pendant ce temps, Fallon fait des bruits affreux. Maintenant que j'ai trouvé la bougie, maintenant qu'il n'y a plus rien pour détourner mon attention, j'ai ces bruits en horreur et je quitte donc la cuisine, en prenant mon coupe-vent avec moi.

J'enfile le coupe-vent tout en marchant dans la maison. Les gants et le tuyau de fer sont dans l'autre poche extérieure. Je ne vais pas avoir besoin du tuyau, mais je l'emporterai avec moi ; en attendant, j'enfile les gants. En commençant tout au bout de la maison, à la porte d'entrée, je me sers de mes mains gantées pour essuyer tout ce que je peux bien penser avoir touché, et j'éteins les lumières au fur et à mesure, à part la lampe de la table de chevet dans sa chambre, que je laisse allumée.

Fallon est calme, maintenant, écroulé de nouveau. J'enlève l'adhésif de ses chevilles puis de son torse, et il tombe en avant en se tapant la tête contre la table. Je dois lui soulever la tête, en essayant de ne pas voir ses yeux au regard fixe, et lorsque j'enlève les deux derniers bouts d'adhésif, je découvre qu'il a vomi, dans la bouche puis dans le nez et les poumons parce que ça ne pouvait pas sortir à travers l'adhésif. Il n'a pas étouffé, donc, il s'est noyé. Dans un cas comme dans l'autre, une fin très moche.

Je prends un de ses petits sacs-poubelle pour les morceaux d'adhésif, puis je mets le sac dans la poche de mon coupe-vent. Je prends une de ses allumettes de cuisine pour allumer la bougie.

Dans l'État de New York, les cuisinières à gaz n'ont pas de veilleuses, elles ont des systèmes d'allumage électriques. J'allume les deux brûleurs de devant, les laisse au maximum et souffle les flammes. Ensuite je sors de la cuisine en refermant la porte intérieure derrière moi, de sorte qu'il n'y a plus rien d'ouvert dans la cuisine maintenant.

En me guidant à la lumière de la chambre à coucher, je retraverse la maison et sors par la porte qui était ouverte à l'insu de Fallon. Je longe le devant de la maison d'un pas vif, apercevant la petite lumière vacillante de la bougie et les quatre bouteilles de propane grandes et minces, nichées à l'angle du mur extérieur, à l'endroit où finit la véranda. Je continue par l'allée et le long de la route jusqu'à la Voyager.

Je n'ai aucune idée du temps que ça va prendre. Je ne veux pas être là quand ça se produira, mais je veux être suffisamment près pour savoir que ça s'est bien produit. Et je présume que lorsque la gazinière explosera, ça fera également sauter les bouteilles de propane. Il ne devrait pas rester grand-chose de Fallon ni de la cuisine, mais il devrait y en avoir juste assez pour expliquer ce qui s'est passé. Un homme ivre s'est endormi, sans se rendre compte qu'il s'était trompé en allumant la gazinière. Je crois que parmi les gens qui connaissent Fallon, personne ne s'en étonnera.

Je monte dans la Voyager et roule lentement devant la maison puis sur les quelques kilomètres me séparant du croisement où je devrais tourner à droite pour Arcadia. Je m'arrête, regarde dans le rétroviseur, puis fais demi-tour au milieu du carrefour. Il n'y a pas d'autres voitures.

J'ai fait environ huit cents mètres depuis le carrefour, en retournant vers la maison de Fallon, lorsque soudain la lumière jaune s'allume, assez loin devant moi, découpant les silhouettes des bois et des maisons. Elle commence à s'éteindre, comme si quelqu'un avait allumé une lumière forte puis tourné doucement le variateur, mais ensuite flamboie plus vivement qu'avant, le jaune se mêlant de rouge et de blanc, puis baisse de nouveau, et la double explosion parcourt la voiture comme une vague, comme quelque chose de physique.

J'arrête la voiture. Je fais un autre demi-tour. Je rentre à la maison.

45

Chaque époque et chaque nation ont leur propre morale, leur propre code de valeurs, en fonction de ce que les gens estiment être important. Il y a eu des époques et des lieux où l'honneur était considéré comme la qualité la plus sacrée, et d'autres qui ne se préoccupaient que de la beauté. Le siècle des Lumières célébrait la raison comme la plus élevée des valeurs, et certains peuples – les Italiens, les Irlandais – ont toujours trouvé que la sensibilité, l'émotion, les sentiments étaient ce qui comptait le plus. Aux premiers temps de l'Amérique, l'exaltation du travail était notre plus grande expression de moralité, puis il y eut une période où les valeurs liées à la propriété furent estimées au-delà de tout. Mais un autre changement s'est produit récemment. Aujourd'hui, notre code moral repose sur l'idée que la fin justifie les moyens.

Il fut une époque où c'était considéré comme malhonnête, l'idée que la fin justifie les moyens. Mais cette époque est révolue. Non seulement nous y croyons, mais nous le disons. Nos chefs de gouvernement justifient toujours leurs actions en invoquant leurs buts. Et il n'est pas un seul P.-D.G. qui ait commenté publiquement la vague de compressions de personnel qui balaie l'Amérique sans l'expliquer par une variation sur la même idée : la fin justifie les moyens.

La fin de ce que j'accomplis, l'objectif, le but, est juste, incontestablement juste. Je veux m'occuper de ma famille ; je veux être un élément productif de la société ; je veux faire usage de mes compétences ; je veux travailler et gagner ma propre vie et ne pas être à la charge des contribuables. Les moyens de cette fin ont été difficiles, mais j'ai gardé les yeux rivés sur l'objectif. Comme les P.-D.G., je n'ai rien à regretter.

Le week-end qui a suivi la mort de Ralph Fallon, je l'ai passé dans une sorte d'hébétude heureuse, sans réfléchir, sans m'inquiéter, sans faire de projets. Le coup de téléphone va venir, je le sais. Le poste est libre, et le coup de téléphone va venir.

Mais lundi le coup de téléphone ne vient pas, et vers le milieu de l'après-midi, seul dans la maison, Marjorie est au cabinet du Dr. Carney, je commence, à force de faire les cent pas et de guetter le téléphone qui ne sonne pas, à m'imaginer d'inquiétantes alternatives. Y avait-il un autre C.V. auquel je n'aurais pas accordé suffisamment d'attention, et qui aurait reçu l'appel à ma place ? Font-ils de la promotion interne, à Arcadia ?

Vais-je devoir y retourner et tuer un autre enfant de salaud ? Combien dois-je en faire avant qu'on me donne équitablement ma chance ?

Je ne vais pas m'arrêter, je sais que non. J'adorerais m'arrêter, j'ai terriblement envie de m'arrêter, mais je ne m'arrêterai *pas* tant que je n'aurai pas ce boulot.

Je sais comment me protéger maintenant. On ne fera pas de moi une victime, plus jamais. Désormais, avec ce que je sais maintenant, quiconque essaiera de me causer des ennuis, quel qu'il soit, entreprise ou particulier, aura droit à une surprise.

Ce serait mieux à tous points de vue si ce putain de téléphone sonnait.

46

Mardi, je suis très distrait pendant la séance. À moins que Quinlan ou Marjorie ne s'adressent directement à moi, je n'écoute pas ce qu'ils disent, et je n'ajoute rien. Heureusement, ils sont tous les deux suffisamment absorbés par leur discussion pour ne pas remarquer mon absence.

Ce à quoi je pense, c'est à Arcadia. Je pense que je vais devoir y aller demain, pour découvrir ce qui se passe. J'ai l'impression que la meilleure façon de faire est d'aller au snack au moment où les ouvriers arrivent pour déjeuner, et d'écouter ce qu'ils ont à dire.

Bien sûr, le danger est qu'on puisse me reconnaître plus tard. Je me demande s'il n'y a pas un magasin d'accessoires dans le coin, où je pourrais acheter une moustache qui n'ait pas l'air fausse. À moins que je ne me laisse pousser la moustache ? Que je sois rasé de près demain, et moustachu quand j'obtiendrai enfin le poste ?

Je n'ai pas encore décidé, pour la moustache ni pour le reste, quand la séance prend fin. Marjorie et moi rentrons à la maison en silence, et je broie toujours du noir, vaguement conscient qu'elle me regarde et se pose des questions à mon sujet.

Il y a un message sur le répondeur, dans la cuisine. Marjorie appuie sur le bouton et je m'arrête sur le pas de la porte, indifférent, et la voix féminine dit :

« Ceci est un message du bureau de Mr. John Carver, d'Arcadia Processing, pour Mr. Burke Devore. Nous sommes mardi 1er juillet. Mr. Devore, pourriez-vous s'il vous plaît rappeler

Mr. Carver d'ici mercredi 2 juillet au plus tard ? Son numéro est le 518 398 41 42. Merci. »

Marjorie me regarde, et je sais que je souris à m'en exploser les joues. « Burke ? me demande-t-elle. Qu'est-ce que c'est ?

– Mon nouveau boulot », dis-je.

47

Il a été très bien, au téléphone, Mr. John Carver, aimable, intéressé. Il m'a expliqué qu'ils avaient un besoin inattendu d'un responsable de produits qui ait précisément mon parcours et mon expérience. Il m'a expliqué qu'il y avait eu un accident tragique : « L'enterrement a eu lieu hier. » C'est pourquoi, bien sûr, il n'y a pas eu de coup de téléphone lundi.

Il en a dit davantage. Il a dit que j'avais été leur premier choix, que mon C.V. donnait l'impression que j'étais pile le directeur qu'ils recherchaient mais que leur besoin était immédiat, et comme je n'étais pas là quand ils ont appelé – regrettable, très regrettable – ils ne pouvaient pas être sûr que je sois encore disponible, et donc, naturellement, ils avaient passé quelques autres coups de téléphone, ce qui signifiait qu'il voyait déjà trois autres candidats mercredi, lendemain de notre conversation. Mais il m'a promis qu'ils ne décideraient rien avant de m'avoir vu, et nous avons pris rendez-vous pour jeudi à onze heures du matin, et aujourd'hui c'est jeudi, et je me délecte à choisir la cravate que je vais mettre.

Marjorie entre pendant que je fais le nœud de la cravate, lie-de-vin en l'honneur du bon avocat Porculey, mais sans vaches sautant par-dessus des lunes. Depuis ces deux derniers jours, Marjorie est aussi souriante et euphorique que moi, elle croit que je vais vraiment décrocher ce boulot, et elle le croit seulement parce qu'elle voit que *moi*, j'y crois à fond, mais pour le moment le sourire a cédé place à un air perplexe et interrogateur : « Burke, dit-elle, il y a cet inspecteur qui est là. »

Je suis béat, je l'entends à peine : « Qui ?

– L'inspecteur qui était déjà venu. Burton. »

L'inspecteur. Celui qui enquête sur les meurtres de deux cadres de l'industrie papetière tués avec la même arme.

Non. Pas maintenant. Après tout ça, après tout ce que j'ai traversé ? Me voir barrer la route *maintenant*, comme si rien de tout cela n'avait jamais compté ?

Il faut passer par cette formalité. Il peut s'agir d'autre chose, ou peut-être n'a-t-il rien de plus que des soupçons. Tout ce que j'ai à faire, c'est de rester ferme et persister. Tout ce que j'ai à faire, c'est de me rappeler mon propre conseil à Billy : choisir la meilleure histoire possible et s'y tenir, quoi qu'il arrive.

« D'accord », dis-je à Marjorie, en lui souriant dans le miroir. Ensuite, je finis mon nœud de cravate et, en cravate, chemise, pantalon et pantoufles, je sors pour aller au salon.

Il examine de nouveau le Winslow Homer[1]. Allons-nous encore discuter bateaux avant d'en venir au fait ? Il se retourne quand j'entre, hoche la tête et sourit en tendant la main. « Mr. Devore. Ça me fait plaisir de vous revoir. »

Cette cordialité est-elle véritable, ou est-ce un mensonge ? Je lui rends son sourire à contrecœur et lui serre la main. « Mr. Burton. Ou dois-je dire inspecteur Burton ?

– Comme vous voulez, dit-il. Je vois que vous vous apprêtez à sortir, je ne vais pas vous retenir longtemps. J'ai un autre nom et une autre photo à vous soumettre. »

Lequel de mes C.V. cela va-t-il être ? L'un d'eux, en tout cas. « Si je peux vous aider, dis-je.

– Tout à fait. » Il sort son carnet de sa poche intérieure de veste, l'ouvre, trouve la photo en couleur qu'il veut me montrer. « Il s'appelle Hauck Exman. »

---

1. *Winslow Homer* : voir note 2, p. 218.

Mon Marine, parti pour un voyage en mer. Avec *lui* vous pourriez discuter navigation, Inspecteur Burton. Je secoue la tête. «Ça ne me dit rien.»

Il me tend la photo, je la regarde, c'est une photo officielle, de lui en smoking quelque part, ressemblant plus au garde du corps du Président qu'à n'importe quoi d'autre. «Non, dis-je. Il n'a pas l'air commode. Qui est-ce ?

– Pour le moment, répond-il tandis que je lui rends la photo, c'est notre principal suspect.»

Je suis étonné, et ça ne me gêne pas de le montrer. «Suspect ! Comment en êtes-vous arrivé à cette conclusion ?»

Il est content de son enquête, c'est évident, et rien ne lui plairait davantage que d'en faire part. «Il a fallu creuser un peu, dit-il, mais nous…

– … Oh, excusez-moi. Vous ne voulez pas vous asseoir ?»

Il en a envie, mais il hésite. «Vous avez du temps ?

– Plein», lui dis-je.

– Alors d'accord.»

Nous nous asseyons tous les deux, aux mêmes places que la première fois, et il dit : «Nous avons fini par trouver le lien entre les deux autres, Everly et Asche. Il y a quatre ou cinq ans, il y a eu une offre gouvernementale de contrat pour un type de papier spécial, je m'excuse, je ne comprends pas grand-chose à ce rayon…

– Ce n'est pas grave, la plupart des gens non plus.

– C'était le Département du Trésor, mais il ne s'agissait pas d'argent, c'était autre chose. Toutes les compagnies postulantes ont envoyé des représentants à Washington pour rencontrer les gens du Trésor…

– … Je me souviens de ça. Du moins je crois que c'était ça. C'était une histoire de formulaires d'import, mais nous n'avons pas fait d'offre. Je veux dire, l'entreprise où j'étais à cette époque. Ce n'était pas tout à fait notre créneau, les papiers anticontrefaçon, et en plus nous ne cherchions pas à développer notre clientèle.

– Eh bien, ces autres entreprises, si, me dit Burton. Et parmi les représentants d'entreprises envoyés là-bas, tous en même temps, il y avait Everly, Asche et Exman.

– Ahhhh ! Et ils se sont rencontrés.

– Nous n'avons pas pu le prouver, dit-il, mais je ne pense pas que ce soit nécessaire. J'ai parlé à Exman il y a deux ou trois semaines, comme à vous, et je dois vous dire que je n'ai pas aimé sa façon de se comporter. »

Je vois ça d'ici. L'arrogant Exman, tellement plongé dans ses problèmes, tellement humilié d'être devenu vendeur de costumes, et comme il devait être facile d'envoyer promener cet inspecteur plein de sérieux. Non, le courant ne pouvait pas passer entre eux. Je demande : « Vous l'avez arrêté ?

– Pas de preuves, répond Burton en haussant les épaules. Mais maintenant, on dirait que ma visite lui a fait peur. Il s'est enfui.

– Enfui !

– Volatilisé, me dit Burton avec une évidente satisfaction. Il a laissé sa voiture au parking de l'endroit où il travaille, il n'a rien dit à personne, il s'est sauvé.

– J'ai du mal à l'imaginer, dis-je. Il n'avait pas de famille ? Vous dites qu'il travaillait ?

– Ce n'est pas facile pour la plupart des gens, admet-il. Se tirer du jour au lendemain, en laissant toute sa vie derrière soi. Mais maintenant nous étudions son cas, et que découvrons-nous ? Exman avait des ennuis à la maison. Sa femme avait déjà vu un avocat pour divorcer, il avait des aventures, elle l'a surpris, le truc habituel. Et ce n'est pas sa première femme, c'est la quatrième.

– Le genre qui fiche la pagaille dans sa propre vie, dis-je en manière de suggestion.

– Et dans celle de tout le monde. » Burton range son carnet, avec la photo dedans. « Lorsque nous avons fouillé la maison, elle était pleine d'armes à feu. *Pleine*. Peut-être une douzaine d'armes de modèles différents. Nous sommes en train de toutes les tester en ce moment, en les confrontant aux balles que nous avons, mais notre sentiment est qu'il s'est probablement débarrassé de l'arme des meurtres.

– Où pensez-vous qu'il soit ?

– Nous interrogeons ses petites amies, me dit Burton, les deux, et l'endroit dont il avait toujours l'air de parler le plus était Singapour.

– Vous pensez qu'il est à Singapour ?

– Eh bien, il n'a pas pris son passeport. D'un autre côté, il se pourrait qu'il en ait un autre.» Burton se lève. «Je ne devrais pas vous retarder davantage. Nous le retrouverons, tôt ou tard.»

Tout en me levant, je dis : «Une fois de plus, je n'ai pas été d'un grand secours.

– Ben, votre compagnie n'a pas fait d'offre. Sinon, vous auriez pu les rencontrer tous les trois à Washington.

– Et me faire tuer par Exman le mois prochain», dis-je avec un sourire ironique.

Il glousse. «Estimez-vous chanceux.

– Oh, pour ça oui.»

Il montre ma cravate d'un geste. «Vous allez quelque part, vous, ce matin.

– Un entretien d'embauche. Cette fois-ci, je crois que ça va marcher.

– Très bien. J'espère que vous avez raison.

– Souhaitez-moi bonne chance, dis-je.

– Bonne chance», dit-il.

DOSSIER

- Pour prolonger sa lecture : le roman noir
- La littérature : une arme de combat efficace ?
- L'adaptation cinématographique du *Couperet*

Pour prolonger sa lecture : le roman noir

Le roman noir naît aux États-Unis dans les années 1930, dans un contexte politique et social caractérisé par la violence[1], avec des récits de Dashiell Hammett et de Raymond Chandler, qui paraissent dans les « pulps », magazines bon marché (de l'américain *pulp*, « papier de mauvaise qualité »). En France, le roman noir voit le jour à travers les romans américains que les maisons d'édition font traduire au lendemain de la Seconde Guerre mondiale, profitant de l'enthousiasme que suscite la culture outre-Atlantique (notamment le jazz, le cinéma). C'est à cette époque que la collection « Série noire » est créée par Marcel Duhamel : elle publie Dashiell Hammett, Raymond Chandler, mais aussi James M. Cain, Horace McCoy, entre autres. Certains éditeurs jugent le moment favorable pour proposer aux lecteurs un roman noir français « à l'américaine ». Paraissent alors des collections qui offrent des romans policiers conçus sur le modèle américain par des auteurs français affublés de patronymes anglo-saxons. Léo Malet (1909-1996) écrit ainsi plusieurs romans sous les pseudonymes de Frank Harding ou de Léo Latimer. Mais peu à peu ces auteurs s'émancipent et publient des œuvres signées de leur nom, imprégnant le roman noir d'un contexte français : ton, style, action, personnages sont différents. Aujourd'hui, le roman noir ne cesse de se développer des deux côtés de l'Atlantique ; il se fait notamment l'écho des problèmes que rencontrent les banlieues des grandes villes et, plus généralement, interroge l'actualité. Les intrigues, toujours plus violentes, mettent en scène des personnages aux prises avec le racisme, la drogue, les armes. James Ellroy, apparaît de nos jours comme le chef de file du roman noir américain ; en France, Thierry Jonquet et Didier Daeninckx incarnent la vitalité du genre.

1. **Voir** présentation, p. 8.

Aux origines du roman noir : Dashiell Hammett, *Le Faucon de Malte* (1930)

Dashiell Hammett (1894-1961), ancien détective privé dans une agence de Chicago, publie ses premiers récits dans les années 1920. *La Moisson rouge*, l'un de ses titres les plus fameux, paraît en 1927 dans le « pulp » *Black Mask*.

L'auteur met en scène des détectives privés désabusés – parmi lesquels le célèbre Sam Spade, héros notamment du *Faucon de Malte* – qui évoluent dans la violence des villes. Si Dashiell Hammett est considéré comme l'un des fondateurs de la *Hard-Boiled School* (littéralement l'« école des durs à cuire »), ce n'est pas seulement en raison de ses personnages, très rudes, ou de ses intrigues, violentes, mais c'est aussi en raison du langage qu'il emploie, cru et familier.

Nous reproduisons ci-dessous l'*incipit*[1] du *Faucon de Malte*.

Sam Spade avait la mâchoire inférieure lourde et osseuse. Son menton saillait, en V, sous le V mobile de la bouche. Ses narines se relevaient en un autre V plus petit. Seuls, ses yeux gris-jaune coupaient le visage d'une ligne horizontale. Le motif en V reparaissait avec les sourcils épais, partant de deux rides jumelles à la racine du nez aquilin et les cheveux châtain très pâle, en pointe sur le front dégarni, découvrant les tempes. Il avait quelque chose d'un sympathique Méphisto blond.

« Qu'est-ce qu'il y a, mon petit ? », dit-il à Effie Perine.

La jeune fille, bronzée, grande – une fausse maigre – portait une robe de lainage mince qui moulait ses formes comme un drap mouillé. Ses yeux bruns riaient dans un visage lumineux d'adolescent. Elle ferma la porte derrière elle et s'adossa au battant.

« C'est une femme qui voudrait te voir, dit-elle. Elle s'appelle Miss Wonderly.

– Une cliente ?

– Je crois. De toute façon, tu aurais envie de la voir. Elle est formidable.

---

1. **Incipit** : début d'une œuvre (mot latin).

– Fais entrer, chérie, fais entrer », dit Spade.

Effie Perine rouvrit la porte qui communiquait avec le bureau de réception. Sans lâcher le bouton, elle s'effaça.

« Voulez-vous entrer, Miss Wonderly ? »

Une voix répondit : « Merci ! » si doucement que seule une parfaite articulation permit d'entendre les deux syllabes. La jeune femme entra lentement, un peu hésitante, attachant sur Spade le regard à la fois timide et scrutateur de deux yeux bleu de cobalt.

Le Faucon de Malte, trad. Henri Robillot,

Qu'apprend le lecteur sur les personnages dans cet *incipit* (physique, caractère, relations) ? Quelles hypothèses pouvez-vous formuler sur la suite du roman ?

L'émergence du genre en France : Léo Malet, *120, rue de la Gare* (1943)

À Léo Malet, on doit la série des Nestor Burma, fameux détective qui naît avec *120, rue de la Gare* et, par la suite, devient le héros des *Nouveaux Mystères de Paris*. *120, rue de la Gare* se déroule pendant l'Occupation ; le privé, prisonnier en Allemagne, a recueilli les dernières paroles d'un de ses codétenus, amnésique : « Dites à Hélène... 120, rue de la Gare... » La scène suivante a lieu dans une gare, alors que, libéré, Nestor Burma regagne Paris.

Alors, je vis déboucher sur le quai un personnage que j'aurais reconnu entre mille. Il avait une casquette claire de sportif, un pardessus en poils de chameau et il marchait vite, comme s'il eût foncé sur un obstacle, une épaule en avant. Indéniablement, c'était là Robert Colomer, mon Bob de l'Agence Fiat Lux [1], selon le diminutif qu'il avait récolté dans les bars des Champs-Élysées.

---

1. Fiat Lux, « que la lumière soit » en latin, est le nom de l'agence dirigée par Nestor Burma, dans laquelle Robert Colomer travaillait avant la guerre.

J'abaissai vivement la vitre et me mis à hurler, en gesticulant :

« Colo... Hé ! Colo... »

Il tourna vers moi son visage légèrement patibulaire [1].

Il ne parut pas me voir ou me reconnaître. Avais-je donc tant changé ?

« Bob, repris-je. Colomer... Tu ne remets plus les copains ?... Burma... Nestor Burma... qui revient de villégiature [2]... »

Il était auprès d'une dame de la Croix-Rouge. Il lâcha un retentissant juron et la bouscula.

« Burma... Burma, haleta-t-il. C'est inespéré... Descendez, bon sang, descendez... j'ai trouvé quelque chose de formidable... »

Le train s'était ébranlé. Aux portières, les libérés agitaient leurs coiffures. La gare retentissait de mille bruits qui furent couverts par une tonitruante *Marseillaise*. Colomer avait sauté sur le marchepied, cramponné des deux mains à la fenêtre. Soudain, son visage se crispa, comme sous l'effet d'une intolérable douleur.

« Patron, hurla-t-il. Patron... 120, rue de la Gare... »

Il lâcha prise et roula sur le quai.

Je bondis à l'extrémité du wagon, écartai d'un coup de poing le chef qui me barrait la route, ouvris la portière et sautai. La portière se referma, retenant un pan de ma capote [3]. Je vis le moment où j'allais passer sous les roues. Tout le corps me fit mal. Je fus traîné. J'entendis comme dans un rêve des cris de femmes affolées. Un soldat du piquet d'honneur se précipita et à l'aide de sa baïonnette me libéra en fendant le drap. Je restai immobile, les yeux vers la voûte métallique de la gare noire de suie, incapable de me relever.

« Il est saoul, sapristi », grogna un homme en uniforme.

J'étais au centre d'un cercle bourdonnant. Je le parcourus du regard, dans la mesure où cette inspection m'était possible, non que je fusse à la recherche de quiconque, mais pour m'assurer que mes

---

1. *Patibulaire* : inquiétant, sinistre.

2. *Villégiature* : séjour de repos à la campagne. Le terme est ici ironique ; il désigne le séjour que Nestor Burma a passé dans un camp de prisonniers en Allemagne.

3. *Capote* : manteau militaire.

yeux voyaient encore sainement, qu'ils n'avaient pas, tout à l'heure, été le jouet d'une illusion.

Car, lorsque Colomer s'était écroulé face contre terre, j'avais nettement vu le dos de son pardessus déchiré par la mitraille [1]... et juste en face, dans l'encoignure du kiosque à journaux, une étrange fille en trench-coat [2], serrant dans sa main dégantée quelque chose d'acier bruni qui scintillait sous la faible lueur du bec de gaz clignotant.

120, rue de la Gare, © Fleuve noir, 1996.

Quelles sont les références au contexte historique ? Analysez la narration. Quel est l'effet produit ? En quoi réside le dynamisme de la scène ? Pourquoi peut-on dire que Léo Malet apparaît dans cet extrait comme l'héritier de Dashiell Hammett ?

Le roman noir aujourd'hui : James Ellroy, *L.A. Confidential* (1990)

James Ellroy naît en 1948. Il vit une adolescence tumultueuse à Los Angeles : alors que sa mère est retrouvée morte, étranglée, il provoque son entourage en proférant des idées d'extrême droite et consomme drogue et alcool. Ses romans sont hantés par son expérience personnelle.
L.A. Confidential est le troisième volume du *Quatuor de Los Angeles*, dans lequel l'auteur dénonce la corruption et l'inefficacité de la police. Nous reproduisons l'*incipit* du roman.

21 février 1950

Motel en fer à cheval, abandonné au pied des collines de San Berdoo. Buzz Meeks était passé à la réception avec quatre-vingt-quatorze mille dollars, dix-huit livres d'héroïne presque pure, un fusil à pompe calibre 10, un 38 spécial, un 45 automatique, et un cran

1. ***Mitraille*** : décharge d'artillerie.
2. ***Trench-coat*** : imperméable à ceinture (anglicisme).

d'arrêt qu'il avait racheté à un pachuco [1], à la frontière, juste avant de repérer la voiture garée de l'autre côté de la ligne de démarcation : des nervis [2] de Mickey Cohen [3] dans une banalisée du LAPD [4], des flics de Tijuana à l'affût, prêts à lui chouraver un morceau de ses petites friandises avant d'aller larguer son cadavre dans la rivière de San Ysidro.

L.A. Confidential, trad. Freddy Michalski,
© Payot & Rivages, 1997.

1. Qualifiez le niveau de langue employé. Quel est l'effet produit ? Quelles sont les hypothèses que vous pouvez formuler quant à la suite du roman ?

2. Synthèse. À partir des trois extraits reproduits dans ce dossier, définissez le roman noir.

La littérature : une arme de combat efficace ?

Certains écrivains prennent leur « plume pour une épée » (Sartre, *Les Mots*). Ils défendent des causes qui leur semblent justes, s'insurgent contre des situations qu'ils jugent révoltantes. Pour cela, ils disposent de moyens variés.

Ici, trois auteurs attaquent le fonctionnement vicié de la société, recourant pour cela à trois genres littéraires différents : l'apologue, la poésie et le théâtre. Au-delà de leurs dénonciations propres, les

1. ***Pachuco*** : membre d'un gang de jeunes américains d'origine mexicaine.
2. ***Nervis*** : hommes de main, sbires.
3. ***Mickey Cohen*** (1913-1976) : patron de la pègre de Los Angeles, qui joue un rôle de second plan dans *Le Quatuor de Los Angeles*.
4. ***Une banalisée du LAPD*** : une voiture banalisée de l'unité de police de Los Angeles (Los Angeles Police Department).

trois textes interrogent le rapport de l'homme et du travail : en quoi celui-ci est-il lié à la dignité humaine et à la liberté ? Comment établir la différence entre un travailleur et un esclave ? Le travail est-il un choix ou une obligation ? La thématique traverse les âges, du siècle des Lumières à nos jours.

L'apologue : Voltaire, *Candide* (1759)

Bref récit allégorique à visée morale, l'apologue est une des armes dont dispose l'écrivain engagé. Nombreux sont les philosophes des Lumières qui y recourent : d'une part, ils peuvent ainsi déjouer la censure, d'autre part, ils croient en la raison et font confiance au jugement critique de leurs lecteurs, auxquels ils laissent le soin de formuler la leçon de ce qu'ils ont lu.
Dans *Candide*, conte philosophique, Voltaire (1694-1778) met en scène un personnage naïf, Candide, qui, au cours du long voyage qu'il effectue, fait de nombreuses rencontres. Chacune d'elles est l'occasion pour lui d'en apprendre un peu plus sur le monde. Au chapitre XIX, entrant dans la ville de Surinam (de nos jours Paramaribo, capitale du Surinam), accompagné de son serviteur Cacambo, il découvre un esclave horriblement mutilé.

Le Nègre de Surinam

[...] En approchant de la ville, ils rencontrèrent un Nègre étendu par terre, n'ayant plus que la moitié de son habit, c'est-à-dire d'un caleçon de toile bleue ; il manquait à ce pauvre homme la jambe gauche et la main droite. « Eh, mon Dieu ! lui dit Candide en hollandais, que fais-tu là, mon ami, dans l'état horrible où je te vois ? – J'attends mon maître, monsieur Vanderdendur, le fameux négociant, répondit le nègre. – Est-ce M. Vanderdendur, dit Candide, qui t'a traité ainsi ? – Oui, Monsieur, dit le Nègre, c'est l'usage. On nous donne un caleçon de toile pour tout vêtement deux fois l'année.

Quand nous travaillons aux sucreries, et que la meule [1] nous attrape le doigt, on nous coupe la main ; quand nous voulons nous enfuir, on nous coupe la jambe : je me suis trouvé dans les deux cas. C'est à ce prix que vous mangez du sucre en Europe. Cependant, lorsque ma mère me vendit dix écus patagons [2] sur la côte de Guinée, elle me disait : "Mon cher enfant, bénis nos fétiches [3], adore-les toujours, ils te feront vivre heureux ; tu as l'honneur d'être esclave de nos seigneurs les Blancs, et tu fais par là la fortune de ton père et de ta mère." Hélas ! je ne sais pas si j'ai fait leur fortune, mais ils n'ont pas fait la mienne. Les chiens, les singes et les perroquets sont mille fois moins malheureux que nous. Les fétiches hollandais qui m'ont converti me disent tous les dimanches que nous sommes tous enfants d'Adam, Blancs et Noirs. Je ne suis pas généalogiste ; mais, si ces prêcheurs disent vrai, nous sommes tous cousins issus de germains. Or vous m'avouerez qu'on ne peut pas en user avec ses parents d'une manière plus horrible. [...] »

Candide, GF-Flammarion, coll. « Étonnants Classiques », 1998, p. 75-76.

En quoi les traitements infligés au « Nègre de Surinam » sont-ils inhumains ? Quelles sont les cibles de Voltaire ? Quels sont les registres à l'œuvre dans cet extrait ? La critique vous semble-t-elle efficace ?

La poésie : Hugo, *Les Contemplations* (1856)

La poésie n'est pas seulement le lieu de l'expression de sentiments personnels. Victor Hugo (1802-1885), auteur engagé, contraint à

---

1. ***Meule*** : cylindre plat servant à broyer.
2. ***Patagons*** : ancienne monnaie espagnole.
3. ***Fétiches*** : statues ou objets considérés comme sacrés et auxquels sont attribués des pouvoirs surnaturels. Plus loin, Voltaire, moqueur, utilise ce même mot pour désigner les pasteurs hollandais.

l'exil sous le second Empire, en fait une arme de combat : les rythmes et les images se mettent au service de la défense d'une cause. Dans « Melancholia » (*Les Contemplations*, 1856), il s'en prend au travail des enfants.

Melancholia

[...]
Où vont tous ces enfants dont pas un seul ne rit ?
Ces doux êtres pensifs que la fièvre maigrit ?
Ces filles de huit ans qu'on voit cheminer seules ?
Ils s'en vont travailler quinze heures sous des meules [1] ;
Ils vont, de l'aube au soir, faire éternellement
Dans la même prison le même mouvement.
Accroupis sous les dents d'une machine sombre,
Monstre hideux qui mâche on ne sait quoi dans l'ombre,
Innocents dans un bagne, anges dans un enfer,
Ils travaillent. Tout est d'airain [2], tout est de fer.
Jamais on ne s'arrête et jamais on ne joue.
Aussi quelle pâleur ! la cendre est sur leur joue.
Il fait à peine jour, ils sont déjà bien las.
Ils ne comprennent rien à leur destin, hélas !
Ils semblent dire à Dieu : « Petits comme nous sommes,
« Notre père, voyez ce que nous font les hommes ! »
Ô servitude infâme imposée à l'enfant !
Rachitisme [3] ! travail dont le souffle étouffant
Défait ce qu'a fait Dieu ; qui tue, œuvre insensée,
La beauté sur les fronts, dans les cœurs la pensée,
Et qui ferait – c'est là son fruit le plus certain ! –
D'Apollon [4] un bossu, de Voltaire un crétin !

---

1. ***Meules*** : voir note 1, p. 308.
2. ***Airain*** : bronze.
3. ***Rachitisme*** : maladie de la période de croissance qui se traduit par des déformations osseuses.
4. ***Apollon*** : dieu grec de la lumière célébré pour sa beauté.

Travail mauvais qui prend l'âge tendre en sa serre,
Qui produit la richesse en créant la misère,
Qui se sert d'un enfant ainsi que d'un outil !
[…]

Les Contemplations,
GF-Flammarion, 1995, p. 121.

Quels sont les champs lexicaux dominants ? Commentez-les. Relevez une image dans le poème et analysez-la. Relevez un parallélisme de construction et commentez-le. Quelle est la thèse de Victor Hugo ?

Le théâtre : Urs Widmer, *Top Dogs* (1996)

Le théâtre, parce qu'il est représenté et parce qu'il rassemble un public varié, peut également avoir une fonction sociale. Les exemples de l'engagement du théâtre sont nombreux dans l'histoire. Ainsi, le dramaturge allemand Bertold Brecht (1898-1956) ne cesse d'interroger le spectateur sur les injustices qui l'entourent et transforme la scène en tribune.
Top Dogs, du Suisse Urs Widmer (né en 1938), a été joué pour la première fois en 1996 à Zurich. Les « Top Dogs » sont ceux qui, comme Burke Devore, « avant leur licenciement se tenaient aux postes de commande ». La pièce a été écrite à partir de témoignages de cadres supérieurs au chômage.

II. Aujourd'hui on demande à nouveau des Churchill [1]

Bonnet, Chabrier.

BONNET, *prenant la pose d'un patron*

Monsieur Chabrier. Merci d'avoir pu faire un saut si vite. Je connais votre agenda de rendez-vous. Une ou deux minutes seulement. Nous redimensionnons le management. Vous avez vous-même participé au projet et vous l'avez approuvé. J'ai dès à présent fait établir sur chacun de mes collaborateurs, niveau cadres moyens et cadres supérieurs, une analyse de rendement, Arthur et Perrault Consulting, vous les avez déjà rencontrés ces messieurs. Ils sont arrivés à la conclusion que vous aimez trop vous reposer sur vos lauriers, Chabrier. Bien sûr vous avez été efficace. Bien entendu. Mais les lauriers se mettent sur la tête ou à la limite dans la soupe, mais pas sous le derrière, Chabrier. Je dois me séparer de vous le 1er mars.

CHABRIER

Mais comment cela, j'ai pourtant toujours…

BONNET

C'en est fini des années de vaches grasses. À l'époque nous avons fait de grosses embauches pour le management. En réserve, pour ainsi dire, juste au cas où. Pour que la concurrence ne puisse pas les avoir. C'étaient des gens avec un *in-put* [2] d'un million de salaire, et un *out-put* [3] quasi nul. Maintenant nous sommes dans une situation

1. **Winston Churchill** (1874-1965) fut nommé Premier ministre en Grande-Bretagne le 10 mai 1940 ; il se révéla alors un étonnant chef de guerre, réussissant à maintenir la détermination du peuple britannique pendant toute la Seconde Guerre mondiale.
2. ***In-put*** **:** ici, le mot désigne ce que l'employé gagne.
3. ***Out-put*** **:** ici, le mot désigne ce que l'employé produit. Par l'emploi de ces

d'excédent de managers. La France n'est plus l'île des bienheureux. Chez nous aussi il souffle un vent froid. Nous devons être un *global player*, nous ouvrir à la mondialisation, sinon la concurrence va nous souffler la mise. Nous ne sommes plus en 1980. Où dois-je mettre quelqu'un comme vous, Chabrier, dans ce nouveau climat qui a déjà tué des gars bien plus costauds ? Bien plus jeunes. Dites-le-moi.

CHABRIER

À mon âge on a un *know-how*, un savoir-faire, qui n'est pas facilement…

BONNET

En temps de guerre il me faut d'autres hommes qu'en temps de paix. Aujourd'hui, j'ai besoin de généraux, qui iront les premiers dans la jungle. Qui sont prêts à faire feu. Aujourd'hui il y a de vrais morts. Vous devez pénétrer la concurrence avec le lance-flammes et la faire sortir de son repaire. Sinon c'est vous qui serez rôti comme un poulet. En temps de paix, Churchill était une nullité. Mais en temps de guerre, c'était un as. Aujourd'hui on demande à nouveau des Churchill, Chabrier.

Top Dogs, trad. Daniel Benoin, © L'Arche, 1999.

1. Quelles sont les ressemblances entre le sort de Chabrier et celui de Burke Devore ? En quoi réside la portée satirique de cette scène ? Imaginez une mise en scène de cet extrait (décors, costumes et jeu des deux personnages…).

2. Synthèse. Par quels moyens les textes littéraires peuvent-ils se révéler particulièrement puissants pour défendre une cause ?

---

anglicismes, Bonnet manifeste son ouverture au monde et sa connaissance des nouvelles technologies.

L'adaptation cinématographique du *Couperet*

Costa-Gavras adapte *Le Couperet* en 2005 avec José Garcia (Bruno Davert, incarnation de Burke Devore) et Karin Viard (Marlène, sa femme) dans les rôles principaux. L'intrigue est transposée de nos jours, en Belgique.

L'approche du réalisateur

À l'occasion de la sortie du film, le réalisateur répond à une interview qui lui permet d'expliquer son choix d'adapter le roman de Donald Westlake (*CineMovies*, 2 mars 2005).

C'est l'aspect social du roman de Westlake qui vous a tout de suite donné envie de l'adapter pour le cinéma ?

C'était pour moi le plus intéressant. Le côté *serial killer* ne m'intéressait pas. Enfin… Ce qui m'intéressait, c'était le côté *serial killer* social, pas l'histoire du fou qui tue des gens pour le simple plaisir. Mais l'environnement du roman, le pourquoi du passage à l'acte, ça, c'était intéressant… J'ai découvert le roman de Westlake en anglais, à sa sortie, il y a cinq ou six ans. J'ai immédiatement demandé les droits. C'est là que j'ai appris qu'un studio américain avait déjà pris une option pour son adaptation. Le studio n'était cependant pas vraiment convaincu par l'histoire. J'ai attendu. Entre-temps, j'ai réalisé *Amen*. Juste après la sortie de *Amen*, j'ai relancé l'affaire car j'avais appris, par la suite, que les Américains avaient abandonné l'idée d'en faire un film. Il y avait d'ailleurs déjà un metteur en scène sur le coup ! J'ai rappelé Westlake. Je lui ai demandé s'il voulait vendre ses droits à un Européen. Il a été tout de suite enthousiasmé. […]

Quelle était la fin de son livre ?

Eh bien, le type gagne son poste, et il devient chef de l'usine.

C'est donc la même fin que la vôtre ?

Non, pas vraiment, puisque j'ai rajouté le paramètre de la prédatrice. Mon point de vue change quand même l'ensemble de la chose... Dans le livre, l'intrigue contait basiquement l'histoire d'un type qui tente un coup et qui le réussit. Moi, avec l'aide de Jean-Claude Grumberg [1], j'ai préféré considérer que c'était l'histoire d'un type en guerre, l'histoire d'un type qui part en guerre comme son père a pu le faire. Il y a des années de cela, son père était parti en guerre pour le bien de son pays ; lui, il la fera pour le bien de sa famille. Mais quand on fait la guerre comme ça, en solitaire, fatalement, à la fin, on se retrouve devant quelqu'un qui la poursuit à votre place. C'est l'éternelle question du plus fort. Lui est un prédateur, mais il n'est pas le seul prédateur en ce monde ; et il a de grandes chances de rencontrer quelqu'un de beaucoup plus fort que lui.

Propos recueillis par Reynald Dal Barco,
© *Cinemovies*, 2005.

Pour quelle raison Costa Gavras décide-t-il d'adapter le roman de Donald Westlake ? Au regard de votre lecture, cette motivation vous semble-t-elle valable ? Quelle modification a-t-il apportée à l'intrigue ? Pourquoi ?

Le scénario

Pour adapter un roman à l'écran, il faut d'abord écrire un scénario, dans lequel on indique plan par plan comment va se dérouler chacune des scènes. Voici un extrait du scénario, écrit par Costa-Gavras et Jean-Claude Grumberg.

1. **Coscénariste** du film.

7. EXTÉRIEUR RUE ET VOITURE JOUR retour en arrière

Bruno se retourne et s'adresse à quelqu'un.

BRUNO

M. Birch ?

Birch vidait sa boîte aux lettres et se retourne. Son chien aussi. Ils s'approchent de la voiture

M. BIRCH

Ya ?

BRUNO (*en allemand approximatif*)

Henri Birch, l'ingénieur en papier…

Birch est tout près de la voiture. Il se penche, hoche la tête répétant « ya, ya » et attend la suite.
Bruno lève le Luger et tire. Le coup projette Birch brutalement en arrière. Ses lettres s'envolent. Bruno accélère et fuit. L'expression de son visage semble dire « Et voilà… pas plus compliqué que ça ! » Il sourit.

8. INTÉRIEUR CHAMBRE MOTEL NUIT

Le visage maintenant ravagé Bruno remet le dictaphone en marche.
Ému mais décidé il reprend presque solennel.

BRUNO

Je m'appelle Bruno Davert. J'ai choisi de mettre fin à mes jours car je ne supporte pas l'acte que j'ai accompli ce soir… (*hésite*)… Voilà. J'ai toujours été un mari, un père, un employé loyal et responsable.

9. INTÉRIEUR BUREAU DU P.-D.G. JOUR

Les cadres de l'entreprise sont réunis, tous debout, un verre à la main. Le P.-D.G. donne à Bruno un petit paquet pris sur une pile de petits paquets.

LE P.-D.G. (*à Bruno*)

Pour votre loyauté pendant ces quinze ans dans notre maison qui est aussi la vôtre, recevez ce modeste présent utile pour noter à chaque instant vos mille petites idées fécondes qui ont tant bénéficié à notre productivité.

Pendant que le P.-D.G. s'apprête à gratifier un autre cadre, Bruno ouvre le petit paquet : c'est le dictaphone.

LE P.-D.G. (*à Bruno*)

Numérique. Deux heures de capacité, chinois, encore mieux que japonais.

Gros sourire chez tous. Chez Bruno aussi. Puis le sourire de Bruno se fige.

VOIX DE BRUNO

Six mois après, j'étais viré avec six cents autres, dégraissage avant délocalisation.

Même décor. Le P.-D.G. et Bruno sont là. Sur les écrans de surveillance les employés manifestent. Désolé le P.-D.G. écarte les bras en signe d'impuissance.

LE P.-D.G.

Pour vous Bruno je ne m'en fais pas. À votre niveau de compétence vous trouverez un poste les doigts dans le nez !

Bruno n'en doute pas une seconde. Il regarde les moniteurs. Le manque de son rend grotesques les différentes prises de position orales et les protestations de groupe.

■ Dans l'adaptation cinématographique de Costa-Gavras, Bruno Davert / Burke Devore (José Garcia) n'écrit pas ses confessions, comme dans le roman. Il les enregistre sur un dictaphone. Dans ce choix, on peut lire la volonté du réalisateur de présenter un personnage victime d'un chômage conjoncturel, c'est-à-dire lié à la crise économique et non à l'incapacité d'un individu à s'adapter aux nouvelles technologies.

10. INTÉRIEUR CHAMBRE MOTEL NUIT

BRUNO (*au dictaphone*)

J'ai empoché mon chèque de licenciement, quinze mois de salaire. Je me suis cru champion du monde. J'avais une voiture presque payée que j'ai toujours…

[*Il est*] *emmitouflé dans le couvre-lit, son regard va à la fenêtre. Il peine à poursuivre.*
Il entrevoit la voiture. La pluie ruisselle sur l'aile enfoncée et le phare brisé. Bruno se retourne comme pour éviter une vision insoutenable.

BRUNO

Une maison avec encore dix ans de traites. Une femme que j'aimais et que j'aime toujours…

Le souvenir de sa femme l'émeut aux larmes.

Chacune des scènes correspond-elle à un chapitre du roman ? Comparez les scènes avec le chapitre auquel elles renvoient. Commentez. Quel est l'intérêt de la scène 9 ? Les scènes sont-elles placées dans le même ordre que les chapitres ? Pourquoi ? Quel est l'effet produit par cette construction ?

■ Dans le film de Costa-Gavras, le héros a tout du cadre respectable : cheveux courts, costume et imperméable d'une grande sobriété, documents à la main. Pourtant, il regarde les armes avec intérêt, songeant au rôle qu'elles pourraient jouer dans son parcours professionnel. La folie prend l'apparence du sérieux et de la normalité.

M6

Création maquette intérieure :
Sarbacane Design.

Numéro d'édition : L.01EHRNFG2248.C007
Dépôt légal : décembre 2006
Imprimé en Espagne par Novoprint (Barcelone)